論創ミステリ叢書41

角田喜久雄探偵小説選

論創社

角田喜久雄探偵小説選　目次

創作篇

随筆篇

凡例

一、「仮名づかい」は、「現代仮名遣い」(昭和六一年七月一日内閣告示第一号)にあらためた。
一、漢字の表記については、原則として「常用漢字表」に従って底本の表記をあらため、表外漢字は、底本の表記を尊重した。ただし人名漢字については適宜慣例に従った。
一、難読漢字については、現代仮名遣いでルビを付した。
一、極端な当て字と思われるもの及び指示語、副詞、接続詞等は適宜仮名に改めた。
一、あきらかな誤植は訂正した。
一、今日の人権意識に照らして不当・不適切と思われる語句や表現がみられる箇所もあるが、時代的背景と作品の価値に鑑み、修正・削除はおこなわなかった。
一、作品標題は、底本の仮名づかいを尊重した。漢字については、常用漢字表にある漢字は同表に従って字体をあらためたが、それ以外の漢字は底本の字体のままとした。

角田喜久雄探偵小説選

創作篇

明石良輔の事件簿

印度林檎

一

細りした身体に、うるみ勝ちな美しい眼。

良輔に分っていることといえばそれ丈であった。

勿論、名前も知らないし、住んでいる所も分らない。

どうかした話の様子に、軽く顔を伏せ、にっと白い歯を見せて頰笑むのがその癖であった。清潔な感じだった。

そうかと思えば、摺りよってくる良輔の肩を避けようともせず、慣れなれしい瞳で、男の目にじっと見入るような大胆さもあった。

訊ねれば何でもはきはきと答えるし、別れる時に、握手！　と手を出せば、平気で、そのしなやかな細い指先を男にまかせた。

子供っぽいあどけない所もあるし、一通り世間を知っているという大胆な所もあった。

どうも、その素性はよく分らなかった。

勤め先の「夕刊新東洋」社に特別な用事がない限りきまって、午後七時四十五分着の電車で中野駅におりるのが彼の習慣になっていた。

女に出会ったのは、そうした社の帰り道、中野駅を出た拍子だった。偶然、前を行く女の落したハンケチを、拾ってやったのが口をききはじめるきっかけになった。

駅から三四丁くると道が二つに別れている。そこまでくると、良輔は右へ、女は左へ軽く手をふって別れるのがその後も例になっていた。

二度目に会った時、女は「夕刊新東洋」をハンドバッグと一緒に小脇に抱えていた。

『新東洋』読んでるの？」

「ええ……」

「どう？　面白い？　その『推理の世界』は」

「ええ、とっても！」

そんなことも、女に対する良輔の興味を濃くしてゆく理由の一つになった。話といっても、いつも、とりとめもないことばかりだった。こうした場所で、よく真先に話題にのぼりたがる名前だとか住所だとかそれから家庭の事情だとか、そんなわずらわしいことは何一つ訊ねもしなければ聞きもしなかった。話がなければ黙って歩いていた。

そうした駅から別れ道までの淡々たる何分間かが、良輔にとっては却って好もしいことだった。道角までくると、軽く手をふって右左に別れた。

「左様なら、おやすみ……」

ちょっと首をかしげてにっこりする、その睫毛の長い黒味がちな眼を、良輔はいつでも美しいと思った。

社で、ゲラ刷りへ赤ペンを走らせながら、どうにかしたはずみに、ひょっとその目を思い出したりした。

三度目に会ったのも同じ駅の前であった。

住んでいる所は知らなかったが、しかし、多分この附近か、さもなければ、この近所に尋ねてゆく知人の家でもあるのだろうと考えた。

女は、会うなり、美しいその目を悪戯らしくくりくりさせて、

「貴方のお名前、あててみましょうか。明石良輔さん……そうでしょう？」

だしぬけにいった。

「ほう！」

良輔はぱちんと指を鳴らした。

「どうして分ったの?」

「だって、貴方のお胸に、社のパッチがついてるじゃありませんの」

「なるほど、このパッチがね。だけど、それじゃ僕の名前は分らんぜ」

「この前、『推理の世界』は面白いかってお聞きになったでしょう? だから、分ったの。どう? ちょっと、シャーロック・ホームズ張りでしょう?」

「相当なもんだ。やられた!」

女は、うれしそうに、喉の奥でくッくッと笑った。

良輔はもと某社の警視庁詰記者をしていたが、「新東洋」へ入ると一緒に、「推理の世界」欄を新設した。その欄で彼が扱ったものは、主として未解決に終っている犯罪事件を、机上推理によって彼一流の解釈をくりひろげるという類いのものであったが、それが満都の人気をあつめていた。

「君にばかり僕の素性を知られたんじゃ、片手落ちだ。さア、白状したまえ。君の名前は……」

「巴御前よ……ふふふ……」

「卑怯だよ、はぐらかしちゃ。訊問するぜ。名前は? 年令は? 住所は? 職業は? 趣味は? それから、独り?」

別れ道へくると、女は良輔の肩先から、身をひるがえしてさっと離れた。

「さようなら、おやすみ……皆、今度お会いした時にね」

そのまま遠ざかってゆくさわやかな笑い声に耳をすませながら、良輔は思わず微笑を漏し、煙草に火をつけるのだった。

二

十二月半ばの寒い晩のことであった。

七時四十五分中野着の電車をおりながら、今夜はあの女に会いそうだと、良輔は何とはなしに思っていた。

果して駅を出ると、その影がすぐ目にうつった。

何方からともなく歩みより、微笑を合わせた。

いつもは、白粉気一つない顔に、今夜はほんのりと白いものを刷き、口紅を紅くひいていた。

たったそれ丈のことで、見ちがえるばかり大人び、そして濃艶な感じに変っていた。

「どうも今夜は君に会いそうな気がしていたよ」

「そう？」

肩を並べると、甘い香水の匂いが、俄かに良輔を包んできた。

どうも、いつもとは変った感じだった。外套のえりを深々と立て、うつむきがちに歩いて行くその肩に、どこかしょんぼりした感じがあった。何か、心の屈托が、その身体へ影のようにまつわりついているといった様子だった。

言葉数も少かったし、大方は黙々と歩いていた。

途中に「花園」という小さな喫茶店があったが、その前までくると、

「何か飲みませんこと？」

時刻のせいもあって、中はがらんと空いていた。

しかし、ここへ入っても別に話は弾んでこなかった。

「あたし、林檎たべたいわ」

急にそんなことを云い出した。

店には蜜柑ばかりで林檎は出ていなかった。

「無いようだね。蜜柑にしたらどう?」

女は答える代りに女給の方を向いて勝手に註文した。

「林檎ありませんこと? なかったら、すみませんけど、探して来て下さらない……」

女給は一度奥へ引込み、古びた美味くもなさそうな印度林檎を二つ、皿にのせて戻って来た。

「古くなったので奥へ仕舞ったんですけれど、こんなんでおよろしいでしょうか?」

「あったのね。ああ、うれしい! ええ、結構……」

それから、良輔の方を向いて云い訳するように微笑した。

「あたし、林檎とても、好きなの」

白いしなやかな指先で、器用にナイフを動かしながら四つに割ると、さも美味そうにしゃりしゃり音をたててそれを噛んだ。

「何だ。僕には一切れもくれないのか?」

「貴方蜜柑でもあがるといいわ」

早速やりかえして、にっと笑った。笑うと、紅い唇の間から、白い歯がちらっと覗いた。

だが、やっぱり元気がなかった。どこか、屈托ありげな様子だった。

時計が八時をうった。

「あら、もう八時? 晩くなるわ」

女はもう一度自分の腕時計を見てから、立ち上ると、さっさと勘定台へ行き金を払った。

そこから別れ道までは間がなかった。

「この間約束したっけね。今夜は白状するんだろう? 君の名前は?」

「木内京子……」

低い声だった。

「どこ? この近所?」

ちょっと間をおいてから、突然顔を上げ、じっと良輔の目を見つめた。

「一緒にいらっしゃらない。今夜は、皆留守なのよ」

最後はききとりかねるくらい低い声だった。気のせいか、語尾がかすかに震えていた。

三

その通りは、立木の茂った小広い庭をとりこんだ屋敷つづきだった。そうした家並の間に、木内と表札をかかげた一構えがあった。

そこまでくると、今までしょんぼりしていた女は、急にはしゃぎ出したように生々と足を早めた。むしろ、蓮ッ葉な感じさえあった。

「あれが母家……ううん、あたし、離れの方にいるの」

暗い木立をくぐると、母家から少しはなれて、その離れというのがあった。小さいが純洋式の一棟だった。構え全体が、何とはなしに学者の住居、といった感じだった。

女は、ハンドバッグから鍵を出し、扉をあけて中へ入ると取っつきから二つ目の部屋へ良輔を案内した。

電灯がつくと、華な女性の色彩が、しみ入るように良輔の目へとびこんできた。

女は大股にさっさと歩きまわった。そしてウイスキーの瓶とコップを一つ、盆にのせて彼の前へ運んでくると、

「ちょっと待っててね。着がえしてくるわね」

そう云いおいて、内扉から隣りの部屋へ消えていった。

独り者の彼にとって、女性の部屋の概念なるものは、およそ縁遠いものではあったけれど、それ

にしても、この部屋の無性格さは目についた。

本棚には詩集がならび、ピアノの向うにはシューベルトとベートーベンの写真が貼ってあった。その癖、テーブルの上には、履き古した長靴下が片方抛り出してあり、その向うには美男として有名な俳優の写真が六枚も並べて貼ってあった。花瓶の花は枯れて乾からびたまんまだし、鏡台の上には、今時珍しい外国製の化粧品と一緒に洋酒の瓶が三本も並んでいた。

一体、部屋の女主人がどんな性格なのか、さすがの彼にも一向見当がつかなかった。

隣りでは、着物を着かえている気配と一緒に、ことこと歩き廻る足音がきこえていた。

「ここで煙草のんでいいのかい?」

扉ごしに声をかけた。

「あら、いやよ、扉を開けちゃア。今、着かえている最中なんですもの……ええ、どうぞ寒いから、お酒御遠慮なく召上ってね」

良輔は、ウイスキーをたてつづけて三四杯やった。

とたん、かちッとスウィッチをひねる音がして電灯が消えた。

総ては瞬間のうちにおこった。

廊下に向っている扉があき、闇の中を誰か歩いてきて、彼の前へぬうっと立った。

隣りから漏れてくる灯影で、かすかにその姿が認められた。真黒い覆面をした黒い男の影法師だった。その手に握りしめている拳銃が、闇の中に無気味に光っていた。

警視庁詰の記者として多少はこうしたことにも経験をもっている彼ではあったが、こうした、余りにも突然の出来事には、さすがにぎょっとならずにはいられなかった。

どうしよう?

咄嗟に思案したが、しかし、もはやどうにもしようはなかった。相手のやり口は、電光石火のように早かった。

結局、椅子にかけたまま、ぐるぐる巻きに縛り上げられ、タオルで猿轡をかませられながら、不思議に恐怖の感じはなく、ただ、こうした暴力をうけながら何一つ抵抗の出来ない無力な自分の地位にむかむかと腹を立てていた。

こいつは一体何者なのか？　何しにやって来たのか？

隣室では、何にも気がつかぬ女の足音が、軽くことことことつづいていた。

ふと、彼は、次に起るべき何事かを想像した。

瞬間、じっと悪寒を感じ、思わず、猿轡の中で声にならぬ叫声をあげた。

男の影は、落着ききった動作で、間の扉をあけ、隣室へ辷りこんでいった。

それからの数秒を、良輔は殆んど悪夢の中にいる思いでもがきつづけていた。

分秒を争う場合だと思った。

ちらっと、女の、あの睫毛の長い黒味がちな目を思いうかべた。

あらゆる精力をしぼってもがいたが、用心ぶかく、縄のはしは側のテーブルに結びつけてあった。せめて声でも出たらと思ったが、総ては徒労だった。

隣室では、二こと三こと低い声でいい争うような気配がした。意味は分らなかった。

忽ち、恐怖の瞬間が来た。

低い、押しつぶされたような女のうめき声が起り、つづいて、二三歩よろめく足音がして、最後にどすっと、肉体が床をうつ重苦しい音がした。

良輔は、全身の血が逆流する感覚の中に、その悠々と糞おちつきに落着きはらった男の足音が、扉をあけ、廊下を遠くさってゆくのをきいていた。

良輔は、その後も、不快なしびれ切った感じの長い時間を、もがきつづける事をやめずにいた。

縄がとけた時にはもう完全に夜があけていた。

疲労に、悪酔いのあとのようによろめきながら、走りよって扉をあけると、惨劇は一瞬のうちにその目の中にとびこんできた。

女は横仆しに床に仆れ、その右のこめかみから血があふれ出し、側に、細長いニッケルの文鎮が転がっていた。

四

良輔の立場は随分奇妙なものになっていた。

彼は、事件の目撃者であり、報告者であり、そして同時に、容疑者の一人に加わらねばならなかった。

警察の調査は、彼の感じていたことにはとんちゃくなく、被害者木内京子について余りかんばしからぬ報告をまとめあげた。

木内京子――二十二才。木内家の養女にして、現在、同家の戸主木内照三の妻。素行不良。良人出征中より多数の男子を同家内に誘入れ姦通していたるものの如し。

木内家の家族は、被害者の外、義母である未亡人田鶴子、良人である照三、それに照三の弟雄二の三人きりであった。

照三は先頃満洲から復員したばかりだったが、出征中悪化した胃癌のため、ほど近いA病院に入院中であった。雄二は京大に在学中で、丁度、事件当日の夕方、冬季休暇で帰宅したところであった。

盗難品がなかったので、兇行の動機は当然痴情怨恨と当局では推定した。

まず、被害者の情夫関係が調査の爼上にのぼったが、これはいずれも得るところはなかった。残るところ、結局、家族とそれに当夜現場に最も近くいあわせた良輔であった。

勿論、第一の容疑者は良人照三であった。

始め照三は、同家の養女として成長した京子と兄妹の関係にあった訳だったが、後にそれが恋愛に変り彼の出征二年前結婚した、彼等二人の住居にあてられた離れの洋館も、もとは、その父親であった故木内健一博士の研究室として使われていたのであった。

出征後三年。戦いに疲れ、重患を得て帰って来たものは、札付の、手に負えぬ淫婦に変りはてた妻の姿であった。

それ以来、二人の間にはげしい口論のたえる間のなかった事は、その母親である田鶴子未亡人でさえ認めている。

しかも、注目すべきことは、事件当夜、彼が一とき病院を出て自宅に立ちもどったという事実が現われたことだった。

所で、事件の捜査主任高岡警部は、報告の中で彼についてこう語った。

「但し、照三にはアリバイがありました。彼は、午後六時に病院を出て七時五十分には病院に戻っているのです。これは傍証があって正確な事実です。検屍の結果によると、推定兇行時刻は、午後七時より九時までの間となっているのですが、明石良輔の証言によれば、良輔と被害者とは八時頃喫茶店花園にいて林檎など喰べ、その後約三十分歩いて現場に到着したという事になっています。事件はその直後に起ったのですから、照三は当然アリバイを持つという事になる訳です。この明石良輔という男は――もし、彼が本当に第三者の立場にあったと信じてよいとしたら、その証言中にある時刻等は相当正確なものとして信用しうる価値があると思うのです。私は日頃から彼をよく知っていますが、普通人と違い、どんな突発的事件の最中であっても必らず沈着な証言をなしうる人物だからです。所で、被害者の胃の中から発見された林檎ですが……

摂取後約三十分位と推定されているのですが、……つまり、被害者は死亡の直前三十分位に林檎を約二個食したということになるのですが、喫茶店花園の女給は、丁度八時頃に、被害者がそれを喰べたことをはっきりと証言しているのです。兇行時刻が八時三十分頃であることは、この事実からしてもどうやら信じうると思う訳です。結局、照三のアリバイは成立するのです」

第二に、調査にあげられたのは、照三の弟雄二であった。

彼については、良輔の証言は極めて不利な内容をもっていた。

暗黒の中に拳銃をもって現われた覆面の男を、良輔は、身長五尺四寸位、肩のはったがっちりした男子。かつ、その暗闇の中を極めて敏捷に動いた動作の具合から、明かに年若い青年である、と確信をもってきっぱりと云い切った。雄二は、その証言の条項に、全部ぴったりと符合しているのである。

しかし、彼は、警部の前に立って、些も悪るびれることなく、断乎として反駁した。

「動機がどこにあるのでしょう？　わたしは、兄と殆んど前後して応召出征し家に戻ったのはやっとこの春のことです。その時、一週間ほど家にいましたが、そのまま京大へ復帰し、昨日休暇で帰宅するまで一度も家へ戻っておりません。昨日帰って来たのは五時頃でした。お疑いでしたら、誰にでもよく聞いて調べてみてもよい。帰ってから、たった三時間半！　たったそれ丈の間に、義姉との間に、殺害するほどのどんな事情が生じたと仰言るのですか。たった三時間半です！　私は、義姉と、僅か三言喋ったきりなんですよ」

しかし、彼の無罪を確定的傍証したのは、彼が完全な左利きだったという事実であった。

被害者は、加害者に左手で胸倉を鷲摑みにされ、同時に、右手にふりあげた文鎮で、その左こめかみ部を殴打されたことが、種々の点から確信されていたからであった。

計画的犯行ならいざ知らず、咄嗟に行った激情的犯罪と考えると、完全な左利きが、わざわざ右手に兇器をとって相手を殴打するなどということはちょっとありうべからざることであった。しかも、彼の場合、計画的に殺人を行う動機など、更々ありえないと考えられたからであった。

警部は、憂鬱な顔をして、三人目を――その、永年友人としてつきあってきた良輔を、取調べの席へ呼び出した。

「君とこうした形で会うことがあろうなんて、ちょっと考えてみたこともないことだったが……僕は、今司法警察官の立場として、つまり……」

それを良輔の微笑がさえぎった。

「さア、どうぞ。今、僕は容疑者の一人としてここに立っている訳ですな。だが、やがて『新東洋』の記者として『推理の世界』へ、この貴重な体験を書く楽しみがあるというもんですよ。さアさア、どうぞ……」

警部はちょっと言葉を改めた。

「君は、自分が無罪である証明をしなくちゃならんのだ」

「動機がありません。僕は、その前に、たった三回、五六分ずつ被害者に会ったことがある丈ですよ。その直前まで、名前さえ知らない間柄だったんです」

「君が被害者と、たったそれ丈の間柄であったという傍証をしてくれる者がどこかにいるかね？　また、ああした被害者の素行であってみれば、どんな所に動機が伏在していたかも知れたもんじゃない。君には、それがないという、積極的な証明が出来るかね？」

「僕は縄で縛られていたんですよ。その僕がどうして加害者たりうるでしょうか」

「君らしくない、まずい答弁だね。君が縛られていたのを目撃した者はどこにもないのだ。われわれが見たのは、一本の縄が、現場の隣りに落ちていたという事丈なんだ」

良輔は、眉をしかめ、ちょっと考えこんでいたが、ふと顔をおとすと、漠然たる目附で警部を見た。

「ちょっと、変なことを耳にしたんですが、雄二は完全な左利きだったというのは本当なんですか？」

「その通りさ。それが、彼を救い上げたんだ。被害者は右手の利く者に殺されたんだからな」

彼は、まじまじと警部の顔を凝視し、それから、思わず知らず、にやにやと笑ってしまった。

「どうも失礼……いや、事件の真相が、どうやらこの辺にありそうな気がしてきたからなんですよ。所で、もう一つ……被害者の京子というのは木内家の養女だそうですが、その前身についておしらべになりましたか？」

「勿論！……何でも十九年前、亡くなった健一博士が、東北地方を旅行中、仙台のある町角に捨て児してあったのを拾いあげて来て養女にしたのだそうだ」

「その前の身許は？」

「分らんね」

「それ丈ですか？」

「まア、ね……」

良輔は、ちょっと詰まらなそうに眉をしかめたが、やがて、

「高岡さん。もはや、僕の申上げられることは、たった一つしか残っていないということになってしまったんです。それは、つまりこうですな。もし、僕が加害者だったとすると、何故わざわざ朝になって、警察へ事件の報告にとびこんでゆく必要があったか、という問題です。被害者の家庭でも僕のことをまるで知ってはいません。喫茶店の女も殆んど覚えていないでしょう。誰一人、僕と被害者とのつながりを知っている者はないんです。つまり、僕は、彼女を殺してから、黙って逃げ出し、そして黙って口を拭っていればよかったはずです。何の必要あって、わざわざ訴えに名乗り出る必要があったでしょう？　それが、僕の無罪たる何よりの証拠だと思うんですが……」

警部は良輔の肩を軽く叩いた。

「僕は友人として、君を容疑者の中から除外することの出来るのを喜ぶよ」

そして、彼を戸口まで送ってゆきながら、苦笑と一緒に吐息をついた。

「どうやら、これで事件は迷宮入りになりそうだ……」

五

警部の迷宮入りという独白は半ば的中した。半ばというのは、良輔は事件の真相をつかんだが、当局では遂にそれを知り得ずにしまったからである。

事件から十日ほどたった、十二月もよほど押しつまったある朝のこと。

アパートの自室で出社の仕度をしている彼のもとへ、木内未亡人田鶴子から電話がかかって来た。お話ししたいことがあるから、御迷惑でなかったらちょっと御足労ねがえまいか――叮嚀な言葉づかいであった。

その屋敷の門扉には、今日は忌中の札がしめやかに貼られていた。家の中には、ざわざわと人の動きが感じられ、良輔の通された応接間にも、線香の匂が強く漂っていた。

「わざわざお呼びたてなどして申訳ございません。実は、あなた、昨夜照三が亡くなりましてね……」

瞼を赤く泣きはらした田鶴子未亡人は、良輔の顔を見るなりそういって、また一しきり、新しい涙の中に顔を伏せた。

やがて彼女は、懐中から、大事そうに一通の封書をとり出して良輔に渡した。

「御覧下さいませ。照三の書置なんでございますよ。あれは、死ぬ間際に私と雄二に身体を支えられながらこれを書きました。どうしてもかくのだ、書き終るまでは死なないとそれを云いつづけながらこれをかきました」

田鶴子は、またそうっと涙の中にむせぶのだった。

文面は、警察宛の告白書になっていた。

彼は、冒頭に、私が妻を殺しました、とぶっつけるようにはげしく書き出していた。

彼がどれほど妻を愛していたかということを――身をすてた戦場にありながら、片時すら、その面影を忘れかねた妻であったというはげしい愛慕の情を、胸に迫る筆でかいていた。

その彼が、戦いにつかれ、重患を負って故郷へかえった時、一体彼がどんな悲惨なものを目の辺りに見ねばならなかったかということ。そして、その不倫の妻との日毎にかさなっていったいさかいのこと。

最期に、あの夜、離れのあの部屋で、憤怒の余り、思わずふりあげた文鎮の下に、思いもかけなかった惨劇の突発したことを、正直にるるとして書きしるしてあった。

彼は、直に自首して出るつもりだったと述べ、しかるに、その時激情の余り病勢悪化し、殆んど身動きならぬ有様で日をおくる内に、ついうかうかと今日になってしまった次第を訴え、最後に、母や弟や、それに己れの手にかけた、しかし死ぬまで愛しつづけて変らなかった不貞の妻へまで、己れの過失をこんこんと詫びてあった。

「これを警察へ差出す前に、どうしても一度、貴方さまに見て頂きたいと存じたのでございます。貴方さまには、本当に御迷惑をおかけしまして……お詫びですむような事柄ではございますまいけれど……ああ、お詫びと申せば……ちょっと、由利さん」

待ちかねていたように扉があき、一人の女が入って来て、彼の前へ悄然とうなだれて立った。

「すみません……」

消え入るような声であった。

被害者京子と生写しの顔――それは、駅前で良輔とよく出会い、その夜、喫茶店で林檎をたべ、更に彼をあの部屋まで誘いこんだ女の顔だった。

だが、彼は驚きはしなかった。大方、今日はその女にあえるだろうと予期してやって来たのだから……

「この方は、死んだ京子の妹御さんなんでございますよ。由利さんと申されまして……十八年前、亡くなった主人が仙台へ旅行しました時、町角で二人の捨児を拾いあげました。一人は——この由利さんでございますが、仙台にいた主人のお友達の方がひきとられ、もう一人、京子の方は、私共で養女とし育て上げた訳なんでございます。由利さんは間もなく御一家御一緒に中支の方へ渡っておいでになり、その後は僅に文通で消息をたずねあうくらいなものでございましたが、先頃東京へお戻りになられ、今芝の方に居られます。時々、ここへ遊びに来て下さるようになりましたが……それが、貴方さま、あの晩の出来事でございました……」

田鶴子は水鼻をすすりながら、くどくどと当時のことを語ってきかせた。

「騒ぎをきいて離れへかけつけて見ますと、その騒ぎなのでございましょう。驚きと悲しみとで、私など、ただもう気が上ずっておろおろするばかりでございました。私も雄二も、せめて照三に床の上で静に死なせてやりたいこと丈を、その時思いつめたのでございます。もう、あれの死期の迫っていることはよく分っていたことでしたもの、せめて、その死ぬまでは静にしてやって……すると、由利さんが……本当にこの方はしっかりしていらして……」

結局、由利というその少女が、不倫な姉に原因した、この一家の不幸に同情して、一幕芝居をかくことを申し出た。

老母は、照三を護って病院へ行き、そのあとで、由利は時間をはかって駅へ行き、良輔にあった。被害者京子は、惨劇の三十分前頃林檎を二つ喰べていた。その辻褄を合せるために、喫茶店へ入って林檎をとり、同時に時間を確めた。

由利の相手役をつとめた覆面男は、勿論弟の雄二であった。

由利は姉の京子とよく顔立ちが似ているし、京子に由利という妹のある事を知る者は極く少かった。それは死骸となった京子の顔も明らかに由利のそれと区別して気附く事など、絶えてありえまいという自信が、由利のこの一幕をかいたそもそもの動機であった。

「由利さんは、この事も皆警察へ申上げてしまった方がよいと申されますんですけれど!……」

田鶴子は、吐息しながら、何か、さぐるように良輔の顔を見た。

「そりゃア、貴方がたの御勝手ですがね。ともかくも、この遺書丈は差出すべきでしょうな。それを見たって警察では、その一幕に気がつくようなことはありますまい。分れば、貴方がたも、少くも偽証罪に問われますよ。ぶちまけてしまうとも、それとも黙って腹におさめておくとも御勝手に……僕ア、警察官じゃアない、新聞記者ですからね」

田鶴子は、ほっと吐息をつきながら愁眉をひらき、由利はうなだれたまま、また、しょんぼりとくりかえした。

「すみませんでした、本当に……」

良輔は帰りしなに、この事件の最も同情すべき悲劇役者照三のために、一本の線香を手向けてやることを惜しみはしなかった。

六

駅への道は由利が一緒だった。

「すみません……」

由利は、ここでもう一度くりかえした。

「それ何度いうんだい、君は?」

「あたし、本当にすまないと思って……」

「その上、あたり前と思われちゃたまらんからね。えらい目にあったぜ。一晩、しばられっぱなしで……つまり、事件の発見時刻をおくらせるためだったんだな。余り早く種がとけて訴え出られると、検屍の結果、死亡時刻が正確に分って、アリバイ作りがだめになるからというんだろう。ふうん、仲々うまく考えてある……でも、此方はいい面の皮だった揚句のはてに容疑者にまでされちまう……」

「すみません。勘忍してね」

「一体、どうして僕なんか、かもに選んだんだい？」

「だって、貴方の外に、あたし……」

「僕ア、そんなに甘い男に見えるのか？」

「分った時、外の人だと、きっと怒って勘忍して下さらないでしょう。でも、貴方ならきっと、こりゃアちょっと面白い……笑って下さると思ったんですわ」

「こいつめえ！」

とうとう、良輔は、声をあげて笑い出してしまった。こうしたきっかけが、俄に二人を親しいものにしていった。

「でも、あたしが生きていて、お驚きにはならなかった？」

「驚きゃせんさ。皆、ちゃんと分っていたもの……」

「まア、そう？」

「あとで、被害者は左手利きにやられた事が分ってきたろう。所が、あの時は入って来て僕と戦った奴は、僕はしっかり見ておいたが、明かに左手利きだったんだ。つまり、あの時は入って来た奴が、加害者でないことははっきりしてるじゃアないか。

　すると、あの時の一幕は――その男が入って来たことから、隣りから聞こえてきた悲鳴や、どさっと佇れる物音まで、一切合切が芝居だったということになるだろう。つまり、それ！　ここにいらっしゃるお嬢さんは絶対に死んじゃアいなかったんだと分ってくるんだ」

「素敵だわ。さすが、『推理の世界』お書きになる方丈あるわ」

「おだてたって駄目だ。僕ア怒っているんだぞ！」

だが、彼は怒ってなどはいなかった。

喫茶店「花園」の前へ来た。

「お茶でものんでいこう」

今日は、良輔が先だった。

「君、探偵小説をよむんだろう？　でなきゃア、あれ丈の筋は組めっこないからな」

「ええ、とてもすき！　でも、一番面白いの新東洋の『推理の世界』欄だと思うわ」

「いいよ、もう分ったよ」

由利は、またあの白い歯をのぞかせて、にっと笑った。

良輔は、その、まだどこかあどけなさの失せきらぬ顔を、物珍しげにまじまじと見やりながら、ちょっと感嘆に似た声をあげた。

「相当なものだ！」

「何が？」

「何がって、あの死骸の転がっている部屋で、あれ丈の大芝居をうつなんて……度胸といい演技といい、大したもんだよ。断然、一流役者だね」

「だって、あたし、とても一所懸命だったんですもの……」

良輔は、相手の鼻先へ、ぬっと指先をつきつけた。

「この人のハズになる奴は、とてもこりゃア骨が折れるぞ」

「あらァ……」

さすがに赧らんで、うつむいた由利の額へ、良輔は矢つぎばやに、また浴びせた。

「今日は沢山出ているぜ……君、今日は林檎たべなくていいの？」

「意地わる！」

「はっはっは……さア、これで敵討ちがすんだぞ」

良輔は、愉快そうに声をあげて笑いながら、椅子の中に反りかえり、鷲摑みにした、茶碗からがぶがぶ音をたてて、紅茶を一息にのみほした。

蔦のある家

古い、さびのついた、小ぢんまりした洋館であった。

生いしげった蔦が、壁をつたって屋根まで伸び、雨がその葉を眩く濡らしていた。

矢島とかいた表札を見ながら、良輔は門をくぐり、玄関口にいあわせた老婦人の前で帽子をとった。

「ちょっと、伺いますが、この辺に降旗さんというお宅がございましょうか？」

「降旗さん？」

老婦人は、箒持つ手をちょっと止めて首をかしげた。

「この番地にでございますか？」

「はア、上野桜木町××番地とありますから……」

「××番地ならこの辺でございますが、さア降旗さんというお宅は……」

「降旗静子という名ですが……」

「どうも、心当りがございませんですわ。でも、わたくし共、つい先頃、ここへ移って参ったばかりだものでございますから……何でしたら、お隣さんででもお尋ね下さいましたら……」

良輔は礼をいって表へ出ながら、何気なくまた壁の蔦へ目をやった。

静に降る雨だった。

良輔は、レインコートの襟を立て、進まぬ足を重げに運んだ。

結局、××番地には、そうした人は見当らないようだった。念のため、町会事務所へいって調べてもらってみたが、××番地は勿論、町内のどこにも、該当の人は住んでいなかった。

悪戯だろうか？

良輔は、暗い空を見上げて、肩を寄せた。

彼は夕刊紙『新東洋』の記者だった。『推理の世界』という欄を新設し、その中で、主として、過去の未解決に終っている迷宮犯罪事件をとりあげ、机上推理によって新しい論理的解決を与えるといったことをやっていたが、時には、読者の持ちこむ新しい事件と正面から取組んで溌剌たる記事を書上げたりした。

そうした関係から、事件持込みの投書なども多く、その手紙もそうした筋から彼の手に入ったものだった。

尋ねあぐんで、自然、もとの洋館の前へ戻ってきた。

好もしいさびを見せて生いしげった蔦――そして、雨は、銀色に鈍く光りながらその葉に音もなく降りつづいていた。


「お分りになりまして？」

まだ玄関に居合せた老婦人は、良輔の会釈に答えて声をかけた。

「どうも、何かの間違いらしい様子です」

良輔は、何か心惹かれでもするように、足をとめて、壁の蔦をちらっと見上げた。

二三十年もたったかと思われる古びた家――だが、住む人の心がしっとりとしみついているような、どこかほの温い好もしい家だった。

「どうも、誠にぶしつけなことを伺うようで恐縮でございますが……もしや、お宅様の応接間に、赤煉瓦の暖炉など、ございませんでしょうか？」

老婦人は、ちょっと目を見張って良輔を見たが、すぐ笑顔になった。

「はア、ございますけれど……」

「そして、その上の方に、鳩の模様が浮彫りにしてある……」

「ほほほ……その通りでございますわ」

良輔は、額にかかった雨の滴をぬぐいながら、ほっと息をついた。

「重ね重ね、妙な、ぶしつけなお願いをするようで、甚だ恐縮なんですが……もしおさしつかえございませんでしたら、ちょっと、その暖炉を拝見させて頂けませんでしょうか？」

良輔は名刺を差出した。

老婦人の顔からは、その人の良さそうな微笑は消えなかった。

「さアさア、どうぞ……さしつかえなんて貴方……」

×

この家にふさわしい、しっとりと落着いた応接間だった。

そういえば、この家のあらゆるものに、何か好もしい調和があるようであった。床にも、壁にも、それから、ほんのりと湯気を含んだ部屋の空気にも……

なるほど、煉瓦を組んで作ったその暖炉の上部には、鳩の模様を横長にきざんだ浮彫りが見えていた。

良輔は、しばらく、それを見つめながら、さすがに少しはためらう気持だった。

「妙な話ですが、もしかすると、その鳩を彫った、左から三つ目の煉瓦が動くのじゃないでしょうか。動くとすると、私に手紙をくれた人が、私に見せようと思っているものが……ひょっとすると本当にその奥には入っているかも知れないのです。随分、奇妙な話なんですが、ちょっと、触らせて見せて頂けましょうか？」

老婦人の顔には、明かに好奇の表情が浮かんだが、しかし、

「どうぞ、ご遠慮なく、貴方……」

と、深切に微笑を残して、茶でも入れる様子で、席をはずした。

触ってみると、その煉瓦は、しっくりはめこんではあるが、動くのが直ぐ分った。

取りはずすと、奥に小さなかくし穴があり、そこから、部厚い封書が一通現われてきた。

良輔は、その仕事の性質上、随分奇妙な体験をもってはいたが、それにしても、この事実は、少からずその好奇心をゆすぶったようだった。

降旗静子という未知の婦人からうけとった手紙には、そのかくし穴の位置を明かにしるし、そして、良輔にその封書を一読してくれるよう依頼してあったのだ。

封書は、白紙のまま、何の上書きもしてなかった。長い年月を、そのかくし穴にじっと秘られていたことは、その、古びて黄変した色の濃さからも分るようだった。

封を切ると、美しいペン書きの女手で、細かく書かれた十数に余る便箋が、ばさりと音をたてて、重く良輔の手に落ちた。

×

始めに、降旗静子しるすと書き、その下にかきつけてある年月日は、指を折ると、今から二十六年も前のものだった。

良輔は、窓際の椅子へ腰をおろし、吸われるようにその便箋へ目をおとした。


私が、その恐しい、鬼畜の所行にもまさる罪を犯すようになりました次第を申上げるに先立ち、まず、私の悲しい、不幸だったこれまでの生活を申述べさせて頂きたいと存じます……

その、細々としたペン書きの跡は、こんな風に書き出してあった。

……私は、心の温い、慈愛ふかい父母の間に生れました。たった一人の子供でございました。両親が、私をどんなに愛しいつくしんでくれたかは、幼心にも濃くしみついて、今でも、ただただ遠い夢のように懐しく想出されるのでございます。その頃の私は倖せの絶頂にいたと申してもよかったのでございましょう。

両親は、私をこの上ない優しい悧発な娘のように思いこんでいられたようでございますが、世間には、子供のくせに意地ッ張りな、決して自分の思った事をまげようとしない強情な娘だと噂をしていたのを自分でも知っております。私の悲しい性分は、もうその頃から、はっきり私の世話の上に現われていたのでございましょう。

その倖せだった子供の頃の生活にも、間もなく終りがやって参りました。両親をつづいて亡くしたのがそれでございます。女学校へ入った年に父を失い、その翌年母を亡くしました。

幸い、多少の資産がございましたから、生活に困るということはなかったのでございますが、愛情の支柱であったふた親をつづいてなくした私が、その後、一日一日と一層気むずかしい、我儘な、そして強情な娘になっていったことは、この私自身でさえはっきりと意識しておりました。

もともと少かったお友達も、そうしたことから、段々と減ってゆき、やがては、穴にとじこもった宿借りのように、全く独りぼっちになってしまったのでございますが、そうしたことがまた原因となって、私のいやな性分はいよいよはげしくなり、歪んでいったようでございました。

そうした間にも、無事女学校をおえ、女子医専へ入学することになりました。その頃は、もう娘盛りの年頃だった頃でございますが、そうした性分の私には、異性のお友達など、さらさらできよう訳もなく、また、私の方でも、そうした華やかなものをわざと軽蔑して、殊更、我れと遠ざかるような片意地な気持になっておりました。私の青春は、全く、暗い、灰色そのもののようなものでございました。

やがて、医専を卒業し、ある病院に勤務することになりましたが、私の、陰気な生活には少しの陽の目もさしませんでした。

私は、総ての華やかなものに、我れと背中を向け、ただ、夢中になって働きました。相当成績もあげたつもりでございました。

けれども、世間というものは、やっぱり女子は何よりもまず女らしさというものを要求するものなのでございましょうか。

私は、働いても働いても、下積みにおかれつづけているような気がしました。私の軽蔑しきっているようなひとが、優しい女らしい心使いの細やかさから、先生や患者さんからもてはやされ、そして、どんどん私を追いこして進級してゆくのを見ていると、私は、もう、先生も同輩も、そしてあらゆる世間の人達をも虫けらのように軽蔑しきってやりたい気持にはげしくかられていったのでございます。そして、私は、ますます片意地になり、独りぼっちになり、陰気な女になり下がってゆくのでございました。

そうして、私は、うかうかと青春をおくってしまい、三十二歳になりました。

三十二歳――それは、私にとって、生涯での波瀾多い機会がやってきた年でございます。

それは、何とまア、輝きにみちた、そして恐しい機会だったでございましょう。それは、無上の倖せを私にもたらしてくれたと一緒に、また、その恐しい罪をおかさせる動機を運んできたのだともいえるからでございます。

ある時、病院へ通う道で、偶然、一人の若い男の方と知りあうことになりました。

俄雨に降りこめられ、とある軒先に、肩を並べて雨宿りをしたのが、そのきっかけとなりました。あんなにも変くつで、人嫌いだった私がその時に限って、その未知の方と口をきくなどとは、何とまア、不思議な奇蹟だったでございましょう。

二十五歳の、まだ若い青年でした。私より七ツも年下の方でございました。

おとなしやかな、見るからに品のいい方でございました。

その方は、ある時――二三度お会いした後のことでしたが、私の顔をじっと見て、こんなことを仰有いました。

「貴女は美しい。本当に、美しい。そして本当に、親切な良い人だなア……」

ああ！

それをきいた時の、私の云いようもないはげしい心の動揺を、何とかしたら分って頂けるでございましょうか。

美しい？　この私が？

それに、良い人!?

私は、何年、何十年、その言葉をきかずにすごしてきたことでしょう。誰一人、私に向ってそれをいってくれた人はありませんでした。私は、いつも、独りぼっちでした。宿借りでした。変くつのオールドミスでした。

私は、一度だって、そんな言葉を耳にしよう等と期待したことがあるでしょうか。いえ、私は、生涯——墓場の下の土となるまで、決して決して、そんな言葉を聞くことのないのを信じ切っておりました。考えてみたことすらありませんでした。

本当に、私は、美しいのだろうか？

本当に、私は、良い人なのだろうか？

でも、その方は仰有ったのです。目に、美しい、優しい愛情の光さえたたえながらそれを仰有ってくだすったのでございます。

「貴女は美しい。本当に、美しい。そして、本当に、親切な良い人だなア……」

私は口もきけませんでした。手足が、わなわな震えているのさえ感じました。

「どうしました？　気分がお悪るいんですか？　何か気にさわったんでしょうか？」

私は、夢中でその方の胸にすがりつきました。声をあげて泣きだしてしまいました。何を云ったか、まるで覚えてはいませんでした。無我夢中でした。

そして、それから後——私達の間は、馬車馬のように一息に突進んでしまいました。

私は、一心に美しくなろうと思いました。

少くも、その方のためにだけは、女らしい、優しい、愛される女になろうと懸命に努力しました。

ああ、何という幸福だったでしょう！

その方は、ほんとうに、純真なやさしい青年でございました。心から私を愛してくれました。

あの頃の、短い、けれども夢のように倖せだった私の生活……

私にも、やっと、春がきたのだと思いました。これで、女の倖せというものが、はっきり摑めたのだとさとりました。私は、美しく、女らしくなろうと必死につとめました。その方を、全身全霊で愛そうと努力しました。世界中が、私をとりまいて、急に輝き出したような気持さえしました。

年齢の差など、少しも考えたことがないくらいでした。

その頃の、私の、喜びに充ちあふれた姿がご想像につくでございましょうか。私の感謝と幸福に涙ぐんでいた心の中がご理解ゆくでございましょうか。

三十二歳まで、片意地で孤独だった宿借りに、そろそろ春がきたのでございます。私は救われたのでした。本当に、私は救われたと思いました。

でも――その倖せに、間もなく終りがきようなどと、いったい、誰が考えおよぶでございましょう。

それは、その方のご両親の固い反対にぶつかったことでございます。その方には、既に身体の関係まであった許婚の方があったのでございました。

勿論、私達は、極力争って、一時など、遠い田舎へまで逃げて身をかくしたことさえございました。でも、どうしても、私達の結婚が許されないことが、次第々々にわかってまいりました。そして、それと一緒に、その方の気持も少しずつ変ってゆき、私から離れてゆく様子でございました。

私の、悲しみと絶望を、どうぞご推察下さいませ。今までの倖せが深かっただけに、今度の悲しみは云いようもなくはげしいのでございました。

男の方の気持というものは、私などには分りません。けれども、その方が、一時でも心から私を愛して下すったということが――それだけのことが、私にはせめてもの淋しい喜びでございました。けれども、その頃、私はすでに身ごもっている身体でございましたので、生れてくる子供をどうするかの問題がのこっておりました。その方のお母様は、その子を自分の子として引取り入籍することを申出て下さいました。

始め、私は、自分で育てることを片意地はって申しつづけていたのでございますが最後に、その決心を変えさせたのは、やっぱり、子供の将来のことを考えたからでございました。

私の手許におけば、私生児の届けをするより外に道はございません。

私生児！　何て、不幸な名前でございましょうか。

これまで、余りにも淋しい暗い生活を送ってきた私は、私生児という刻印をうたれた我が子の将来を考えるだけで身の毛がよだつような気持さえするのでございました。

そんな次第で、とうとう、お母さまのお申出をうけ入れる気になったのでございます。そして、ある病院で、無事に出産を終りました。入籍もすみ、退院と一緒に、子供をお渡しする約束まで出来ていたのでございます。

所が、女の――いえ、母親の、子供に対する気持とは、何と不思議なものでございましょう。

二日三日と、乳をあたえ、添寝しているうちに、私は、その子に、次第にはげしい愛情を覚えはじめてまいったのでございます。それは、本当に、自分にも信じられない位、はげしい切ない気持でございました。

父親に、余りにもよく似たその子供。

まるで、その方の、身体のかけらでもあるようなその子供。

私は、失ったものを、突然、子供の中に見出したような気さえいたしました。

四日五日とたつうちには、私は、もうどんなことがあっても、この子だけは手ばなすことは出来ないという気持になってまいりました。どんなことがあっても、死んでも、手ばなすまい――そんなことまで考えました。

そして、いよいよ明日は退院という前夜になって、私は、その子を抱えてそっと病院を抜けだしました。

その後のくだくだしいことははぶくことに致しますが、それから二ケ月の間というもの、私は子供をつれ、あちらこちらと身をかくして逃げ廻りました。

その方の所からは、根よく、私を追って人がみえ、あれこれと手をつくして子供を引きとろうとなさるのです。今になって思えば、それも全く、既に籍まで入っている子供の将来を考えての、心からのご親切だったのでございますが、その頃の私は、ただもう、子供をとりにくる怖しい人のようにばかり思いつめておりました。

こうした時に、私がどんなに片意地になったかは、多分ご推察がおつきのことと存じます。私は、いっそ、子供を連れて死んでしまおうかなどと、一体幾度考えたことでしょう。川の縁に死場所を探してさまよったことも、本当に何度かあったのでございます。

子供はもう、私の心の全部になり切っておりました。一時、その方をなくしてはけ口に迷っていた感情の総てが、そっくり子供に向かったのでございましょうか。子供をとられたら、もう生きてはいられない等とも考えました。

そうして最後に、私は、昔の乳母の里をたよって身をかくしました。けれども、間もなく、そのかくれ場所も分ってしまったとみえ、ある日その方が突然やっておいでになりました。後になって考えれば、お母さまご自身で見えては、私が警戒すると思い、わざとその方がおいでになったようでございます。

四五日滞在して、ゆっくり子供の顔を見てから東京へ帰ると、何気ないお話しぶりでございました。それが、私を安心させたのでございます。

丁度、私は胸の辺に、少し気にかかる痛みを覚えて、一度医者に見て頂きたいと思っていた所なので、一日、遠い町の病院まで診察に行ってくる気になりました。

その頃、連日雨降りのいやな天気がつづいておりましたが、殊にその日は朝から風が加わり、やがてひどい吹き降りとなりました。

その病院のある町は、乳母の村からは相当遠く、どうしても一泊しなければならなかったのでございますが、虫が知らしたというか、急に家のことが心配になり私は途中から急に引返しました。やがて日がくれましたが、私は、その雨の闇の中を夢中になって走りました。途中出水のため橋の流れた所などあって遠廻りをしましたため、家へかえりついた時には、もう白々明けが間近に迫った頃でございました。雨は、もう、あがっておりました。

帰ってみると、私の予想は、やっぱり当っておりました。その方は、子供をつれ、昨夜のうちにK駅へたったということなのでございます。

私はもう半狂乱でございました。薄明りの中を、夢中で走って鉄道線路まで出ました。

その村は、東海道線のK駅とW駅の間にあって、その線路添いに行くのが一番の近道だったからでございます。乗物など探しようもない時刻でしたし、第一、そんなことを考える暇さえありませんでした。

その方が、K駅から今朝の一番に乗ることは分りきっていました。その一番に、もう間もない時刻でございました。

私は無我夢中で走りました。もう、全く狂人でございました。転びながら、つまずきながら、走って走って走りつづけました。

二本の線路だけが、焼きつくように目に映っておりました。外のものは、もう何一つだって見えはしませんでした。

そうして、走りました。走って走って、狂気のように走りつづけました。

所が――その私が、駅にもう十五六丁ばかりの所にある、谷川にかかった鉄橋まで走りついた時、遠くの方で、汽笛のなるのを耳にしました。

それは、既に、一番列車がK駅を出て、第一のカーブにかかったことをしらせる汽笛でございました。

とたん、私は、全身の力が一時に抜けさってゆくのを感じながら、思わず、くたくたっと道傍に坐りこんでしまいました。

もう、駄目！

ただ、その事丈が、刺すように頭の中にひらめきました。頭の芯を、きりきりもみえぐられるような痛みを感じました。

もう、泣く気力もありませんでした。ただ真黒なものが、目の前一ぱいに立ちふさがった気持でございました。いっそ、線路へ身を投げかけ、子供の乗った汽車にひかれて死のうかと思いつめました。そして、本当にそうしかけたのでございます。

すると、その時でございました。

鉄橋の一個所に、妙な所のあるのが目につきました。

昨夜の出水が、流木でも押し流してきてそこにぶつかったのでございましょうか。枕木が二三本はずれて落ち、線路の一部が折れて曲っているではありませんか。

いちど、私は、飛びおりました。はやく人をよばねばならないと思いました。はやく汽車をとめてもらわねばならないと思いました。子供とあの人の乗った汽車が、もうま近にせまっているのだ、と夢中で思いつめました。

私は、何か叫びながら走りだそうとし――しかし、その私は、そのまま、再びその場へぺったりと坐りこんでしまいました。

その時、何故、私がそうしたか、私にもよく分りません。何を考えた訳でもないのでした。ただ、夢中で、無意識に、坐りこんでしまったのでございます。

私は、じっと、その壊れた個所を見つめておりました。ぼんやりと、阿呆のようにただその個所を見つめておりました。

やがて、汽車ははげしい地鳴りをつたえながら間近まで接近して参りました。けれども、やっぱり、私は、同じ姿で、同じ個所をぼんやりと見つめつづけておりました。

そして、最後に、とうとう、あの恐しい大惨事が起ったのでございます。

機関車につづいて幾輌もの客車が、まるでおもちゃの積木を崩したように、折重なり、物凄い音響をたてて谷へおちこんでゆくのを目前に見ながら、私は、無意識のうちに、静に立ち上りました。

不思議なことに――本当に、不思議なことに、頭の芯の痛みが瞬間に消えてなくなり、爽な風がすうっと吹きこんでくるような気持でした。

子供は、もう私のものだわ。永遠に私のものだわ。もう、誰にだって連れて行くことはできないのだわ――

そんな考えが、独楽のように頭の中をかけめぐっておりました。

いつの間にか、熱い涙がとめどもなく頬を伝っておりました。全く、不思議なくらい甘い、爽な涙でした。ほっとしたように身も心も一時にやすまる心地でございました。

凄じくふき上げる煙の渦も、とびちった人間の血肉も、救いをもとめる悲鳴も、私には、まるで遠い遠い昔の夢を想い出している気持でした。

子供はもう私のものだわ。誰にだって連れて行かれないわ――

ただ、そればかりを思いつづけておりました。

そうして、私は、東京の、蔦のある自分の家へ戻ってまいったのでございますが、近頃で、その数日間ほど、満ちたりた静な日を送ったことはございませんでした。

所が、今日、私は新聞を見て、突然、つきのめされたような驚怖にうたれたのでございます。

新聞は、その事故で、三十余人の死者と七十人余りの怪我人をだしたとつたえて、一緒に死者と生存者の名前をのせておりますが、その死者の中にあの人の名が、そして、生存者の中に子供の名が出ていたのでございます。

何故でございましょうか？

子供が生きていると知った時、私は、その場に、立ってはいられないほどの驚きと怖れにはげしく胸を突き破られました。

あの惨事を目の前に見た時でさえ、あのとびちった血肉の山を見、悲鳴をきいた時でさえ、露ほども心を動かされなかった私でございましたのに……

ああ、私は、そんなにも冷酷な、鬼のような女なのでございましょうか。

私は、今、怖しい罪を感じ、怖れに、震いおののいております。

冷然と、三十人の人を殺し、七十人の人に怪我をさせた私。

私は、もう、死なねばなりません。そして、今、このようなざんげの文をつづりました。

この文の中に、あの人や子供の名を、それとはっきり書かなかったことを、どうぞお許し下さいませ。あの人や、子供にまで世間様のおとがめのおよぶことを怖れたからでございます。どうぞ、罪ぶかい女をおゆるし下さいませ。

長い、遺書風の手紙はこれで一度とぎれその後に、改まった墨いろで、こんなことが書き加えてあった。

始め、この書置きは、世間様へお詫びのしるしにしたためたものでございますが、今となってその決心がにぶってまいりました。この母の秘密を子供の記憶の中に残すことが忍びないことに思われてきたからでございます。私は、黙って、死ぬべきが本当だと思いつきました。

それなら、何故、これを破りすててしまわないのでございましょう。ただ、私は、ただ——この、誰の目にもふれない遺書を、この世に残しておくことによって、せめても子供の生きてゆくこの世に一つのつながりをそっと作っておきたい願いからなのでございます。お笑い下さいませ。


これで、その手紙はおわっていた。

良輔は、それを読み終ると、ポケットから、もう一通の手紙をとりだしてひろげた。

昨日、彼のもとへとどいた降旗静子からの書面だった。

その末尾に、こんな文字が読みとれた。


……私は自殺を仕損じました。そして、そのために、不具の身となり、ほとんどずっと病院の生活をつづけてまいりました。けれども、この不具の身体を、この世の片隅に生きながらえながら、今日まで、じっと子供の生成をながめくらしてまいりました。子供は、すこやかに育ち、立派な——本当に、立派な男になってくれました。

私はうれしいのです。うれしくて、今もこれをかきながら、うれし泣きに泣いているのでございます。

私の、余命はもう、あと一、二時間に迫ってまいりました。

私は、とうとう我慢ができなくなりました。今日まで、じっとこらえ、秘しかくしてきた、私の秘密を、これ以上もう一ときも黙ってはいられなくなってきたのでございます。

後生です。お願いします。私に云わしておくれ。

明石良輔さん！　私の子供。可愛い、可愛い私の子供！

貴方を殺そうとしたお母さんの罪をせめないでおくれ。許しておくれ。

どうか、どうか、云わしておくれ。

私の子供！

良輔さん！　良輔さん！　良輔さん！

×

「お探しのもの、お見つかりでございますか？」

茶をもって入ってきた老婦人は、そこに、愁然と黙してうなだれている良輔の顔を、さすがにいぶかしげな目で見やった。

「はア、お蔭さまで……」

彼の声は吐息にも似通っていた。

「何か、いやなことでもおありだったのでございますか？」

「はア、……いや、昔、このお宅に、住んでいた母子二人の悲しい想出です」

「まア、ねえ。どんなご事情かは存じませんけれど……そういえば、思いだしました。この家は、何でも降旗とかおっしゃる方のお持家だと、差配さんからうかがって居りましたが……」

良輔は、あつく礼をいっておもてへでた。

遠い想い出が、あわい夢のようにその胸を去来した。


二十四違いの兄が、自分の生れた年に、鉄道事故で死んだと、よく話にきかされたこと。

母が、病的なくらい、自分を甘やかし可愛がってくれたこと。

おお、そして、もう一人の母は……

彼は立ちどまり、口の中で、かすかに叫んでみた。

「お母さん……」

見上げると、その家の壁に懐しく生いしげった蔦の葉に、雨は音もなく降りつづいていた。

暗闇の女狼

夜毎々々、暗い街並を、女の形をした吸血鬼が、足音を殺して歩きまわっているという噂が、いつの頃からか、東京の空を鬱陶しく蔽っていた。

しっかり見たというほどの者もないくせに、何か根拠ありげな説をふりまくものもあった。とにかく、若い女だということはもう確定的に信じられていた。すっきりと姿のよい、そしてぞっとするくらいな色の白さだと、まるで見て来たように云うものもあった。元禄袖を着ていたとか、いや大振袖だとか、色々説はあったがいつも和服を着ていることは誰も疑う者はなかった。

そうした姿の若い女が、夜毎々々血を求めながら東京の街をさまよい歩いているのである。まるで亡霊のようにしょんぼりとした姿で、音もなくしとしと草履をふんでゆく。どこからくるのか、何という名か、どこへかえるのか、勿論誰一人知るはずはなかった。

これではまるで昔の怪談噺じみてくるのだが、しかしこの噂を生々しい現実の世界へひきもどすのは、その女の通りすぎた道筋に——点々と横たわるむごたらしい惨殺死体の血の匂いであった。

いずれも例外なしに、喉を、鋭利な刃物で、一えぐりにさっと一撫でやられていた。恐らく一声すら立て得なかったであろう。被害者はいずれも男で、ここに、奇妙なことには、そうした被害者の額の上には、必らず一個の足袋のコハゼがのせられていることであった。

コハゼには、きまって九文半と刻印がうってある——九文半といえば女の足袋の大きさであった。

この、妙にちぐはぐな所のある不気味な殺人事件を、やや現代めかして見せたのは、その被害者が、定って財布を盗られているという事実であった。といっても、財布の中の金が目的なのか、それとも一緒に入っている名刺が必要なのか、はっきりとは分らないようであった。どういう心理からか、闇黒の殺人鬼は、必らず被害者の名刺を一枚、その胸の上にのこしてゆく。

狂人だ、という説が始めは多かった。戦争で両親兄妹を失って発狂した可哀そうな少女の兇行であろうと、うがった云い方をするものもあった。

いや、そうではあるまい、男の暴力のため貞操を奪われた女が、男性への復讐のために行う報復的殺人であろう等と考える者もあるし、それにしては財布のなくなるのがおかしいではないか、これは物盗りに過ぎんのさと簡単に片附けて、多分、女をおとりに使って獲物をひきよせ殺るのは相棒の男の方に違いないと、もうはっきり断定する者もあった。

しかし、この共犯説は間もなくはっきりと粉砕されてしまった。というのは、その異様な殺人の現物を、まざまざと目撃したという一人の男が現われて来た。その男こそ、現実にその惨劇に立会い、そして女の姿をはっきり見た唯一人の人物であると思われた。といって、それがどこの誰という男なのか、それさえも分らずじまいに終ったのだけれど……

その男の語るには、ある夜、暗い路傍に佇んでいる女の影をふと見とめて、多分春を売るたぐいの女であろうと、好奇心をおこして近寄りかけた所、同じ目的を抱いたらしいもう一人の別の男が、突然彼の前をすりぬけて女の前に歩みよった。二言《ふたこと》三言《みこと》話をしたらしい。女は唯々として、うなだれた姿のまま男に従った。しかし、五歩と行く間もなかったであろう。男は声もたてずに仰反って、そのままどっと仆《たお》れてしまった。側には女が血を吸った匕首《あいくち》を片手に凝然と立っていた。

やがて、女は、型通り、被害者のポケットから財布を引出し、取出した名刺を叮嚀に死体の胸においた。それから、用意してあったらしい足袋のコハゼを——それには九文半の刻印がうってある、そのコハゼをとり出して静な手附で死人の額にのせた。

ぞっとするように、色の白い美しい横顔。そしてその横顔に、どういう訳か、涙の滴が、月明りにきらりと光って見えたと、その男は真に迫った形容をした。勿論、彼は、身の毛をよだてながら、後をも見ずに逃げかえって来たのである。

あらゆる不自然なものを除外するとしても、ただ一つ、ここにのっぴきならない事実が存在した。警視庁の記録簿に、既に八つの殺人が記録されているということであった。

いずれも型通り喉を一えぐりされ、そして申合せたように同じ死にざまをしていた。

勿論、厳重を極めた捜査網がしかれた。

しかし、結果はどうだったろうか。

いかなる捜査網も警戒網も、まるで嘲笑うかの如く、闇の吸血鬼は傍若無人に横行した。警戒網の真只中で、血の惨劇は相ついで起ってきた。

一人の若い女が、忽然と闇の路傍に姿を現わす。どこから来たのか、どこへ行くのか、誰も知らないし、しみじみ見た者もない。

一人の男——犠牲者が、吸いよせられるようにそばへ寄ってゆく。二言三言何か話しあって、それからより添ったまま歩き出す。

五歩か六歩。

女は、匕首を握った片手をさっと一薙ぎする丈で足りるであろう。

仆れた男の喉からは鮮血がしぼるようにあふれ出し、いつの間にか、その額に九文半のコハゼ、そして胸には名刺が一枚のっている。

それから女はどうするだろう。泣くのだろうか？　何のために。

余りにも静な、しめやかな、それでいて身の毛もよだつばかり怖しい殺人であった。

あちらからもこちらからも、その妖しいつきもののような女をたしかに見たという噂が立ちのぼった。だがしかし、自分が本当に見た当人だと、当局へ名乗って出たほどの者は、遂に結局ないようであった。事件全体がもう朧たる靄の彼方にとじこめられて、しかとは見定めにくいまま、却ってそれが、この事件の性格に、一種異様に不気味な影をまつわりつかせる結果となったようであった。

既に八人の被害者が出ていた。しかも何一つ分ってはいないのだ。

犯人の身許は？　住所のあたりは？　犯行の動機は？　せめて、その足取りくらいは？

恐らく、当局者の、確信をもって答えられることは何一つなかったであろう。

ただ一つ、誰にも分っていることといえば、一個の殺人鬼が、夜毎々々、当局苦心の警戒網の真只中で、冷然たる殺戮を重ねてゆくという事であった。そしてそのやり口たるや、冷酷であり、嘲弄的であり、しかもまれに見るほど敏速果敢であった。

だが、右に述べた一見もう朧たる既知事項が、よくよく観察すれば、実は、重大なる二つの事実を明々白に物語っていたはずであった。

少くも、それに気づいていた人物に、『夕刊新東洋』紙の記者明石良輔がいた。

彼はもと某紙の警視庁詰記者として聞えた男で、その後『新東洋』に入り、『推理の世界』という欄を新設した。これは非常に大きくヒットし、『新東洋』は『推理の世界』でもっている等という風説のたつのも満更根拠のないことではないようであった。

彼がこの欄であつかったのはどういうものかといえば、彼一流の見方をした犯罪実話や、今まで未解決のままになっていた事件の机上推理による新しい解釈や、また時には、彼のもとへ個人的に依頼してきた事件の、実地探偵をやった体験記といった類いが中心になっていた。

彼は、その欄にとりあげた今度の事件に、「暗闇の女狼」という見出しをつけた。

×

良輔が、女を認めたのは霧がはれた瞬間であった。

実は、今夜でもう六晩も、つづけてこの辺りを徘徊していたのだった。勿論、暗闇の女狼にめぐりあうためだった。そこへ、今突然、一個の女の影が降ってわいたかのように出現したのであってみれば、さすがの彼も思わずぎょっと息をのんだとしても、むしろ当然のことであったろう。

全く、しょんぼりという形容詞がそのままあてはまるように、女はうなだれたまま立っていた。すその長い和服姿で白足袋に草履をはいていた。噂の通りの姿だった。

やがて驚きからさめると、彼は持前の不敵な面魂にかえり、大股につかつかっとその方へよっていった。

その女が、求める女狼であろうが無かろうが、この恐怖されている殺人事件の中心地近くに、この夜更け、こうした、当節目につく姿で、若い女がただ一人立っているということは、彼にとって断じて見のがしておけるはずのものではない。

一応の警戒をしながら近よると、

「一人?」

「ええ……」

かすかな返事だった。

顔はあげなかったが、しかもそのどこかの蔭から、此方をじっと凝視している気配を、良輔は、皮膚を剥されるような感覚で意識していた。

「どう? 附合わない?」

「………」

返事はなかったが逃げもしなかった。

どうも妙だった。どこか子供っぽい所があるかと思うと、一方、冷やりとするような近よりがたい冷たい顔でもあった。額のぬけるような蒼白さが、背中にぞくっと来た。月光のせいかも知れなかった。

「君、家、近いの?」

女は黙っていた。

「どう? 僕んとこまで来てくれるかい? それともどこかそこらまで……」

良輔は、もうすっかり落着き切っていた。自分でも不思議なくらいゆったりした気持になり、歩き出した時には、我れからぴったりと女に身をよせた。

そうだ、歩き出して五歩か六歩……殺る気なら今が絶好の機会じゃないか。

女は両手に、ハンドバッグを抱えていた。匕首をかくすとすればその中より外にはないであろう。考えると、ちょっと変な気がしてきた。あんな玩具《おもちゃ》みたいな可愛しいハンドバッグから、何かが現われて忽ち一個の人間の命を奪いさってしまうなんて……

影のようにしょんぼりした女が、何かの瞬間に、俄然その片手をひらめかすのだ。血が流れ、一つの命が消え、そして無限の冷笑をこめてその死体の額に足袋のコハゼがのせられる……

「君、名前、何ていうの？　家、どこ？　いいじゃないか、おしえたって……」

終始、ひいひやりとするものが女の身体にまといついているようであった。

霧は、乳色に鋭く光りながら、風にのって二人の前を流れていった。

「どうしてこんな商売してるの？　両親がないんだね？　どう？　いっそ、僕んとこへ来ないかね。僕ア独りもんだから……」

返事を期待している訳ではなかった。

問いかける言葉にも、別に意味はなかった。ただ、そうした話の間から、相手の何かの気配を嗅ぎとろうとしていたのだった。

とある物蔭に砂利置場があった。そこまでくると足をとめた。

「ここでいいだろう？」

良輔は早く勝負をつけてしまいたかった。いよいよという、そのどたん場まで追いつめれば、否応なしに片がつくだろう。少くも、女狼であるかそうでないかという区別丈は……

「君、何を考えてるんだ？　いやなのか？　え？」

彼は突然、片腕をのばして女の身体を抱いた。女は震えていた。

そうだった……人を殺してから、泣くというではないか、その女は……

女の、ハンドバッグにかけた手がもじもじ動いているのを見ながら、彼はむかむかっと息ぐるしく胸のつまってくるのを感じた。

そのハンドバッグの中には、血をたんまり吸って脂に光っている匕首が入っているかも知れない。それに九文半の刻印うった足袋のコハゼが……

ハンドバッグさえ調べれば総ては解決するはずだと、その時ちらっと考えた。

もう、我慢がならなかった。全身に、くわっと熱く血の逆流するのを覚えた。

畜生、殺る気なら早くやれッ！

彼は、女をおさえた腕にぐいっと力をこめて引きよせざま、あいている片手で矢庭に、そのハンドバッグを摑もうとした。

だが、とたんに、彼の腕は他愛もなく抜け、女は向うを走っていた。

一瞬のうちに、彼の血はもとにおさまり、冷静がかえって来た。

彼は、女を追う前に、まず一本煙草をとり、口にくわえて火をつけた。

×

良輔は、女を追って歩き出した時、自分一人きりでないことに、すぐ気がついた。

物蔭から辷るように出て来た男が、肩をならべざま、高飛車にいった。

「君ア、何者だ?」

ずんぐりした身体つきの、どこか野獣を思わせる光る目をした男だった。いや身体つきばかりでなく、その男のあらゆるものから、獣的な何かが漂い出しているという感じだった。良輔には、きかないでも、相手の正体は分っていたが、

「そういう君こそ、一体何者だ?」

相手は、むっとしたように、しかし、何にもいわずポケットから司法警察官の身分証明書をとりだして、ぬっと良輔の鼻先へつきつけた。

「僕は新聞記者だよ」

「何故こんな所をうろついているんだ。新聞記者なら尚更、この辺が夜中立入り禁止の危険区劃だってことを知っているはずだろう」

「その危険て奴を探しにやってきたんでね。丁度、君達と同じようにさ」

良輔は勤めがら、刑事達とも沢山の附合があったが、大方はうまが合うようだった、しかし、中にはこうした不快な男のいることも知っていた。自然、言葉が機械的だった。

「絶対にいかん！　我々の仕事の邪魔しちゃ、絶対いかん」

「といって、僕がはいさようならと立去るとでも思ってるのかね。それとも、腕ずくでおっぽり出そうとでも考えているのかね」

男の暗い目が、じろっと良輔を見た。思わず、彼はにやにやっと笑ってしまった。

「僕の顔を知らんところを見ると、他署からかけつけた新参だね。僕ア、捜査一課の嘱託をやってる。今夜の捜査指揮官高岡一係長の道行許可証ももってるんだぜ、え、君？」

そのまま、二人の間に沈黙が来た。

相手の腹は分っていた。一人になりたいのだ。一人になって獲物を一人占めにしたいのだ。二人とも、同じ事を考えながら、何とか隙を見て相手をまこうとそっと気配をうかがっているという形だった。

だが、そうした機会はすぐやって来た。二人の前を行く女が、つと道を横に切れたからだった。それを追う道が二つあった。良輔が左をとると、相手はすぐ当然のように右をとった。

一人になると、良輔は俄に足をいそがせはじめた。とにかく、もう一度女を捕えてみたかった。最初自分が見つけ出した獲物ではなかったか。

あの女が、女狼の正体であるなしは別としても、この夜更、この辺りを、ああした風態で一人歩きする以上、そこに何かがなければならないはずだと思った。

女の姿は仲々見つからなかった。次第にあせり出し、その辺りも、やたらに足にまかせて歩きまわった。どこへ消えたか女の影も、それを追っているはずの、今の刑事の足音もまるでなかった。どうやら道を外れてしまったのではなかろうか。

と、思った時、どこか、近くで人のもみ合うはげしい気配がきこえた。

良輔は、おどり上り、精一杯の早さで走った。家並がとぎれ、突然月明りに濡れた焼跡がひろがった。

すぐ、目に映った。この焼跡に、二人の人間が息を弾ませてもみあっているのだった。勿論、さっきの女とそれに刑事だった。

しかし、何を考えるひまもなかった。二人の間に、一振りの匕首が、きらっと蒼白く月光をてりかえしたのを見ると、彼は半ば夢中で宙をとんだ。

今はもう、総てが分っていた。たしかに、あの中に殺人鬼がいる！

身体ごと、叩きつけるように二人の間に割って入り、次の瞬間には、匕首を握ったその刑事と、組みあったまま転げて大地に仆れた。

腕力には、相当自信のあったはずの彼にも、この相手は、仲々のしたたか者だった。とにかく、自分の身体を追いまわす匕首を、相手の手からはなさせねばならぬ。良輔は、隙を見て、そのこぶしへがぶりと力まかせに嚙みついた。生温い血が喉をふさぎ、同時に匕首が、冷い触感を彼の頰に伝えながら地におちるのを感じた。

それは、誠に奇妙なことだったが、彼はそうした死闘の只中にあってさえ、目のどこかの隅から女の方を見ていたようであった。

女は、さすがに荒く息を弾ませながらも、確信に充ちた姿で呼笛《よびこ》をふきならした。

間もなく、刑事の一隊が馳せ集まって来て、この狂気の如くあれくるう男に縄をかけた。この男こそ、この奇怪な殺人事件の真犯人であった。

×

ごたくさがすんだあと、良輔は、奇妙に女のことが心に残っていた。

何者だろう？

娘なのか、人妻なのか、それとも商売人なのか？

考えても少しも見当がつかなかった。

ちょっと、とりすました貌で、一隊のあとについていたその女の側へ近寄ると、その顔をしげしげと覗きこみながら、肩へ手をかけた。

「君との話がまだ残っていたっけな。さア、片をつけてしまおうじゃないか。え？　君ア僕が好きなのか、嫌いなのか？」

女は、にこりともせず、するっと彼の手を辷って逃げた。

良輔の云い方は、勿論冗談ではあったが高岡警部は苦笑いの顔をふり向けながらいった。

「おい、君。余りいじめてくれるなよ、僕の娘を……まだ、十九のほんのねんねなんだからな」

良輔は、開いた口がふさがらんという表情であった。結局、仕方なしの苦笑いになり、最後には、とうとうたまらなくなって、大声をあげながら笑い出してしまった。

「こいつあ、とんだ大芝居だ！」

捜査本部では、解散式をかね、冷えた番茶のコップをあげて祝盃に代えた。この席には良輔も、さっきの女——高岡警部一人娘法子も加わっていた。

犯人、野溝藤吉という男は、もと某署の特高であった。従って、彼の企てた犯罪には、彼の特性、経験、職歴の、総てのものが使われていた。

まず、犯人を女であるが如く見せかける巧妙な技巧であった。総て噂を最初にふりまいた主は彼自身であった。一度、噂が立ち出せば、あとは抛《ほう》っておいてもそれは、どんどん独りで拡って行くだろう。

たしかに自分は女の兇行現場を目撃したと――それを云いふらしたのも勿論彼自身であった。当時の噂の内容を読み返せばわかるが、その真に迫った芸術的な表裏の巧さなど、彼の犯罪者としての恐るべき特性が感じられるではないか。

死人の額に足袋のコハゼをのせておいたには、結局三つの意味があった。

一つは、自分に締め出しをくわせた社会への報復を意味する嘲笑的呪詛であり二つは、コハゼの九文半という文数《もんすう》からここでも暗に女の匂いをさせておくことであった。そして、三には、事件に異様な雰囲気を添えようという目的のためであった。

名刺を、死骸の胸にのせておいたのはそのことにより、財布がなくなっているのは、あるいは金のためではないのかも知れないと、そんな疑いの余地をのこしておく目的であった。

金が目的の殺人、とはっきり割切れてしまうと、事件の怪奇味がとぼしくなり従って世間の興奮がさめてくる――世間の人心が動揺し、騒ぎが大きくなればなるほど犯罪は容易に行われやすくなるものだという、そうした事実をよく知っている彼は、なるべく世間の騒ぎ廻ることを望んでいたからであった。

犯罪の動機は？　ときかれ、一に、生活難からの金欲しさ、二に、自分に締出しを喰わせた社会への報復と、その二つを犯人は挙げているけれど、良輔には、まだそれ丈では十分にうなずけないものがあった。たしかに、動機の根底をなすものに、精神病の気配が有力なものをなしているのではなかろうか。

かくして、事件を怪奇なものに組立てておき、世間の動揺の中を、彼は悠々と血を求めて歩いていた訳であった。彼は警察の事情は、細かい所まで知り抜いていたし、また当局の捜査方針、命令の一々まで、籠抜けのように嗅ぎ知ることも不可能ではなかったのだ。身分証明書だって、自由に偽造したり、またちょろまかしたりすることも出来たはずであろう。

彼のやり口はこうであった。

彼は、常に刑事を装って歩き廻っていた。そうすれば、どんな深夜、どんな場所でも歩けるし、不訊尋問など問題にもならなかったからだ。

そうして、いよいよ獲物を見つけると板についた不訊尋問の型で相手を呼びとめ、その右腕をつかみざま、ポケットの中で匕首を握りしめたまま、右手を引出し、軽くさっと、相手の喉へ打ちおろす――ただ、それ丈のことに過ぎなかった。相手を呼びとめてから、総てで三秒とはかからんと彼は陳述の際豪語したという。

「この事件を注意して見ると、まず二つの事に気がつきましたの。第一は、実際に誰一人それを見たというはっきりした証人もないのに、女が犯人であるという噂丈が余りにも高すぎるということでした。これは、犯人が故意に立てている噂ではないかしら？　そうすれば犯人は男かも知れない……とこう思ったのが始まりでございました」

法子は皆に責めたてられ、テレて赤くなりながら、ぽつりぽつり、当時のことをこう話した。

「第二に、皆さんが手を揃えての警戒を突破して、平気で事件が起っていったことでした。普通の人では、どんなに悪がしこい者でもそうそう皆さんのお目は逃げられないことでしょう。そうすると、皆さんの中にか……あらア！」

と、また赤くなり、

「済みません。つい失礼なこと云ってしまって……ひょいとしても、関係のある方はないかしら？　そう考えついた訳でございました」

「その通りだ」

良輔が、法子の顔を見始めて笑いながら拍手した。

「それで、わたし、お父さまにお願いして、女なら、相手の犯人である女も——と、犯人は女と信じているようにはっきり申し添え、——きっと、油断するでしょうから、これこれこういう女を犯人釣出しにやるから、その女には近寄らないようにと、お父さまから皆さんにお伝えして頂いた訳でした。そうすれば、皆さんは、わたしにお近寄りにならないでしょう。でも、犯人は、きっと、近寄って来て、何とかしてしまおうとするだろうと考えた訳ですの。つまり、まアおとりって訳なんでございますわね」

良輔は、警部の肩を大きく叩いた。

「貴方のお娘《じょう》さん丈あって、全く、大した度胸ですなア」

その席の、最後の幕は、警部の哄笑によって閉じられることになった。

「いやはやどうも、とんでもないお転婆娘なんでねえ君、はッはッはは……」

×

良輔は、この事件を『推理の世界』欄に十日間連載し、その最後にこんな文句をつけ加えた。

たとえ、記者のその推理がいかに正しくあったろうと、もし法子嬢のおとり戦術が無かったら、犯人逮捕にはなお幾多の困難が重なったことであろう。だが、これは全く命がけの仕事であったはずだ。思えば、大胆不敵なお嬢さんがあったものである。

　しかも、何と、このお嬢さんが芳紀正に十九才の、可憐極まる少女であろうとは……

その後、新東洋の編輯室へ足繁く遊びにくるようになった法子が、甚だ不服らしく抗議した。

「可憐極まる少女ですって！　良輔さん随分ひどいのね。これじゃまるで幼稚園の子供みたいな感じじゃなくって……」

だがしかし、法子が何と抗議しようとも、その顔には、どこやら、まだ幼いものの影が残っていた。

良輔は、その法子をしげしげと見つめていたが、やがて思わずにやっと笑ってしまった。

「失礼ねえ！　人の顔を見ながらにやにやするなんて、婦人に対する礼儀ちっとも御存知ないのね」

「礼儀より本能の方が先行するからね」

良輔は、遠慮なくにやにやをつづけながら、

「考えても見給え。きっと、君だって笑い出してしまうにきまっているぜ。この間の晩、あんなに冷然とすましこんで、三十女の舞台を完全にやりとげて僕を煙に巻いた女の身体が、実はそんな可憐なお嬢さんだったりしてね……全く女という奴は化物だ。生れながらに、化ける天才をもっているんだね。

法子は、怒ったように、ぷうんとふくれて見せたが、しかし部屋から出て行きはしなかった。いや、それ所か、その瞬間、あの夜の良輔との出来事の中の、何事かをふっと想い出したように、俄にかっと顔をあつくし、結局、それを胡麻化しでもするためか、つかつかと蓮ッ葉にデスクへ来て、良輔の方へ額をぶつけそうに乗り出した。

「あら、これ今日の『推理の世界』のゲラね。何か面白い事件あって？　ね、読ませてよ」

良輔は、邪見に法子の手からゲラをひったくった。

「この間も云ったろう。仕事の邪魔をするとつまみ出すぜ。さア、子供は向うのテーブルで、お茶でものみながらおとなしくして待ってるんだ。おい給仕、お客さんにお茶……何？　入れかえる？　お茶をか？　出がらしで沢山だ……」

それにしても、この殺風景な空気の中に、女の化粧の香気が、何となく漂い出したことであろう。

良輔は、その香りに気づかずにいるだろうか。
いや！　彼も、多感な二十六才の青年であるはずだ。

鳥は見ていた

悲しい声で鳴く鳥であった。名前も知らなかった。

身体は山鳩に似ていたが、首はもっと細く羽色は穢くすすけて黒ずんでいた。

可憐な小さな眼が侘しげにおどおどとまたたきながら人を見た。だが、その目も、片方はえぐりとられたように肉のあとを見せてつぶれていた。

ホ……ホ……ホ……

悲しい鳴き方であった。

しかし、その鳴き声をきかせるのも稀れなことで、一日中大方はとまり木にうずくまりしょんぼりと何か見つめていることが多かった。

その小鳥の姿を、一層侘しげに見せたのはアヤ子の蒼白い顔色のせいもあったろう。

鳥籠が窓先に出ている時には、いつもアヤ子の顔がそれに並んでいた。蒼白く、痩せてかさかさした顔であった。十七というよりもっと幼く見えた。

眉は細く美しかったが、その片目はやっぱり醜くつぶれていた。

何をするというでもなかった。一日、ぼんやりと窓際に坐り、籠の小鳥を見つめていた。

ホ……ホ……ホ……

鳥が鳴くと、アヤ子は、窓の方へ顔を近づけて、思い出したように、あるかなしかのかすかな微笑をうかべた。一日黙っていた。

アパートの人達は、少女が物をいうのも、笑い声をたてるのも、殆ど耳にしたことさえなかった。

日暮れになると、アヤ子は鳥籠をしまい、蒼白い頬に紅を刷き、垢づいた友禅を着て裏口の階段から、そっと夜の街へ出て行った。

×

良輔が初めてアヤ子に会ったのは、生ぬるいそよ風の吹く、四月初めのとある宵のことであった。社からの帰り道、裏町を抜けていた良輔の前へ、物陰からとぼとぼと出て来た少女があった。これがアヤ子だった。

良輔は立ちどまった。道でもきくのかと思っていた。

アヤ子はちらっと良輔を見あげ、かすかに微笑んだ。その顔にも姿にも、侘しげなものが硬張りついていた。そのまま眼を伏せて黙っていた。

「何ですか？　御用ですか？」

不器用なきき方をしたものだが、うかつといえばうかつだった。

というのは、その時のアヤ子が、良輔の目には余りにも幼く見えて、その姿から娼婦の匂いをかぎとることなど、思いもよらなかったのであった。

「あの……いくらでもいいですわ」

いってから、少女はもじもじと身体をうごかした。やるせなげなものが、そのほっそりした肩先を影のように包んでいた。

良輔が歩き出すと、アヤ子は黙ってついて来た。とぼとぼとした歩き方だった。うつ向いたまま歩いていた。

「いつからこんなことしてるの？」

幾らかはむっとしたような声であった。少女は叱られでもしたようにびくっとしながら、

「二月ぐらい前から……」

やっと答えた。ききとりかねるぐらい低い声だった。

「君、親御さん無いのかい？」

「ええ……お母さん一人……」

「お母さん承知なの」

アヤ子はかすかに吐息した。

「ええ……」

良輔は立ちどまって煙草をつけた。

燐寸の光の中に、友禅の毒々しい色が、男の慾情をそそり立てるように、これ見よがしにぱっと浮き上った。

暗い場末の裏通りだった。

「こっちですの」

アヤ子は、低い声でいって、つと横に折れた。やっぱり、顔を伏せたままだった。

どこか、安アパートらしい建物の裏手へ出た。

アヤ子はその裏梯子を登って行きかけたがついて来ない良輔を感じると、つと振り向いた。

良輔はためらっていた。幼い頃、死んだ妹のことをしきりに想い出していた。

アヤ子は階段の中途から身体をくねらせとってつけたような媚態を見せた。

「ねえ、お願いするわ」

娼婦達の好んでやる型だったが遊蕩心をそそるより、むしろ残酷な感じが強かった。

良輔は煙草をすてて梯子を登った。

アパートの二階はひっそりしていた。

そのとっつきの部屋の前にたつと、アヤ子は少しもじもじしていた。

良輔は気がついたように、ポケットから何がしかの金をつかみ出して渡した。

「すみません……」

子供のように頭をさげ、それから、戸をあけて、何かおどおどした物腰で声をかけた。

「お母さん、お客さま……」

「おや、入らっしゃい……」

良輔を見上げたのは、デクデク肥った老婆だった。アヤ子とはまるで似ていなかった。寝そべってよんでいた本をはずした老眼鏡と一緒に片手にもち、片手でアヤ子からうけとった金をエプロンのポケットへねじこみながら立って来た。

「さア、旦那どうぞ……アヤ子、何ぐずぐずしてるんだい！　御覧の通り気のきかないからっきし子供でしてねえ。その代り、貴方、ほほほほ……

アヤ子。いいかい。きっちり、九時半までだよ。どんどん稼いでもらわなくちゃ……うっかり目をはなしたら、直ぐなまけるんだから……ほほほ……旦那、どうぞ御ゆっくり……」

老婆は、部屋から出がけに、ちらっと少女の方へ目をやった。底でにやにや笑いながらその癖さいなむような意地わるい残忍な目付だった。

×

狭い薄穢い部屋だった。

家具らしいものも殆んどなかった。

窓際に、鳥籠のあるのが、良輔の目についた。

「鳩かな？　そうじゃないね。何て鳥？」

「知らないの」

「君が飼ってるの？」

「ええ……」

二人は自然とその前に並んで立った。並ぶとアヤ子は良輔の肩までもなかった。

「アコちゃん。鳴いて御覧……」

アヤ子がいうと、とまり木に寒々とうずくまっていた鳥は、ホ……ホ……ホ……と小さな声で鳴いた。惹きこまれるように悲しい声だった。

「鳴いたでしょう」

アヤ子はちらっと微笑んだ。まるで喰入るように、優しい目付で鳥に見入っていた。まるで、子供の仕草だった。

良輔は、ふと気付たように、思わずいった。

「おや、片方の目、つぶれているね?」

瞬間、アヤ子の顔から微笑が消えた。心の苦悩がさっとその表情を覆った。むしろ、恐怖に近い顔付だった。

そのまま、二人とも黙りこんでしまった。妙に、何もいうことはなかった。

時間がどんどんたっていった。

良輔はあとからあとからと煙草をすった。

部屋の片隅にある小さな食卓に、古ぼけた目ざまし時計がのっていた。アヤ子は、妙にそわそわしはじめながら、ちらりちらりその方へ目をやった。

九時半にもう間がなかった。

アヤ子は、もじもじしていたが、そのうち、つと立上ると、押入れの方へ行き、扉をあけた。蒲団の幾枚かが入っていた。

良輔は煙草をすてた。

「帰るよ」

「あら、ちょっと待って……」

おどおどと、蒼ざめた顔をしていた。

「叱られるの。待ってね」

「またくる」

良輔は戸口へいった。

アヤ子は、ちょっとぼんやり立ったままでいたが、突然、かけよってくると、良輔の胸に抱きついた。まるで、鞭でしつけられた犬のように無表情にそれをやった。

良輔は、軽くその肩をおしのけ、手を振った。

「またくるよ」

夜の街へ出ていきながら、その少女の手の感触を、良輔はいつまでも思っていた。軟い細い指だと思った。

×

その後、良輔は三四度アヤ子の所へいった。

いつでも、鳥籠の下に坐って煙草を喫った。とりとめもない話をすることもあるが大概黙っていた、そして、帰りしなに握手した。

今のお母さんは本当の母ではなくて、母の姉にあたる人であり、本当の母が死んでからその手許へ引きとられたこと等、アヤ子はぽつぽつと話した。

それがアヤ子の三歳の時だった。前には子守りにやられていたが、昨年呼びもどされてから、日傭取りの土方に出された。だが、その頃はまだよかった。一月ほど前になると、乞食をやれと強いられた。

「それがイヤなら淫売になれ、淫売に！」

義母の口つきを真似てアヤ子は唇をかんだ。

「あたし、乞食にはなれなかったの。だからお客をとるようになったのよ」

良輔はその話の中に異常なものを感じていた。普通ではないと思った。だが、アヤ子は多くを語ることを好まないようだった。聞かれても、答える代りに首をふった。

「でも、鳥のアコちゃんは何もかも知っているわね。いつでもあすこからじっと見ているんですもの……」

ある時、こんな事を云ったことがあった。

「貴方、『新東洋』の明石さんでしょ？」

良輔の社を知っていた。

良輔は夕刊『新東洋』の記者だった。彼の書いている『推理の世界』という欄では、未解決に終っている迷宮事件にメスを入れ新たに論理的解決を与えるというような特殊記事をのせて名声をはせていた。警察関係にも顔がひろいしそんな訳で、読者から個人的に、事件の捜索を依頼してくる者などもあった。

「お願いがあるのよ。あたしの兄さんを探して下さらない。いいえお父さんだけが違うの、お母さんが前の方の所でその兄さんを産みそれからあたしのお父さんと結婚してあたしを産んだ訳ね。でもね名前も顔も知らないのよ。一度も会ったこともないの。駄目？　それじゃ無理？　そうねえ。探しようないわねえ」

そんな話をするだけでもアヤ子はひどく義母を怖れているようであった。話しながら、扉の方をうかがい、誰かの足音でもきくと、ぎょっと肩をすくめたりした。

まるで、身体も心も、まだ子供だった。

こんな、硬い青い未熟な桃のような少女に無理強いに娼婦の技巧をしこみ、客をとらせる義母という女の心情に、良輔ははげしい嫌悪と一緒に何かしら深い疑惑さえ感ぜずにいられなかった。

この義母は、時間がきて戻って来ると、へらへらいやらしい表情で笑いながら、娘が本当に客をとったかどうか、きびしいせんさくの目附で、部屋の痕跡をじろじろ見廻すのが常だった。

それは、生活のために稼がせているというよりは、幼い心身を、男の獣欲の餌に投げ出して、それがずたずたに嚙み裂かれ、土埃に穢く汚損されていくことに無上の喜びを感じてでもいるという風があった。

×

その後、良輔は仕事に追われていた。アヤ子のことを忘れた訳ではないが、重要な社務に夜を日につぐ多忙さであった。

一月ほどたって、やっとそれが片付き、ひまが出来ると一緒に、またあのアパートの部屋を想い出した。

アヤ子はいそいそと彼を迎えた。その顔には、今まで見たことのない明るい微笑があった。

一月見ない間にがらりと変っていた。あの血の気の感じられない蒼白い顔に、ほんのりと赤味がさしていたし、瞳が表情を帯びて優しくうるんでいた。どこか、女らしさがほのかに匂っているという感じだった。

「鳥は見ていたね」

「え？　何？」

「口がきけたら、きっとこういうよ。アヤ子に好きな人が出来ました……」

良輔は笑った。

アヤ子ははにかんで、

「あたし、結婚するかもしれないの」

その言い方も今までとは違っていた。

「ほう！　どんな人？　お金持？」

「ううん。あたし達と同じ貧乏人よ。S区の区役所の前の代書屋さんにつとめている人……」

「お母さん、承知したの？」

「ええ、大賛成。早く結婚した方がいいってすすめたのお母さんからよ」

良輔はちょっと眉をしかめた。

変な気がした。

娘に乞食になれと強いたような残忍な人間が、手の裏を返すように、突然娘の幸福を願う善人に変心することがありうるだろうか。それとも、それに代る、何か莫大な利得でもあるというのだろうか。

アヤ子はそわそわしだした。

廊下に足音がきこえ、ノックの音がした。

「アヤ子さんいる？」

良輔は、少女の顔にさっと紅の散るのを見た。

「あの人？」

「ええ……」

「じゃア、またくるよ」

「すみません……」

アヤ子は戸口まで送ってきた。

扉の外に立っていた青年は、良輔を見るとどぎまぎしたようにちょっと顔を赤くし、慌てて一つ頭をさげた。

まだ若い男だった、病身らしいが、柔和そうな人柄だった。

アヤ子はいつもの習慣で手をさしだした。良輔はそれを握りながら、何故ともなしにぼんやりいやな予感に襲われていた。これが最後になるのではないだろうかと、出しぬけに、ふっとそんな事を考えた。

理由はない。ただ、彼の胸の底には、あの老婆のいやらしいへらへら笑いが、ねばりつくような執拗さで影のようにまといついていた。

不幸なことに、彼の予感は的中したのである。アヤ子が死んだのはその夜半のことであった。

×

アヤ子は壁の鴨居に打込んだ打釘へ腰紐をかけ、縊死をとげていた。

悲しい死顔であった。

前夜良輔に見せた、あの明るさは表情のどこにも残ってはいなかった。

それどころか、赤く泣きはらしたその片眼は、死んだ後まで、無限の怨恨をこめて、はったと虚空の彼方を凝視していた。

はげしい絶望と苦悩のあとが、その表情を苦しげにまざまざと蔽っていた。

何が、アヤ子をそんなにまで絶望させ、そして自殺の道へ突きやったのだろう?

乞食まで強いられ、売春婦にまでつきおとされ、それでも生きたえていた少女ではなかったか。

前夜には、あんなにまで明るく希望を抱いていたアヤ子ではなかったか。

「バカな子でございますよ、せっかく好きな男が出来、私まで賛成して一緒にしてやろうと心配している矢先をね、貴方……でも、死にたい者は死なしてやるがいいでございましょうよ。御覧なさいなあの不恰好な死にざまを……いやですねえ、あんな目付きをしてさ。でも、考えてみりゃア、あの子も、そう満更面白くない生涯でもなかったでしょうよ。だって、貴方、普通の女が、一生かかってもとても及びもつかない位の男と、好きな事もしましたしね。ほほほほ……」

養母は、アヤ子の死骸を前にして近隣の誰彼となくつかまえてはそれをくりかえした。デクデク肥った身体をゆすりゆすりへらへら笑声を上げるその声のかげには、きく人を、びくっとさせるような無限の憎悪が感じられた。義母は一応取調べはうけた。しかし当夜は近くの知人の家へ泊っていて、何等問題とならなかった。

アヤ子の葬式は無残なものだった。殆んど犬猫同様に、棄てるが如く墓地の片隅にうめられた。墓標一つたたなかった。

×

アヤ子の義母は、のうのうしたといわんばかりの顔で、アパートのその部屋にくらしていた。気が向くと、毎日のようにあちこちの部屋を歩きまわり、話の末にはきまってつけ加えるのが習慣になった。

「ねえ、貴方。ちょっとも不幸じゃありませんよ、好きなだけの男と。好きなだけのことをさせてやったんですものねえ。十七でしたよ。十七やそこらで、貴方、ほほほ……」

それも日毎にひどくなり、しまいには、さすがに聞き手の方でもいたたまれなくなる位みだらな露骨な文句で、娘の夜の生活を喋りたてた。喋る時には、デクデクの身体を次第にはげしく振りはじめ、両眼を異様にぎらぎら光らせるのが常だった。

部屋にいる鳥と喋っていた。

「アヤ子の鳥や。さア、喋って御覧。お前は何もかも見ていたんだろう。お前の御主人さまがどういう目にあったか、何もかも御存知なんだろう。さア、喋って御覧。喋って御覧。喋って御覧たら！」

そして、棒の先で、ぐいぐい鳥を突きまくった。

「喋ってみろ。さア、喋ってみろ。喋らないと、もう一つの目もつぶしてやるよ」

鳥は、悲しそうに目をしょぼしょぼさせ、棒につかれながら、ばさばさ籠中を逃げまわった。

そうして、そんな狂気じみた、老婆の六日間の生活がすぎた。ある朝、彼女がそのデクデクに肥った身体を、鴨居の打釘に——あのアヤ子が縊死していたと同じその打釘に、自分の腰紐をまきつけ、その先に、ぶらっと下ってくびれ死んでいるのが発見された。

アヤ子の初七日のことである。

良輔も現場にかけつけた。

醜い死にざまであった。良輔も見覚えのある例の老眼鏡をかけたままその死顔は恐怖に歪んでいた。

「可哀そうなあの娘さんの怨霊にとりつかれたんだよ。まア因果応報だね」近隣の人達は、恐ろしそうに部屋の中をのぞきこみながら口を合わせて皆そういった。老婆に同情をよせる者は一人もなかった。

鳥は——相変らずとまり木に身を縮め、その物悲しげな一つの目で、老婆の死骸をじっと見つめていた。

×

その後良輔は、用事があって四五日東京を離れていた。その間も、その鳥のことが、妙に彼の関心にあった。

アヤ子の愛していた鳥だからというばかりでなく、何かその鳥にはアヤ子を連想させるものがあった。

帰京すると早速アパートに行ってみた。あの見慣れたアヤ子の部屋の窓には、新しい住手の派手なカーテンがかかっていて、あの鳥籠は見あたらなかった。

聞くと、佐川という人が貰いに来て持っていったという。佐川は、悲しいアヤ子の恋人の名であった。

良輔は、不思議に何かせきたてられるものを心の奥に感じながら、その足で、郊外の、とある小さな煙草店の二階に間借りしている佐川をたずねていった。

佐川は、侘しげな微笑で彼を迎えた。

「今、餌をやっているところです」

餌をついばむと、
ホ……ホ……ホ……

悲しい声で鳥は鳴いた。

「アヤ子の死んだことを悲しんでいるんですよ」

佐川がいった。

「この子は、皆知っているんです。何もかも見ていたんです」

「そうですね何もかも……二度目に、老婆が殺されたことも……」

「自殺したことですね？」

「殺されたことです」

相手は黙した。

「老婆は老眼鏡をかけていました。仕事する時にはかけ、普断ははずす眼鏡です。自殺するために眼鏡をかけることはないでしょう。縫物でもしている所を殺され、それからアヤ子と同じ所へ下げられたのです。殺した者は縫物だけはかたしたが、眼鏡だけはうっかり忘れたのです」

「そうです、その通りです」

沈黙が来た。

しかし、二人とも静かだった。

鳥が、その侘しげな片目で、じっと二人の姿を見つめていた。

「聞いて頂けますか？」

ふと、佐川いった。

良輔はうなずいた。

「僕は警官ではありません。必要な沈黙は守ります」

「貴方は、アヤ子の一番よいお友達であったと承知しております。不幸なアヤ子を一番よく理解して頂ける方だと思い、おききを願うのです。さあどうぞ、おあて下さい……」

佐川は改まって座蒲団をすすめた。

「アヤ子は不幸な娘でした。恐らく、あんなにも不幸な星の下にうまれた者はそうたんとはないことでしょう」

佐川は始めた。侘しげな声だった。

「アヤ子の母は、アヤ子をうむ前に一度他の男と結婚しました。その結婚が不幸に終って離別してから、その姉なる人のとつぎ先に一時同居しておりました。これが、アヤ子の生涯の不幸の発端だったのです。その姉なる人は少し精神病の傾向のある人だったらしくその良人との仲もうまくいっていなかった様子です。そうした条件の処へアヤ子の母はひきとられていったのですが、姉の良人としても家庭内の淋しさに何か求めていたのでしょう、その良人とアヤ子の母とは、いつとはなしに関係を生じ、離れがたい間になってしまったのでした。間もなく、その人に身籠ったのがアヤ子なのです。同時に、姉がそれを知りました。もともと、精神病の素地のあったその人は、そのショックで発狂に近いヒステリー状態になって精神病院に監禁されてしまったのでした。間もなく子供が生れました。高子という名がつけられました。やがて、高子が二歳になります。するとその年の始め、信州の温泉を旅行中だった子供の母と父——姉の良人ですね。その二人は自動車事故のため急死してしまったのでした。旅館に残っていた高子一人が生残りました。丁度、その頃病気も全快に近く家に戻っていた姉が、高子をひきとり、名前をアヤ子と変えました。姉なる人は、己れの妹に対する嫉妬と憎悪を、呪いの火と化してもやしつづけていなかったと誰がいえるでしょう。そして、呪いの火は、次第に、憐れなアヤ子の一身に集中されてきたのでした。

しかし、それも、アヤ子の幼い頃はまだよかったのです、それが、成長と共に、アヤ子が顔や姿や、気質まで妹と生写しになってくるにつけ……この上、その顔のどこかにありありと良人の面影まで見出し始めた時、義母となっている姉なる人の憎悪は、日毎日毎にはげしくかり立てられはじめて来たのです。彼女は小さい頃はアヤ子を吝嗇で有名なはげしい家庭へ子守奉公に出していたぶらせ、次第に年頃になってくると、また計画をかえて別の手段に出たのです。義母のやろうとしていることは、その年頃々々の少女の一番不幸な、一番つらい、一番悲しいことばかり選びだして、それをアヤ子へ強いることでした。

幼い少女に土方の日傭取りまでさせました。その頃、アヤ子は、どこからか一羽の鳥を得て、少女らしい温い愛情のはけ口をその上に求めたのでした。所が義母は早速、その鳥に目をつけました。生かして、アヤ子にあてがっておいて、毎日毎日それをいたぶるのです。鳥をいたぶることが、直接アヤ子をいたぶる以上に効目あることを知ってそれをやるのです。とうとう、最後にその一眼を突きつぶしてしまいました。その時は感じやすい少女の常として、アヤ子は一日一晩泣きつづけたということです。すると、そんなに可愛い鳥なら、その鳥と同じ顔にしてやうと……狂気のようにたけりたった義母は、無残にもアヤ子の片目まで突いて失明させてしまったのでした。

それからあとは、貴方も多分アヤ子からきいて御承知でしょう。少女の一番いやがる事を強い、一番大事なものを失わせてしまおうとしたのです」

佐川は言葉を切った。

かなり長い沈黙があった。

やがて、またつづけたがその顔色からは血の気が去って、声はひどく陰気に沈んでいた。

「これから先は、お話しするに忍びないようなことです……明石さん、義母はそれでやめたとお思いですか。その恐しい憎悪の復讐をアヤ子の上に加えることをやめたとお思いですか。所が、もう一つあったのです。悪辣な言語に絶するやり口を、もう一つ、彼女はもっていたのです。

一月ほど前、代書をやっている私の店へ、義母はふらりとやって来ました。色々と気さくに話しかけ親しくなったのですが、すると一度家へ遊びに来ないかというのです。私も何の気なしにふらりとたずねて行きました。そして、あの部屋でアヤ子と知り合いになったのです。それから――二人の間はどんどん親しくなって行きました。義母も、親切に色々と気をきかしてその気があるなら結婚を許してやってもいいとまでいいました。私達は、つい進んで深い仲になりました。総てを許しあうまでになりました。ああ、何たる愚かしい私達でしたろう！

最後の晩です。貴方がお帰りになった後……二人でいる所へ義母が入って来ました。そして突然、一枚の写真をアヤ子に見せました。誰か知ってるかい？　私をうんだお母さんでしょう……それから、その写真を私に見せました。にやりにやり笑いながら……明石さん、それは私の母の写真だったのです。私のそしてアヤ子の、二人の！」

それから、俄に早口になった。

「私は逆上しました。無我夢中でした。アパートをとび出したことだけは知っています。気がつくと夜が明けていました。そして、アヤ子の死を知ったのです。どうして、私はあの時自殺しなかったのだろう！　そうです。明石さん。私が、アヤ子の義母を殺しました」

佐川が口をつぐんでからどの位の時がたったであろう。

二人は黙っていた。佐川の独言のようにつぶやくのが聞えた。

「あすは、アヤ子のふた七日だ……」

良輔は立ち上った。

「さようなら……」

そして、むっつりと出ていった。まるで、怒りにむっとしたような顔だった。

その居室で縊死した佐川の姿が発見されたのはその翌朝のことだった。

窓には、あの鳥籠がさがっていた。しかし、もうあの悲しげな鳴声をきくことは出来なかった。

その鳥も、籠の底に、冷い身体を小さくかがめて、いじらしい姿を横たえていた。

小指のない女

「妙なことを伺うようですが……その人は右手の小指がありましたでしょうか?」

その青年はだしぬけに、しかし何気ない調子でそんなことを訊ねかけてきた。

窓の外には初秋の雨が音もなく降りつづき、かすかな虫の音をふくんだ夜気がテーブルの蔭にしっとりと沈んでいた。

「アメシスト」というのがこの酒場の名前である。中野駅の附近のがらの悪い店の多い中にまじっては、何もかも当節流の安っぽさながら、しかしこの店にはどこか静かな落着きがあって、ここで一本のビールを楽しむのが良輔のこの頃の習慣になっていた。今夜も夜の帰り道だった。

雨のぬかるむ夜道に閉口しながら、ともかくも一休みとこの店へとびこむと、その後から殆んどつづくようにして一人の青年が入って来た。

二つ三つ離れたテーブルに席をとり、良輔はビールを、その青年は一ぱいのウイスキーをとりよせた。

そのグラスをとりあげる手附きもどこか不慣れなようだったし、それに味もなさそうな飲み方であった。

その頃から、何ということもなしに、良輔の注意はその相手に惹かれていた。

色は浅黒く目附にはどこかきっとした鋭さがあったが、しかし唇はむしろ女にほしいように優しかった。その癖、何かしらむっとしたような陰気な影をもっていた。

良輔の視線を感じたのだろう、青年はふと見返しながら軽く目礼し微笑した。

「よく降りますね……」

笑うと目尻に細い皺がより、鋭いものが一時に消えて変に人なつこい表情にした。

「失礼ですが、貴方は武蔵野アパートにお住居でいらっしゃいましょう？　実は、私も当今流行のねぐらさがしに追い立てられていましてねえ……この近所に親戚があるものですから……あのアパートへも二三度部屋さがしに押しかけたことがありまして……」

そういえば、前にもどこかで見た顔だと思っていた。

こんなことがきっかけになって、いつか二人はテーブルを一つにしていた。店は空いていた。

青年は、なれない手付でちびりちびり酒をなめながら、先頃外地から復員して来たことや、内地の人情ががらりと一変している驚きや、就職口と一緒に住家さがしにへとへとになっていることなどを、ひかえ目勝にぽつりぽつり話した。そうした話し方の落着きさからも、年の割に老けた感じがして、浮世の苦労を相当になめて来た男だという印象があった。

話はいつかまたアパートのことに戻り、自然なかたちで良輔の隣家に住んでいる一人の女のことに及んでいった。

「ほう！　では、あの人は貴方の隣りに住んでいるんですか？」

さも意外だったという表情ではあったが、その癖良輔は、青年がそんなことは既にちゃんと知っていたのだという感じをうけた。

良輔はシガレットケースを開き、自分で一本とってから相手にもすすめた。青年は柔和な微笑と一緒に軽く頭をさげた。

「ありがとう……いいえ、私は煙草はやらんのです」

そういって唇からグラスを離し、何気ない調子で突然訊ねかけた。

「……妙なことを伺うようですが、その人は右手の小指がありましたでしょうか？」

良輔は煙草に火を移し、ゆっくり一喫いすいながら、その煙のかげからじっと相手を凝視した。

そうだ。これで分った！

この男が、自分を中野駅から尾行してきてその店へ入ったことは既に知っている。それ以来、あれこれと色々話しかけて来た事柄も、一見何気なくは見せかけているが、その実、それらの総ては今のたった一つの質問を引き出したいばかりの枕に外ならなかったのだ。

右手の小指?

だが、何故あの女の右手の小指のあるなしがこの男の生活に関係があるのだろう?

×

部屋の入口には泉和子という名札が出ている。

そのアパートに移って来たのはやっと一月ばかり前のことだった。

良輔の部屋はそのアパートの鍵の手に折れたはずれにあり、この建物の中でも一番広い、そして外の部屋から隔離したちょっと離れといった感じの部屋だったが、その女の入った隣室は、もと物置に使われていた小部屋で、終戦後の空室払底を見こんで急に貸室に改造されたものであった。

和子という女は、そこへ移って来てからも、近隣へ挨拶に廻るでもなし、終日じっと部屋にとじこもっているばかりで、滅多に物音らしいものさえさせないくらいだったから、当座の間というもの、そこの住手が変ったことすら良輔は気づかないでいたほどだった。

終日部屋にとじこもっていて、夜になるとそっとどこかへ出かけていった。配給物も全然とっていないようであった。だから、アパートの口さがない住人達は、あれは闇の女に違いないなどと、悪罵をとばして溜飲をさげていた。

初めの頃、その女に対する良輔の智識といえばまアそのくらいのものに過ぎなかったが、当節そうした種類の生活をやっている人間は珍しいことではなし、アパートの連中もいつとはなしにこの女の存在さえ忘れがちになっていった。

所が、その後ちょっとしたきっかけから、良輔はその女と口をきく機会に出会った。ある晩、良輔が社から戻ってくると、それを待っていたように扉を叩く音がして、そっと和子の顔が中をのぞいた。

「あの、これこちら様のでございましょう。間違ってわたしの所へ配達してございましたけれど……」

云いながら良輔あての手紙を渡した。

この時は、礼をいってただ二度三度話をかわしたまま別れてしまったが、それから二三日して、良輔は女友達からしこたまと花を持ちこまれ、その処分に弱ったことがあった。捨てるには勿体ないしと、あれこれ考えた揚句、どうかと思いながら、隣りへもっていった。

和子はそれをひどく喜んだらしかった。間もなく、小さな花瓶へその花の一部を小綺麗にさし、どこかへ飾らせて下さいと良輔の部屋へもって来た。

さして美しいという顔立ではなかったが、色の白さとすんなりした身体つきが、どこかいたいたしいくらい可憐に見え、それが不思議に男の心に喰い入った。

年は二十か、やっと一か二であろう。その年頃にしては、妙に佗しげなおどおどした目の表情が気になったが、しかし、細い澄んだその声には、やっぱり青春の艶が光っていた。

そして、その細りした指先を器用に小早く動かしながら、花の形をととのえ、そっとテーブルの片隅へおいて帰っていった。

和子はいつも手製らしい粗末な服を着て、夜になると買物籠をさげては、音もなくそっとアパートを出て行き、またいつの間にか音もなく部屋へ戻って来た。昼は何をするのか、部屋へじっと閉じこもったまま、殆んど物音さえ立てなかった。尋ねてくる人もなければ、手紙一つくるでもなかった。

良輔は、時々持て余した貰い物の菓子などをとどけてやろうか等とふと思いつきながら、しかし相手の何となく人を避けたがっている気配や、また若い一人者の女性に進んでなれなれしくして変な目で見られるのもいやだったりして、元来不精ものの彼は面倒くさいままにそれきりにしてしまった。

ただ、その後一度、ちょっと妙なことがあった。どの部屋も寝しずまってしまった真夜中に、突然隣りの部屋から、かすかな悲鳴ともうめき声とも聞える異様な声がきこえて来た。

良輔はベッドから辷りおり、直ぐ隣室へいって扉を叩いた。

中はひっそりとしていた。

良輔は耳を澄ませながら、もう一度扉を叩いた。

「泉さん、どうかしましたか?」

やっと衣ずれの音がして、扉が恐る恐る細目にあいた。

「いいえ……あのう、何でもないんですの。御親切にどうも……でも、何でもございませんから、どうぞ……」

良輔は部屋へ戻って来たが、その時ちらっと見た和子のかき合せた寝巻の襟元からすけていた薄い幻げな胸元と一緒に、その紙よりも白く血の気の失せていた顔の色がいつまでも瞼に残って消えずにいた。

良輔の和子という女に対する智識といえば、まずそれくらいが総てだった。

だが、一体、この青年は何故そんな事をきくのだろう? 和子の小指がどうしたというのか?

「右手の小指?」

良輔は持前の無愛想さで、つッぱなすようにいった。

「いいや、私の知るかぎりでは、小指は何ともないようですね。あの人は不具者じゃないですよ」

彼は立ち上り、勘定を払うと、表へ出た。出しなにちらっと青年の方を見ると、彼はテーブルのグラスの上へむっつりと目をおとしていた。さっきまでの微笑も柔和さも、今はあとかたもなく消え、妙に鋭さをもった暗いものが影のようにその肩にまといついていた。

×

良輔がまたその青年に会ったのは、それから三日目のことだった。

朝からの雨あがりの夜道を大股に歩いてきた良輔が、すぐアパートの鼻先辺りまで来た時、ふと前方の街灯の灯影の中に一個の人影がじっと立っているのが見えた。

この男の位置からは、壊れかけた垣根の割れ目越しに良輔の隣室の灯が正面に見えていた。

青年はまるでそこに根が生えたように、またたきもせずじっと灯影を凝視しているようであった。そのレインコートの肩先が、陰気な、そしてきびしい異様な影にくまどられていて、一時その男とはとても思えぬほどの違った印象があった。

彼は足音をきくとはっとしたように振向いた。そして良輔と目が合うと一瞬慌ててそれを外らせたが、直ぐ思いかえしたように見直し、微笑した。まるでとってつけたような感じだった。

だが、その微笑はまた直ぐ消えてゆく、俄にむっと怒ったような顔になり、そのままくるっと踵をかえし足早に闇の中へ消え去っていった。

良輔が部屋へ入ると、隣室では、かすかだが珍しく物音が聞え、話し声まで混っていた。やや調子の高い和子の声と、もう一つ、それよりやや低い声がまじっていた。女の声だった。

良輔は寝る前に一二時間本をよむ習慣がある。その時も椅子にかけて本を開いたが、その内時々彼の注意は隣室に惹かれた。話の間に、かすかなすすり泣きの声が聞えて来たからである。

しかし、やがてそれらの声も低くなり、時間がたっていった。どこかで十時が鳴った。

良輔は本を抛り出し、欠伸を一つやってからベッドへ行こうとしかけたが、その時になって、寝巻の洗濯を監理人の内儀さんに頼みッぱなしにしてあったことに気がついた。

良輔は扉をあけて廊下に出たが、同時に、出会頭のように隣室の扉があき二人の女が姿を現わした。とたん、

「あッ！」

二人は声をあげ、すくんだようにぎょっとなったが、その驚きようのひどさに、良輔の方でもぎくっとしたくらいだった。

「やア、今晩は……」

良輔はつとめて何気なく声をかけた。女の一人が和子だったが、やっと我にかえったように微笑を作り、僅に目礼した。まるで仮面のように硬張った顔だった。

良輔はそのまま監理人の部屋へいったが、まだアイロンをかけ終らない仕上げにしばらく待たされなければならなかった。

二人の表情がまだまざまざと目にあった。

よく似た顔である。瓜二つとはいえないまでも、顔といい身体つきといい、勿論姉妹であろうが、実によく似ていた。

だが、良輔の心をはげしく捕えていたのはそんなことではない。

和子でないもう一人の女――和子の姉か妹であろうと思われるその女の、丁度手袋をはめようとしかけていた右手の小指が、第一関節からぷっつり切りおとしたように先がなくなっていたからである。

廊下を忍びやかな足音がとおっていった。

「姉さん、大丈夫？　気をつけてね」

和子の声であった。

「あしたの晩、もう一度来てね。その時ゆっくり相談して……」

「ゆっくりなんて、和子さん……もう一ときも猶予がならないのよ。あの方がかぎつけたらしい

の。とにかく、あしたの晩もう一度きますから……」

もう一人の声が囁くように答えた。和子より少し調子が低いが、やっぱり艶のある美しい声だった。

声の主は表の扉をそっとあけ、しばしあたりの気配をうかがっているようであったが、やがて走るように闇の中へ出ていった。

×

その翌晩のことであった。

良輔は珍しく風邪気味で、八時頃からベッドに入っていた。さっき、隣りから和子がどこかへ出かけていったのは知っている。

目を閉じたが寝つけなかった。頭の芯がずきんずきん痛んでいた。

良輔はいまいましそうに起き上り、ハイボールを作って立てつづけに二三ばいぐいぐいとやッつけてから、本を一抱えベッドへもちこんだ。

いつの間にか九時を廻っていた。

すると、良輔の聞きとれない間に誰か前を通りすぎたものがあると見え、突然隣室の扉をほとほとと叩く音が聞えて来た。

「和子さん、和子さん……」

聞き覚えのある、あの和子が姉さんと呼んだ女の声に違いなかった。

「和子さん、どうしたの? あら、留守かしら……」

そのまま声がとだえて、しいんと静寂が来た。すると、女ははッと何かを感じたらしい。急に踵をかえして歩き出そうとした。

入りまじった幾つかの足音が、急に廊下をふさいだのはその瞬間であった。

何の騒ぎもなかった。女が一度あッ！　とかすかに叫んだ声ど、それに、男の押しつぶしたような威嚇をふくんだだみ声が二言三言聞えたきり、あとは忍びやかな物音につづいて、早くも誰か裏口から出て行くらしい気配が聞えた。

良輔は半身をのび上り、窓のカーテンの隙間からそっと表をのぞいた。丁度、昨夜のあの女が、二人の男に左右から引ッ立てられるようにして裏口を出て行くところだった。そのよろめきながら歩いて行くかぼそい姿を、街灯の灯影がくっきりとてらし出していた。

女は一度顔を窓の方へふり向けた。その表情は絶望と恐怖に歪み、何事か訴えるように窓を見つめたその両眼には明かに涙のしずくと思われるものがきらきら光っていた。

だが、その瞬間、その女より更にはげしく良輔の目をとらえたものがあった。窓の外にぬうっと石像のように突ッ立っていた、あの青年の黒い姿である。その顔からは凡そ柔和なあらゆるものが姿を消し、ただきびしく光る二つの目が、じっとアパートの戸口の方に注がれていた。一方、隣室では、二三人残ったらしい男達が、今は遠慮もなく無作法に音を立てて歩き廻り、何か探すのかしきりにごそごそかき廻す気配がつづいていた。

良輔は吐息をついて物憂げにベッドへ身を投げた。

頭の芯がしきりにずきずき痛んでいる。

検温すると三十八度五分あった。

×

九時半。

一つの足音が廊下を近づきつつあった。忍びやかだが、何かにせき立てられでもするようにひどく急いでいたのだ。

良輔の頭痛はいよいよはげしさを加えている。この分ではもう熱は九度を越えているのだろう。彼はいまいましそうに頭を一振りして、手をのばすと枕元の酒瓶をひったくるようにとりあげ、寝たままがぶっと一あおりした。

足音は一直線に良輔の部屋の前まで来たが、すると何かに驚いたようにぎくっととまった。隣室のけたたましい物音だ。その物音にじっと耳を澄ましながら見る見る恐怖に硬張って行く一つの顔が目に見えるようだった。少くも息づまるような切迫感を良輔はまざまざと膚に感じている。扉があき、さっと一つの影が入って来た。和子だった。顔には血の気がなかった。追いつめられた無力な動物のように、うろうろとあたりを見廻し、それから突然良輔のベッド近く歩みよったと思うと、無言のまま必死な表情で手を合せた。

良輔は黙ってベッドのうしろを指さした。外にはかくれ場所はない。だが、和子はすぐそこへ行こうとはしなかった。

廊下には新なるもう一つの足音が起り、それが隣室の戸口にとまった。

「女がかえって来たんだ。今ここへ入ったはずだ」

あの「アメシスト」できいた青年の声だった。とたん、隣室の気配がぴたっと消えた。

「何、帰って来た？　それでどうしたんだ？　どこへ行ったんだ？」

その男達の目が一斉にこの部屋の扉に向けられたのを良輔は明かに感じとっていた。

和子は——既に生ける色はなかった。額も唇も土気色に変っていた。じいっと床に落ちたまま凍りついたような目——その癖、妙に静なものがその姿を包んでいた。

突然、和子はポケットからナイフを出して刃を起こした。

良輔はまたたきもせずそれを凝視しつづけている。

和子はベッドの裾近くさッと床にうずくまり、右手の小指をその床に横たえた。いつの間にかその指の根元がしっかり糸でくくられている。同じ手の拇指と食指でナイフの柄をつかみ刃先を垂直に小指の第一関節の上へ立てた。と見る間に、左手はそこにあった酒の空瓶をとり、ナイフの背をはっしとばかり叩いていた。

一瞬、苦肉の痙攣が全身を走り――そして、総てはすんでいた。

和子はよろめきながら、しかし必死の勢いで立ち上ると、側にあった買物袋からタオルをとり出して小指の傷口にまきつけ、もう一つのタオルで床にとんだ血をふいた。目が血走っていた。そして行きかけたが、はっと気づいたように、片隅にとんでいた小指の先をとりあげ、次の瞬間、一切のものを抱えて、壁とベッドの隙間へのめるように姿を消した。

良輔はふっと息をつき、本をとりあげた。

殆んど同時に扉があき一人の男が入って来た。あの青年だった。

彼は物憂げなむっつりした表情で、一渡りじいっと部屋中を見廻してから、ベッドの裾へ来た。その顔には微笑の影は微塵もなかった。

いつしか、視線がその足許の床へじいっとおちていた。もし彼が、その目を僅か上げさえすれば、いやでも和子の姿が見えたであろう。

良輔は目の片隅から和子の姿をまじまじと見つめつづけていた。

その時、和子はベッドの蔭へじっとうずくまりつつ、半ば放心したような姿で、そろそろと血まみれのタオルをまさぐっていた。

その三尺先には男の脚があった。和子のしぐさには追いつめられた動物ののっぴきならないせつなさがあった。

何かしようとしつつある。何を？――片手が血まみれのタオルをまさぐり、その中からつと切りとった己れの小指の先をとりあげた。と見る間もなくそれを口へ運び、目を閉じ、ぐっと一息にのみこんでしまった。

良輔は目をつむった。

頭痛が動悸をうつように頭の芯をしびらせる。

不思議なことに、そのしびれた頭の中には何故ともなく過去の想い出が火華のようにひらめいては消え、消えてはまたひらめいた。子供時代のこと、父のこと、母のこと、そして犯罪記者としてめぐりあった様々な出来ごとが……

「おい、どうしたんだ、いたか？」

三人の男がどやどや入って来た。

青年はベッドの裾の先刻の位置に、そのままぬッと棒立ちになったまま、陰気な目をじろじろとあたりへ向けていた。

「かくれたとしたらこの部屋しかないんだ」

もどかしそうに、洋服箪笥や押入れをばたばた開けたてていたが、

「うむ、するとやっぱり裏口から逃らかりやアがったな」

ちッ！　と舌打ちの音を残して、そのまま急ぎ足に廊下へとび出していった。

青年は無言のままだ。そして、仲間の足音の遠ざかるのを待って、やっとベッドの裾をはなれ、そのままあとをも見ずに部屋から出ていった。

どの位の時間がたったかはしらない。

和子はベッドの蔭から抜け出し、よろめくように立ち上ったが、とたんにくたくたっと崩れ、気を失ってしまった。

良輔はベッドをおり和子の手当をしてやるため薬をとりに戸棚までいったが、その目がふと足許へおちた。さっき、あの青年がじいっと立ちつくしていた場所である。その丁度靴底の位置と思われる辺りに――一塊の血のしたたりが黒々と鮮にうかび上って見えていた。

×

年が変った一月の末のことだった。

ある事件調査のため、長らく旅行に出ていた良輔は、その夜本当に久しぶりで酒場「アメシスト」の戸口をくぐった。

マダムも居合せた常連も、一斉にやアやアと肩を叩いて嬉しそうに迎えてくれたが、そこにはもう一人思いもかけない人が彼を待っていた。

「明石さん、しばらくでした……」

片隅から声をかけたのはあの時の青年だった。

「いかがでしょう、ここへ席をおとり頂けませんかしら？　実は、あの後、一度お目にかかりたいと思って、アパートの方や社の方へ二三度お伺いしたこともあったのですが……」

彼は柔和な微笑をあふれるばかりにたたえ、良輔のために席を作った。奇妙なことに、今宵はあの物憂げなむっつりしたものはあとかたもなく消え、その鋭い目にさえ優しげに微笑は絶えなかった。

この青年に初めてあった時から既に四ケ月たつ。あの頃初秋の雨にけぶっていた窓の外はもう蕭々たる寒風の声だった。

「貴方にだけは、是非一度聞いておいて頂きたいと思っていたのです。どう考えても、一度お話しせねば義理がすまないような気もしまして……さアどうぞ、まアいいでしょう、今後の御交誼を願う意味で、一つまアつがせて下さい」

彼は気軽く瓶をとり、良輔のコップになみなみとビールをついだ。

「かれこれもう小一年近くになりますなア。前年の三月の出来事でしたから……神田駿河台にある高林興業という会社の社長高林尚平という人物が殺害された事件がありましたが、御存知でいらっしゃいますか？」

彼はこんな風に話し出した。

「高林興業などというと体裁がいいのですが、その実とんでもない悪辣な高利貸なんです。金貸し以外でも金になることなら何でもやろうという男で……それがある晩、自宅の寝室で匕首で突き刺されて死んでいたというのがその事件でした。

申しおくれましたが、私はK署のかけ出し刑事の一人でした。外地から復員しまして職がなくてうろうろしている所を、まア伝手があって採用してもらったという訳でしてね。私も一緒に現場へかけつけましたが、調べて見ると物盗りじゃアない、何一つ紛失物がないのですからね。明かに怨恨です。実は、その尚平という男には署でも前々から目をつけていました。大口の金融統制違犯があるらしい疑いから、まアそっと内偵していたという訳です。従って、家族の様子はもうよく分っています。

高林家の家族は尚平一人でした。細君は空襲中に亡くなっています。外に使用人として男の事務員二人に女の秘書が二人……皆通いで夜は尚平一人になるのですが、調べてみると男の方の使用人は二人とも当夜はっきりしたアリバイがありました。第一、その二人は、まだそこへ傭われて間がなく怨恨の生じる余裕もありません。残るのは女二人ですが、これが今村昌子と和子という姉妹なのでしたが……

尚平という奴は、金には恐しく吝嗇だが、その癖女にかけても目がない……そして、その方でも仲々達者悪辣という、こりゃア世間によくある玉ですなア。こういうのは、人間の中でも一番下等な奴に属すると思うんですが……早い話が、その尚平の悪辣な罠にかかったのが今村姉妹ということになるのでしょう。

今村姉妹は戦争中軍の徴用をうけタイピストになって向うへいっていましたが、終戦でもどってみると家も両親も既にないという、今の日本にはよく見かけるが、しかし最も不運な人達の一人だったのです。帰った翌日から働かねば喰っていけない、そこへ通りがかりに高林興業のタイピスト高給傭入の広告を見たというのが、いよいよ不幸へ輪をかけるもとになりました。なるほど入ってみると、世間よりはちょっといい金をくれる。尚平自身も初めは謹厳な紳士面をよそおってうまくあしらっている。腹に一もつある奴の常套手段ですね。

その内、尚平はとうとう機会を見て俄然毒牙を現わし始めました。被害者は姉の昌子の方でした。殆んど暴力でうむをいわさなかったそうですが……よく世間では、そうした場合は、女にも隙がある、女にも責任があるといいますが、世の中のありとあらゆる悪智恵をたくしこんでいるこうした人物に計画的にやられたら、世間にうとい若い女性がどうしてこの毒牙を脱れうるというのでしょう。いや、つい話が横道にそれました。姉妹は勿論その日から憤然店をやめました。だが、間もなく昌子は妊娠していることを知ったのですよ。と分った時の昌子の苦悶がどんなにはげしいものだったか……憎悪！　呪詛し、殺してもあきたらないと思っている尚平の子供をやどした……これはただ、不幸とか不運とかそんな言葉じゃ絶対に云い現わせるものじゃアないと思うのですがね。その、本当の当事者になってみなければ到底その苦悩が分り切るはずはありません。まして、私共男には……いや、くどくど低徊しているのはやめましょう。

結局、問題は金でした。明日の暮しにも困っている姉妹には勿論子供の養育費はおろか、出産の費用さえありません。これが、いっそ世の中のどん底を渡り歩いた女ならどうとも才覚の道もあるのでしょうが、ついこの間までお嬢さま暮しをしていた姉妹にはとても無理な話でした。そこで、昌子は憎悪の虫をころし、恥をしのんで何がしかの金の無心にいったのですね。いや、こりゃア無心じゃない、当然の要求なんですが。すると、尚平としてはまだ昌子に未練がある。結婚すればとか何とか、うまく持ちかけたらしいのです。ししかし、昌子の方ではもうその手にはのりません。云うことをきかんとなると、尚平は俄然本性を現わし、昌子を淫売とののしったり、はてはその子は俺は知らんなどと云いたい放題のことを吐いた揚句、足蹴にして表へつき出してしまったのだそうです。いや、明石さん、まだまだ世間にいろんな奴がいるんですなア。

そんな訳で、昌子は流産し、その後一時的ですが、少しく精神に異状を来たした様子がありました。無理もないことです。

所で、妹の和子の方ですが……この和子の尚平に対する憎悪は姉以上でした。姉の苦悶をそのまま己れの血肉に感じていたのですね。仲のいい姉妹でした。一面境遇がそうさせたともいえるでしょうが、全く仲のいい姉妹でした。その和子が、もう黙ってはいられなくなった訳です。せめて姉の治療費位は払え、さもなければ告訴するぞと、本当にそのつもりだったのでしょう、尚平のところへ押しこんでいったのでした。所が、海千山千の彼にとっては、こんな娘の手をひねるなどは全く朝飯前のことなんです。腹ではせせら笑ったでしょうが、まだいやしい慾望の火を燃やしつづけている彼のこと、うわべは全く恐れ入ったと平身低頭して、十分謝罪するからとか何とか、うまい口上を組上げて復々この和子を罠にかけたのです。例の赤子の手をひねるような暴力沙汰で……だが、今度は和子は本当に死者狂いで危くその毒牙をのがれました。そして、問題の殺人事件はこれに引きつづいて起ってきたという訳なのです。和子が取乱した姿で駈けつ転びつ戻って来たのを見た時、その姉は、物もいわず長いことじいっと考えに沈んでいたそうですが……まア、その晩は何事もなかったが、翌晩、姉の昌子がふらっとどこかへ出かけてゆく。和子は半病人のようになって、本郷のアパートの一室にねていたのですが、はッと気づいた時には、姉はとうに姿を消していたそうでした。その晩尚平は殺された訳ですが……

……といった色々の事情があり、調査の結果は加害者は昌子、和子の何れかに違いないときまったのでした。何故、二人の内誰と断定出来なかったかというと、翌日、アパートの管理人の妻君が署へ呼ばれ尋問をうけました。当夜亭主の方は留守で妻君しかいなかったものですからね。

所が、その妻君の陳述がおかしい。姉妹は当夜二人ともアパートの部屋にたしかにいたというのです。何故そう思うのかときくと、九時頃姉の昌子が不浄へ行く姿を見かけた。不浄へゆくには管理人室の前を通るのです。何故、昌子と分ったかというと、いつもあの人のきる部屋着をきていた、和子の方は着物を着たことがないというんですね。それから、十分ほどすると、部屋の扉があいて半身を出した妹の和子の方が、小母さん今幾時かときいたという。そして、九時十分だとおしえると、しばらくして、今度は部屋の奥から、小母さん、明日の朝は早く起きるからもし寝坊したらおしえて頂戴と姉の方の声がしたというんですね。なおその時刻の前後にも更に二三度姉妹の姿を交互に見かけたという……そして、その妻君はどうしても姉妹二人確にいたといいはるんです。尚平の推定死亡時刻は九時ということになっているから、これで姉妹のアリバイはなりたつ訳ですな。

だが、もう御承知と思いますが、あの姉妹は顔形身体つきなどがよく似ているのです。だから、一人が相手の着物を著れば、遠見にはちょっと分りません。声は少し違うが、しかし、似せて似せられないことはない――当局ではこう考えた訳でした。第一、事件の翌朝二人が早急にアパートを引き払って姿をくらましてしまったのが怪しい……こう考えると、一人がもう一人のために偽のアリバイを作ったことになり、当然計画的な謀殺ということになるのです。

当局で、そう結論した論拠は状況証拠にある訳なんですが、どうしても姉妹の内のどっちかが犯人に違いないと信じられました。といっても、明石さん、これは私がそうだというのではないのですよ。当局でそう信じたと告げるだけなのです。どうか誤解のないように……

所で、その事件については、当局は重大な物的証拠も握ったのです。これは犯人に致命的な打撃を与えうるもので、つまり指紋ですね。現場には、大分争いのあったらしい痕跡があり、そして加害者が残していったと思われる血にそまった指のあとが点々とありました。但し、これは手袋の跡なので役に立ちません。しかし、よく見ると、その痕跡の内、右手の小指の部分丈はっきりと指紋の残っているのが発見されたのです。つまり、加害者は手袋をはめていたが、尚平と争っている内に小指の先が破れたものでしょう。その個所丈が指紋が残った訳なのです。結局、姉妹を捕えてその右手の小指を調れば加害者は一目瞭然になるべきことが分りました。

私は警察に職を奉じてまだ日も浅く、技術も経験も何一つもたん若僧でしたが、しかし、この職にあるかぎり法の命ずるままにその厳正な施行者であろうとだけは固く肚をきめて居りました。決して傑がっているんじゃないのですが……しかし、この事件に関係し、次第に色々のことが分かってきてみると、何とはなしに次第に憂鬱なものを感ぜずにはいられない気持になって行きました。まア、肚の出来ない青二才の蒼白い悩みなのかも知れませんが、しかし、とにかく私は段々物を考えるようになっていきました。といって、職務をなまけた訳では断じてありません。出来ればこの自分の手で立派に犯人を挙げてやろうと決意していました。その証拠に、あらゆる努力を払って、私はとうとう姉妹の一人の住居をつきあてました。御存知でしょうねえ。いつぞや、この店のこのテーブルでお目にかかりましたなア。

ただ、その頃には、姉妹の何れかが、右手の小指を既に切りおとしているという情報が入っていました。勿論、うっかり残してきた指紋が物をいわないように、肝心の小指を一思いに斬りすててしまったのでしょう。えらいことをやりました所で、常識として指を切りおとした方が犯人にきまっているとは思うが、これは二人を同時にあげる必要があるのです。何故なら、例え犯人が証拠の指紋をもった小指を切りすてていたとしても、もう一人の指紋を調べそれが現場に残った指紋と一致しないことが分れば、その方の人物は少くも直接の加害者ではない。そして、指を切った方こそ主犯であると、消極的ではあるが結論がついて起訴出来ます。あの事件では少くも一人はアパートにいたのですから、姉妹の何れか一人を加害者または主犯として指示しなければ起訴出来ませんからね。

そこで網をはって、とうとう最後のあの晩となりました。あとはもう、よく御承知でいらっしゃいましょうな。だが、私は、貴方の部屋へ踏込んで、床に散っている血を見た時、何ともいえぬ異常なショックにうたれました。姉を助けるために妹まで指を切った！　私はその時卒然と、先年死んだ弟のことを思い出したのです。そして、何ともいえず胸があつくなり、思わず涙がこみ上げて来そうな気さえしました。そして考えました。既に妹まで指を切ってしまった。今更これを捕えたとてどうなるであろう。新しい刑法においては、もはやこれを起訴する何ものをも残してはいない！　明石さん、私はその瞬間、司法警察官の職責からまさに転落しおおせてしまったのですよ。

貴方に介抱して頂き、やがてアパートから姿を消した妹の和子は、その後になって自ら警察へ出頭しました。しかし、昔とは違います。今日の刑法は姉妹に味方してくれました。同じように小指を切りおとしたという不自然さも、答弁のいかんによっては、申開きは立つのです。第一、物的証拠がありません。二人の何れを加害者または主犯として指示するかの手段もありません。二人は結局不起訴になりました。

随分長話になりました。御迷惑でしたかしら？　さア、どうぞ、もう一ぱい……いやいや、今後の御好誼をお願いしたいと思いまして……まア、いいじゃないですか。私ですか？　私は勿論その職を辞しました。私は既に司法警察官から転落した人間なのですからね。ええ、姉の昌子は精神異状も極く一時のことでして、今ではある遺児収容所で元気に働いています。え？　妹の和子ですか？　ああ、噂をすれば何とやら、丁度いい、あすこへ来ました」

その青年は入口に立った泉和子――いや今村和子の方へやさしく手招きした。和子は買物包を一ぱいに抱え、元気な足取りで上って来たが、そこに思いもかけぬ良輔を見ると、一瞬はっとしたように立ちすくみ、つづいてその顔は見る見る赧らんでいった。

「明石さん、御紹介します」

青年の目は優しい微笑を含んで和子の方をじっと見やっていた。

「妻の和子です。いつぞやは大変お世話に預りましたが、今後とも何分どうぞ……ええ、先月、やっと結婚しましてね」

二月の悲劇

逗子駅の改札口を出た二人は、そのまま、町の方へ歩いていった。

ずんぐりした岡田警部と、ぬうっと背の高い明石良輔《あかしりょうすけ》とは、並んで歩くと妙なとりあわせだった。

それに、年からいえば親子ほども違うのだが、警視庁詰の新聞記者として、もう随分つきあいの永い良輔は、警部と、おい君――で呼びあえる極く親しい間柄でもあった。

「夏と違って、冬の逗子は静かでいいな。え？　明石君、どこへ連れていこうっていうんだ？　ははア、ホテルのロビーで、海を見ながら一杯やろうっていうんだな。それも、悪くはなかろう……ああ、今日は大分海があれてるぞ。潮がこんなに匂ってる……」

警部は空を仰ぐような形をして、鼻をふがふがさせた。

しかし、良輔は、ホテルの方へは行かず、駅の前を右へ曲った。

「おやおや、見当がはずれたと……まさか君、この寒空に泳がせようってんじゃないだろうなア」

「ぐすぐすいわず、ついてきたまえよ」

良輔は笑いもせず、さっさと先を歩いてゆく。その辺から先は、小住宅や小別荘が、勝手気ままに垣根をめぐらして迷路をつくっていた。夏場なら、貸間の札がやたらに目につくあたりだが、この寒空では、殆んど人影も見あたらず、ひっそりした中に、潮騒《しおさい》の音が風にのって高く低く聞えてくるばかりだった。

やがて披露山《ひろやま》に行きあたろうとする辺りまでくると、良輔は、二三度道をあちこちと行きもどりしたあげく、畑の間にぽつんと建った一囲《かこい》の竹垣の前に足をとめた。朽ちて傾きかけているくぐり門の肩に、これぱかりは真新しい神山という表札がかかっている。

「以前、ここには佐久間源一という人が住んでいたはずなんだよ。十五六年前に亡くなってしまったがね。生きてた頃は、政治記者として随分鳴らしたものだったそうだ」

「表札が変ってるね。してみると、先輩の遺族慰問にやってきたというわけでもないね」

「とにかく、ちょっと中へはいってみようじゃないか」

警部は肩をすくめて見せただけで、黙って良輔のあとについてきた。

建てつけの悪いくぐり戸をがたがたいわせていると、それをききつけたのか、庭掃除でもしていたらしく高箒《たかぼうき》を手にした老婦人が顔をのぞかせた。

「失礼ですが、以前、こちらは佐久間さんと仰有る方のお住居ではなかったのでしょうか?」

良輔は名刺を出しながらきいた。

「はいはい……私共は一月ほど前に移ってきたばかりでして……この前は、たしか佐久間さんと仰有るお方がお住いだったと伺っておりますが……何でございますか、佐久間さんを尋ねておいでなさったのでございますか?」

「ああ、いや……ちょっと前を通りかかったので、懐しい余り、家だけでも拝見させて頂こうかと思いましてね」

「ああ、それでしたら、貴方。さアさア、どうぞ……」

と、婦人は人のよさそうな笑顔を傾けながら道をひらいた。

玄関を入れても三間ぐらいしかないであろう。それに、随分古い建物であった。他には、傾きかけた物置小舎と、それらの建物をとりまく狭い庭があるだけであった。庭には、ざくろの木が一本、ひょろひょろっと伸び上っていて、あとは、砂地のところどころに、雑草が寒々と霜枯れていた。

良輔は物置小舎の前に足をとめた。開けはなしてある戸の間から、その奥に、こわれかけた古い乳母車のおいてあるのが見えた。その乳母車の中には片腕のもげた人形やら、半分やぶれた絵本やら、こまごました子供の玩具《おもちゃ》が一ぱいはいっていた。

何故か、良輔の目は、その乳母車にじいっととまっている。側《かたわら》から、老婦人がいいわけするようにいった。

「あれは、佐久間さんがお残しになっていらしたものなんですよ。お嬢さまがお二人いらしたそうで……勝手に処分してしまってよろしいものやら、ねえ、貴方さま」

やがて、良輔は丁寧に礼をのべてその家を出た。そこらからは、次第に砂が深くなって、そのまま海岸につづいていた。

良輔は、遠い空の彼方をじいっと見つめるようにして真直ぐ歩いていった。警部も、急に、むっつりしたように黙りこんでいる。

「たしかに、幾度かこの道を通ったはずなんだよ」

良輔が出しぬけにいった。

「誰が?」

「野島教授がさ……」

「え、誰だって?」

「大阪の××大学の教授、法学博士野島健吾氏だよ」

警部が、じろっと横目使いに良輔を見た。急に額に皺がより、唇が片側への字なりに曲がっていた。

「岡田君、君、忘れやせんだろう、野島教授の失踪事件をさ」

「うん……」

警部は不機嫌さをむき出しにした。

「野島教授は、刑法学の新進学徒として、学校当局からも学生達からも非常に人気のあった人だった。東京の私学にも、幾つか講座をもっているし、私行上も非のうちどころがない。将来の学長を以てさえ擬せられていた。ただ、家庭的には恵まれていなかったらしい。夫人は六年ほど前に亡くなり、子供もなかったそうだから……」

良輔は、半ば独言のように喋った。

「ところで、丁度、去年の今頃だった」

「二月十六日だよ」

警部が訂正した。

「そう、正確にいえば十六日だ。教授は六年間の独身生活にわかれをつげ、良縁に結ばれることになって、大阪から東京へ出てきていた。つまり、十六日が、その結婚式の当日さ。ところが、その朝、理髪にいってくるといって神田の旅館を出たまま、二度とその姿を見たものはない……」

「あの事件には、全く手こずらされてしまったよ」

警部ははき出すようにいった。

「野島博士は四十二だったという。つまり、厄年《やく》だったんだなア。それに、花嫁さんの里が、あの財界の大立者《おおだてもの》ときてるだろう。警視庁はさんざんの無能者よばわりさ」

「警視庁ばかりじゃないよ。新聞社という新聞社が、皆やっきになって行方《ゆくえ》をさがしたんだがね。え。とにかく、あれだけの人物が、白昼東京の街の中から消えてなくなるという事自体がおかしい。第一、結婚式の当日だった。花嫁は、財界の大立者を親父さんにもってる評判の美人ときているし、式がすむとすぐ、新婚旅行をかね、二人で欧洲視察の旅行に出ることにきまってたんだ。旅券までちゃんとおりていた。うちの社でも、この旅行記の寄稿を依頼してあったんだよ。その打合せのため、野島教授は、十五日—つまり、失踪した前日さ、うちの社へやってきて、僕も会ったがね。もう、栄光と希望のかたまりのように上機嫌だった。まして、人のうらみを買うような人ではないという、専らの世評だ。熱心な学徒であり、非のうちどころのない人格者だった……」

「だがね、明石君、僕に一言いわせてもらいたいことがあるんだ。博士は、当日の朝、理髪にいってくるといって神田の旅館を出てから、一丁ほどいって自動車にのったんだ。丁度通りかかった旅館の女中がそれを認めている。それはいいんだ。なかなか、おしゃれだったという野島氏のことだから、車をとばして一流の理髪店へのりつけるということがあっても何も不思議ではあるまい。ところで、野島氏をのせた自動車がすぐ見つかった。新聞記事を見て、名乗りでてきたんだ」

「新聞の御利益《ごりやく》というもんだな」

「そうとも……僕は、いつも新聞の協力を賞讃しているんだぜ。だからこそ、たまさかの休暇をつぶして、こんな寒々とした避寒旅行のお供をしてくるんじゃないか……」

「その運転手の証言で、教授が有楽町まで車でいったことがわかったんだな?」

「うん、そこまでは発表してあったな。しかし、このほかに、少し伏せてあった部分がある。何しろ、嫁さんの里の方から、博士の人格に関するようなことは、一切発表ならんと、きつい断圧の手をうってきたもんでね、しかたがなかったんだ」

「まア、いいわけはいいさ。その伏せといたというのはどんなことだね?」

「運転手の話によると、野島氏は、車の中で、変相したらしいんだな。マスクで口を蔽い、色眼鏡をかけ、ハンチングを出して眉深《まぶか》にかぶり、最後に外套の襟をたてて顔を埋めるようにかくし……運転手はちょっと妙な気がしたんだろう。そこで、野島氏をおろしてから、そのうしろ姿をしばらく見送っていたんだ。すると、野島氏は十間とゆかないうちに、また別の車をとめ、大急ぎでとびのって、今来たばかりの、もとの方角へ消えていったというんだ。つまり、何かの理由で、あらゆる人の目をさけて、どこかへ身をかくす必要があったんだな……」

道がつきると、忽ち一望の海であった。近くの砂丘の鼻に二本の松がそびえている。そこまでくると、何方《どっち》からともなく腰をおろした。

ここは披露山にさえぎられた風蔭になっているが、沖はかなりの風らしく、海は暗く濁り、波頭は歯をむくように白く砕けていた。

良輔は煙草に火をつけると、遠い沖の方へ目をやりながら出しぬけにいった。

「岡田君。君、多賀まゆみという女、しってるかい？」

「さア……どうも、女には余り縁がないんでね」

「そう、丁度去年の今頃だった。パンパン狩りがあってさ。その中の一人を、僕が身許引受人になって引取ったことがあったじゃないか……」

「ああ……そういわれてみると、なんだか、そんな事があったようだなア」

警部は、靴をぬいで、中の砂を叩きおとしながら、何ともつかないぼんやりした声でいった。それが、警部が、何かに一番緊張した時思わず出る癖であった。

×

その晩、ある強殺事件の発表があったため、良輔はおそくまで警視庁に残っていて、丁度そのパンパン狩りにぶつかった。

今更、パンパン狩りなど珍しくもなかったが、その、三十人余りも、がやがやしている女の中の一人が、ふと良輔の目をひいた。他の女達が、いずれも、泣くか喚くか笑うか媚態を示すか、何かしらわさわさしているなかに、その女だけは、しゃんと胸をはり、目を大きく見開いたまま、何もいわず、身じろぎもせず立っていた。

おかっぱ頭のせいもあってか、女というより少女の感じであった。自分では年を十八といっているが、それも、一つか二つくらい少いのではあるまいか。変に大人びたツウピースを着ているのが、おかしくなるくらい不似合で、セーラー服以外、とても似合う服はありそうもない感じであった。胸にも腰にも、まだどこか幼い線が残っていたし、そういう商売の女らしくもなく、唇にうっすら口紅をひいただけで、白粉気などまるでない頬には、水蜜糖《すいみつとう》の肌を思わせる産毛《うぶげ》が白く光っていた。

良輔は、何か間違ってパンパン狩りにまきこまれたのではないかと疑って、係りの刑事に訊ねて

みたが、

「いやア、とんでもないカマトトですよ。何しろ、現行犯ですからね。呉服橋の裏で、ぬくぬく、ねてるところをとっつかまったんですから……第一、自分の方が白状してるんだから、もう……」

と、刑事はずけずけといった。

係官の尋問に答える時も、相手の顔を真正面から見つめたまま、

「でも、仕方がないんですもの……」

と、一言いったきり、あとは石のように口をとじて、何一ついおうとしない。多賀まゆみという名前も、また、係官につげた住所も、ちょっと調べてみれば、皆んな出鱈目《でたらめ》なことがわかっている。その態度と、子供っぽい顔姿とが、掛合わされたかたちで、余計小面憎《こづらにく》い印象を与えたようであった。

「何分にも年が若いし、初犯で病気もしょっていないようだから、身許引受人さえあれば帰してやりたいんだが……何しろ、君、本当の名前も住所も喋ろうとはしないんだろう。手におえんのだよ」

と、苦笑しながら、係長はそういった。

「じゃア、僕が身許引受人になりましょうか」

良輔は、ふと思いついていった。

「そうすれば、つれてっていいんでしょう？」

「何だ、君が？」

係長は笑った。

「えらいこったぞ、君。あの女は、手こずるぜ」

「一度ぐらい、女に手こずってみるのもいい経験ですからね」

「ははア、そうか。手こずった体験談を、原稿のタネにするか。転んでもただは起きんというや

つか、はッはッは……しかし、君も、物好きだなア」

と笑いながら、そのまま女を良輔に渡してくれた。

警視庁を出てから中野のアパートにかえりつくまで、まゆみは、有りがとうの一言もいわなければ、良輔も別に、何も問いかけもしなかった。しかし、まゆみは、おとなしく良輔のあとからついてきた。

もう十二時をすぎた時刻だったので、部屋へはいると、すぐ蒲団をしいた。幸い、以前同居していた友人の使っていた夜具が一組あったので、別々にはなして敷いた。

「君、腹すいてるんじゃないか？」

良輔がきいたが、まゆみは黙っていた。

「喰べたければ、戸棚をあけると何かあるぜ」

良輔は寝巻に着かえると、

「寝るときは忘れず電気を消すんだぜ」

そういいすてて、さっさと床の中へもぐりこんでしまった。

まゆみは、さっきのままで、部屋の隅に横坐りになったまま、ぼんやり窓の外へ目をやっていた。別に、恐れても、恥かしがっても、また有難がってもいる様子はなかった。ただ、遠くにある何かを、じいッと見つめているといった表情であった。

やがて、立ち上ると、真直に良輔の方を向いたまま、服をぬぎシュミーズ一枚になった。いくら良輔が目をつむっているといっても、一間とははなれぬ先に、真向きになって肌を見せている。その癖、あばずれた感じは少しもなかった。むしろ、まだ色気をしらない童女の、あけっぴろげた無邪気さであった。

それから、電灯を消し、もぞもぞと床の中へもぐりこんだ。電灯を消しても、裏手にある工場の照明がてりかえしてきて、天井を向いたまま、ぱっちり目を開いているまゆみの顔を蒼白く描き出していた。

しばらくすると、まゆみは天井を見つめたままでいった。

「そっちへいくの?」

まゆみが、良輔と二人きりになってから、はじめて喋った言葉がそれであった。

良輔がねむったふりをしていると、まゆみは、裸の肩をむっくり蒲団の中から起しながら、くりかえした。

「ねえ、こっちへくるの? そっちへいきましょうか?」

「何いってるんだ」

良輔が怒ったようにいった。

「さっさとねちまいな!」

まゆみは、ちょっと、喫驚《びっくり》したように良輔の方を見た。何を叱られたのか、その意味がよくはのみこめないという風であった。

「そう……じゃアあたし帰るわ」

まゆみは起き上って、服を着はじめた。

「何、帰る? 帰らなくったっていいんだよ。君はお客様だから、手足をうんとのばして寝ちまえばいいんだ」

「用がないなら、あたし出ていくわ。あたし、人のお情をうけるの大嫌いなの」

じゃア、この女は、俺がここへ連れてきたのを、抱いて寝るためと思ったか、それとも、警察からもらいさげてもらった謝礼をその身体で支払うつもりでいたのか、と、良輔は、少しあっけにとられながら、一方やたらに腹が立ってきた。

「君は、出ていって、また、あの商売をくりかえすのか。君が何をしようと勝手だが、もっと社会の役にたち、社会から尊敬されるような仕事をしたいと思わないのか」

良輔は荒々しくいったが、まゆみは返事もせず、服を着終ると、かがんで沓下《くつした》をはきはじめた。薄明りの中に、その蒼白い太腿が、良輔の目にいたいほどちかちかとした。

「僕は君にお情をほどこそうなんていってるんじゃないんだぞ。君にいい仕事を見つけてやろうと思ってるんじゃないか。僕の社へはいる気はないのか」

まゆみは、身じまいをすますと、がたごといわせて靴をはいた。

「よし、出ていきたいなら、勝手にしろ」

良輔はぐるりと壁の方を向いて目をとじてしまった。

鍵をはずし、ばたんと扉の開く音がした。まゆみは廊下に出かかって、そのまま、流れこむ灯影《ほかげ》の中に立ちどまった。かなり永い間、そこにじっとしていたが、やがて、そっとふりむいて、

「あたしに、新聞記者なんてできるかしら」

と、おずおずした声でいった。今までの調子とはがらりとちがって、妙に自信のないおずおずした声であった。

「なんだ、まだそこにいたのか?」

「ねえ、あたしに、新聞記者なんてできると思って?」

同じ調子の声が、かすかにくりかえした。

「そりゃア、記者はまだ無理さ。しかし、社には色んな仕事がある。まず、お茶くみや、原稿の整理の手伝いくらいのもんだな。君ぐらいの年の子供が幾人も働いている」

まゆみは、無言のまま、扉をしめ、寝床の側まで戻ってくると、ぺたりと坐りこんで、半分独言のようにつぶやいた。

「あたしの亡くなったお父さんも新聞記者だったのよ」

明け方近く、良輔はふと目をさました。まゆみは、おかっぱの頭をこちらへ向け、少し口を開きかげんにしてすやすやねむっていた。そこらで見かける同じ年頃の少女と、少しも変らぬ寝顔だった。

掛蒲団がずって、肩から胸の辺りがあらわになっていた。良輔は手をのばして蒲団をかけ直してやりながら、まるで性の衝動を感じない自分に気がつき、むしろ妙な気持にさえなった。

ねむり直したせいもあって、今度目がさめた時は、もう九時がすぎていた。まゆみはとうに起きたと見え、申しわけばかりについている小さな洗場で、何やらごとごとやっていた。

「早いね。もう起きたのかい。もっとゆっくり寝てたっていいんだぜ」

声をかけると、返事の代りに、

「お米どこにあるの?」ときいた。

「何だ、飯なんかたかなくたっていいんだ。面倒くさいから、全部そとでくうことにしてるからね」

起きてみると、昨夜、ぬぎっぱなしにしてあった服やワイシャツが、きちんと皺をのばして柱にかけてあり、いつの間にか、靴まで磨いてきちんとそろえてあった。それが、まるで、ままごとでも見るようで、良輔はくすぐったくてしかたがなかった。

社への出かけに、まゆみをつれて、一緒に駅近くの食堂にはいった。まゆみは、どんぶり飯をかかえこんで男の子のようにぱくぱく喰べ、ハムエッグスの皿がからになると、残った卵まじりのソースを飯の上へかけてきれいに喰べてしまった。

「これが、昼と晩の飯代だよ。押入れをあけると本が沢山あるから、それでもよんで、今日は一日ゆっくりするんだな」

良輔は、なにがしかの金を与えて、まゆみと駅の改札口でわかれた。ホームへ登ってからふりかえってみると、まゆみは、まだもとのところにたって此方を見ていた。良輔が手をふると、向うでも手をふりながらにっこり笑った。まゆみの笑ったのを見たのは、それが最初だった。

その晩から、アパートの管理人にたのんで、階下の事務所の長椅子をまゆみのために貸してもらうことにし、寝る時刻になると、まゆみは、毛布をかかえては、サンダルをかたことといわせて下へおりていった。管理人には、田舎にいる友人の妹が就職のため出てきたのだと話しておいたが、誰一人疑ったものもないようであった。大体、古傷にふれるような身の上話など、良輔も聞こうとはしなかったし、無口なまゆみは尚更、何一つ喋りはしなかった。

そんな訳で、五日目に、まゆみが良輔の社へ給仕として働きに出るようになった時も、友人の妹で押しとおした。もっとも、部長にだけは事情を話して了解を求めてあり、それで、万一の場合は、自分が全責任を負うつもりだった。

まゆみは相変らず無口で、何一つ自分から話すようなことはなかったが、それでも、この新しい生活に喜びを感じているらしいことは、そのそぶりから察しがついた。社内の評判も悪くない。悧《り》口《こう》で機転がきくし、男の給仕のやるようなことでも、いやがらずさっさとやってのけた。

「第一美人だしな」

同僚の中には、良輔の肩をぽんとたたきながら、意味ありげににやりとする手合もあった。何分にも、眼のするどい連中がそろっている。

「おい、そろそろ本音をはいて、一杯おごったらどうだ？　それとも、俺の腕に、よりをかけて、あの子の身許をあらってやろうか」

などと、良輔を、どきッとさせるようなことをいうのもいた。良輔もせせら笑って黙殺するくらいの芝居は易々とうったが、しかし、相手はその上であった。

「だめだよ、かくしても。あの子の、君を見つめてる目付を見ろよ」

いわれて、良輔はおやっと思った。まゆみが入社してから十日ほどたってからのことであった。

まゆみの様子が少しずつ変ってきつつあることには気づいていた。前には、良輔が見つめていると、まゆみの方でも、いつまでも見かえしていたのに、この頃は、良輔と視線があうと、それとなく、そっとそらしてしまうそぶりを見せた。

しかし、同僚からそういわれて、それとなく注意していると、なるほど、近くで面と向った時には視線を反らすようになったまゆみが、その癖、どこか遠いところから、まるで盗むような目付で、永いことじいっと此方を見つめていることがよくあった。

出社する時が一緒なのは、まア分るとして、帰りもまた、殆んど一緒だった。まゆみが待っている。時には、夜中の十二時、一時までも良輔を待っている。いくら叱っても、どこかにかくれていて、帰途につく良輔を見ると、すうと出てきて側によりそった。まさか、それまで叱る勇気は、良輔にはなかった。

勿論、いやな気持はしなかったが、そんな甘ちょろい恋愛沙汰は、とうに卒業してしまっているという、その年頃の男が大概もつはずの、妙に自負じみたものを、やはり良輔ももっていたし、第一に、まゆみには異性としての性的な興味はまるで起らないのである。時には、洋服の仮縫いを手伝って、その裸の腕や胸に手をふれたことさえあったけれど、良輔は事新しい衝動は何も覚えはしなかった。

ところで、まゆみが入社してから十日ほどたったある日、つまり、二月十五日のことである。社へ野島健吾博士がたずねてきた。小肥りの、温和そうな顔をてらてら光らせている四十男だった。噂や評判に聞いたより、どこか、ちょこまかした印象があり、良輔は余り好感はもてなかったが、社で特別寄稿を依頼している人でもあったしするから鄭重《ていちょう》に迎えて応接間へ通し、上役に引きついでから席へもどった。

すると、まるで、待ちかねていたようにまゆみが側へよってきて、小声でといかけた。

「あの人、誰? 野島っていう人じゃなくって?」

「うん、そうだよ。××大学の野島教授だよ」

まゆみは、一瞬、きょとんとしたような顔をして良輔を見ていたが、また、せきこんでといかけた。

「良輔さん、どうしてあんな人を、あんなに大事になさるの?」

「あんな人? おいおい、冗談じゃないよ。あの人は尊敬すべきえらい人なんだよ。刑法の権威者で、学識人徳ともに高い人物なんだぜ」

良輔はいいかけて、そのまま仕事に向ってしまったので、まるで気づかなかったが、まゆみの表情は一瞬異様に硬張《こわば》った。そのまま、しばらく、阿呆のように良輔のうしろ姿をみつめていたが、やがて、くるっと踵《きびす》をかえすと、そのまま部屋から出ていってしまって、もう二度と良輔の前へ戻ってはこなかった。

×

良輔は話しおわった。西風の吹きすさむ浜辺には、人影はおろか、小鳥の影さえも見えなかった。

「ほんとうに、まゆみは戻ってこなかったのかい?」

警部は靴の爪先で砂の上へ何か字をかきながらきいた。

良輔は、もの憂《う》げにうなずきながら、指先に残ったまま、とうに立消えていた煙草をすて、たずさえてきた大型の折鞄の中から、柄をはめこめるようになっている携帯用のシャベルをとりだした。

警部は、良輔の手許を見つめているだけで何もいわなかった。

良輔は、ちょっと、両脇にある松の木を見あげてから、

「この辺を掘ってみよう」

と、警部の脚もとの辺りへシャベルの先をさしこんだ。

砂は、わけもなく掘られてゆく。途中で警部がかわった。一間四方くらいの穴が、みるみる三尺深みに掘られていった。

「なんだろう?」

警部がふと手をとめた。良輔は周囲の砂を払いのけながら、

「そら、服地の端だ」

二人はもう何も喋らなかった。穴がひろがってゆくにつれ、その紺色の服地も次第に大きくなってゆき、やがて、一個の死骸が全貌をあらわしてきた。

外套のえりをたて、白いマスクをかけている。殆んど腐爛していたが、その頭のそばに、砕けた茶色の眼鏡とハンチング、それに古びたナタがおちていた。

「野島博士だな」

警部が意外なくらい無表情な声でいった。

「うん、野島教授だよ」良輔はそういいながら、何故ともなく空を見上げた。

×

帰りはもう夜になっていた。

東京行の電車にのってから、二人はさもつかれたように、がっくりとクッションに背をよせかけた。

「明石君、君はまだ喋りのこしてることがあるんだろう?」

警部がそっぽを見ながらいった。

「うん、悲劇はまだ終っちゃいないんだからな。いや、これから始まるという方が本当なんだ」

良輔はやけに煙草をぷかぷかふかしつづけた。幸い、二等車はがらんとしていて、そんな話をす

るには好都合だった。

「まゆみが、さっき見てきたあの家に住んでいた佐久間源一氏の娘だったことは、もう気がついているんだろうね。源一氏はとうに亡くなって、あとにのこったのが未亡人のきぬ、長女の美代子、次女の良子の三人だったのさ。つまり、その良子というのが、あのまゆみだったんだ。

その三人の母と子で終戦後のあらしのような経済変動期をのりきることが、どんなに苦しいものだったか、およそ想像がつこうというものさ。大体、母親も、長女の美代子という人も、姿も気立も美しい、そして内気な、昔なら、さしずめ女性の鑑《かがみ》ともてはやされそうな人達だったらしいな。大体、美しくやさしい花は、温和な気候の中にしか育ちはしないものだからな。とても、闇の売買や、あこぎな事で金をかせぐなんてことの出来る母子《おやこ》じゃなかったんだ。

それでも、病弱な母親と幼い妹を抱えて、結局、美代子という人が一家の柱になるほかはなかったのだろう。美代子は英文タイピストとして、どうやら、それをやりくりしていったらしい。まず、その頃は、生活は楽ではなくとも、温い幸福な家庭だったことは間違いない。ところが、三年ほど前、ある機会に、美代子が野島教授の論文タイプをたのまれて、その宿舎に出入りするようになったのが、そもそもの悲劇のきっかけだったのだ。

ところで、野島教授は六年前に夫人をなくしている。あの精力的な男盛りの肉体を、さぞもてあましたことが多かっただろう。その上、あの男には、世間の男がよくやるような、商売女を相手の手軽な、性慾の解決手段をとる勇気がなかったんだよ。学問人格共に高潔でおしとおしてきたあの男だ。その風評にしがみつき、世間態や体面に神経をちりちりさせているあの野心家は、うかと、花柳界に足をふみ入れることが、毒蛇の巣にとびこむほど危険に感じられたらしい。しかも、その肉体の欲求は、ようしゃなくせめたててくる。勿論、新しく夫人を迎えればいいのだが、彼の野心をみたすようなうまい相手はそう簡易には見つからぬ。

こうした場合、道徳だとか、人情だとか、そうしたものにしばられて、小さな悪徳さえよくなしえないような卑怯な人間は、きまって、世間で悪党といわれる男なんかより、もっとおそろしい悪徳の中へ、しらずしらず踏みこんでしまうものらしいな。

野島教授がそれだった。彼は、美代子の従順で内気な性格と、その美貌に目をつけると、欲望のはけ口をそこに見出そうとしたのさ。一番手軽く、わけなく手にはいる獲物だったからね。彼は、美代子を、甘言《かんげん》と暴力と半分半分使いわけて情交を結んでしまったのさ。そうなると、美代子のようなタイプの女は一番弱い。今に時期を見て結婚するという言葉を唯一の頼りにして、それから、野島が、上京する毎に密会をつづけていたのだ。法律家の野島はちゃんとたくらんでいる。二人が末永く幸福であるためには自分の地位や名声の保持が第一だから、結婚するまでは二人の関係を一切漏らすなと命じて、あとに残るような文書は自分もかかぬし、美代子にも一切かかせない。会う時も極度に人目をさけて、母や妹にさえ、しかとした現場をさとられないような工夫をしたらしい。

そうした関係が一年半ばかりつづいた。とうとう、美代子が妊娠する。さすがに母にかくせなくなった美代子は、母と共に野島にあって、正式の結婚を迫ったのだ。すると、とたん、男の態度ががらっと変る——よくあるやつさ。申し訳ばかりの手切金を出しただけで、結婚の約束など、夢にもした覚えがない、そもそも美代子との関係は、はじめから金銭を代償として——つまり売笑婦として情交をむすんだだけで、しかも、それも二三回。腹の子供のことなど、とんだいいがかりだとつっぱねてしまったのだ。その上、念入りに、彼は美代子母子に教えている。もし訴訟沙汰にするならいつでも応じよう。その代り、しかとした証拠を提出せよ。証拠もなしに、みだりなことをすると、逆に名誉毀損で告訴するぞ——とね。美代子は心労の余り流産し、発狂して精神病院に入ってしまうし、母親は、昔の淑徳高い女性のように悲しくあきらめてしまったんだ。よくあるやつだな。ざらにあるやつさ……」

「まア、待てよ、明石君。随分くわしいが、君はどこからそれを調べあげたんだ」

警部がじいッと良輔の顔をのぞきこむようにした。

「これだよ」良輔は鞄から、部厚い封筒を出して開いてみせた。

「今朝、まゆみから——いや、佐久間良子から送ってきた手紙だ。

今の話も、その受け売りだがね。まア、手紙のその先を読んでみよう……

……いったい、こんなバカなことがあっていいものなのでしょうか。計画的に人の精神をもてあそんで、相手を発狂させ、一家の幸福を、滅茶々々にしてしまい、路頭にまよわせるようなことをしても、何の罪もうけずにのうのうとすごせるのでしょうか。この間、近所の人が病気の老人に、まちがって自転車をぶつけ、そのため、老人の病気がわるくなって亡くなりましたが、それでもその人は殺人の罪にとわれました。それだのに、野島は何の罰もうけないのでしょうか。それが世の中というものなのでしょうか。私にはわかりません。さっぱり分りません。私は野島という卑怯な男が、憎くて憎くて、それこそ殺してやりたいくらいに腹が立ちましたが、同時に、そんな目にまであわされて、何一つ手むかい出来ない姉や母の意気地なさにも、腹が立って腹が立ってなりませんでした。


でも、私としては、姉が気がくるってしまい、母が病気でねていては、どうしても、自分の手で働かねばならないと思い、学校をやめ、その日のうちに職業安定所に行きました。すると、その帰りでした。安定所の門口から私を追ってきた一人の紳士が、貴女は職をさがしているようだが、実は自分もある会社から人を探してくるよう頼まれてここまで来たのです。貴女ならうってつけだから紹介しましょう、という親切な話なのです。

明石さん、私はその人と、ある料理屋のような家へゆき、お酒をのまされて酔いつぶれてしまい、ふと目がさめた時には、その人と一緒にねていました。でも、私は自分のしたことに後悔はしていません。ただ、男と女が、こんなつまらぬ、きたならしいことをするものかと思い、そんなつまらないことに金を払って夢中になる男というものが、あさましいような可笑しいような気がしてならなかっただけなのです。

その後も、その人と三四度あい、その都度お金をもらいました。そして、その人が来なくなると、今度はそのお友達だという人が私を呼び出すようになりました。そうしている間に、こんなに簡単なことで一家の暮しが立つことを思うと、急に自信がつき、二度目の人が来なくなると、今度は自分から町角に立って男の人をさがす気になりました。明石さんにお会いできたのは、始めて街角にたったその晩のことでしたわ。

明石さん、正直に申しますけれど、はじめは、貴方に腹を立てました。どの男でも、当然要求すると思っていたことを、貴方は拒絶なさり、私を叱りつけたりなさったので、私は、自分の自信が踏みにじられたような気がしたからです。でも、不思議なことに、そういう貴方を、いつの間にか、段々好きになってゆきました。今でも、胸がいたくなるくらい好きで好きでならないのです。

ところが、あの日、二月の十五日に、野島が社へやってきました。貴方は、あの人のことをとてもお褒めになりましたね。そのお言葉をきくと一緒に、私はかあっとなってしまいました。姉があんな目にあわされた時でも、その野島が、ぬけぬけと新しい花嫁さんを迎えて外国へ旅立つときいた時でも、腹は立ちましたけれど、あの時ほどではありませんでした。私の大好きな大好きな明石さんまでが、あの男をあんなに褒めていらっしゃる、と思いこんだ時、目の前が真暗になるほどかあっとしてしまいました。何故でしょうか。今まで、こらえにこらえていたものが、この時、一度にどっと堰《せき》を切ってしまったとでもいうのでしょうか。

私は、夢中で社をとび出しました。いえ、社を出る前に、応接間の前にかかっていた野島の外套のポケットへ一通の手紙をいれてきたのです。その手紙には、姉が内証でつけていた日記が残っている。今、母が病気でお金にこまっているから、その日記と交換になにがしかのお金をいただきたい。それには、外国に立つ前でなければこまるから、十六日の午前中に逗子の家まできてください。もし、おいでがない時は、日記帳を新聞社に渡します——とそういう意味のことをかいておきました。あの、卑怯な、世間体ばかりを気にする男だから、新聞社の廊下までつけてきて置手紙していったものがあるとしったら、きっと、やってくるに違いないと思ったのです。

明石さん、野島は約束通り逗子の家へきました。マスクと色眼鏡で顔をかくし、内心びくびくしながらはいってきました。私は、野島と物置の前で会いました。野島はいきなり、いくらほしいんだ——と吐き出すようにいいました。

勿論、姉のかいたそんな日記帳などは、私の作り話なのです。私としては、そこまで野島をよびつけて、思う存分恥かしめてやり、顔に唾でもはきかけてやれば、せめてもの復讐が出来ると思っていたのです。そして、はればれとした気持で、また社へ行き、明石さんに皆お話して、きれいさっぱりしてしまおうと考えていたのです。

ところが、悪がしこい野島は、話の様子から私の方にそんな日記がないことを感づくと、とたんに、威丈高《いたけだか》になって、おそろしい形相で睨みつけました。この、ズベ公の不良少女の与太者め——本当に、野島はそうわめいたのです。そして、根も葉も無いことをたねにして人を脅迫すると、刑務所へ叩きこんでくれるぞ。わしを誰だと思う。二度とこんないいがかりをつけたら、貴様たち一家を、一生日の目を見せられないようにしてやるぞッ。そういって、くるりと向うむきになって歩き出したのです。

明石さん、とたん、私は何故ともなく物置のナタをとって、野島のうしろへとびついていました。夢中で、何がどうしたのかよくは覚えていません。われにかえった時には、頭から血をたらしながら、野島は地面に長々と横たわっていました。もう息もたえ、すっかり死んでしまっていました。私は、人間てものは、なんて簡単に死んでしまうものかと思って、少し妙な気がしただけで、別に、ほかに何の感じもありませんでした。

私は、死骸を物置の中へかくしておき、夜になってから、古い乳母車へのせ、海岸の二本松の根本を深くほって、ナタと一緒に埋めてしまいました。そして、家へ戻りますと、何故だか、病気の母が無性にいとおしくなって、その晩は、つききりで寝もやらず、手や足をさすって親切にしてあげました。

明石さん、それから、私は東京へ戻ってきたのです。勿論、貴方にお会いしたかったからです。そして、何もかも聞いて頂きたかったからです。ところが、社の入口まで行くと、急におそろしくなってすくんでしまいました。それから、夜になるまであの辺りをうろうろしていて、貴方のお帰りになるあとをつけ、中野のアパートまで参りました。アパートでなら、お会いする勇気がわくかと思っていたのですけれど、でも、やっぱりだめでした。裏手のあの窓を見上げながら、とうとう一晩あかしてしまい、そして、そこから立ちさりました。

それからのことは、もうくわしくかく必要もありませんし、聞いて頂きたくもありません。ただ、狂気の姉は病院の井戸へ身を投げて死に、母も一月ほど前に、病死しました。悲しみが死期を早めたのだと思います。そして、逗子の家は、今神山と仰有る方が住んでおられます。

たった一人残った私も、間もなくこの世にさよならすることだと思います。ある外人と自動車をドライブ中、崖からおちて、その人は即死し、私は重傷をおってこの病院にかつぎこまれました。院長さんが、誰か会いたい人はないかと遠廻しにおききになるので、もう間もない命だと思い、人を呼ぶ代りに、幸い右手が無事だったので、むりにせがんで、この手紙をかかしてもらいました。

明石さん、私は好きで好きでならない貴方のことを思うと、とたんに恐しくなるのは何故でしょうか。私には分りません。私は間違っていたのでしょうか。悪い事をしたのでしょうか。悪い女だったのでしょうか。

明石さん、明石さん、もう、力がぬけました。もうかけません、明石さん、貴方が好きよ……」

良輔の声がとぎれると、あとは電車の車輪の音ばかり、ごうごうと高まった。良輔も警部も、てんでに目をそむけたまま、永いこと、むっとしたように黙りこくっていた。

「いやな事件だ……」

警部がぽつんといった。

「いや、いやな社会だと訂正したまえ」

良輔はいいながら、手紙をポケットにしまうと、物憂げに立ち上った。

電車は大船のホームに辷りこみつつあった。

「じゃア、岡田君、僕はちょっとここで……」

良輔は目礼し、

「まゆみは、ここの病院にいるそうなんでね。もう、とても生きてはいまいと思うけれど……」

いいのこして戸口の方へ去っていった。

笛吹けば人が死ぬ

一

良輔が三井絵奈《えな》にはじめて出会ったのは、銀座裏の「うさぎ」という酒場であった。

その酒場はさる著名な歌舞伎俳優の、美貌の評判高い細君が経営している店で、キャバレーや酒場のごみごみ建てこんでいる細い路次の奥にある。

良輔は一身上のことから、警視庁の岡田警部にちょっと世話になったことがあり、その礼心から、芝居好きな彼のためにその店を選んで飲みにいったわけであった。

尤も、絵奈のことは前からしっていた。良輔は夕刊新東洋の警視庁詰め記者であるが、そのことよりも、時折新東洋に書くかこみ物の犯罪実話で名前が売れていた。評判がよかっただけに読者からよく良輔宛の手紙が来るが、その中に三井絵奈の投書もまじっていた。

安っぽい便箋へ、鉛筆書きの見るも哀れな下手糞な字で書き殴ってある。文章も無教養を丸出しにした乱暴なものであった。内容は、先頃良輔が書いた完全犯罪という記事に対する駁論《ばくろん》で、勿論、良輔は気にとめず読みすてたが、ただその最後に、殊更大きな字で力一杯書きなぐってある文句が妙に記憶にひっかかっていた。

――笛を吹けば人が死ぬよ。

それが、その手紙の結びの文句であった。

何だか、スリラー映画の題名のような文句である。しかし、死ぬよと、最後によの字をつけたのが妙に生々しい実感があった。

それに、絵奈というちょっと変った名前が良輔の注意をひいたこともたしかであった。

だから、その後、岡田警部から三井絵奈という名前を聞いた時には、大した努力もなしにすぐその手紙のことを想い出した。岡田警部はある必要から絵奈をさがしているらしく、何でも、盛り場を、うろうろしているそうだから、君なら心当りがあるかと思ってねと、良輔に協力をもとめた。

「君だから話すが、実は、占部高久という男の居所を内密につきとめたいんだ。年は二十四で身長五尺四寸くらい。麻薬密売の容疑と、それに、密売に関連して殺人の疑いもかかっているし、窃盗の前科もある奴なんだ。東京のどこかにひそんでいるらしいが行方が分らないんだよ。二十五になる進一という兄貴と、十九になる絵奈という妹がいる。尤も、妹といっても義妹らしい。仲間の奴等には、妹じゃない情婦だといってるのもいるがね。進一の方もぐれ者で、これはずっと以前から行方不明で、どこにいるか全然見当もつかないんだが、妹はきっと高久の居所をしっている。三井絵奈という女、心掛けておいてくれよ」

と、警部は頼んだ。

三井絵奈という名前はそうざらにあるはずはない。良輔は、すぐ投書のことを思い出し、調べてみたが住所はかいてなかったし、その後も、もう一度投書でも来はしないかと心待ちにしていたが、投書はそれ一回きりで音沙汰はなく、良輔もいつしか絵奈のことを忘れていた。

二

良輔が岡田警部をつれて「うさぎ」へいったのは、七月中旬の小雨の降るむし暑い晩であった。日頃は無口な警部も芝居となると目がなかった。マダムとすっかり意気投合したように、いい御機嫌で、カウンターに向って盛んにハイボールの数を重ねていた。十時頃だったろう。

「小父さん、花かってよ」

と二人のうしろで声がした。

こうした店には、入れ代り立ち代り、うるさく物売りがやってくる。

「いらんよ」

良輔は振りむきもせずいって話のつづきに熱中していた。先頃評判になった暖簾《のれん》という劇の話から、大阪人というものについて、大阪生れの警部と東京生れの良輔が盛んにやりあっていたわけである。

「花かってよ」

と、うしろでまたいった。

「いらんよ。この次にな」

と、良輔はうるさそうに振りかえったが、とたん、その女の子が良輔の方へにゅっと顔をつきつけるようにしていった。

「あんた、明石良輔さんね。しってるよ」

妙にしわがれたオクタープの低い声であった。

「あたしのこと、忘れたの。三井絵奈だよ。手紙あげたろう?」

覚えているのが当然だというような慣れ慣れしい口調であった。

酔っていた良輔の頭にも、絵奈という名前はすぐ浮かんできた。

「ふうむ、そうか……」

良輔は今更のようにその顔を見つめた。

背の低い見栄えのしない身体であった。ブラウスは木綿ながらさすがに洗いたてらしかったが、スカートはよれよれであちこちに飛泥《はね》がとんでいた。雨の中を傘なしで歩いていたのであろう、ブラウスもじっとりと濡れていた。浅黒い顔に一面ソバカスのある平凡な顔であったが、目だけがとびぬけて大きく、それが却って病的にさえ見えた。

「小父さん、花買ってよ」

「君が、三井絵奈か?」

「そうだよ。ねえ、花買ってよ」

と、女はまたいった。

「買ってもいいがね。ちょっと、君にききたい事があるんだがなア」

「あの、投書のこと?」

「いいや、そうじゃないんだ。君には占部高久って兄さんがいるだろう? その人の居所をしりたいんだがな」

絵奈は、ふんといって探るような意地のわるい目付をした。

警部も振り向いていた。絵奈は警部の方へ目をすえて、

「この人、警察の人だろう?」

と、いった。低いしわがれ声には、えぐるような意地のわるさがあった。良輔は警部と顔を見合せた。

「そうだよ、警察の人だ。協力してくれないかなア。お礼はするよ」

「うん。花を皆買ってくれれば……」

「いいとも……兄さんの居所しっているんだね?」

「ここで話すのまずいんだろう?」

「そうさなア」

店は混んでいた。カウンターもボックスも一杯であった。内密の話にはとにかくまずかった。

良輔は警部に目配せすると、マダムの方へ、

「やア、御馳走さま」

と手をふってカウンターをはなれた。

雨はまだ降っていた。

「いいとこしってるよ。どんな内証の話でも出来るところさ」

絵奈は、万事のみこんだというように、雨の中を先に立ってさっさと歩き出した。

三

良輔もはじめての店だった。一階が高級喫茶で二階が酒場になっている。三階に登ると、厚いカーテンで仕切ったボックスがずらりとならんでいた。

絵奈は、ボーイ達にウィンクしながら慣れ慣れしく話していた。

「今夜はお客さんだよ。大事にしな。うん、六番が空いてるのね？　分ってるよ」

さっさと奥へはいっていって、とあるボックスのカーテンをひきあけた。やっと四人がかけれるくらいの狭いところに、薄暗い電灯がぽつんとついていた。

「アベック専門なんだよ。註文が来ちゃえば誰もはいってきやしないからね。結構楽しめるんだ。あたしね、時々、わざとカーテンあけてはいってやるんだよ。慌ててスカートの裾をおろす子もいるけど、大概の奴、抱きあったまままあたしの方を睨むよ。あたし、黙って花を突き出して立っててやるのさ。皆仕方なしに買うよ」

絵奈は、一番楽そうないい椅子へ、ちゃっかりと腰をおろし、註文をききにきた給仕の方へいった。

「ハイボール二つだよ。小父さん、水わり？　うん、水わりだってさ。あたし、オールドパアだ。ストレイトだよ」

妙な少女であった。年はたしか十九歳だときいていたが、こんな所を見ると、ちょっと二十五六にも感じられた。その癖、どこか智能の足らない所があるのじゃないかと思われるような所がある。

そのせいか、ひょっとした表情のはずみでは、やっと十五六の小娘にしか見えない時もあった。

「ところで、兄さんのことだが、二人いるんだってね」

「あたし、里子《さとご》にいってたんだよ。義理の兄貴って、いえばいえるけど……」

「上の方の兄さんは、たしか進一といったね？」

「ずうっと前に家出しちゃったよ。親は昔死んじゃって、親戚も何もないんだ」

「まア、そりゃアいいが、下の兄さんの方の、高久って人さ。今、どこにいるのか、それを聞かせてもらいたいね」

「せくもんじゃないよ。お酒が来てからさ。このボックス、一時間いくらっていうんだ。有効に使わなくちゃ損だよ」

絵奈は急に口をつぐんで、隣りのボックスとの仕切りの方へ顎をしゃくりあげて、ふんという顔付をした。

隣りからは、今しがたまでひそひそ話しあっていた男女の声が途絶えて、何か弾むような息づかいが聞えてきた。

良輔は苦笑しながち、ちらっと警部の方を見たが、警部は椅子にそりかえって顔を天井に向けながら煙草の煙を吐いていた。まるで興味がないという表情であったが、その実、それが、相手に少からぬ好奇心を抱いた時の彼の癖であった。

「小父さん、この間の投書よんだ？」

と、絵奈が良輔に話しかけた。

「読んだよ」

「降参した？」

「何をいってるんだ」

良輔は、そんな議論の相手になるのは真っ平だというようにそっぽを向いた。

「完全犯罪には、犯人の智能的な計画性と、完全に法網から逃れさるという二つの条件がいるというのが僕の所論なんだ。小説ならいざしらず、実際の犯罪にはそんなものはありえないよ。犯人のつかまらない事件はあっても、それは、全然偶発的な事件であるか、少くとも、ある大事な部分に偶然が作用している事件かなんだ。そんなのは、完全犯罪とはいえないといっているんだよ」

「小父さんは、笛を吹けば人が死ぬってことしらないのね?」

絵奈は露骨に軽蔑した目付になった。

「そうだったな。君は、手紙にもその文句をかいていたね。笛を吹けば人が死ぬって、一体どういう意味なんだ?」

ふん! と、絵奈は、小憎らしく鼻をならした。大きな目がうんざりするくらい軽蔑の色を見せていた。

「外国の童話に、笛吹き爺さんていうの、あるけど、知らないの?」

「ああ、その話ならしってるがね」

「鼠がふえてこまっているある町へ、どこかのお爺さんがやってきて、もし鼠を全滅させたら沢山お礼をもらう約束でそれを引きうけたのさ」

「それで、爺さんは、町角に走って魔法の笛をふいたんだろう。笛の音にひかれて、町中の鼠が集まってくる。爺さんが歩くと鼠達も皆あとからついてくる。爺さんが川の中へはいってゆくと、鼠達もそのまま川の中へはいりこんで溺れ死んでしまったというのだろう」

良輔は欠伸《あくび》をした。

註文の酒が来た。絵奈は、運んで来た給仕人から、自分のグラスをひったくるようにとって、ぐいっと一息にのみほしてしまい、

「このオールドパア、おかしいよ。コゲ臭いぞ。バアテンに、まともな商売しろっていってやんな。さア、もう一ぱい、お代りだよ」

と、そのしゃがれ声で遠慮なくきめつけた。

「小父さん、鼠なんぞ死んだってどうでもいいんだよ。話はその先だよ」

絵奈は、口紅をつけていない土気色《つちけいろ》した唇を舌の先で嘗め廻しながらいった。

「町の奴等は、鼠がいなくなったのをいい事にして、お爺さんとの約束をやぶって、一文の礼も払ってやんなかったんだ。それで、お爺さんは、こらしめのため、また町角にたって笛をふいたのさ。今度、笛の音にひかれて集ったのは町中の子供だよ。人間の子供達だったんだよ。子供達は、お爺さんの笛の音にひかれながら、そのあとについてどこまでもどこまでもいってしまったんだ。そうして、とうとう一人も町へは帰ってこなかったんだ」

良輔が話をさえぎろうとしたが、警部が側から肱《ひじ》で小突いてとめた。

絵奈は、気味わるいほど大きな目で、じろじろ二人の男を見渡した。

「もし、今そういう事件が起きたらどうなると思う？　お爺さんを警察へひっぱって行けると思う？」

「さア、どうかなア」

「ふん、そのくらいの法律のことなら、あたしだってしってるよ。お爺さんが、子供達をつれてゆく所を、誰一人見てはいなかったんだ。たとえ、見ていたとしても、お爺さんは一言も子供に話しかけも、無理強《じ》いもしなかったんだよ。子供達は、皆自分から進んで黙ってそのあとについていったんだよ。そして、一人残らずどこかで野垂《のた》れ死にしてしまったんだよ。誰が、お爺さんを縛ることが出来るの？　魔法の笛だって、お爺さんが吹けばこそ、魔力を出すけれど、他の誰が吹いてみたって何の変哲もないじゃないか。お爺さんが黙っている限り、お爺さんの犯罪を証拠だてるものは何一つないとすれば、お爺さんは、ちゃんと、子供達を誘拐して殺してしまってやろうと計画してたんだよ。それでいて、法律ではどうすることも出来ないんだよ。小父さん、これが完全犯罪にならないというの？」

「もし、そんな調法な魔法の笛があったらね」

「無いと思うの？」

「じゃア、あるというのかい」

「あるさ」

絵奈は二人を見つめたまま、声を立てずににやっと笑った。絵奈の笑ったのを見たのはその時がはじめてであった。まるで、やり手婆アが女郎を嬲《なぶ》る時のような、意地のわるい笑い方であった。

この辺りで、女をおいて酒をうる店は、十一時には店をしめなければならない法規に取りしまられている。看板の時間が迫ったのか、ぽつぽつ帰りはじめる客の気配が感じとれた。

「まア、君の完全犯罪論は、また改めてゆっくり聞くことにして、……ところで、肝心の占部高久のことはどうなったんだ？」

「会わせてやるよ。その方がいいだろう？」

絵奈は急に殊勝らしい口調になっていった。

「今度の日曜日まで待つんだね。会う場所は逗子だよ。海岸の真中辺にシャワーがあるよ。日曜日の午後四時きっかりにきめとこう。勿論、警部さんもくるね？」

「どうする？」

良輔は警部の方を見た。

警部は、よかろうというようにうなずきながら、よほど絵奈に興味を感じたか、目の隅から、しげしげと見つづけていた。

「その代り、ことわっておくけど、変なことしっこなしだよ。あたしのあとをつけたりさ。高久は、とても勘が鋭いんだ。警察に狙われてることよくしってるから、ちょっとでも変なことがあると、飛んでしまうよ。それから、逗子でもそうだ。あたしが、いいって合図するまで、絶対に手を出しちゃいけないよ」

絵奈は給仕をよんで勘定をいいつけた。

「小父さん、チップをはずみなよ」

そして、抱えていた花束をそっくり良輔の方へつきつけた。

「全部だよ。八百円だ」

「花はいらんよ。商売に使うといいよ」

良輔は金だけ払ってその店を出た。まだ雨がふっていた。

絵奈は挨拶もせず、さっさと雨の中へ出ていった。路次の角に大きな芥箱《ごみばこ》がおいてある。その前まで行くと、箱の蓋をあけ、手にしていただけの花束をそっくり投げこんで、あとも見ずに路を横切っていった。

四

次の日曜日は、もう学校が暑中休暇にはいっていたので、逗子の海岸は、芋を洗うようにごった返していた。

良輔と岡田警部は、三時頃から約束のシャワーの前に来て立った。開襟シャツに長ズボン姿という二人は、裸ばかりの人混みの中でひどく目立っていた。

「来ないね。まさか、だましやァがったんじゃないだろうな」

と、良輔が待ちくたびれて云ったが、警部は自信ありげであった。

「大丈夫だよ。来るよ」

「確信があるようだが、何かつかんでいるのかい？　うむ、絵奈に尾行でもつけたんだね？」

「いいや、僕は約束を守ったよ。そっと手をふれずにおいたんだ。しかし、あの女は、何故だかわからないが、われわれとこの海岸であうことを、ひどく熱望していたという印象をうけたんだ」

「とにかく、もう間もなく四時だ。あの女が、そんなに素直な女かどうか、すぐ分るさ」

良輔の腕時計がきっちり四時を示した。

「さア、いよいよ四時だ」

と、良輔が呟いたのと殆ど同時に、

「さア、ボートに乗ろうよ。いいだろう、高久?」

と、喋っているしわがれた声が二人の背後から聞えてきた。

「絵奈、俺の名前を喋るなっていうのに!」

男の声が鋭く罵るようにいった。

水着姿とパンツ姿の、若い男女が良輔達の側をすりぬけて波打際の方へ走っていった。

「来たね」

「うむ、あの男だ。高久だ」

二人は、そこに立ったまま、じっと男女の行動を見守っていた。

絵奈と高久はボートに乗って漕ぎ出していった。岸から一丁くらい先までは人でうずまっているのでその先へ出なければボートは漕げない。

二丁も沖へ出た時、それまで男が漕いでいたのを女に代った。それっきり、ボートは一直線に沖へ沖へと向って遠ざかっていった。

「どこまで行くんだろう? もう、顔も分らなくなってしまった」

警部はぶつぶついいながら天幕をはった見張所へ行き、身分をあかして双眼鏡をかりた。肉眼では、もう、ボートがぽつんと点のように白く見えるほど遠のいてしまっていた。

「おい、明石君。見ろよ。おかしいぜ」

警部は妙な声でうめくようにいった。

「うむ、妙なことをはじめやがったな」

良輔も、しがみつくように双眼鏡を覗きこんでいた。

ボートの上では男と女とが争っていた。女が、オールをとって防ごうとするのを、男は強引に組みついてねじ伏せ、その唇に吸いついた。もみ合いながら、男の手が女の肩から水着の釣紐をひきちぎり、それを一息に下まで引きおろした。

露出した女の半身が男の胸の下でもがき狂っていた。両手と両足が、ばたばた宙をけって争っていた。女の腰の辺りはボートの端にかくれて見えなかった。その見えない辺りへ男の腕が遮二無二《しゃにむに》のびていった。女は、ぐたっと動かなくなった。

しかし、それも一瞬のことであった。男をつきのけてはねおきると、女は腰の辺に水着をひきずった半裸の姿で、いきなりボートの端へ足をかけて海へとびこもうとした。それより他に、男の襲撃から逃れる手段がなかったのであろう。

引きもどそうとする男と、二人は組合ったままもつれあっていたが、その内、あおりをくってボートがくつがえるのと一緒に、二人の姿は海中に消えた。

「おいッ、沖でボートが顚覆したぞッ。救助船を出せッ」

警部が叫んだが、ほかにも双眼鏡で見ていた見張員があったらしく、その声をきくよりも早く波打際へ向けて走っていた。

「ああ、女が顔を出した。こっちへ泳いでくる」

良輔がほっとしたようにいったが、警部はむすっとした不機嫌な顔だった。

「それよりも男だ。あいつは、重大な容疑者なんだ」

男も一度、ぽかっと波間から顔を見せたが、すぐかくれてしまった。そして、それっきり二度と浮き上ってはこなかった。

救助船といっても、手押しの和船である。芋を洗うような人混みをわけて沖までこぎ出すのにかなり手間どった。

それに沖は波立っているし、丁度退潮の時刻で、顚覆ボートが流れ、遠ざかってゆく速度も相当なものであった。

やっと一艘《そう》が必死に泳いでいる女を救いあげたらしい。もう一艘は急いで沖へはなれてゆく。顚覆したボートのそばへ漕ぎついてから、その周囲を行きつもどりつしながら、容易にひきあげてくる様子がなかった。

絵奈は失神したまま診療所の天幕へ運びこまれてきて仮設の寝台へぐったりねかされた。

「水をのんでいるようだが大したことはない。恐怖と疲労で気を失っただけだ」

と、医者はいった。

水着の釣紐をむしりとられたことは良輔もしっていたが、今見ると、肩にも胸にも内腿にも、引っかき傷やすりむき傷のあとが生々しく血をにじませていて、絵奈の抵抗がどんなにはげしかったかということを証拠だてているようであった。

絵奈は正気にもどってからもしばらく、口をきこうとしなかった。自分をとりまいた人垣の間から、良輔と警部の姿をさがし出すと、その気味わるい大きな目で、瞬きもせずじいっと見つめた。

そして、

「高久、どうした?」

と、かすかな声できいた。

「あの人、泳ぎ、全然出来ないんだよ」

それだけいって、また目をとじると、そのまま昏々《こんこん》と眠りにおちてしまった。

やがて、黄昏《たそがれ》が迫って、最後の救助船も引きあげてきた。高久の姿はとうとう発見出来なかったらしく、顚覆したボートを空しくうしろに曳いてきただけであった。

警部は煙草を喫いに天幕の外へ出た。もう、どっぷりと暮れはてて、空には星が明るかった。

「僕が刑事になったばかりの頃のことだよ」

と、沖を見つめながら良輔へいった。

「ある強盗の容疑者を追いつめてね。その隠れ家で、とうとうとっつかまえたんだ。その時、奴《やっこ》さん、もう年貢の納め時と、すっかり覚悟しました。お手数はおかけいたしません。ただ、旦那、子供が明日も知れない重病なんです。どうか、一目だけ親子の別れをさせてやって下さい……涙を流しながら手を合せるのさ。僕は部屋の外へ出て待っていたよ。ものの、五分とはたたなかったな。はてな？　と気づいた時には、奴さん、物干台伝いに逃げちまやがったんだ。えらい大失策さ」

それから、急に、げらげら笑い出した。自嘲するような笑い方であった。

「こいつアひでえや。見てる前で、むざむざと重大な容疑者を溺死させてしまったかもしれないんだからなア。うむ、ひでえ話さ」

五

それから五日ばかりたって、江の島の海岸に占部高久の死体があがったという知らせをうけて、良輔はとるものもとりあえずかけつけた。

死体を収容した土地の警察には、岡田警部も絵奈もきていた。絵奈は死体の認定をするために呼ばれたのだ。

死体は、何しろ五日間もたっているので、すっかり膨脹し腐爛していた。しかし、その身体つきや、ことに、はいている緑色の水泳パンツは良輔の見覚えのあるものであった。

絵奈は、側に直立してまじまじと見つめていたあげく、

「違いないよ。占部高久だよ。全然泳ぎが駄目だったんだ」

と、ぼそぼそと独り言のようにいった。

「間違いなしさ、勿論……」

警部は良輔にだけ聞える声でいった。日頃の彼らしくもない憂鬱そうな声であった。

「この水死人の指紋を送らせて、指紋台帳と照合させたんだ。高久は前科があるからね。勿論、ぴたりさ。調法なもんだ、指紋台帳という奴は……」

高久が、せめても助かって、どこかに生きのびていてくれたらという最後の頼みが、これで空しくなったよと云いたげな警部の自嘲の声であった。

事後の手続をすませた警部を待ち合せて、良輔が警察を出ると、とうに帰ったはずの絵奈がひょっこり物蔭から姿を現わした。

「君、まだいたのか？　何だ？　どうしたんだ？」

絵奈は何にもいわず、良輔たちのあとから、警視庁の車へ無理に乗りこんで来た。

「そうか、帰りの湘南電車はやたらに混むからなア。電車賃の節約にもなるって訳だな？」

良輔のいったことには返事もせず、

「笛をふくと人が死ぬ話をしようよ」

と、絵奈はすましていった。

「また、それか。しつこい奴だな。その話なら、この間すましたじゃアないか」

「すみやしないよ。あの先があるんだよ」

「まア、いい。話して御覧」

警部は煙草に火をつけながらいった。

「話ってのは、占部高久のことだよね。仮りにね、仮りにだよ。あたしが、高久のことを嫌いで嫌いで、憎んでいて、殺してやりたいなと思ったらどうすると思う？」

「仮りにかい？」

「うん、仮りにさ」

「笛をふくっていうのか?」

「そうだよ、笛をふくんだよ。そうすると、高久は、自然と死んでいって、あたしは何の罪にもならずにすむんだよ」

良輔も警部も奇妙な表情をしていた。二人とも何もいわなかった。

「あたしは、品川の煙草屋の二階にかくれている高久をさそって海にひっぱり出したろう。高久は、あたしに惚れているんだよ。一緒に高飛びしようって、前からしつこく云いよってきてたんだよ。だから、やすやすと誘いにのったのさ。逗子へいって、それからボートへ乗ったね。高久は泳ぎが出来ないから、沖へ行くのはよせってとめたけど、あたし、どんどん漕いでやったんだ。沖へ出れば、岸から見えなくなる。そうしたら、あたしの身体好きにしていいよっていってやったのさ。高久はやすやすといいなりになったよ。あたしを、どうにか出来ると思って、うずうずしてやァがったんだ。でもね、いよいよという時になって、あたし、猛烈にあばれてやったよ。横っ面をひっぱたいてやったのさ。高久は真っ赤になって怒ったよ。怒れば人殺しでも何でもする奴だからね。それから、あたしは、わざとボートをひっくり返して海へとびこんじまったんだ。簡単だろう――それだけさ。一秒だって浮いていられない高久だもの。わけないじゃアないか……」

良輔も警部も、何かひどくにがっぽいものを飲まされたように、眉をしかめて黙っていた。

「断わっとくけどね、あたしを罰することなんか出来やしないよ。あたしが計画的に高久を殺したなんて、神さまだって証拠をあげることは出来やしないものね。だからさ、あたしは、前以て、明石さんや警部さんにあすこへ来てもらったんだよ。ボートの中の出来ごとを、まばたきもせず見守っていてくれる人が必要だからさ。高久があたしを手籠《てご》めにしようとして、あたしがさんざん苦しめられたあげく、仕方なしに海へとびこんでにげたことや、はずみに自然とボートがひっくり返ったことを、ちゃんと見ていてくれる人が必要だものね。そうだろう、警部さん。もし、あたしが警察へでもよばれたら、むしろあたしの方が可哀そうな被害者だってことを、真先に証言してくれるのは警部さんだね。それから、明石さんもさ。これが、完全犯罪というものだよ。笛をふくと人が死ぬのさ。これが今の世の中にある魔法の笛なんだよ。その笛をふくと、皆がひょこひょこ踊っているうちに、誰か人間が死んでゆくんだよ」

駅の近くまでゆくと、

「おろしてよ、あたし、横須賀へ行くんだから。運転手さん、とめて……」

と勝手に車を停車させ、さっさと一人でおりていった。そして、その扉をしめながら中を覗きこんで、

「でも、今のは仮りに……の話だよ。たとえ話だよ」

いいながら、声をたてずににやりと笑った。

良輔も警部も不機嫌に黙りこんだまま、とうとう東京につくまで一言も口をきかずにしまった。

いやな後味が、いつまでも消えずに残っていた。

六

それから五六日たったある日、良輔が警視庁へ行くと、ばったり廊下で岡田警部に出あった。

逗子以来のいやな後味を思い出しながら、良輔が、

「やア……」

と挨拶すると、警部はその腕をおさえて良輔を自分の部屋へつれていった。

「ちょっと、話があるんだ」

「また、何か事件かい?」

「いや……先日の、占部高久の件さ」

「何だ、まだあの事件は片附かんのかね？」

「うむ、ちょっと、妙たことがあってねえ」

と、警部はあいまいな表情をした。彼がそういう表情をする時は、相当な事柄が背後にひそんでいるのが例になっている。

「何だい、その妙なことって？」

「この間の高久の水死体ね。解剖の報告が来たんだが、……あの時は、水ぶくれになっていてちょっと解らなかったんだが、水死体の手首と足首、それに二の腕の辺りに皮下出血があるというんだ」

「へえ……そりゃア一体どういう意味だろう？」

「はっきりいうとね、手足を、縄で相当つよく緊縛《きんばく》された形跡があるということなんだ」

「ええッ、何だ？　そりゃアおかしいじゃないか」

「そうだよ、おかしいんだよ」

「高久が、絵奈とボートに乗るところから見ていたんじゃないか。ボートが転覆するまで、高久が手足を縛られたことなんか絶対にありえないのは君もよくしってるだろう？」

「うん、だから妙だというんだよ」

「うん、すると何かね……高久の水死体を見つけた奴が、何かの目的でその手足を緊縛したというんだね？」

「死んだ人間を縛ったって、皮下出血なんかしないぜ」

「それもそうだなア。すると、こうかな。高久は一度、どこかの岸へ漂着して、その時はまだ生きていたんだ。それを、縛りあげた奴があるということになるな？」

「ありそうもないことだね。小説以外ではね」

と、警部は気がなさそうに、鉛筆で卓子《テーブル》のふちをこつこつ叩いていた。

「どこかへ漂着した高久に、行きずりの誰かがばったり行きあったとしても、何の必要があって手足を縛ったのかね？　裸一貫で、何一つ金目のものももっていないような男をさ……それとも、誰か高久を殺害したい奴があったとして、それが、どこともあてしれず漂着した高久に、偶然うまくばったり出あった……そんな巧いことが起りうると思うかい？」

「そういやそうだが、しかし、それなら一体どうしたってわけなんだ？」

警部はそれには答えず、

「今、占部一家の過去をしらべてみてるんだ。聞くかい？」

と、別のことをいった。

「占部一家は、もともと山梨県の甲府に住んでいてね、親父さんの高一という人は、少しばかりの家作と地所で喰っていたらしいな。実子は、進一と高久の二人だ。二人は一つ違いの兄弟で、揃って小さい頃から親泣かせの不良だったらしい。三井絵奈は占部家へあずけられた里子だよ。母親は、あの土地へ流れてきた酌婦《しゃくふ》だったようだ。その女が父《てて》無し児の絵奈をうんで占部家へあずけたというわけだが、これは絵奈が二つの時に死んでしまっている。高一は、割に絵奈を可愛がったらしいな。というのは、二人の実子が手のつけられない不良で勘当同様に家によりつかんし、行く行くは絵奈に婿でもとって、それにかかるつもりだったようだ。ところが、絵奈が十四の時に義母が死に、一月とたたん内に義父の高一も病死してしまっている。さア、それからさ。

それを聞き伝えた進一と高久は、待ってましたとばかり、家へもどってきてわがもの顔にのさばり出したんだよ。その年、高一が死んでから半年ばかりで絵奈が家出してしまって行方しれずになる。更に、その翌年、進一と高久の兄弟があいついで甲府を出奔し、甲府の占部家というものはそれきり消えてなくなってしまったんだ。今から四年前のことだな。

何しろ、手のつけられない不良で道楽者の兄弟が、争って喰い倒したのだから、その頃は、もう殆ど占部家の財産らしいものは残っていなかったらしいが、たった一つ残っていたわが家とその土地も、兄の進一の方が、手際よく売りとばして逃げ出してしまったんだ。どうも、この兄弟は、相当に悪智恵の廻る陰険な連中らしい様子なんだ。

兄の進一の方は、それっきり甲府へもよりつかんし、誰も行方もしっている者がない。弟の高久の方は、その翌年……というから今から数えると丸三年前だが、窃盗罪を犯して、宮城の刑務所で四カ月の実刑をくらっている。まア、大体こんなものだが、ただ、ここに一つおかしなことがあるんだ。高久は、宮城刑務所から出所後、麻薬の密輸団に関係したってことだよ」

「どうしてそれがおかしいんだ」

「詳しいことがやっと分ったんだが、はじめ一年半ばかりは、密輸品の沖とりという仕事をやっていたんだよ。まだ、分らんかね?」

「沖とりという奴は、沖に錨《いかり》を入れた母船へ、人目につかない深夜なんかに岸から小舟で漕ぎつけて、荷物を陸上げする奴だろう?」

「そうなんだ。その役は、母船が人目をさけて港以外の不測の場所へつくことがよくある。暗い晩とか、荒天の時とか、特にえらんで陸上げしなければならんことがある。かなり危険な仕事なんだ。一つ間違って海へはまったら大事だからな」

「岡田君、高久は水泳が全然出来なかったというぜ」

「そうなんだよ、その時までは……、巧いことに、当時仲間の一人だった男が手にはいって、口を割らせたんだが、高久は、必要に迫られて懸命に水泳をならったらしいな。三里くらいは楽に泳いだといっていたよ」

「そりゃアおかしい。絵奈の話とはまるで逆だ。三里泳ぐ奴なら、あんな逗子の沖くらいで溺死するはずはない」

「絵奈は、高久が水泳を新たに習ったことを知らなかったのかもしれないな」

「いいや、そんなことじゃアないんだ。岡田君。現に、高久は水死体となってあがったんじゃアないか。あの死骸の指紋は、指紋台帳にある奴の指紋とぴったり符合した。絶対高久に間違いないといったのは君じゃアないか」

「その通りだよ」

警部はぼんやり窓の外へ目をやりながら、相変らず鉛筆の先で卓子のふちを叩きつづけていた。

高久は泳ぎが達者だったのに水死体になって発見された。しかも、その手足も縄で緊縛された形跡があるという。良輔は、一体、あの日逗子の沖で何が起ったか筋道立ててまとめてみようと思ったが不可能であった。

電話のベルがなった。

警部は、それを、まるで待ちかねていたように受話器をとった。

「ふうむ……そうですか。違うんですね？　写真とは違うというんですね？　たしかですね？ありがとう。お手数をかけました」

受話器をかけた警部は勢いよく立ち上った。

「さア、出かけなくちゃならん」

「どうしたんだい、急に？　今の電話はどこからかかったんだね？」

そういう良輔の方へ、警部はぎょろっと目をむきながらいった。

「いいか。許可があるまで絶対秘密だぜ」

「よし、分ってる」

「今の電話は宮城刑務所からなんだ。品川の煙草屋の二階の、高久の荷物の中からさがし出した奴の写真を添えて、三年前そこで服役した占部高久と、その写真の人物と同一人かとたずねてやったんだ。予想していた通りだよ。違うというんだ。似ているようだけれど、刑務所に保管してある高久の写真と照合して見ると別人だという返事なんだよ」

「ええッ、な、何んだって？　君、岡田君。あの煙草屋の二階にいた奴が、占部高久に違いないことは証人もあるし、確認されていることではないか。絵奈が、そこから誘い出し、逗子へ連れて来てボートへ一緒に乗りこんだ男も、われわれ二人でちゃんと認めている。あの高久の写真とまぎれもないことはよく分っているじゃアないか。それから、高久の水死体の指紋がぴったり指紋台帳のと符合することも……おかしいじゃないか。何か電話の間違いじゃないのか？」

「いいや、電話は間違っていないよ。それでないと辻褄《つじつま》があわないんだ。じゃア、また……」

警部はいいすてそそくさと部屋から出ていった。

七

それから更に五日たった。

その日、警視庁の捜査一課長室で、麻薬密輸密売、並に殺人容疑で全国手配されていた占部進一が、神戸のとある阿片《アヘン》窟で捕縛されたという公報があったのが、丁度七時だったので、それから社へ戻り、それを記事にしてから、夕食をすませ、良輔がほっと一息ついた時にはもう八時を少し廻っていた。

良輔に電話がかかってきた。

「あたしよ。わかるね、絵奈だよ」

と低いしわがれ声がそういった。

「ちょっと、聞きたい事があるんだよ。十分か十五分でいいんだ。どこで会う？」

もう、会うにきまっているというような、相変らず高飛車《たかびしゃ》ないい方であった。

良輔は、先日江の島からの戻り道で、絵奈からあびせられた後味の悪さを思い出した。少し大人げないと思ったが、今夜は一つとっちめてやろうか等と思いながら、社から近いシムボルという高級喫茶店の名前をいった。

シムボルへいって席をとってから、ものの三分とはたたなかったであろう。この晩も、はじめて絵奈とあった晩のように雨がふっていた。

五十六年型のビュイックが、雨にぬれて光っている道を辷ってきて、音もなくシムボルの前にとまるのがテラスの硝子越しに見えた。

運転台からとんでおりた、背の高いアメリカ軍人が貴婦人のように着かざった女の手をとっておろし、二言三言何か話してから車を運転して去っていった。

その女は、戸口をはいると、店の中を一渡り見廻してから良輔の席の方へ歩みよってきた。

それが絵奈であることにやっと気付いたのは、もう良輔の鼻先へ来た時である。

あっけにとられるくらい変っていた。肩にも胸にもごてごてに飾りのついた、そして、裾が傘のようにひろがったイヴニングをきていた。

ソバカスをかくすためか、こってりと顔を塗って、唇を真紅にそめ、ただでも気味わるい大きい目のまわりへアイシャドウで黒々と隈《くま》を作っていた。

「用って何だい?」

良輔は笑い出しそうになるのをこらえながら空とぼけてきいた。

「進一のことだよ。占部進一が捕まったって、それは本当?」

来たなと良輔は思った。思う壺だった。

「ああ捕まったよ。神戸でね」

「それ、詳しく聞きたいんだよ」

と絵奈はさぐるように良輔の顔を見ながらいった。

「占部進一がつかまった……と、一応そういう見出しにはなっているがね。本当をいえば、捕まったのは高久の方なんだ」

どうだ驚いたか？　というように絵奈を見たが、絵奈はけろりとしていた。

「高久は、逗子で溺死したんだ。君のふく笛におどらされてね。死骸の指紋も、指紋台帳にある高久のと、ぴったり符合するし、高久は完全に死んだんだ。ところがさ、彼は死んでいなかったんだよ。完全に生きていて、神戸でつかまったんだよ」

しかし、絵奈はやっぱり良輔を見つめているだけで表情一つ動かさなかった。

この女はどうかしてるんじゃなかろうか？　それとも、自分のいっていることの意味がよくのみこめないのではないかと、良輔はそう思った。

「詳しく話をしよう。進一という男はね、甲府を出奔した翌年、窃盗罪をおかして警察に捕まったんだよ。その時、この陰険な男は、自分の本名を名乗らず、弟の高久の名前を名乗り、高久になりすまして宮城刑務所で服役したんだ。だから、その時、警察にとられた指紋は兄の進一のものでありながら、その指紋の所有者として弟の高久の名前が記録されたんだ、分ったかい？」

絵奈は相変らず、黙りこくって、じっと良輔を見つめている。

「君は品川のかくれ家から、高久を誘い出して逗子へいった。そして、ボートを顚覆させ彼を溺死させたと思った。ところが、どうして、奴は泳ぎがとても達者になっていたんだ。それで、巧みにどこかの岸へ泳ぎついたのだろう。世間では、皆自分が死んだと思っている。そこで、彼はうまいことを思いついたんだ。兄の進一を身代りに海へ抛りこんで溺死させれば、進一の指紋は自分の、高久という名前で警察へ記録されている。誰だって、高久がボートの顚覆でおぼれ死んだと思うに違いない。

兄弟は前から仲が悪かったというね。まして、兄の進一は甲府の父の遺産を売りとばして一人占めにして逃げた上、高久の名前をかたって前科者にしてしまった憎しみがある。進一を自分の身代りとして殺してしまえば、麻薬の密売や殺人容疑で逃げまわっている高久が地上から消えてしまうのだから、もう安心して大手をふって歩けるようになる。兄の進一になりすまして、遠い土地へいってしまえば絶対に安全だ……分ったかい、絵奈。それが、高久の計画であり、そしてまた、実行したことだったんだよ。

進一を、どうして海岸へ誘い出し、どうして殺したかは、いずれ奴さんの自白が進めばはっきりしてくるだろうがね」

良輔は大人気ないとは思いながら、小憎らしい挑戦するような絵奈の目を見ているとつい云わずにはいられなかった。

「要するに、君。君の吹いた笛で皆が踊ったというわけじゃないのさ、むしろ、君を踊らせたのは高久の方なんだ。そして、高久は御覧の通り警察につかまってしまったんだ。君が自慢らしくいった、魔法の笛なんてものは、もうこの世の中には存在しないんだよ。まア、これで話はおしまいだ。もっと聞きたいことがあるかね?」

「高久は、死刑になるの?」

と、絵奈ははじめて口を開いた。

「さア、そりゃア分らんがね。なるかもしれないね。仮りに、死刑にはならんとしても、終身刑か、それに近い長期刑が申しわたされることは確実だろうね」

絵奈は長いこと、じいっと良輔を見つめていた。

そして、声を立てずに、にやっと笑った。

底意地のわるい、人を小馬鹿にしたような笑いであった。

「笛を吹くと人が死ぬよ」

と、間をおいていった。

「あたしはね、高久が泳ぎの出来ることをちゃんと知っていたんだもの。ただ、知らないふりをしていただけさ」

「それがどうしたというんだ？」

良輔は、眉をしかめながら相手を凝視した。

「ボートの中で高久がいったんだよ。俺と一緒になって高飛びしようって……そういい出すだろうと思っていたのさ。だから、あたし、いってやったんだ。あたしは、進一の方が好きだよ。進一がね、沖へ出たら、ボートをひっくりかえせていったんだ。高久は泳ぎが出来ないから、それだけで死んじまうって……邪魔者の高久さえいなくなったら、安心して二人で一緒になれるって、進一がそういったんだよって、高久にいってやったのさ。そして、進一は、高久が死ぬのをはっきり認めるため、ちゃんと、あの浜にきて、今此方を見ているんだ。高久の死体があがるまで、二日でも三日でも浜にがんばってるって、そういってるよ……あたしは、そういってやったんだ。うん、進一にはね、高久を海にさそって殺してやる、そうすれば二人で一緒になれるって、うまいことをいって海岸まで連れ出しておいたんだ。それでなくて、進一がそんなに巧くあの海岸へ来合せると思う？　あの人が、一番恐れている弟の誘いになんかのって、うかうかと逗子までやってくると思う？

そうすると、あの怒りっぽい高久はかっとなってあたしにとびついてきたよ。どうしても、お前を俺のものにして見せるって……それから先は、明石さん達が見ていた通りさ。あたしはね、高久が、うまく人目を盗んでどこかの岸へ泳ぎつくことをちゃんと知ってたんだ。そうして、あんたがいった通り、憎い進一を身代りに殺してしまえば、自分も安心して世の中が渡れるって、きっと、そう考えて浜へ戻って来て、進一のうしろへ忍びよって縛りあげてしまってね。夜中に、ボートかなんかで沖へ漕ぎ出して、ぽいと海へ投げこんでさ、自分は進一の服をきて、進一になりすまして逃げてしまうに違いないと、あの時から、ちゃんと皆分っていたんだ」

絵奈はここでまたにやっと笑った。

「明石さん、まだ先があるんだよ。高久は、それでももう自分は安全と思っているかもしれないけど、あたしは、警察はそんな甘ちょろじゃアないとしってるからね。高久が溺死するはずが絶対にないほど泳ぎがうまいことや、進一が高久の名前で刑務所にはいったことを、きっと嗅ぎ出すに違いないと、ちゃんと睨んで待っていたのさ。そうして、捕まった高久は、死刑か、無期か、それに近い刑になるって、あんたいったわねえ？　それまで、皆あたしの考えていた通りなんだ。高久も刑務所で死ぬよ。あれは肺病がかなり悪いんだから……あの、憎らしい兄弟！　二人とも、殺してやろうと、とうから思っていた奴等なんだ。あたしが、まだたった十四の時だよ。甲府のお父つあんが死ぬと、二人ともすぐ家へ戻ってきて、お父つあんの初七日の晩だった。進一の奴が、あたしのねている部屋へきて……あたし、子供だった。何にも知らなかったんだ。苦しいのと怖しさに泣いて逃げ廻るあたしを手籠めにしやがったんだ。それと知ると、次の晩は、高久の奴があたしのとこへやってきたよ。やっぱり、同じことをしたんだ。それから、ほとんど毎晩のように……時には、一晩に、二人して次々に……あたし、あんな恐しい、苦しい、つらい事なかったよ。そのために家出して、随分苦労したけれど、それでも、あんな恐しい、いやな思いはした事ないんだ。あたしは、二人とも、いつかはきっとこの仕返しをしてやろうと思っていたんだ」

絵奈は、ここでもう一度、声をたてずににやっと笑った。

「分った？　明石さん。あたし、笛を吹いたんだよ。笛をふいて、明石さんや警部さんを真先に誘い出したんだよ。二人に、はっきりあの時のことを見ておいてもらうことが、あとで高久まで死刑台へおくりこむのに、何よりも大事なことだと思ったからなんだ。分った？　あたし、笛をふいたんだよ。そうして、皆その笛の音に誘われてついてきたんだよ。あんた達二人も、高久も進一も、おまけに高久を絞めあげてくれる法律というものまでが……ねえ、分った？　笛を吹くと人が死ぬってこと？　そうして、誰だって、あたしを警察へ連れて行くことの出来るものはないんだ。あたしは、進一も高久も殺してやったけれど、何の罪にも問われはしないんだ」

絵奈は勝ちほこったようにいうと、さっと立ち上った。

給仕をよんで勘定をいいつけ、

「今夜はあたしが払うよ。これで、ヒフティ、ヒフティだ」

いいすてると、もう後も見ずにすたすたと戸口から出ていった。外はいつの間にか、土砂降りになっていた。この雨の中へ、絵奈は孔雀のように着飾ったなりで、ためらいもなく歩き出した。丁度、千両役者が花道の七三にかかった時のような気負いが見えた。

と——はきつけない高いハイヒールのせいであろう、道にすべってよろよろと転げそうになった。蝶の羽根のようにひらいた裾が、一ぺんにぐっしょりと濡れて惨めにたれさがったが、そんなことはまるで意識にないように、自信満々たる足どりで向う側へ道を横切っていった。

冷たい唇

一

垣内庄平にマキを紹介したのは、夕刊新東洋の明石良輔であった。

庄平は新進写真家の一人にあげられていた。アマチュアからプロになってまだ三年にしかならない。少しは名前が出かかってはいたが、ここらで決定的な仕事をしなければならないと野心にもえていた。それには、どうしても良いモデルがいる。ありきたりな女体では世間が食傷していた。

「恐しく変った女がほしいんだ。上品なのよりえげつない方がいい。美しいよりグロな方がむしろ好ましいんだ。とにかく、なるべく変った女をたのむ」

庄平はそういって頼んだ。良輔とは仕事の上で三四度組んだことがあるくらいの間柄ではあったが、警視庁詰めの記者で鳴らしている上、随分顔がひろい良輔なら何かうまいのを見つけてくれるかもしれないという淡い期待があったからであった。

「どうやら、君に向きそうな女の子を見つけたよ」

しばらくして会った時、思い出したように良輔がいった。

「H画伯のアトリエであったんだがね。香川マキという子さ」

「画家のモデルか？　それじゃア案外大したことないんじゃないか」

「そうでもないさ。ちょっと変ってるんだ。それも、マキの方から君のモデルになることを望んでるんだから好都合じゃないか。何ね、僕がH氏と話しているうち、ふと君の名前が出たらマキが急にのり出してきてね。垣内庄平さんて、新進写真家でしょう。一度、そういう人のモデルになってみたいわなんて向うからいい出してね。この頃の若い子は自分を売り出す手段をよく心得ているからね。画家のモデルや見せもののストリップまがいのアマ写真家相手のモデルじゃアとてもうだつがあがらないってわけだろうね」

そんな見物客相手の写真スタジオを廻っている女じゃどうせ大したことはあるまいと思ったが、頼んでおいた良輔への手前もあってとにかく会って見ることにした。

良輔からきいたマキの所属しているというスタジオへ電話すると、マキは待ちかねていたようにとびついてきた。

一目見た時、これはいけると感じた直感に狂いはなかった。なるほど、変った女の子だった。年は二十歳だといったがどうもあやしい。といって、幾つとはっきり見当がついたわけではなく、時には二十五六にも見えたし、またどうかするとやっと十六七にしか見えない時もあった。年齢ばかりではない。表情やそぶりからうけとる印象も刻々とのべつ変っているようであった。

一口にいえば今はやりのファニイ・フェイスとでもいうのか。恐しく大きな釣り上った目が、白味勝ちのせいかことさら鋭く見えた。丸いというよりも、上から押しつぶしたような顔の輪郭の中に大きな口がうまく釣合いをとっていた。色が黒いのに全然化粧もしていず、ただ唇へどす黒い口紅をこってりぬっているのが毒々しかった。

人を見る時じいっと上目使いする。長く見ていられると何か襟首へうすら寒いものさえ感じた。笑う時には決して声を立てない。そういう時の表情はまるで山猫のように陰険で狡猾だった。しかも、その陰険さや狡猾さを全然かくそうともしない。何もかもあけっぱなしだった。そのあけっぱなしさが、時とするとあっと思うような思いがけないものをひらめかせた。妙にやりきれないような子供っぽいあどけなさがちらちらすけて見えるのもそのためであった。

普通の印象からいえば、マキからうけとるものは暗かった。何か良くない血液を感じさせるのだ。少くも尋常ではなかったが、そんなことはどうでもいい、庄平はいけるぞと息をのんだ。

はじめてあったのは銀座の喫茶店であった。

「早速、仕事にかかるかな。君、都合どうだい？」

「これから？　うん、いいわ」

「僕のアパートへ来るか？」

「始めてだもの。男ってこわいからな」

あけすけにいった。

「じゃア、どこにする？」

「あたしの行きつけのスタジオ。杉並よ」

「よかろう」

総てを割り切っててきぱきしているのが、これからの仕事に好都合だと思った。

表へ出ると、路上においてあったルノーへさっさと乗りこんだ。

「おや、君、車をもってるのか？」

「御冗談でしょう」

例の、声を立てない狡猾な笑い方をした。

「車もってるくらいならばかばかしい、こんな商売とうにやめてるわ」

「じゃア借りてきたんだな。運転免許はもってるんだね？」

「……」

マキは薄笑いしたままギヤアを入れた。

その気まぐれな性分そのままをむき出しにしたようなでたらめな運転のしようであった。雨あがりの夜の町を突ッ走らせるその手並に、庄平ははらはらしながらも、面白い女だと思った。この分なら、幾枚写真を撮っても一枚々々新鮮な効果を出せる自信があると思った。

マキはますます調子に乗ってスピードを出した。甲州街道にかかっていた。

「この辺は危いんだ。よく事故をおこすんだ」

さすがに、たまりかねて口を出した。

「この先にカーブがある。気をつけろ。特にそこが危いんだ。おい、そんなにフカしちゃ駄目だったら……」

「あんた、運転出来るの？」

「まアね」

「車もってる」

「いいや……一度事故をおこしてこりちゃったんだ。車はやめたよ」

「馬鹿みたい」

マキはつけつけといった。

「おい、気をつけろったら……カーブが切れないぞ」

「よっぽどこりたのね。この辺で事故起したことあるのね？」

「うん、この先のカーブで、人をひっかけて……」

「ふうん……」

「かすっただけで大した事なかったからよかったが……そらッ、危い！……」

庄平は夢中にハンドルへ手をかけブレーキをふんだ。

大きくスリップした車は、片車輪を向うの人道へ乗りあげながら危くとまった。一間とはあまさぬ先に街路樹が立っていた。庄平はびっしょり冷汗をかいたがマキの方はけろりとしていた。

庄平は二年前の事故を思い出した。免許をとって三カ月、運転が面白くてたまらない頃だった。朝田という友人のはいっているドライブクラブから借りてもらった車でたった一人箱根まで行った。その帰り、丁度このカーブへさしかかった。やっぱり雨あがりの晩であった。突然物蔭からとび出してきた男が車の直前でのめった。あっと思ったがどうしようもなかった。タイヤが人間の身体を乗りこえる感触がまざまざと脳裡に焼きついた。十五六米いってからやっと車はとまったが、ふりむいて見ると、倒れた男は身動きもしなかった。

酔っていたが、恐怖のため一度にさめてしまった。どうしようと思った。咄嗟にあたりを見廻したが全然人影はなかった。いつの間にエンジンを入れたかも覚えてはいない。逃げることで夢中だった。

友人の朝田のところへ車をかえしに行くと、黙ってはいられなかった。真青な顔を見られてはかくし通せようもなかったのだ。事情をうちあけて懇願すると、朝田は、仕方がないから車をそこらへほうり出して、さっさとアパートへ帰って寝てしまえといった。

翌日恐る恐る新聞を見ると、その被害者が渋谷のさる博徒の身内で、傷害事件のため服役中だったのが出獄して間もない沖山藤吉という男だとのっていた。したたか酒をのんでいたため出血がひどく、発見と手あてがおくれたため死亡したとあった。

庄平をぎょっとさせたのは、その記事の末尾に、ひき逃げを目撃した通行人がいて、車体番号を当局へ届け出たとあったことである。

しかし、親しい友人の朝田がうまくやってくれた。警察の調べに対して彼は庄平の名前は出さず、借りた車を借り出した直後、乗りすてて買物に出かけている間に盗まれてしまったと答えた。彼には勿論歴然たるアリバイがあったから、その事件はそれきりうやむやになってしまった。しかし、さすがに胸にこたえた庄平はそれ以来、車の運転をふっつりやめてしまったのだ。

被害者の藤吉には誰一人身寄りもなかったらしく、死体はその親分にあたる博徒に引きとられたということをあとで耳にした。それきり、庄平はその事件を忘れさることに専心した。

二

杉並のスタジオについてから、マキの身体にライトをあててみて、庄平の確信はいよいよ動かなくなった。マキの性質がそうなのか、その身体や顔からは無限の陰影が現われるようであった。鋭くて、どす暗くて、陰険で、強烈で、その癖そのどこかに妙にあどけない幼さがちらちらしていた。大した掘出しものだと思った。

ただしかし、いよいよとなると、マキはどうしても全裸になることを承知しなかった。

「何だ、さんざん見物人の前で裸になったんじゃないか。素人の見せものにさえしていた裸を今更何だ！」

庄平はいらいらして怒鳴りつけたが、マキはその猫のような鋭い目で見返すだけで石のように口をとざしていた。

やっと、セミヌウドを撮るまでに漕ぎつけた。それさえ、上着をとらし、スカートをおろさせ、シュミーズを脱がせるまでさんざん手こずらされた。

しかし、それだけの甲斐はあったと思った。服の上から透視していた予想通り、マキの身体は一種えたいのしれない奇妙な魅力をもっていた。背丈はやっと五尺一寸くらい、その上に、不釣合な大きな顔がのっていた。てんで美しいバランスなどではなかったが、その破調さが庄平の意欲をわき立たせた。

女の身体を見なれた彼の目は、マキがとうに男を知っていることを見抜いた。だが、そんなことは問題にならない。いや、問題にならないどころか、男をしっているということすらマキの魅力にプラスしていると思った。

出来上った印画は、庄平のねらったものを申分なく的確に表現していた。それを見せた二三の先輩達も口を揃えて絶讃してくれた。庄平は夢中になってマキにとりつきはじめた。

それ以来、写真を撮ったのは三回だったが、お茶をのんだり食事をしたり、幾度かマキに会った。あとから考えると、その頃からもう、仕事をはなれて何かマキに惹かれはじめていたに違いなかった。これまで随分モデルを使ったが、どんな美しい女に対してもレンズを透して会った女はすべて仕事の対象でしかなかった。マキの場合は予想してもいなかった例外であった。恋ではない、惚れたという気持とは余りに違っていた。この女は仕事の上の野心が設定した一個の概念にすぎないのだ、道具にすぎないのだと思っていた。それ以外、ただの異性としては危険極まりない相手だと感じている。危い危いと、いつも理性が制しながら、その癖、マキの持っている奇妙な力に、知らぬ間にずるずる惹きこまれてゆくようであった。

その晩はマキの方から誘ってきた。

「たまには仕事を忘れてのんびり飲みたいのよ。よくって、今夜は飲むわよ」

マキは猫のような目で見すえながらいった。そのそぶりには、何かマキの方からも求めるものがあるような気がした。鋭いマキのことだから、素早く自分の気持を見抜いてそれに応じて来たのかもしれない。あるいは、かさにかかって自分をあしらうつもりかもしれないと思ったが、あけっぱなしのようでいながら、とても心の奥底など覗かせるマキではなかった。

宣言した通りマキはしたたか酔った。

「マキ、つき合うかい、今夜?」

庄平はマキの手を握りながらいった。

「君、好きなんだ。惚れたのかもしれないな」

「口説くの、あたしを?」

大きな唇がふんというようにゆがんだ。

「大嫌いだなア、そんなの。口説いたり口説かれたり、面倒臭い」

「口説かれるのが嫌ならどうしろっていうんだ?」

「……」

狡そうな薄笑いをうかべながら、ついと横を向いたマキの肩を、庄平は力にまかせて引きよせた。

「面倒くさい事がいやならずばりといくぜ」

マキはまるでせせら笑うように鼻唄でビイバップ・ロウラ……と歌い出しながら、しかし抱かれた身体を逃げようともしなかった。

外へ出た時は九時をすぎていた。

「いいんだな?」

「何が?」

「ホテルさ」

「ホテルなら知ってるわ」

人ごとのようにいった。

「あんた、見栄坊なんでしょう。変な女とホテルへなんかはいるところ人に見られたくないのよね。いい家案内するわ」

さっさと車を呼びとめて先に乗りこんだ。マキは、運転手に、真直ぐいってとか、そこを右へ曲ってとか行く先を指示した。酔っていたせいもあるが、庄平は車がどこを走っているのかよく分らなかった。ただ、隅田川を渡ったことだけはしっている。

工場のつらなった妙にごみごみするところで車をおりた。路地を二つ三つ曲ると、やっとそのホテルの前へ出た。トキワホテルという安っぽいネオンがかかっている。マキの奴、妙な所を知っているなと思ったり、なるほどここなら知った顔にあう心配もないなと感心したりした。

マキはよく様子をしっているらしく、先にはいって勝手に部屋をきめた。部屋は四階の片隅だった。いびつになった建物の角を無理に仕切ったような妙な形をした薄穢《うすぎたな》い部屋だった。

マキは、さっさと服を脱ぎすて、シュミーズ一つになると、

「あたし、もっと飲みたいわ」

いったきり、庄平の返事もまたず、電話器にとりついて酒を注文した。

庄平はマキの酒の強いのに今更のように驚かされた。ウィスキーをストレートのままたてつづけ

に飲む。飲みながら、少しもじっとしていず部屋中を歩き廻っていた。その歩き方にポーズがあった。薄いすき透るナイロンのシュミーズを透して裸の胸や腿の辺りがくねくねと動くのが庄平の酔いを燃え上らせていった。

「もう幾時?」

「丁度、十時だよ」

「そろそろ寝ようかな」

ベッドへいって沓下《くつした》をぬぎとばしたマキは、しかし、まだ酒に未練があるようにグラスへ手をのばし、それを持ちながらまた部屋の中を歩きはじめた。ふと、窓際へいって立ちどまると、しめてあったカーテンを細目に開いて外をのぞいた。

「おい、何してるんだ? 寝ないのか?」

「あんた、ちょっと……」

マキにしては妙に物静かな声であった。

「え、どうしたんだい?」

「いいから、あかりを消して……ちょっと、ここへ来て御覧なさいよ」

窓の外は月夜だった。十間ほど間をへだてた向うに薄穢い古ぼけたビルがそびえ立っていた。その二つの建物の中間は、何か鉄屑らしいものの集積場にでもなっているらしい。

「おい、どうしたんだ? 何を見てるんだ?」

マキは無言のままのこわい顔をして向うのビルの一角を凝視していた。面積が狭いせいか、ばかにひょろ高く見えるビルであった。それも、随分古いものらしくあちこちの壁がはげ落ちていた。以前はホテルとの間にも別の建物でもあったためか、こっちに向った側には殆ど窓らしいものがなかった。そのはずれに五段にわかれた狭い急な非常階段がついている。マキが見つめていたのは、その階段の一番天辺《てっぺん》のあたりだった。

そこに人影が動いていた。男であった。酔ってでもいるのか、その影はひどくふらふらゆれていた。階段をおりかけていた。もう一段おりようとした。

とたん、庄平はきゅっと身のしまるのを覚えた。男の影が大きくゆれたと思うと、そのまま手足をひろげて宙におどった。まるで高速度写真を見るように、いやにゆっくりと横転しながら鉄置場の空地へ顚落していった。窓硝子がしめてあったせいか何の物音もしなかった。しいんとしたその空地の中に、その男は手足を拡げたままのびのび横たわっていた。かなり長い間見ていたが、それきり男は身動き一つしない。

「死んだんだな……」

と、庄平は思わず大きく息を吐き出しながら言ったが、マキは無言だった。庄平はその視線に惹かれたように、もう一度階段の上へ目をやった。

別の人影が立っていた。女らしいと思った。月明りの中に髪の毛が白く光っていたと思った。老婆であろうか。今男のおちていった階段の下の方をじいっと見おろしているらしいとそう感じたが、しかし、はっきりと見定める余裕もなく、その人影は一瞬の間に消えてしまった。

マキの表情が妙に不機嫌に変っていた。

「いやなものを見たなア」

庄平はグラスに残っていた酒を一息にのみほした。

「即死だな、ありゃァ」

「死ななきゃどうかしてるわ」

マキのいい方は突慳貪だった。

「帳場へ電話しようか。今更、騒いだって生きかえりゃアしないだろうがね」

マキはむっとしたまま今脱いたばかりの沓下をはきにかかった。

「おい、どうするんだ?」

庄平が抱きよせようとすると、その手を強くはねのけて、さっさと服を着てしまった。

「帰るつもりか？　泊らないのか？」

「あんた、あれ見て平気？」

マキが鋭く光る目で睨みつけるように庄平を見すえた。何か、庄平まで気が重くなってきた。まるで、マキに引きずられるような気持でホテルを出た。その癖、ホテルが遠くなり出すと、急に惜しいことをしたように未練がこみあげてきた。

いきなりマキを抱きよせて唇をもとめた。マキは、さからいはしなかったが、大きく見開いた目をそのまま、喰い入るようにじいっと庄平を凝視していた。その唇は氷のように冷たかった。

三

翌日の朝刊は深川の三友ビルの事件を一斉に報じていた。それが、あのホテルから見たビルの名前だった。

貸ビルとは名ばかりで、戦災をうけたまま殆ど大した手入れもしてない建物の部屋部屋は、あらかた物置や倉庫代りに使われているらしかった。

墜死したのは長谷柳太郎という若者で新宿のSという博徒の配下だった。その素姓と、そして以前三友ビルの五階に賭場が開かれていたことがあったという事実から、また、何かそういう連中に使われていたのではないかという推測も出ていた。例の非常階段の上部は一部手摺がこわれている上、ステップがいたんでぐらついていたため、泥酔していた柳太郎が誤って墜死したものと断定された。ただ、非常階段は破損していて危険なため、それへ出る扉へ鍵をかけてあったはずだのに、どうして階段まで出ていったか、そこに疑問の余地があるとつけ加えてあったが、庄平の見た老婆らしい人影のことは一行もかいてなかった。

庄平はその日の夜行で岡山へたつことになっていた。ある会社のPR用の写真をとるためで一月はかかる予定だった。

駅への出がけに、ふと思いたって新東洋社へ明石良輔をたずねていった。黙っていていいものかどうか、一応良輔に昨夜のことを聞いておいてもらうためだった。

勿論、マキの名前は出したくない。通りすがりに見かけた夜の女の中にちょっとしたのを見かけたので、モデルにするためそのホテルへ連れこんだんだが、とそんなふうに話をぼかした。

「新聞には酔っ払いが足をふみすべらせて落ちた過失死と出ていたが、どうも僕には変な気がするんだ。なるほど、一見そうは見えるのだが……、柳太郎という男は博徒の乾児《こぶん》だから何かありそうに思うが、新聞では、人に殺されるような恨みは買っていないという。第一、博徒の出入りなんかで、新宿の人間を、わざわざ深川のあんなとこまで連れ出して、あんな廻りくどい方法で殺すなんてことはしないだろうがね。ただ、どうも、僕には、あの時見かけた老婆の――といってもはっきりそうかどうかは分らないんだが、あいつのそぶりが妙に思えてならないんだ。人が落ちたというのに騒ぐ様子もないし、まるで墜死するのを予期してでもいたように、じいっと下を見おろしてなんかいたもんでね」

「なるほどね、君の見たことが間違いないとすれば、ちょっと妙な気もするね」

「とにかく、僕はこれから岡山へたたなくちゃならないんだ。うっかり警察へ呼び出されでもしてみろ、仕事の予定がめちゃめちゃだからな。その辺一つ、うまく君にまかせるよ」

「まア、何となく僕の方で調べてみることにしよう。安心して大いに稼いで来たまえ」

「そうそう、お礼をいうのが後になってしまったが、マキの事ありがとう。大した掘出しものだったよ、本当に……ただ、大分仲間から注目され出したんで、マキを横取りする奴が出てきやしないかと、それがちょっと心配だがね」

「何、それなら安心だろうさ。マキは君の仕事一本に打込んでいるらしいよ。H画伯はマキにモデルを断わられたって弱っていたし、この頃はスタジオの方も一切出入りしていないらしい」

良輔は笑いながら庄平の肩を叩いた。

「但し、余り深入りするなよ。あの女は君の手におえそうもないジャジャ馬らしいからな」

四

一カ月岡山でくらすうち、マキのことがのべつ心にあった。殊に、一度マキの連絡先へ長距離電話をしてみた時、もうここへは出入りしなくなった。どこへいったか知らないと突っぱなされてから余計気になってならなかった。もし、出来るなら、この岡山へ呼びよせたいとさえ思うようになった。よく、ホテルへいった時のことを思い出した。思い出すマキは、きまってシュミーズ一つで部屋の中を歩きまわり、そしてベッドへ身を投出すようにしながら沓下を脱ぐ。

仕事を終えて東京へかえると、駅からそのまま新東洋社へ良輔をたずねていった。マキの新しい連絡先が分るかもしれないと思ったからだ。

「やア、お帰りかね。どうだった、楽しかったかね、岡山は?」

「楽しいにも何にもめちゃめちゃなんだ、忙しくて……時に君、何か新しいニュースはないかね?」

これは遠廻しにマキのことを訊ねたのだったが良輔はそっぽな答えをした。

「そうそう、出発前、君からきいた例の三友ビルの事件ね。忙しくて手を廻す暇がなかったんだが、死んだ長谷柳太郎ね。彼の兄貴分で大江四男という男がいるんだ。同じ博徒の身内でさ。二人はすごく仲がよくって、何をするにもどこへ行くにも一緒というくらいだったんだそうだが、その四男が柳太郎の死ぬより一カ月足らず以前に死んでいるんだよ」

「へえ……」庄平は気のない返事をした。もう、あんな事件などどうでもよかった。

「酔って隅田川へ落ちてね、晴海町の近くへ流れついたのを発見されたんだが、奴さんがどうして酔っ払って新宿から隅田川へなんぞやってきたか誰もしらない。どうだね、考え合せてみると二人の死に方がよく似てるじゃないか。二人とも、誰もしらない間に、新宿から隅田川へ——あるいは川を越えて深川くんだりへやってきてさ、申し合せたように酔っぱらって過失死ってことになっちゃってるんだよ」

いいかけた良輔は庄平の興味なさそうな顔色に気付くと急に話をかえた。

「そうだっけ、大事なことを忘れていたぜ。君の留守中、マキから三度も電話がかかって来たよ。君はまだ帰らないかって……」

「そうか、マキから電話がきたか?」

落着いていったつもりだが、われながら恥しいくらい慌てていた。

「向うから電話したがもとの所にはもう居ないというんだ。君、新しい連絡先が分らないかね?」

「分ってる段じゃアないよ。君が帰ったら、すぐ連絡してくれるようにって、ちゃんと向うから電話番号を知らせてきたんだ」

庄平は外聞も体裁も忘れて良輔の机の上から電話器をとりあげた。

「おい、マキ。元気かい?」

「ああ、垣内さん。待ってたのよ、随分。あたし、お会いしたいの。是非会いたいのよ。至急によ」

マキには珍しいいい方であった。

「いいとも、何時だっていいぜ。どうだい、これから?」

「今日は駄目。明日がいいわ」

「どこで会おう？　銀座へでも出てくるか？」

「ううん、あんたのアパートへ行くわ」

「じゃア、そうしよう。僕は、君をモデルにした新しいテーマをさんざん考えて来たんだ。撮りたくってうずうずしてるんだ。あしたは少し早く来てくれないか。そうだな、四時——どうだい？」

「ええ、行くわ。きっとよ。きっと、四時に行くわよ」

マキの方でもどんなに会いたがっていたかということが、いつにもない言葉にまざまざと読みとれると思った。第一、これまで幾らさそっても同意しなかった庄平のアパートへ、自分から進んでやって来ようといい出したのはどういう意味だろう。

庄平は電話をかけおわると、さすがに照れたように良輔の方を見たが、彼はそしらぬ顔で校正刷に朱を入れていた。

五

マキは約束の四時きっかりに庄平をたずねて来た。

「会いたかったぜ、マキ」

「モデルのあたしでしょ？」

「いいや両方だ。仕事と、それから君自身とにだ」

床平は飢えたような目付でマキの身体を凝視した。

「新しいテーマがうずうずしてるんだ。話はあとにして、とにかく撮らせてくれ」

庄平は走り廻るようにして撮影の準備にかかった。背景も照明も、いつでも使えるように用意してあったから、大した手間はかからない。

「さア、いいかい。用意は？」

ふり向いた庄平は、思わずあっと口の中で叫んだ。マキは何もかも脱ぎすて全裸になって立っていた。

「いいのかいマキ？」カメラマンでない別の庄平の目がうろたえた。

「全裸を撮りたいって言ってたじゃないの？」

「そりゃそうだ。でも、君は、あんなにいやがっていたろう？ 無理強いはしたくないんだ」

「撮りたいんでしょ？」

「そうだとも。どんなに望んでいたか分ってるじゃないか。君の本当のものを撮ろうとすると、布切れ一枚でも邪魔になるんだ」

「……」

マキはもう何も言わなかった。いつもの、冷たい、鋭い、暗い、そしてどこか子供々々した何かを匂わせながらこっちを向いて真っ直に立っていた。どうしてマキの態度がこんなに変ったか、庄平はちょっととまどったが、考えている気持の余裕はなかった。

それから一時間はたったろう。庄平は鬱積した野心を一時に爆発させ燃焼しつくしてしまったようにはげしい疲労を覚えた。

「ちょっと待ってくれ。現像してくる。早く成果が見たいんだ」

一時間近くも暗室にはいっていた庄平は、やがて試し焼きした印画を四五枚、濡れたまま持って飛出してきた。

「素晴しいぜ、君。はじめて僕が思った通りのものが出来たんだ。僕にとってははじめての仕事らしい仕事が完成したんだ。皆、君のお蔭だ、ありがとう」

仕事に憑かれていた庄平は、突然普段の彼に戻ると、腕をのばしてマキを抱きよせた。その唇は、いつぞやと同じに冷たかったし、姿勢を崩そうともしなかったが、しかし彼の愛撫を拒もうとはしなかった。

「今夜は泊って行くね？」

「……」

「遊びじゃないんだ。君と一緒になりたいんだよ。今夜、ゆっくりその話をしようと思ってるんだ。いいんだね、マキ？」

「ええ、いいわ。でも……一度、あたしの家へ来てほしいの。今夜、あたしのところへ来てよ」

「そうか、いいとも。今まで、いくら訊ねても、連絡場所は教えても住んでる所を明かしてはくれなかったじゃないか。喜んで行くとも」

「それまで、お酒のむ時間あるわね。あたし、思い切り酔ってみたいのよ」

「よし、飲もう。僕も飲むぜ」

アパートを出たのは九時少し過ぎだった。マキも酔ってはいたが、庄平は足許がふらつくほどだった。例によって、マキはさっさと勝手に車を呼びとめたが、そうしている間に、庄平は間近い物蔭に立って何気なく此方を見ている男の影に気付いた。何だか、監視されるか尾行でもされているような不安なものをふっと感じたが、酔いがすぐ忘れさせてしまった。マキはいつもの通り、あっちへ行け、こっちへ曲れと運転手に指図した。車がどこを走っているか庄平には全然分らなかったが、しかし、そんなことはどうでもいい、彼の指先は抱きしめたマキの胸にふれてその鼓動をひたすら聞いていた。

車をおりたのは工場の密集した暗い淋しい場所だった。路地から路地へ抜けて歩いてゆく。随分長い道を歩いたようだったが、その間庄平の腕はマキを抱きつづけていた。

見すぼらしい古びたビルの前へ出た。その通用口の前へ立つと、マキは鍵をとり出して扉をあけ、懐中電灯をもって先へ立った。狭い急なコンクリートの階段を長いこと登りつづけた。登りつめると廊下がつづいていた。ひどく埃っぽい灯の消えた廊下には、何かの菰包《こもづつ》みやがらくたな古道具などが所狭いまでに積んであった。とうとう、廊下のはずれまで来た時、その部屋の扉の前にマキはやっと足をとめた。

「ここかい、君の部屋？」

「……」マキは鋭い、しかし暗い影をもった目でじいっと庄平を凝視した。

「どうしたんだね、マキ？　さア、中へはいろうじゃないか」

出しぬけだった。マキはいきなり庄平に抱きついて唇を吸った。酔いに喘いだ庄平が、息をつくためはなそうとしても、マキは獅嚙《しが》みついたまま離れようとはしなかった。二分か三分、そうしてから、急にマキはとびすさった。表情はちょっとも変っていない。いつもの、暗い、鋭い、冷たい、そして猫のようにきらきら目を光らせたマキの顔だった。マキは鍵を出して扉をあけた。懐中電灯の光が、その部屋の中央に立ってじいっと此方を見つめている一人の老婆の姿を照らし出した。

「誰？　君のお母さん？」

マキが答える代りに、

「そうだよ、わたしはマキの母親の沖山よしだよ」と、その老婆がいった。

沖山という名がちらっと庄平の記憶の中にあるかすかなものをまさぐらせたが、それよりももっと大きな驚きが一瞬のうちに庄平の酔いをさまさせてしまった。

「マ、マキ！　その人は、いつか、ホテルの窓から見たあの……」声が途中でかすれた。庄平の瞼に、長谷柳太郎という博徒の乾児が非常階段の頂上から墜死する時ちらっと見た白髪の老婆の姿がありありうかび上ってきた。

「そうだとも、垣内庄平さん。わたしは、沖山藤吉の実の母だよ。そして、そのマキは藤吉の妹だよ。お前さんの車にひき倒されて死んでしまった藤吉のね。あの子は、お前さんに殺されたんだ。いいや、言訳は聞きたくないよ。お前さんの車にひかれた時、まだ死んではいなかったんだ。もし、その車でどこかの病院へでも運んでくれたら、きっと助かったに違いないのだ。それをお前さんは……そんな手間まで惜しんで藤吉を殺してしまったんだ。お前さんは人殺しだよッ」

目も口も声も、マキそのままだった。まるで、マキが突然白髪の老婆に変じて、その鋭い冷たい目で自分を睨みながら罵りたてているような錯覚に襲われた。

「藤吉を殺したのはお前さん一人じゃなかったのさ。長谷柳太郎、大江四男の二人も共犯者だ。同類の人殺しなんだ。あいつらは、人のいい藤吉をだまして酒をのませ、さんざん酔わせておいてあの甲州街道へ誘い出したんだ。そうして、物蔭から走ってくる自動車の前へ藤吉を突きとばしたのだ。

藤吉はね、孝行な子だったんだよ。よくわたしに便りや金を送ってくれてたんだよ。その藤吉から急に便りが来なくなった。わたし達は藤吉の安否をたずねて名古屋からはるばる東京へ出てきて、はじめてあの子の死んだことを知ったんだ。今から一年前のことさ。それから、わたし達は夢中になって藤吉を殺した奴等のことをさぐりはじめやっとそいつらの正体をつきとめたんだよ。皆、のうのうと生きていやアがる。藤吉は、人様を傷つけたとかで、たったそれだけの罪で長いこと牢屋へぶちこまれていたというのに、お前さん達三人は、へん、のうのうと大きな顔をして生きてるじゃアないか。こんな片手落ち無法なことがあっていいのかね。人様にきいてみたら、柳太郎達のやったことは、まるで証拠がないからいくら訴えたって駄目だってさ。自動車であの子をひき蛙のようにひきつぶしゃアがったお前さんは、たとえ罪になっても、せいぜい、三月か半年だろうって。馬鹿にするない。そんな無法なことってあるものか、畜生め！　それならそれで、わたしにだって考えはあるっていってやったのさ。お前さん達が藤吉にしたと同じような方法でやれば、お上の手でもどうすることだって出来ないだろうってね。そうなったら、藤吉もさぞ喜ぶことだろう……垣内庄平さん、柳太郎と四男はもうくたばってしまったよ。御覧よ、奴等は死んでも、わたし達はのうのうと生きてらアね。丁度、お前さん達と同じようにね。

え、分ったかい、庄平さん。今度はお前さんの番だっていうことだよ」

老婆は両手にもった猟銃をこれ見よがしに持ち上げて見せた。

「こりゃア、死んだ爺さんの形見さ。藤吉が子供の頃、よくおもちゃにしたもんだよ。これがこわくないかね。これで、小兎のように射とめてやろうかね」歯をむき出して罵る老婆の顔は、およそ、この世の陰険邪悪野卑なものを一つにこきまぜて練りあげた仮面のようであった。しかも、その目も口も声も、ありありとマキに生写しだった。

庄平は次第にあとずさりして、いつの間にか行きどまりの扉に背をもたせかけていた。

死の影が目の前に見えて来た。しかし、その死の影よりも、自分を見つめている老婆の目が、マキそのままに生写しなのが恐しかった。いや、その目のうしろから、もう一組の目がこちらを凝視している。マキの目であった。老婆とそっくりなマキの目であった。

何か、はげしい悲しみに似たものがさっと胸をかすめたとたん、庄平は思わずうしろへよろけた。扉があいたのだ。

よろけた足が踏みつけた階段のステップがぐらりと動いた。とりすがろうとしたところで手摺がかけている。一瞬、庄平の目の前に、ホテルの窓から見た、あの顚落して行く男の泥人形のような影が稲妻のように走った。

しかし——庄平は落ちなかった。踏みとどまったのではない。誰かの腕が、階段の下の方から彼の身体をしっかり抱きとめてくれたのだ。

六

「君から、ホテルで目撃したという話を聞いた時も、僕はさほど奇妙にも思わなかったのさ。君が見たという妙な老婆の影という奴も、あてになるかどうか分らんと思ったからね。恐らく、君はマキをそのホテルへつれこんでいたんだろう。女を抱いてうつつを抜かしている男の目なんて一向あてにならんというわけさ」良輔がいった。

庄平には、自分の坐っている酒場のざわめきも、手にしている酒も、何もかもまだ夢の中の事のように思えてならなかった。

「大して期待してやしなかったんだが、しかし、念のため、階段から墜死した長谷柳太郎という男の身許を洗ってみたんだ。すると、昨日も話したように、奴には大江四男という兄貴分がいて、そいつも、柳太郎と酷似した変死をしている。おやッと思ったのはその時さ。

そこで、大分張切ったね。三友ビルを洗いにいったんだ。ビルへはいるにも、非常階段の扉をあけるにも鍵がいる。もし、何かがあったとすれば誰かビルに関係のある奴の仕業に違いないやね。調べていくうちに、何とうまいことに、あの沖山よしという老婆が三友ビルの掃除婦にやとわれているということが分ったんだ。風貌まで、君が見かけたという白髪の老婆にそっくりじゃアないか。あの婆さんは、とうから企んでいたんだよ。ビルの合鍵までちゃんと作っておいたんだから……。

よしは、ビルには香川よしという名前で雇われていたんだが、本籍を洗ってみると、香川というのは実家の姓で嫁ぎ先は沖山というんだな。しかも、その沖山の戸籍面には、藤吉、マキという二人の子供まであるじゃアないか。もうこうなればあとはとんとんさ。沖山藤吉を調べて彼が自動車事故で死んだことはすぐ分った。一体、長谷柳太郎や大江四男と藤吉とどんな関係があるのか。

藤吉は前に傷害で実刑をくらっている。出獄した直後にすぐ死んだことが、もし臭いとするなら、その傷害の前科に関係のあるらしいことは見当がつく。彼奴は柳太郎四男の大兄貴分にあたる男を殺そうとして傷害事件を起したんだからね。藤吉が死んだ晩、彼等二人が藤吉を囲んで新宿で飲んでいたことも分った。しかし、二人が死んでしまったあとでは彼等の犯行を証拠立てることはもう不可能かもしれないがね。

しかし、僕には君のことが気にかかったんだ。藤吉の妹のマキが、何故君を目指してつきまとっているのか。君に、どんな恨みを買う筋があるのか？　僕は、君が車の運転をせっかく覚えた直後急にふっつりとやめてしまったことを聞き出してね。それに、藤吉を轢殺《れきさつ》した車は、君の友人の朝田がクラブから借り出したことになっている。僕は朝田にぶつかったんだ。はじめは口が固くてなかなか喋らなかったが、君の一命にもかかわるかもしれないという事件を話して、やっと、君の秘事を聞き出すことが出来たんだ。君がマキと電話で話するのを聞いていて、今日君達がアパートで会う時からずうっとあとをつけていたんだ。腕利きの刑事君にも一人お供願ってね。でも、もう一足おそかったら、君を抱きとめることはむずかしかったろうなア」

長い沈黙がつづいたあとで庄平が佗びしげな口調で言った。

「マキはアパートで、僕が望んでいた通り全裸のモデルになってくれたよ。殺そうとしている僕に何故わざわざそんな好意を見せたんだろう。それとも、好意ではないのかな？」

「いや。好意だよ、間違いなく。マキは、君にせめても望んでいた良い仕事を一つ仕残させたかったんだろう」

「あのホテルへわざわざ僕を連れてって、あの墜死事件を目撃させたのは僕を嘲笑するつもりだったのだろうか」

「それとも、不可抗力にひきずられて君を死に導きながら、何かそれに反抗しようとするものが、君にあれを目撃させて口では喋れない危険を予知させようとしたのかもしれないよ。その時、マキが急に不機嫌になったというのも、そういう内心の撞着に苦しんでいたのじゃないか」

「マキは、僕を愛していたのか、それとも憎んでいたのだろうか？」

「おそらく、その両方だろう。藤吉を見ても分るだろう。あの母子には、何か犯罪者の血が流れているのかもしれない」

「僕に好意をよせて全裸のモデルにまでなりながら、すぐそのあとで僕を死地へ誘ってゆく。そんなことってありうることだろうか？」

「さアね」

「僕には分らなくなって来た。人間の心のありかたってものが、まるで分らなくなって来たよ」

「そうだよ、人間の心の奥がわかるものかね。ことに、女の心という奴はね」

良輔は庄平とグラスをあわせながらいった。

「しかし、マキが君の仕事の中に生きている事だけはたしかだよ。君の仕事の中ではマキは明らかに君を愛していたんだよ」

何を言われても慰めにはならなかった。マキが永久に去ってしまったということだけが胸をしめつけていた。

「僕は自首するよ。ひき逃げ事件の清算がしたいんだ」

立ち上ってとぼとぼと出て行く庄平を良輔は見つめたまま引きとめようとはしなかった。庄平が本当にマキを愛していたことにはじめて気付いたからであった。

青い雌蕊《めしべ》

一

浅川庄平は、理髪店を出ると、さてこれからどうして時間をつぶしたものかと、思案しながら煙草に火をつけ、ゆっくりと歩き出した。

新宿のこの辺りでは、滅多に車をとめる所がない。愛車は脇道の奥に置いてあった。

先夜、銀座裏の酒場で拾いあげた女のことを思い出した。どうせ、二三時間は社へ帰る用事もなかった。余りぞっとした女でもなかったが、とにかく、あいつでも誘い出してホテルへしけこむか。

角を曲ると、ベージュ色の真新しい愛車が見えた。側に女が立っていた。向うむきになっているので顔は分らないが、細っそりした華奢《きゃしゃ》な身体付きがどうも庄平好みだった。若い。十七八かもしれない。悪くないなと思った。

が、とたん、火をつけたばかりの煙草を投げすて、大股に道を横切った。女が、運転手台の扉を開け、素ばしっこく、手をのばすのを見たからだった。

うしろから、女の二の腕を摑んだ。逃がすものかと思ったが、逃げるそぶりはなかった。庄平は何も言わず、ただその腕を固くつかんでいた。女はさんざん扱いなれていた。こうした時の、罠にかかった獲物のような女のうろたえ方が楽しみだった。

しかし、女はうろたえはしなかった。ふりむいた大きな目が、何でもないように庄平を見かえした。庄平は、まだ、こんな肌色をした女の顔を見たことがないと思った。それくらい、青白かった。貧血しているのではなく、生れつきの色に違いなかった。庄平は梨の花を思い出した。

「何を盗もうとしたんだね?」

女は、やっと手にしていたものをはなした。

「何だ、シガレットケースじゃないか」

庄平は、危くにやりとしそうになるのを、やっとこらえた。たかだか五六百円の安物だった。いつも使っている金張りのケースを忘れてきたので、会社のデスクの抽出《ひきだし》へ投げこんでおいた安物を間にあわせに持って来たのだ。捨てても惜しくない品だった。

「たとえ、どんなものだって、他人のものを盗んだらただじゃアすまないんだぞ」

「すみません」

女ははじめて口を開いた。大きな瞳が、庄平を見上げたまま、にっと笑った。媚びているのではない。まるで悪の意識のない、童女のような瞳だった。瞳ばかりではなく、鼻付きも口元も、声やそぶりまで、幼げに見えた。

庄平は女の二の腕を摑んだままだった。指先が、その感触を楽しんでいた。女にかけての経験が、女の身体が、青い果実のようにこりこり固締りしていることを見抜いて、知らず知らず、ごくっと唾をのんだ。

「車へ乗りたまえ」

「どうするの？」

「飯をおごってやるよ」

「そう……」

女は、そっと吐息をついた。やっぱり、警察へでも突き出されるのではないかと恐れていたんだなと合点して、庄平は、ものになるぞと思った。

二

庄平は、小料理屋の奥座敷へあがってから、もう今日は、会社の方はどうでもいいと腰をすえた。自分で飲みながら、飲めないという女に幾杯か無理にのませた。青白いかげりをもったような顔の色は、一層冴えて青白くなるようだが、瞳の中に酔いがうるみになってにじんできて、どこか気だるげに膝を崩すのが、女に飽きている男の心に火をつけた。

庄平は、女が粗末なワンピースしか着ていないのに気がついた。三月といってもまだ風が冷い。それだのに、オーバーもマフラーもしていなかった。その、ワンピースの襟元からのぞいているシュミーズも洗いざらしたものだった。清潔だが、粗末なものしか着ていないということが、ますます庄平の気に入った。庄平は、小さな商事会社を経営して、ちょっとした資産も作りあげていた。その商取引きでも、女との取引きでも、ぎりぎりまで叩けるだけ叩いた金しか支払わないというのが彼の主義だった。四十二になる今日まで、随分女遊びをした。ことに、数年前妻を亡くしてからは、楽しみといえば女しかなかった。が、どの女に対しても、ぎりぎりにしか払わなかった。この、見すぼらしいなりをした女なら、相場の最低額でもくれてやれば沢山だろう、それに、相手の弱身も握っているしと思った。

「ホテルへ行こう」

「ホテル？」

吃驚したように瞳が見開いた。

「たった一度きりさ。それで、君の罪ほろぼしになる。お金もあげるよ」

「………」

「あと腐れの心配はいらんよ。お互に、名前も身分も一切喋りも聞きもしないことにする」

「………」

女はちょっと悲しそうな顔をした。その、途惑《とまど》ったような幼さが、一層庄平をそそり立てた。ワンピースの襟元から胸の影が覗いていた。その先につづく身体の起伏や肌の手触りが、庄平の妄想をかりたてて火をつけた。

矢庭に女の手をとって引きよせた。女は、ちょっと身をもんだが、直ぐ庄平の腕の中へ倒れた。遮二無二唇を吸った。口紅はおろか、白粉気一つない女の肌から、今まで嗅いだことのない青臭い体臭が立ちのぼり、それが庄平をむせさせた。目を開くと、女の目が、開いたまま庄平を見つめていた。そして、ちょっとはにかむように笑った。庄平は、もうしめたものだと思った。

三

鳩の森のホテルへ連れこんでから、その女が、今まで出会ったどの女とも違っていることを発見した。冷い固さの中に、成熟しきった熱い弾力があった。少し痴呆ではないかと思われるような幼げなものと、ぴりぴり反応する女とがまざりあっていた。年齢も分らない。十八九かなと思ったり、いや、二十二三にはなるだろうと思いかえしたりした。何か、青々とした未熟さのまま熟した芳香を放つ果実ででもあるような気がした。この女はちょっと手ばなせないなと思った。

「もう一度会ってくれないか?」

「いいわ。あとで、電話番号書いとくわね」

女は、子供のように庄平の胸へ顔をうずめながら、うっとりしたような声でいった。

別れる時、少しすくなすぎるかなと思いながら金を差し出した。女は、例の子供っぽい瞳で、ちょっと吃驚したように見つめていたが、黙ってうけとると、手をふりながら振り向きもせず去っていった。

中一日おいて、同じホテルで、また女にあった。いつの間にか、ずるずる引きずりこまれるように溺れてゆく自分に気付いたが、しかし後悔はしなかった。金を与えれば受取るが、それ以上せびりもしなかった。服の一着も買ってやろうかといったが、女の方でいらないと断わった。そんな点でも、庄平のはじめて出会った女だった。まるで、青年時代に経験した初恋の情事をくりかえしているような思いがして、事によったら、本気になって囲いものにしてもいいとさえ思うようになった。

「君、名前は何ていうの?」

「それ、聞かない約束じゃアなかった?」

「呼ぶ時困るじゃないか。あの時は、一度きりのつもりだったが、もう僕の方じゃア君をはなさないつもりなんだよ。いいだろう、名前ぐらい聞かせてくれたって……」

「そうね」

女は少し考えてからいった。

「もう先《せん》、ある人が、あたしのことを青い雌蕊って呼んだわ。貴方もそうよんで……」

「ふうん……」

なるほどと思った。青い果実なら、性的に熟さない少女のことだ。男を知ると熟していって、女になりきると、もう青い果実ではなくなってしまう。この女は、熟さない青さと、熟しきった女とを、一緒にまぜこぜにしてもっている。青い雌蕊が、実を結ばず、青いままに大人になる。なるほど、この女は成長した青い雌蕊だなと思った。

三度目に会ったのは、すぐ次の日であった。

「社長さん、あたしの電話をしらべたでしょう?」

女は悪戯っぽくいった。

「でも、いくら調べても、あたしの事、分りゃアしないわ」

「そういう君こそ、僕のことを調べたよ。今、社長さんなんて呼んだじゃないか」

「そうよ。自動車の番号から調べればすぐ分る。浅川商事の社長さん、浅川庄平さんね。昨日の夕方、浅川商事の前まで行ったの。ただ、ちょっと、見たかったのよ、どんな会社かと思って……怒った?」

「怒りゃアしないよ。しかし、僕の事だけ知ってるのは片手落ちだよ。さア、君の素姓も話したまえ」

しかし、女は笑うだけで答えはしなかった。庄平は、子供にからかわれているような気がして、畜生と思った。

ホテルの前で、いつものようにわかれた。女はいつもの通り、大通りまで出ると、タクシーをとめて乗りこんだ。庄平はそれを見とどけてから車のエンジンをかけ、ゆっくりと、あとを追って走り出した。

庄平が、神奈川県戸塚郊外の山林中で、惨殺死体となって発見されたのは、その日——三月十三日の黄昏《たそがれ》頃であった。

四

明石良輔は、夕刊新東洋の警視庁詰めの記者だが、捜査一課の岡田警部とは十何年のつきあいのある友人で、退屈するとその部屋へ駄弁《だべ》りに押しかけて行くことがよくあった。その日も良輔はただふらりと遊びにいったが、警部は留守だった。

遠慮のいらない仲だから、警部の席に近い部屋の片隅を占領して、刷り出しの夕刊を拡げていた。間もなく戻ってきた警部は、外套を脱ぐ間もなく立ちどまって、あとを追って来た若い部下と顔をつきあわせた。

「神奈川県警からの話では、発見されたのは昨日の黄昏頃だったといいます」

若い刑事はてきぱきと話した。

「犯行現場は、戸塚郊外の京浜国道から七八十キロ北へ入った山林の中で、致命傷は後頭部にうけた打撲傷だということです。死亡推定時刻は、発見の直前、つまり午後六時頃で、被害者は、シャツとズボン下だけの恰好でうつ伏せに倒れていたそうです。側に、被害者から剝ぎとった上着、ズボン、それにワイシャツ、靴などが一まとめにして遺棄してあり、二三万は入っていたと推定される紙入れが中身だけ抜きとってすててあったそうで、盗品はその現金だけだそうです。発見したのは、県警のパトカーの巡査二名で、何でも、通りがかりのタクシーの運転手の知らせをうけて現場へかけつけたというようなことでした。

それから、被害者の身許ですが、これは、現場に近い国道の傍へ乗りすててあった被害者の車からすぐ判明したそうで、県警からの出張員を案内して、わたしがその浅川商事というのへ行って来ました。被害者、浅川庄平はそこの社長でして、まア、個人会社みたいなものでしょうか。商売熱心な男で、会社の方も順調ですし、社長個人の資産も一億くらいはあっていいますし、家庭も男の子が二人あって円満だといいますし、難をいえば女好きくらいのもんでしょうが、まア、ああした手合いにはよくあることで、それも不倫不義理など一切しない男だというので、怨恨などの筋は、まア出て来まいと思うんです」

「県警の方じゃ、何といってるんだね？　犯行の動機を？」

「現金目当の単純な強殺だろうといってますが……」

「単純なものか。現金を盗むために、何故、身ぐるみ剝いだんだ？」

「その点については、向うでも大分首をひねっているようで、何か貴重なものを身内深くかくしていた。それをさがし出すためではなかったか、などともいってます。それにしても、何か変な気がしますが……」

「第一、被害者は何の用で、単身戸塚まで出かけていったんだ？」

「社員達にきいても、それがさっぱり分らないんです。あの日は、六時半から会議がある予定なんで、あの時刻に、戸塚くんだりへどうして出かけていったのか分らない。もし、急用でも出来た時には、外からなら電話するとか、卓上メモに書き残して行くとか、きっとそうする習慣だったというんです。ああ、そういえば、妙なことがありました。その、社長のテーブルの上にあったメモですが、昨日と一昨日の日付のある頁に、青い雌蕊という文句が、やたらにかき散らしてありました」

「何だ？　めしべ？」

「花の雌蕊です。女学生の落書きならとにかく、四十をこした頑固親爺の落書きにしちゃア、どうもおかしいと思いまして……」

「酒場の名前か何かじゃないのか？」

「わたしもそう思ったんです。酒場かキャバレーか喫茶店か……それで、調べてみたんですが、そんな名前の店は一軒もありませんでした」

警部は外套を脱ぐと、自席の方へ行きかけて、はじめて気付いたように、

「誰だね、君？」

と、片隅の方をじろっと見やった。

「やア……」

良輔は新聞を畳みながら立ち上った。

「何だ、君かア。やアじゃアないぜ。いかんなア、そんな所で……今の話、盗み聞きしたな？」

「聞きゃアしないぜ。自然と聞えたけれどね」

「おい、こりゃア、神奈川県警の方の事件なんだ。勝手にうろうろ掻き廻しちゃア困るぜ、明石

君」

「邪慳《じゃけん》にするなよ。随分お役に立ってることもあるんじゃないか?」

良輔は寄ってきて、刑事の肩を軽く叩いた。

「今、何といったね、青い雌蕊だって?」

「はア……」

「分る、その意味が?」

「ですから、それがさっぱり……」

「じゃア、教えておこう。そりゃア、君。詩の題だぜ」

良輔は伸びをしながら部屋から出ていった。

五

良輔には、今聞いた事件そのものには大した興味もなかった。ありふれた強殺らしいし、第一、東京をはずれた場違いものだった。ただ、青い雌蕊という文句だけがこちんと来た。記憶のどこかにひっかかりがあった。
社へ戻ると、専用の備忘録をとり出した。たしか、二三カ月前のことだったと思った。見当をつけて頁をくると、直ぐ赤鉛筆で傍線をひいた個所が目へとびこんできた。十二月中旬の日付があるから、丁度三カ月前になる。
お時君依頼の件
ギター流しの内藤譲治、三カ月前に静岡へ行くといって出たまま消息をたつ。

青い雌蕊。

と書いて、その青い雌蕊の部分へ赤い傍線がひいてあった。お時というのは、銀座裏に、主として花売り娘相手に卸す小さな花屋の店をもっている、ガラガラな気のいい女で、良輔は古い馴染みだった。その話のあったのも、酒場で出会った時で、お時の情夫の譲治が、新しい色女と一緒に静岡へ行ったきり戻って来ないが、何か間違いでもあったのではないか、もし、新聞社に知らせがはいったらおしえてほしいという頼みだった。その、譲治の新しい色女というのを、譲治が青い雌蕊と呼んでいたというのである。その言葉が、何かしら良輔の神経にひっかかった。以前、何かで読んだことがあるような気がする。詩か、歌の題ではなかったかと思った。

文化部へ行って訊ねてみると、若い野反という記者が知っていた。

「ああ、そりゃア『詩林』にのっていた詩ですね。『詩林』の同人の月田行男という男の作ですよ。僕が学生時代のことだから、もう十年も前の作品ですけれど……」

そう話して、その詩の冒頭の一節を読んで聞かせた。備忘録の欄外にそれが書いてある。

青い花の青い雌蕊よ……

青く咲き青く翳《かげ》る

良輔は、お時に会ってみようと、急に思いたった。お時は店にいた。

「何ですねえ、わざわざ……もう、いいんですよ、譲治のことなんか」

お時は、卸し用の花束をせっせと作りながらいった。

「実をいうと、新しい良い人が出来ちゃったんです。旦那だからお話しますけど。だって、仕様がないでしょう。旅に出たっきり、もう半年も、葉書一枚よこさないんですから……」

「実はね、あの時の話をもう一度詳しく聞きたいんだよ」

「おやすい御用ですけど、ちょっと恥しいなア。あの時、旦那の前でめそめそ泣いちゃったりしましたものねえ。でも、式こそあげないでも、亭主だと思いつめていた男が、家を出たっきり、三月も音沙汰なしなんでしょう。譲治は女癖のわるい男でねえ。だから、あの女と出来た時だって、そのことは驚きゃアしなかったけど、でも余り深くなるのが早すぎたのには吃驚しましたよ。ものの、三度か四度逢曳したらしいと思ったら、とたんに、二三日旅に行くから金を貸せでしょう。あたし言ってやったんです。そりゃア、此方から惚れた弱身があるから仕方がないけど、でも、どこのどういう女と一緒に行くのか、それを白状しないうちは、鐚《びた》一文出してやらないからってね。そうしたら、まだ名前は知らないんだっていうから、間抜けさ加減が知れないじゃありませんか。その上、その代りに渾名《あだな》をつけて呼んでるんだ。青い雌蕊。どうだ、ゲイジツ的だろうなんてにやにやしやァがんの。こっちも、とうとう頭に来ちゃいましてね。こん畜生と思ってあとをつけてやったんです。忘れもしません、去年の九月九日です。東京駅でその女と会いましてね。静岡までの切符を買うの、ちゃんと蔭で聞いてたんです。よっぽど、静岡まで追っかけて行こうかと思ったけど、追っかけたところでどうなるものでなし——あきらめて帰って来たんです。譲治とはそれっきりになっちまったんですよ」

「相手の女を見たんだろう。どんな女だったかね？」

「それがね、旦那。なるほど、青い雌蕊って感じなんですよ。色が真ッ青でね。大人のくせに、変に子供っぽい、あどけない目付をしてるんです。どういっていいのか、あたしにゃ巧く言えないけど、一度見たら忘れられない、ふしぎな感じの女なんですよ。ああ、旦那！」

だしぬけに素ッ頓狂な声をあげ、自分の声に吃驚したようにあたりを見廻した。

「あたし、つい先頃、その女に会ったんですよ」

「どこで？」

「この銀座で……」

「銀座で？」

「ええ、キャバレー『モンタナ』でね。丁度一カ月くらい前かしら」

「そこのホステス？」

「そう、そこでは麗子って名前でね。でも、魂消《たまげ》たわ、あの時は……あのう、白状しちゃいますけど、あたし、新しい良い人が出来たっていったでしょう。実は、『モンタナ』のボーイさんなんです。丁度その頃、熱々になりはじめた頃でね。あら、御免なさい旦那。その晩も、その人に会いにいったんです。もう晩《おそ》くてね、殆んどの人が帰っちまったあとなんです。待ってる間にちょっとお化粧室に入ったんですよ。そうしたら、誰もいないと思ったそこにいたのがあの人だったんです。たった一人きり、顔を洗っていましてね。向うじゃ気付かなかったらしいんですが、こっちじゃア、あっと思って、慌ててとび出しちゃったんです。間もなく、その人がショールで顔をかくすようにして店を出て行きましたから、丁度来てくれたあの人に、あれ誰かって聞きましたよ。そうしたら、うしろ姿を見て、麗子さんだっていうんです。直ぐにはとても信じられなかったわ。だって、麗子さんには前に二三度会ったことがあるんです。とても、同じ人とは思えやしませんよ。お化粧すると、あんなにも違っちゃう顔ってあるのかしら。麗子さんの顔なら、どこにでもありふれた平凡な女給さんの顔ですものねえ」

「僕も一つ、その麗子って人に会ってみたいもんだな」

「生憎ねえ、旦那。あたしが会ったその直ぐ後に、麗子さんお店をやめちゃったんです」

「住所か下宿先か、何か分るんだろう」

「さアねえ。お店にいた頃借りていたアパートの部屋は、お店をやめると一緒に引き払っちゃったそうだし……でも、何でしたら、あの人に会って聞いてみましょうか？」

「そう願えたら有難いな」

「よしきた、まかしとき」

「ついでに、譲治の写真があったら、一枚借りたいがね」

「今度の人が、やきもち妬《や》いてうるさいんでね。あらかた捨てちゃったけど、でも探したら一枚や二枚あるでしょう。あとで、社の方へでもお届けします」

その足で警視庁へ廻った。

六

「やア、また来たね」

岡田警部は書きものをしていた視線を額越しに此方へ向けながらいった。

「ネタを提供しに来たのか、それとも嗅ぎ出しに来たのかね?」

「まア、その両方だな」

「よかろう、提供の方からお受けしよう」

「例の事件には、女が重要な関係をもっているらしいね。それも、ひどく変った女らしい」

「それから?」

「それだけだ。まだ、それ以上のことは話せんよ」

「では、こっちからもヒフティ・ヒフティといこう。戸塚の事件には、女が重要な関係をもっているらしいよ」

「ぴたりと符合したな!」

「事件発見のきっかけとなったのは、タクシーの運転手がパトカーに知らせたからだとは、君もきいたろう。その運転手から、もっと詳しい話を聞く必要があろうじゃないか。彼は代々木で一人の女を乗せて、そのまま戸塚まで走ったんだ。途中で白ナンバーがあとをつけているのに気付いたそうだ。女も気付いたと見えて時々ふりかえる。その頃になって、女の様子がおかしいのに気がついた。真ッ青な顔をしておどおどしているんだそうだ。それが、戸塚の、人家からはなれた辺りでおりたから、運転手の方ではいよいよ心配になったらしいよ。戻りながら注意していると、追って来た白ナンバーが、同じ所にとまって、出て来た中年男が、女のあとを追いはじめたんだ。兇行のあった現場の方角へだな。つまり、淋しい雑木山の方角だ。こりゃア、危いぞ、と思ったから、念のためといって、パトカーに知らせたというのさ。女はそれっきり消えちゃって、送り狼だと思った男の方が殺された。被害者が車をおりてから、死体となって発見されるまで約二十分」

「それから?」

「欲張るな」

「ということは、それ以上、捜査が一向に進展していないということだな。どれ、社へ帰って詩の勉強でもするか」

「青い雌蕊という奴をか」

警部は、部屋を出てゆく良輔をじろりと見送った。社に帰ると、走り書きした便箋と、写真二枚を封入したお時からの角封筒が届けられていた。

「モンタナ」へ行って調べましたが、麗子さんの行方はどうしても分りません。無口で、余り堅人すぎるためか、殆んどお友達さえなかったということです。お客さんとのお附合いも、店以外はお茶の誘いさえ承知したことがないくらい品行方正だったそうで、だから、収入も少く、着るものから何から、気の毒なくらい質素だったそうです。お役に立たなくて申訳ありませんが、その代りに、麗子さんの写真を手に入れました。写真嫌いだったそうで、これも偶然手にはいったものだそうです。三人いる、右端が麗子さんです。もう一枚は、譲治のです。これが最後の一枚

で、これできれいさっぱりしたような、少し淋しいような、変な気がします。取急ぎ

良輔は二枚の写真を複写させ、譲治の分には貴地方の身許不明の変死人中この写真に類似する者がいなかったかどうか、特に去年の九月九日前後を注意して調査してほしいという手紙を添え、静岡のS新報にいる知友の許へ送り、麗子の分は、社中の誰彼に配って心当りの者が見つかるかどうか協力を依頼した。

浅川庄平が卓上メモに書き残した「青い雌蕊」と、譲治の情婦だった「青い雌蕊」とが、良輔の直感した通り、同一人であるかどうかはまだ分っていないことだったし、よしんば直感通りだとしても、お時が麗子と「青い雌蕊」を同一人とは気がつかなかったというくらいだから、その写真によって、「青い雌蕊」を見付け出すことは不可能に近いと思ったが、しかし、もし、麗子の姿で水商売にでも首を突込んでいれば、何か手がかりを得る機会があるかもしれないと望みがもてた。

良輔は、無駄とは思いながら、その写真をもって、戸塚事件発見のきっかけを作ったというタクシーの運転手を尋ねていったが、予期していた通り、彼は写真を見ると、代々木から車にのったのはこんな女ではなかったと即座に否定した。

いや、そればかりではなく、良輔の期待は残らずはずれた。静岡からは、該当者なしという返事が来たし、頼みにしていた社内の連中から、麗子らしい女を見付けたという報告がさっぱり来ないうちに月日がすぎていった。

岡田警部にあっても、戸塚の事件は一向に話題に出なかった。事件が迷宮入りしてしまったことは良輔もよく知っていた。

半年たって九月になった。すると、この事件は、まるで半年を周期として動いているかのように、突然新しい進展を開始した。

七

良輔は久しぶりに休暇をとった。過労がたたって不眠がつづいた。紀州白浜に旅館を経営している知人からの招きもあったので、四五日のんびりと休養してくるつもりだった。

その途次、静岡で下車したのも、改めて事件を掘りかえしてみようなどというつもりからではなく、例のS新報の友人が結婚したのに、おくれ馳せながら祝意を表するのが目的であった。が、会えば自然、譲治の話が出た。

「その節は、手数をかけてすまなかったな」

「いや、役に立たんで気の毒したよ。当時、恋愛中だった女房との逢引きにいそがしくて投げやりにしたというわけじゃァなかったんだがね」新婚早々の友人は、言い訳まで、幸福そうなにやにや笑いでやってのけた。

「あの写真の人物に、割によく似た変死人はない訳じゃァなかったんだが……」

「え？」

良輔はびくんとしたように目をすえた。

「何だって？　写真によく似た変死人があったんだって？」

「よく似たじゃァない。割によく似た――さ。何しろ、水死人だろう。水死人になった写真だから、はっきりしたことは言えないさ。それに、君は、身許不明の変死人と書いてよこしたな。名前は……そう、何とか譲治と書いてあった。ところが、その水死人というのは、名前も全然違うし、第一、身許がはっきりしている」

「ああ、そうか。身許がはっきりしているのか」と、気が抜けたようにいったが、しかし、まだ何かが良輔に執着を強いていた。

「まア、聞いてみよう。せっかく、調べてくれたんだろうから」

「静岡じゃアない、清水の方だ。そっちの支局から知らせてくれたんだ。君の御注文通り、去年の九月九日——じゃない十日さ。前日一人で海釣りに出かけたまま帰らないって大騒ぎしているところへ水死体があがったんだそうだ。そうそう、その時もって来てくれた新聞の切抜きがまだあったはずだ」

切抜きには、本郷定吉（三十二才）と出ていた。清水市のはずれにある、アパートの住人であった。

「この男の職業は？」

「身体が悪くてぶらぶらしていたらしい。アパートへ越して来たのは、死ぬ三カ月くらい前だったそうだが、毎日釣りなんかやってたらしい。そこに、しん子という細君の名が出てるだろう。火災保険か何かの外交をやって亭主を養っていたそうだよ」

「細君に一度あってみたいな」

「葬式がおわってから直ぐ、骨をもって田舎へ帰ってしまったそうだ」

「誰か懇意にしていたアパートの住人でもいい」

「駄目だろう。君から依頼のあった半年前でさえ、半分以上の住人が変ってしまっていた。それから、更に半年たったからね」

「とにかく……」と、良輔はねばった。

「本郷定吉という男について、出来るかぎりの事を調べてもらえないかね。済まんが……」

「ああ、いいとも。多少、日数はかかるかもしれないが……」

何故か、良輔は、失いかけていたこの事件への意欲がむらむらこみあげてくるのを感じた。

社の電話をかりて、東京へ至急報をかけた。もう一度、事件の初《しょ》ッ端《ばな》から——つまり、「青い雌蕊」からやり直してみるつもりだった。電話口へ文化部の野反記者を呼び出してもらった。

「いつだか聞いた『青い雌蕊』の詩をもう一度聞いてみたくなってね」

「ああ……」

電話口の向うで笑い声がした。

「途中までしか記憶してません。雑誌をさがしましょうか」

「いや、君の知ってるだけでいいんだ」

「じゃア、いいます。青く咲き青く翳る。青い花の青い雌蕊よ。実を結ばず、固く幼く。翳りにひそむ毒の甘さよ……ああ、もしもし、どうかしましたか?」

良輔は無意識だったが、何かうめき声でもたてたらしい。

「君、君ッ。その詩をかいた月田行男という人に会ってみたいんだがね」

「松本市の座間温泉で、母親がそば屋をやってるそうです。でも。御当人はルンペン同様に放浪性のある男だそうだから、うまく会えますかどうですか?」

「いや分った。ありがとう」

良輔は予定を変更して、直ぐ松本へ飛んだ。

八

座間温泉につくまで、良輔は、その詩の文句を幾度反芻《はんすう》したかしれなかった。ことに、最後の、翳りにひそむ毒の甘さよ、という文句が、耳の底でじんじん鳴りつづけていた。

月田の母がやっているそば屋はすぐ分った。町はずれに近い、小ぢんまりした、いかにも未亡人が細腕一つでやっているといった感じの店だった。

「行男を尋ねておいで下さったのですか?」

老いた母は、急に声を沈ませた。

「小さい時から女手一つで甘やかせて育てたせいか、あの子はわが儘で……それに、放浪癖と申すんでしょうか、滅多に家に居ついたことはないんですよ」

「じゃア、今もお家には?」

「はア」目を伏せた。

「失礼ですが、いつ頃、家を出られたんですか?」

「かくしても詮ない事です。御近所では皆さん御承知のことですから……もう、五年になります、行男がふいっと家を出て、そのままになってしまったのは……二三日して、京都についたという走りがきの葉書が一枚来たっきり、今日まで音沙汰ありません」

「旅に出ると、いつも音信不通になるんですか?」

「いいえ、それまでは、三月に一度、半年に一度くらいは、どこかからきっと便りをくれたものでしたけれど……」

「実は月田さんが書かれた『青い雌蕊』という詩のことで伺ったんですが、お母さんにはお分りにならないでしょうか?」

「と仰言いますと?」

「あの詩は、誰か、女の人を材料にして書かれたもんじゃないんですか?」

老母はぎょっとしたような目付で良輔を凝視していたが、やがて、息を殺して囁くように話しだした。

「まア、よくそれを御存知ですこと。そうなんです。あれは、最上良子《もがみよしこ》という人を書いた詩だと行男が申しておりました。最上さんは、京都のM育児院で育った方だと聞きました。みなし児だからといってとやかくいうんでは決してありませんけれど、あの人は……恐しい人でした。行男があの人をつれてここへ帰って来たのは、行男が二十三の年、今から十一年も前のことでしたでしょうか。わたしは、はじめから、最上さんが不気味でならなかったのです。最上さんは、その頃たしか十七か八で、すき通るように青白い肌をした、本当に幼な幼なな人でした。その癖、わたしなどが、あっと思うような、大人の女の匂いを身につけている……わたしには、そんな風に思われましたが、男の人には、とても好かれたようで……いいえ、好かれるというよりも、男の方が最上さんに魅入られるとでもいった方がいいでしょう。行男もそうでした。わたしが、いくら恐しい人だと注意しても無我夢中の様子でした。でも、その頃作ったというあの『青い雌蕊』の詩でも分るように、行男も、その恐しいものには気がついていたのでしょう。半年ほどすると、最上さんから逃げよう逃げようと努力するのが見えて来ました。そして、とうとう最後に、一人きりで家出しました。そうするしか、最上さんから逃げることが出来なかったからに違いありません。時々手紙をくれましたが、一度として住所をかいてよこしたことはなかったのです。最上さんに知られるのを恐れ、逃げ廻っているのが、わたしにはよく分りました。

そして、五年たって、やっとここへ戻って来ました。もう、最上さんも行男のことを諦めてくれただろうと、その時はほっとしたのですが、それもたった一月余りでした。また、最上さんがここへ追いかけて来たんです。五年前に見たのと、ちっとも変らない幼な幼なした顔で行男に笑いかけ、そして、行男をここから連れ出したのです。わたしが二人を見たのはそれが最後です。五年前の三月はじめのことでした。これは、証拠もない事だし、人さまの前では口にしてならない事かもしれませんが、もし、行男がこの世にないものとしたら……それは、最上さんに殺されたに違いないのです」

良輔は老母の話から、あの詩の背後にあるものを、まざまざと感じとっていた。

「行男さんの写真はないでしょうか。きっとお返しします。一枚拝借したいんですが?」

「もう、皆古くなって、ろくなものは残っていません」

老母は古ぼけた長火鉢の抽出から写真を一枚とりだした。

「十年前のものですが、これが行男です。その隣りにいる人が最上さんです。十年たってはいるけれど、きっとあの人は、今でもこの写真の通り幼な幼なしているでしょう」

九

良輔は奇妙な昂奮に頭を熱くしながら京都についた。京都は、最上良子という異様な女が、少女期を送った養育院のある所であり、月田行男が消息をたった最後の土地であった。ここに、何かがあると確信していた。

駅からの足でその養育院をたずねた。そこの理事だという老人は、良子のことを尋ねるととたんに険しい目付になって良輔を見返した。

「最上良子は、十六の時、ここへ放火して逃げました。東京で少年監置所へ入ったということは聞きました。お話出来るのはそれだけです。あれが何をしようと当所は無関係なのです」

とりつく島もなかった。何か、口に語れない不吉なことがかくれているような気がしたが、断念するより外なかった。

良輔はK新聞社の知人を尋ね、その協力をえて、警察の変死人写真を見て歩いた。

「五年前の三月初旬だ。名前は分らないがこの男だ。年は、三十前後」

とうとう、見つけ出した。長谷新次郎という当時二十九歳になる男が、比叡山の断崖から自動車ぐるみ転落して即死した。京都市銀閣寺脇のアパートがその住所。妻の松江（二十三）と、アパートの隣室の住人二人がかけつけて死体を確認した。遺体を荼毘《だび》にふした松江は、即日遺骨を抱いて帰郷した。但し、その郷里がどこか分らない。

「おい、明石君。どうしたんだ？　君らしくもない昂奮のしかたじゃないか」

友人が笑った。

「君の鼻息が余り凄いんで言い出しかねていたが、そう、僕が東京へいった時頼まれたことがあったろう。銀座の『モンタナ』にいた麗子という女。写真をあずかって来たじゃないか。あの女が、今この京都にいるぜ。新京極の裏の、『マリンバ』っていうアルサロにね」

「本当か、君？」

「僕も念のため、カマをかけてみた。やア麗子ちゃんじゃないか、東京の『モンタナ』で会ったの忘れたのかい？　女は白状したよ」

「青い雌蕊」がここへ来ていることは少しも不自然でなかった。彼女にとっては、少女期をすごした故郷だし、恋人のために死に場所としてえらんだところに相違なかったからだ。

「君、疑念があったら自身でいってみるかね？」

「いいや、僕だって写真で見た以外に、女の顔を知らないんだ。もう十分だよ。僕は、女に顔を見られたくない事情がある。すまんが、君の方で監視してくれないか」

「お安い御用さ。そのアルサロには馴染の女がいる。それにやらせよう」

「僕は、まだ休暇が残っているから、二三日ここにいる。何か起ったらすぐ電話を頼むぜ」

良輔は、間近に、何かが起りかけていると信じていた。

十

宿をとると、直ぐ静岡のS新報へ電話した。友人は待っていたように電話口へ出てきた。

「調べがついたというほどのものではないが、時間がたちすぎているので、これくらいしかネタがあがらないんだ。水死した本郷定吉が、清水市のアパートへ越して来たのは死ぬ三カ月くらい前だといったが、左右の隣室に住んでいた独り者の男達も、同じ時に、同じようにそこへ移って来たんだよ。親友居士、やがて共同で仕事をはじめるんだといってね。しん子という細君と一緒に、定吉のことで騒いだり世話やいたりした男達さ。彼等はどうも偽名を使ってたんじゃないかと思われる節がある。本郷定吉やしん子は歴《れっき》とした戸籍があるから間違いないがね。彼等が一体どこから移転して来て、どこへ去っていったのか、今では皆目分らない。しん子は、保険の外交員と自称していたが、噂では東京の酒場ででも働いてるんじゃないかということだ。月の内、二三度日帰りに帰ってくる。化粧の仕方もただじゃアないっていう人がいる。どうだい、これくらいで役に立つだろうか?」

「ああ、十分だ」

もう、十分だと思った。最上良子が、一人の男をつれてどこかからどこかへやってくる。すると、隣室に住む親友と称する友達と三人連れで、好んで三カ月前頃アパートへ移って来た男が死ぬ。そして、生き残った者は皆どこかへ消えてしまう。

良輔は警視庁の岡田警部に電話して、手短く見聞の一切を語った。黙って聞いていた警部は、最後に、

「気をつけろよ」と、たった一言いった。話をきいても、大して驚いた様子がなかった。

三日目の朝、K新聞の友人から慌しく電話がかかって来た。

「麗子が第一ツバメに乗るぞ。男連れだ。大阪から乗るんでうっかりするところだった。切符は使いにもたせて駅までやる。発車九時。急がんとおくれるぞッ」

ろくに礼をいう暇もなかった。危く間にあって飛び乗った。席をさがす風をしながら、さりげなく麗子を見付けて歩いた。どこにもそれらしい女はいなかった。が、行きどまった箱を、もう一度戻りかけた時、良輔はうッと息をのんだ。直ぐ鼻先に、まだはっきり記憶に残っている戸塚事件の被害者、浅川庄平によく似た顔を見たからであった。年配も似ていたし肉のつき方も似ていた。た

だいかにも下司《げす》な感じがした。卑屈さが身にしみた安手の外交員という印象があった。

そこに、庄平に似た男を見た以上、その隣りに青白い顔に大きな瞳をうるませて童女のように微笑している女を見出しても驚くはずはなかったが、側を通りすぎたあとになって背筋を冷い汗がぬらしているのに気付いた。

東京駅でおりた時、二人とも白マスクで顔をかくしていた。車に乗り、東京を横断して錦糸町に近い、まるでアパートのような安宿へ入った。片時も目をはなすことは出来ない。良輔は女中に金をつかませて、二人が入った二階の部屋の真向いに部屋をとった。それから物の五分とたたなかったろう。男が静に襖をあけて廊下へ出、トイレへでも行くのか足音が遠ざかっていった。

とたん、女が走り出て来て、此方の襖をがらっとあけた。よもやと思って、隙間からのぞいていた良輔は、走りこんできた女を膝の上へ抱きとめながら危く転げようとした。

「助けて下さい！」

女が細い声を立てた。瞳が泣いたようにうるんで、震える腕が良輔にしがみついていた。

どうしたというのか？　唖然としたまま突きはなそうとしたが、長く争う必要はなかった。階段をかけ上ってくる足音が聞え出すと、

「助けてッ！」

女の声が矢庭に高くなり、われから飛びのいて廊下へ走り出た。同時に、三四人の番頭、若い衆達が、前をふさいだ。

「旦那、御人態《ごじんてい》にも似合わないじゃアございませんか。人さんの奥さんに、そんな手荒な御冗談を……」

階段をかけおりてゆく女のうしろ姿を一瞥しながら、あッと思った。良輔がいくら叫んで説明しようとも、あの女の、あどけない一瞥の哀願の方がはるかに決定的であった。男達の手に抱きとめられながら、走り出す自動車の音をきいて、自分の愚劣な恰好に唾を吐きかけてやりたくさえな

った。

やっと、男の手をふりほどいて、警視庁へ電話した。

「岡田君、女を逃がしちまったんだッ。また一人殺《や》られるぞ。早く、ここへ来てくれッ」

十一

「明石君、慌てることはないよ。女のあとはちゃんとつけさせてあるんだ。駅から、君ぐるみずうっとな」

岡田警部は落ちつきはらっていた。

助手席に若手の刑事が二人。車は京葉国道を東へ向けて疾走していた。

「それよりも、君のことを一番心配してたんだぜ。向うには、屈強な、前科者が三人もいる。奴等だって命がけでやってるんだから、一つ間違ったら事だからなア」

「そうか。何もかも、皆しっていたのか?」

「冗談じゃアない。僕等だって遊んで銭もらってるわけじゃアないさ。戸塚の事件で、あら方尻は割れてたんだ」

「ちぇッ、知らん顔して、こっちの空廻りをせせら笑ってたんだろう」

「そうでもないさ。大いに助かった点もあるさ。まア聞けよ。戸塚の殺し現場の辺りを一斉に洗わせたさ。あすこから一キロばかり寄ると、アパートがごてごて建ち出している。その中に、三部屋四人の人間が、事件直後に風をくらって逃げ出していたんだ。男一人ずつ二部屋と、その間に夫婦者が一部屋。直後に揃って逃げるだけでも臭いのに、これがまた、三カ月前にそろってそこへ移って来たということになってるんだ。随分よく始末してあったが、三月も住んでいたんだから指紋が出た。調べると、男三人とも前科がある。君もしってる事があるだろう。長谷新次郎に本郷定吉、佐々木透さ。ところが、君、長谷と本郷の戸籍が消えてるんだ。長谷は六年前に京都で自動車事故、本郷は一年前に清水で水死。死んだ奴の指紋がどうして出て来たんだ？　あとは簡単さ。保険会社をしらべたら直ぐばれた。長谷名義で、N生命の新潟支部に百二十万円。本郷名義でY生命の仙台支部に百八十万円。佐々木名義でM生命の広島支部に二百万円。契約してから五年間はきちんと金を支払っておいて、その間に、それぞれ換玉をさがす。犠牲者だよ。そんな瓜二つの必要はないんだ。溺死させたり、自動車をぶっつけたりするから、いい加減顔が変るし、犯行の三月前になると、仲間の奴が二人隣りの部屋に住んで、女房役の女と一緒に死体の確認をするんだから間違いっこなしさ。

女房役の名前は、戸籍に乗ってりゃ誰だっていい。金で戸籍を売る奴もいるだろう、これが、保険金の受取人さ。ゆっくり時間をかけ、Aでさがした換玉をBへ、CでさがしたのをDへと、好きなところへ運んでやるから滅多にばれっこないさ。ところが三度目のがまずかった。浅川庄平がえらくあばれたに違いない。手古ずって、殴りつけたのに力がはいりすぎ、即死してしまった。車にのせてぶっつけるつもりらしかったが、死んでしまっては、夜になってからゆっくりというわけにはいかない。だから、少々危険でも、すぐ車にのせてやっつけようとしたに違いない。裸にして、佐々木のネームのはいった服に着せかえる。というところへ、パトカーが乗りこんできたんで、慌てふためいて逃げてしまったんだよ。

今度も同じ手で、アパート三部屋かりてくれればと手ぐすねひいていたんだが、戸塚で失敗し、危険を感じて別の手段を考えたんだろう。長谷だけは、所在がしれたが、本郷と佐々木、それに最上良子がわからない。やむを得んから、長谷の行動を監視させながら今日までじいっと辛抱したのさ。

いや、明石君。君にも礼を言わなくちゃならんよ。最上良子と、それに長谷、本郷の換玉に使われた被害者の身許を洗い出してくれたのは君だからな」

とっぷり暮れた行く手に、懐中電灯の灯がけたたましく光り出し、やがて、車が停った。窓ごしに中を覗いた顔見知りの刑事が、一礼しながら、何でもないような声でいった。

「御苦労さまです。もう、全部片附きました」

×

一週間ばかりして、良輔は岡田警部に会った。

「男たちは三人ともあっさり泥をはいちまったそうだね？」

「うん、ぺらぺら喋った揚句、主犯は良子だ。あの女の指図だというんだ。三人とも、良子と身体の関係がある。はじめは男の方で腕ずくで関係をつけたんだが、しまいには、顎でこき使われるようになったとぬけぬけと抜かすんだよ。胸糞がわるくなるくらいけちな男達だ」

「案外、それが真実かもしれんよ。良子にはそんな毒素がある」

「いいや、今更よってたかって女一人に罪をかぶせて、自分達だけ軽くなろうなんて、そんな根性が気にくわんのだ」

「はじめの月田行男殺しは多少同情すべき余地はある。惚れた男からすてられた女心を察してさ。しかし、五年前から保険をかけておいて殺す、その根性が凄じい。まして、次の内藤譲治からは、月田の血をすすった鬼女が、それに味をしめて、いよいよ無辜《むこ》な殺戮《さつりく》を楽しみはじめたという感じだ。しかも、あんな長い時間をかけて、まるでねちねち楽しんでるようなやり方は、女でなければ出来ない仕事じゃないのかい」

「僕はそうは思わないな。良子は保険金に鐚一文手をつけちゃアいない。せっせと働いて、その金で質素にくらしている。金は男共が湯水のように使ってしまうんだ。そうしちゃア、女をそそのかして尻を突ついて前に押し出した形跡がある。主犯は男共だよ」

「金が欲しくないのにそういう犯罪を犯す。そこが益々恐しいんだ、僕には……良子は何かいったかね？」

「いや一切口をきかん。誰を見ても、ただ黙って、童女のように微笑してるんだ」

「岡田君。血液検査は？　陽性じゃないのかい？」

「うん、どうやら早発性痴呆の疑いがあるそうだ」

「やっぱり、毒のある青い雌蕊だったんだ」

「生涯実のならない青い雌蕊さ」

二人は急に口をつぐんで、鬱陶《うっとう》しげに窓外へ目をやった。

毛皮の外套を着た男

十一月も終りに近附いた凩《こがらし》の吹く寒い日。高価な毛皮の外套に包まってソフト帽を目深に被った一人の男が慌しくNG銀行の入口を這入《はい》って行った。

NG銀行というのは、都下有数の銀行の一つである。

毛皮の男は支配人の室へ導かれるとほッとしたように溜息を漏して椅子へ腰を卸した。

「私は名刺にある通り吉田という者です」

毛皮の男はそう云いながら、不安気に四方《あたり》を見廻した。

「私は七年ほど印度へ行っていたので、昨日帰朝した許りなんです」

「なるほど、で、御用件は?」

「実は……」吉田は注意深く上着のポケットからモロッコ皮の小箱を取出した。

「……この箱……この箱の中の宝石の保管をお願いしたいんですが……」吉田は小箱の蓋を開いて支配人の方へ差出した。

支配人はその箱を受取って中の宝石をじッと見つめていたが思わず、

「やあ!」と感歎の叫《さけび》を上げた。吉田は満足そうにそれを見やりながら云った。

「どうです。印度で手に入れた夜光珠ですがね。時価五万円という代物です」吉田は急に不安気に声を低めた。

「所が、この宝石を狙うている奴が有るんです。私は其奴《そいつ》のために印度から日本へまで逃げてきたのですが、昨日船から上陸するとちゃんと其奴が後をつけているのです。で、私は一番安全な方法として銀行へ保管して頂こうと思うてやって来たのですが、其奴はこの入口までつけて来ました。

でも、もう安全です」

「御安心なさい。確《たしか》に御預りしておきます」支配人は高価な宝石を手にしながら云った。

「呉々もお願いします。それから全責任を銀行の方で持って頂きたいのです。紛失した時も、破損した時も、全てね……。そのかわり、保管料は充分お払いするつもりです」

「宜しゅう御座います」支配人は何気無く云った。

「では、向う一週間分の保管料として前金で二百円だけお渡しておきましょう」吉田は紙幣束《さつたば》を取り出した。

「左様ですか、では受取書を差上げましょう。責任引受けの事も記入しておきましょう」

この取引がすむと吉田はさも安堵したようにほッと息をついて出て行った。


その日から中一日置いた三日目の夕方、突然、吉田がＮＧ銀行へやって来た。前に来た時と全く同じ服装だった。ただ、前に無かった黄色い眼鏡を掛けている差が有る許りだった。

吉田は支配人に会うと直ぐ夜光珠の取出しを申出た。

「私は急に印度へ帰る事になったんです。大事件が突発しましてね。で、一昨日お預けした夜光珠を受取りに来たのです」

吉田はそう言って紙入から例の受取書を出して支配人に渡した。支配人は一応眼を通してから言った。

「宜しゅう御座います。では、これへ御署名を願います」支配人は帳簿の頁《ページ》を繰って吉田に渡した。

「失礼ですが手袋のまま署名さして頂きます。寒気がしますので……」

吉田は手袋のままペンを取った。指先が自由にきかないためだろうペンの先がブルブル震えていた。

「激しい寒さですなあ」吉田は署名をしてしまってから暖炉の前へ手を翳《かざ》しながら云った。

「お影で風を引いてしまいました」

吉田の声は妙に嗄れていた。

支配人は帳簿にちょッと眼を通すとそれを閉じて立上った。

「では、金庫室へ御案内致しましょう」支配人は先に立って吉田を金庫室へ導いた。

支配人が金庫室の扉を開いている間、吉田はその隣にある物置部屋へ這入ってあちこち歩き廻っていた。

吉田が支配人から夜光珠を受取って帰って去《い》ったのはそれから十分ほど後であった。


それだけで終ったなら何んでもなかったのだが翌日になって奇妙な事件が突発した。


その翌日の午前、昨日夜光珠を受取って行った吉田が復《ふたた》びＮＧ銀行へやって来た。

「私はある事情で印度へ帰る事になったんですが、ついては、この間お頼みした夜光珠を頂戴しようと思って上ったのです」

支配人はまじまじと吉田の顔を瞠《み》つめた。驚いたというよりもむしろ、呆れたのだろう。

「何んですって！　夜光珠⁉　それは昨日お持帰りになったではありませんか⁉　貴方が‼」

「えッ⁉」今度は吉田が驚きの声をあげた。

「戯談《じょうだん》じゃない。確にそんな事はありません。証拠にはこの間頂いた受取書があります」吉田はポケットから受取書を出して見せた。

支配人は不思議そうに昨日、宝石と引換に受取った受取書を出してそれと比べて見た。

「おやッ」支配人の顔は、見る見る青くなって行った。それから帳簿を取上げて頁を繰って例の署名をじッと見つめていた。

「おお！」支配人は倒れるようにどっかと椅子に腰を落した。

「受取も署名も……贋だ、贋だ‼　どうして気が附かなかったんだろう」支配人は明《あきらか》に詐欺にかかったのを覚った。そして失神したように黙ってしまった。しかし暫くしてから立上って先刻《さっき》から茫然とつっ立っている吉田に向って云った。

「吉田さん実は昨日貴方、否《いや》貴方そっくりに変相した男が尋ねて来てこの受取書（昨日支配人が受取った）を出して宝石を受取って行ったのです。無論偽造なんですが……」

「何んだって」吉田は真赭《まっか》になって怒った。

「実に困る事をしてくれたね。私にとっては大事な幾ら金を積んでも売たくない品なんです、どうしてくれるんです⁉」

「真に申訳のない事をして仕舞いました。どうもお詫の申しようも御座りません」

この顔色を変えて怒っている男をなだめるのは仲々容易な事ではなかった。吉田はその夜光珠の金に換え難いほど大切な事を繰返えし繰返えし喚いていたが、結局、約束した通り銀行が全責任を負うて吉田の要求通りに明後日までに金五万円を支払う事になって、怒れる男は不満足ながら帰って行った。

「大体、事件というのは今お話したような次第なんです」支配人は苦しそうに息をついた。支配人の前には彼の頼みによって出張した徳田探偵と事件の捜索掛長たる警視庁の伊東刑事が黙々とその話を聞いていた。

「私はどうもこうも出来ない苦しい立場にはまっているんです。いよいよ夜光珠が返らないとなると銀行界から追われるは無論、運がよくて破産、悪ければ法廷にも立たねばならないような悪境に立っているんです」

「御同情します」徳田探偵が静に云った。

「私も出来るだけのお力添えを致しましょう」

それから探偵は、ぐるりと伊東刑事の方へ向直った。

伊東刑事は以前徳田探偵の助手であったという心易い間なので遠慮なく話を始めた。

「伊東君、君は昨日から調査しているから相当に手懸りを得ているだろうね」

「探偵長、この事件は要するに犯人の行方を捜索すればいいので、その行方も大体知れていますから、貴方の手を煩すほどの必要は無いだろうと思います」

「否、否、犯人を捕えるより、夜光珠を取戻す方が急務だからね。そして、必ずしも、犯人を捕えたからといって夜光珠が手に入るはずのものではないのだ」徳田探偵は何か深く考え込みながら云った。

「とにかく、君が得た手懸りを一応聞かして呉れ給え」

「私は調査の結果その男……即ち犯人の行動を全部明に知る事が出来ました」伊東刑事が語り出した。

「吉田さんはあの日銀行からの帰りにセントラルカフェーで五六時間飲んで充分酔って帰ったそうです。私はカフェーを調べてみましたがそこでは何も得るものがありませんでした。しかし、もしある男が吉田さんの外套のポケットから例の受取書を盗み出して完全に復写してから本のポケットへ返えしておいたとすれば、それは決して不可能でもまた決して困難でもなかったろうと思います。

翌日、吉田さんは新調の洋服が出来てきたので今まで着ていたのは全部ある洋服店へ売ってしまわれたのです。私はその洋服店を調べた所、吉田さんが帰ると直ぐ四十五六の紳士風の男が来て、そっくり全部それを買って行ったそうです。後は想像がつきましょう。その男は翌日その服を着て吉田さんに変装し写した贋の受取書を持って大胆にも銀行へやって来たのです。其奴は変相の二大難関たる眼つきと音声を変える二つに成功しなかったので、風を引いたなんて言訳して嗄れ声を出したり、黄色の眼鏡をかけたりしたのです。

　その男は宝石を首尾よくせしめると直ぐ本郷の××ホテルへ行って変相を解いて逃走してしまったのです。後はまるッきりわかりませんが、非常に良かった事には奴が××ホテルの一室へ脱捨て行った吉田さんの外套の中から二通の手紙が出たんです。その写しがありますからお眼にかけましょう」刑事が二枚の手帳の切ッ端を徳田探偵に渡した。

　その一枚は、

（仕事が終り次第神戸ＲＭ旅館〇×〇）

という電報の写しで、他の一枚は、

（〇―・×――×、△・〇、――、△）

という暗号の写しであった。

探偵は、注意深く二三度読んでから刑事に返えした。

「奴には同類があったんでしょう。そして、その同類の所、即ち神戸のＲＭ旅館へ逃げたに違いありません。神戸警察は全力をあげてＲＭ旅館を捜しています。ですから……」刑事が得意気に言った。

「なるほどね、しかし、君は確な証拠もなくて犯人を捕えたとて何にもならないぜ」

「ああ、そうです。そうです。非常に確な証拠があるんです。奴は帳簿へ署名する時、不注意にも指紋を残しておきました。××ホテルにも同じ指紋が発見されました。それから金庫室の隣りの物置部屋には奴の幾らかの足跡が（非常に大きな）残っています」

「伊東君、その男は寒いからと云って手袋のまま署名したそうではないか？　それに、どうして指紋が残ったね」

「いや、探偵長、奴は右手には手袋をはめていたが左手にははめなかったそうですから」

「有難う。君のお話は大分参考になりそうだ。では、支配人さん、その帳簿を見せて下さいませんか⁉」

真青な顔をして気の毒な支配人は立上って帳簿を持って来た。

「探偵長、その右上の隅を御覧なさい」

徳田探偵は云われるままにその場所を見た。果してそこにはインクによって印された非常にはっきりした指紋の跡があった。探偵はいつもするように虫眼鏡を取出して暫らく指紋を見つめていたが、やがて満足気に眼鏡をポケットへ入れた。

「伊東君、君は虫眼鏡を使わないね。僕がよく進めている事だが……。虫眼鏡は肉眼の及ばぬ案外な物を吾々に示してくれるのだ。今度も虫眼鏡のお影で案外早く犯人を捕縛する事が出来るかもしれない」探偵は刑事の顔を見ながら云った。

「君の言う通り、この指紋は非常に大切なものだから、僕は写真に写しておこうと思う」

徳田探偵は左のポケットから小形の写真機を取り出した。それは殆んど写真機とは思われないほど複雑で精巧なものだった。探偵は二十分もかかってやっと二枚写した。

「ああ、探偵長、これは貴方にお渡ししておいた方がいいでしょう」刑事はそう云って一枚の紙を探偵に渡した。

「これは嫌疑者全部の指紋で名前はその下へ記入しておきました。それから一番終りにあるのは吉田さんが御自分から進んで押された左手の指紋です。所が残念ながら帳簿にある指紋はこれ等の中に無いのです」

「有難う。何かの参考にでもなるだろう。では、金庫室や隣の物置部屋を案内して呉れ給え」

刑事は先に立って金庫室や隣の物置部屋を案内して廻りながら、熱心に証跡を説明したが、探偵は案外興味がないらしかった。

探偵は銀行から帰ると、真直に事務室の隣の小さな暗室に飛込んで、先刻の写真の現像に余念がなかった。

翌日、時計が十時を打つか打たぬ内に、腹立たし気な顔をした吉田が呶鳴りながら支配人の室へ飛込んで来た。

「支配人、夜光珠はどうしました⁉　見附かりましたか？」吉田はテーブルを叩きながら叫んだ。

「私は午後の三時までには汽船に乗込まねばならぬ。で……お約束通り十時に参ったのです」その時、吉田は支配人の顔を見て明に失望の色を浮べた。

「ああ、見附かりませんな。夜光珠は未だ戻りませんな‼　そんな事だろうと思った。ここの警察ときたらまるでなってない。殆んど無能ですな……。さあ、支配人どうしてくれます。夜光珠か、さもなくば……」

「宜しゅう御座います。貴方の宝石は未だ見附かりませんですから、お気の毒ですが代価で支払わして頂きます」支配人はもう決心したように云った。全責任を自分が負うて、潔く始末をつけようと……

「吉田さん、印度にも支店は御座いますから為替に致しましょうか？」

「否、否、紙幣に願います。百円紙幣で五百枚ですな……」

支配人は用意してでもあったかの如く黙って幾束かの紙幣を取出して来た。それから叮嚀に数えて吉田に渡した。

「確に頂きました」吉田はそれを幾つかに分けて巧にしまってから云った。

「では、受取書をお渡しします」

取引が終って吉田が立上ろうとした時徳田探偵がつかつかと這入って来た。

「やあ、吉田さん。ここにお居ででしたか。貴方に伺いたい事がありましたので……。実はこんなものをある道具屋で買ったのです」探偵は包の中から一振の短剣を取出した。外部は日本式に白木で作られてあったが刀身は両側に刃のある印度式のものであった。

「吉田さん、これは印度に関係のあるものだと思いますがね」

暫くの間、吉田はそれをじっと見つめていたが突然叫んだ。

「やあ……それは私のものだ、確に……」

「これが⁉……私は道具屋で買ったのですよ」探偵が笑いながら云った。

「確に……確に私のものだ、鞘の下部を御覧なさい。TYと彫ってあるでしょう。それは私の頭字です」

「しかし、私は買取ったんですからね……」

「返えして下さい、返えして……。否、譲って下さい、どうぞ……」吉田が急込《せきこ》んで云った。

「譲らない事もないですが。たって貴方がお望みなら。そして私がこれを買っただけの代価をお払い下されば……」

「幾円？　十円？　十五円ですか？」

「否《ノー》！」探偵は首を横に振った。

「五十円？　百円？」

「否！」探偵は繰返えした。

「二百円？　二百円まで奮発しましょう」

「否！」探偵は三度《みたび》繰返えした。

「では、一体幾円なら売ると云うんですか？」吉田は気色ばんで叫んだ。

「安くて……そうです。安くて五万円です‼」

「えッ！」吉田が叫んだ。そして、不意にその短剣を奪おうとした。とたん、短剣の柄《つか》がぽっこり抜けて中から問題の夜光珠がころころと転げ出た。

「静にしろっ」吉田は恐ろしい形相をして両人に拳銃《ピストル》を差向けた。

「立って三歩後へさがるんだ！」吉田は拳銃を差向けて両人《ふたり》を瞰《にら》みながらテーブルに近寄って宝石に手をかけようとした、瞬間、探偵が大声で笑い出した。

「馬鹿ッ‼　後を見ろッ！」

「ウムッ」吉田は鋭く恐怖の叫を上げて振向いた。そこにはいつの間にか伊東刑事が拳銃を突附けて立っていた。

吉田は難なく捕縛されてしまった。

探偵は吉田のポケットから取戻した先刻の紙幣の束を数えてから、驚きと恐れで青くなっている支配人に向って言った。

「この紙幣をおしまい下さい。そして、自殺なさる必要は決して御座いません」

「君はこれから是非虫眼鏡を使うようにし給え」徳田探偵は彼の事務所で伊東刑事と戦勝の祝盃を上げながら愉快気に語っていた。

「僕は今度は虫眼鏡のお影で例の指紋の下に何かかくれているのを覚ったのさ」そう云って三枚の写真を取出して刑事に渡した。

「この一枚は普通肉眼に見える通り写してある。二枚目は僕独特の現像法によったもので、ある合成薬品の力で肉眼には見えないような淡いものをはっきり表わす事が出来るのだ。見給え。二枚目のには例の指紋の下にもう一つ他の指紋が見えるだろう。これは吉田の指紋なんだ。それから三枚目は肉眼で見える方の指紋の一部を三十倍に引伸したのだ。人工によって作られた指紋、例えばゴムの表面に彫られた指紋の如きは――無論、捜索の手をあやまらすために故意に作られるのだが――幾ら巧に出来ていてもこのように引伸して見ると直ぐその違いが発見されるものだ。で、この三枚目のを見ると、これはゴムの表面に彫った指紋の跡であるという事が解った。僕は以上の発見から、下になっている指紋即ち吉田の指紋をかくす為にかつ捜索の手をあやまらすために故意にゴムの指紋が押されたのだと断案をくだした。これが吉田に疑《うたがい》を懸けた第一の理由さ。

僕は始めから余り証跡が多過ぎると思っていた。あんな大胆なそして注意深い犯人が何故こんなに証拠を残して行ったか？　殊に、入ら無くともいい物置へまで這入って足跡を残したり、普通なら読めば直ぐ焼捨ててしまうはずの重要な電報を不注意にも残して行ったか？　僕は帳簿の指紋を見た瞬間、それらの証跡は他人によって偽造された偽りの証跡であると直覚的に覚ったのだ」

僕は吉田を疑った。そして今日、彼が銀行へ来た留守に彼の宿へ行ってすっかり調べたのだ。僕は運のいい事に印度のある一部では、短剣の柄《え》の中へ貴重品をかくしておくという事を聞き知っていたので直ぐ夜光珠を発見する事が出来た。それと一緒に都合よく、奴のトランクの底から食指《ひとさしゆび》の先だけにゴム製の指紋がついている毛の手袋を発見した。

宝石を預けたのも吉田、宝石を取出して行ったのも吉田、××旅館へ宿ったのも吉田、自分の衣服を洋服店へ売ったのも吉田、買ったのも吉田、電報を残して行ったのも指紋を残して行ったのも足跡を残して行ったのも吉田、支配人から五万円を受取ったのも吉田。要するに吉田が一人芝居をやったので、犯人は吉田であるという事になるんだ。

罠の罠

一

私は時計を出して見た。

五時五分!!

私の最も親しい徳田探偵の生死を決せらるべき六時までに、あと五十五分しかない。しかも、無心の時計は、そんな事には頓着なく、カチカチと、いつもの通り、静かに静かに時を刻んで行く。その一刻《ひときざ》み毎に、私の胸には、云い知れぬ絶望の影が、ヒシヒシと迫って来るのであった。私は、時計の面《おもて》を、凝《じ》っと見つめながら、昨夜の出来事を、もう一度繰り返して考えてみた。

××××××××

昨夜、徳田探偵は、事務所で私に一封の書類を渡しながら云った。

「ね、君、この中には、僕が今日まで苦心して集めた、あの狼団に対するすべての証拠が認《したた》めてあるんだ。で、これを君に預けておくから、厳重に蔵《しま》っておいてくれ給え……それから、もし僕が死んだら……いや恐らくそんなことはないだろうが……もし死んだらこの書類を、君自身で警視庁に持ってって、直接総監に届けてくれ給え。それでと……僕が無事であるか、狼団の奴等に殺されてしまったかは、明日の夕方になれば分るよ。六時……そうだ、六時までに帰って来なかったら、いよいよ僕はやられたものと思ってくれ給え」

「いや、封書のことは承知したが、君はどうしても行くのかね、今夜行くということは、僕に云わせると、奴等の罠にかかりに行くようなものだが……」

私の忠告に対して、徳田探偵は頭を横に振りながら云った。

「いやいや決してそうじゃない、僕はむしろこんないい機会はないと思うんだ。まア考えてみてくれ給え、僕は……自慢のようだが……変装術にかけては少からず自信がある積りなんだ。処が上には上のあるもので、あの団長の奴も恐ろしく変装術に長《た》けているんだ。全く彼奴《あいつ》ときた日には、団員ですら、まだその素顔を知らない位なんだからね……。これまで僕は何度となくそれらしい奴を捕えてみたが、いつも失敗ばかり重ねている。処が今度という今度は、どんなことがあっても脱《の》がさぬ積りだ。まア黙って、僕のやることを見ていて呉れ給え」

徳田探偵は帽子をとって、出口に進みながら、独り言のように言うのであった。

「ね、君、明日だ、明日だ。すべては明日の六時だ。待ってて呉れ給え」

「徳田君、それじゃ君はどうしても行くというのか？」

私はもう一度引きとめようとしたが、徳田探偵はそれには答えようともせず、扉の把手を廻して、静かに出て行ったのであった。

明るい月影を蹈《ふ》んで、庭を出て行く徳田探偵の後姿を眺めながら、私は、彼ばかり死なしてはおけないと思った。否、狼団の罠に、わざとかかりに行く無謀な彼を、親しい友人としてもまた世間のため、社会のためにも救わなければならないと決心した。私は、手早く支度をすると、木枯の物凄く吹いて、落葉がカサコソと気味悪い音をたてる道を、かなりの距離を保ちながら、彼の後を追ったのであった。

徳田探偵が、狼団の者が会合するという、S鉄橋にさしかかった時であった。果然。私の抱いていた不吉な予感は実現した。左右から突然現われた数名の狼団員は、忽ち徳田探偵を縛り上げて、橋の上から激流目がけて投げ込もうとするではないか。私は「呀《あっ》」と叫んで彼を救うべく走り出した。が、私は足許の空溝《からみぞ》に気がつかなかった。「これは」と思ううちに、足は滑って横さまに溝の中へ落ち込んでしまった。そして、一生懸命になって、空溝から這い出し、前方を見た時、私は再び驚かないではいられなかった。何という神速《はや》さだろうか、橋の上には徳田探偵の姿は勿論、奴等の影さえ見えないではないか。

私は殆んど気も狂わんばかりになって、ただ目茶苦茶に、そこから一番近い警察署へととび込んだ。署長も、話をきくと非常に驚いて、直ぐ捜索隊を出してくれた。私も、溝に落ち込んだ時にうけた、かなりひどい左手の傷の手当をすると、夜中ながら新聞社へかけつけて、生きた徳田探偵には会われなくとも、せめて死体丈《だ》けでもと思って、三百円の懸賞広告を依頼したのであった。が、今となっては、それ等はすべて無駄だった。橋の上にも、河の中にも、彼の形見の品さえ発見することは出来なかったのである。

――それなら徳田探偵は死んだのだろうか――

私は、親しい友人として、また、平和を愛する社会の一員として、彼の死を欲しない。しかし、悲しいかな、私は、この二つの眼をもって、激流に投げ込まれる彼を見たのである。ただ、私は、彼の死を深く信じながらも、

――もしや何かの奇蹟によって、助かっていないものでもない――

とも考えたのであった。そうだ、彼が無事で帰って来ることは、全く奇蹟による外、道がなかった。しかし私は飽くまでもその奇蹟を信じたかった。最後まで信じたかった。たとえその敢《あえ》ない奇蹟が、六時に向って、刻む一秒毎に、次第に完全に消滅して行きつつあっても……。

二

五時二十分!!

私はたまらなくなって立ち上ると、左手の傷の痛さを紛らすために、力一ぱい床を踏みながら歩き廻った。そして、恰度、五回目に廻り終った時、廊下に足音を聞いた。

誰？　誰？　誰??

私はピタリと立ちどまった。心臓が急に鼓動を高めた。が、私は数秒の後失望した。足音の近づくにつれて、それがもしやと思った徳田探偵でないことを知ったからである。

ノックに答える私の声に応じて、扉《ドアー》を開いてはいって来たのは、警視庁の山本刑事であった。彼は青い顔をして、眼には悲しみと不安の色が満ちていた。彼は、私についで徳田探偵とは親しかったのである。

「山本君、徳田君の手懸りはないかね」

「残念ですが、何もありませんね」

「いや、全く夢のようですね、それにしても、憎んでも余りあるのは、狼団の奴等じゃありませんか、私は今も考えていたんです、どうかして復讐してやりたいとね……しかし、吾々に、果してどれ丈けのことが出来るかと思うと……徳田――あの徳田君さえ、その毒手に引っ懸ったような悪魔なんだから……」

「否《いや》！」

山本刑事は、断乎たる決心があるものの如く叫んだ。

「たとえ悪魔でも何でも……御覧なさい、今にきっと叩きつけてやりますから……」

山本刑事は、そう云ってしばらく沈黙をつづけたが、やがて思い出したように口を切った。

「実は、私は今日総監の使で来たのです……あなたは徳田さんから何かお頼まれにはなりませんでしたか……何か、そう封書……総監にあてた封書のようなものでも……」

「ありますよ、あります……けれども……」

私はそう云ってまた時計を出して見た。

五時三十分!!

「けれども、今すぐにお渡しすることは出来ませんね……」

「それは困りましたね……何故お渡しして頂けないんでしょうか……実は総監から、直ぐ受とって来るようにと云いつかったんですが……」

「別に何故ということもありませんが、徳田君が云い残したことがありますからね……六時まで……あと三十分の間は、私に保管する責任がありますから……あと三十分です、六時になったら……お渡ししてもいいのです……いやいや、六時になったら、私自身で総監の処へ持って行きましょう」

山本刑事は、暫らく考えてから云った。

いや、致し方がありません。それではとにかく六時までここで待つことに致しましょう。あなたが持ってって下さるなら、私もその時一緒にお伴することにして……私にも責任がありますから……」

私達二人は、卓子《テーブル》を中にして、時計を眺めながら、時の経つのを待つことにした。山本刑事は、深く思案の態で、時々私の顔を窺うように眺めた。私も、三十分の経つのが待ち遠いような、またいつまでもその時間が続いてくれればいいと思うような、矛盾した二つの心で、いらいらしい気分になって椅子にもたれていた。

「あなたは、徳田さんはまだ生きていると思いますか」

山本刑事が、私の顔を覗き込みながら沈黙を破った。

「私は、徳田君が死んだとは思いたくないんです、そう信じたくありません」

「しかし、もしあなたが御覧になった事が間違いないとすると、徳田さんが、ぐるぐる巻きにされて河の中へ投げ込まれたのが事実とすると、更に、今までの大捜索によっても、何の手懸りもない処を見ると、徳田さんの生存説はあぶなくなりはしないでしょうか」

「そうです、私としては、あの時の事実を目撃した私としては徳田君の生きた姿を見ない以上、生きていると信じることは出来ないんですが……しかし……」

「しかし、徳田さんが死んだとも信じられないと仰言るんですね」

私は時計を見た。今や、最後の決定の下さるべき六時を打とうとしている処であった。

「いよいよ六時ですね」

時計はゆっくりと打ちはじめた。私は、その音を打ち消すように、力強く叫んだ。

「しかし……私は、最後の瞬間まで、徳田君の生存を疑いませんよ」

「えらいッ!!」

私の声が終るか終らない時、突然、声がして、扉が開いた。

「おお徳田さん！」

「ああ、徳田君！」

山本刑事と私とは、同時に叫んで立ち上った。おお何たる奇蹟であろうか、二人の驚愕と歓喜！

私はいきなりとびついて彼の手を固く握ったまま声も出ない。山本刑事はあわてて、卓上電話をとりあげた。

「警視庁、警視庁！　急いでつないでくれ給え……ああ警視庁……、総監閣下ですか、私です……山本です……徳田探偵は無事にお帰りですよ。ええ、何、間違いはありません、大丈夫、確かです……ええ、ええ、かしこまりました。左様なら……」

山本刑事は、電話機を投げ出すと、とんで来て徳田探偵の手をとった。

「徳田さん……御無事でお目出度う……いや全くこんな嬉しいことはありません。総監からもよろしく申してくれと云われました」

「有難う山本君。それから君にも心配かけてすまなかったね。それほどまで心配をかけようとは思わなかったよ」

「心配をかけようとは思わなかった……ではないよ。僕は昨夜から少しも眠らないんだよ」

私は、漸《ようや》っと心を静めて云うことが出来たが、徳田探偵は軽く笑いながら云うのであった。

「ハッハハハハ、それはすまなかったね、おや、君は左手に傷をこさえたんじゃないか、これはほんとにすまなかったね。いや全く冒険は冒険だった」

「なに、冒険なものか、冒険を通り越して、全く無茶苦茶だ。生命を棄てに行ったようなものじゃないか」

「こいつは手厳しいね、まア怒るな……山本君、君も聴いてくれ給え」

三人が、暖炉の前へ椅子を寄せると、徳田探偵は、ゆっくりと話を始めるのであった。

「僕は、あんなにまで狼団の手が廻っていたとは気がつかなかった。S鉄橋へさしかかるや否や、忽ち縛りあげられてドンブリコさ。どぶんという音がして身体に異常な水の抵抗を感じた時は、もう駄目だと観念したよ。処が、幸にも縄が一本ゆるんで、思いがけなく助かったのだ。流れが早くて、一町ほど流された処で、やっと岸に這い上ったわけさ。しかし水は冷たかったぜ、お蔭で風を引いて、すっかり声が嗄れちまった」

今まで気がつかなかったが、云われてみると、なるほど、徳田探偵の声は嗄れていた。

「それから、近処の田舎家で着物を乾してから、いよいよ活動にとりかかった訳さ」

「で、何か利益があったかね」

「あったよ、今ここで話すわけには行かないが、とにかく、風を引かされただけの価値は充分あったよ」

「それはよかった。が、まアそれよりも、君が無事に帰って呉れたことが何よりだ」

「ほんとにそうでした。あなたが無事だったという事が何よりです。あなたがいなければ、狼団の奴等、どんなことをするか分りませんからね」

今まで黙っていた山本刑事が口を挟んだのにつれて、私も云った。

「そうだよ徳田君！　君がいなければあ、どんなことをしでかすか分ったものでない、今後は呉れ呉れも軽はずみはよしてくれ給え」

徳田探偵は、ちょっと妙な顔をして笑った。

「安心してくれ給え、いやもう遠からず奴等は一網打尽だ。すっかり手配りがしてあるからね」

「ではもうあの封書は戴かなくともよくなりましたね」

山本刑事が笑いながら云うと、徳田探偵は思い出したように私に向って叫んだ。

「封書……封書……そうだ、あれは重要なものだ。君に預けてあったっけね、もう必要がないんだから返してもらおうか……」

「願ったりだ、もう僕は二度とあんな預り物は御免だよ」

私はたち上って、大金庫の中から、黒革の折鞄をとり出した。

「徳田君、この中だ」

私は折鞄を卓子《テーブル》の上に置いた。徳田探偵は直ぐ立ち上って、卓子の処へ歩いて来た。途端、「ピーングワラグワラ」という恐ろしい音がして、窓硝子《ガラス》の一枚が破壊された。

三

「呀ッ……」

三人は一様に叫び声をあげて、ドカドカと窓の処へ集まった。外はすっかり暗くなって、空には小さな星が輝いているばかりであった。その暗《やみ》の中をヒューと音がして、冷たい風が、私の開けた窓から吹き込んで来た。

「人の気配もないじゃありませんか」

山本刑事が、底力のある低い声で云った。私も無言、徳田探偵も無言、その無言の徳田探偵が、身を躍らすよと見る間に、ひらりと窓からとび出して、そこら中を探し廻っていたが、やがて、一分とたたないうちに再び窓からはいって来た。

「どうした、何かあったかね」

私が問うと、徳田探偵は、最も真面目な表情をして云った。

「こりゃ、君、容易ならぬ事だよ、全く容易ならぬ……」

徳田探偵は深く考え込む様子だった。その右手の拇指と食指で顎をおさえ、伏せた顔から、上目遣いに前の一点を睨めるのは、彼の最も困った時の表情である。一分……二分……、突然彼は頭をあげた。

「封書を調べて見給え」

この一言、私には、果して何のためかわからなかったが、その荘重な句調は、私の胸に、ある恐ろしい予感を刻みつけずにおかなかった。私は卓子に近づき、折鞄を開いて封書をとり出すと徳田探偵に手渡した。

「おや、あったかね、間違いないかね、これで……」

徳田探偵は、むしろあったのが不思議そうな顔をした。

「大丈夫だ調べて見給え」

私は自信をもって云った。徳田探偵は、ナイフをとって、叮嚀に封を切り、中の十数枚の紙を引き出した。と共に、彼の顔は、見る見るうちに、蒼白に変って行くのであった。

「どうした、何か異常があるのかね」

私は驚いてたずねた。しかし徳田探偵は、黙したまま、おののく手で書類を私に渡した。見ると、私も「呀ッ」と引っくり返らんばかりにびっくりした。

「どうしました」

覗き込んだ山本刑事も唖然となった。徳田探偵の、あの重要な書類が、いつの間にか文字が消えてただの白紙になっているではないか。何という奇怪な出来事であろう。

「僕の予想の通りでした」

「というと？」

「盗まれたのさ」

徳田探偵は、忌々《いまいま》しそうに、吐き出すように云った。が、盗まれたといわれた以上、私は責任者として、黙っていることが出来なかった。

「しかし君はこの金庫には、絶対に信用を払ってくれるだろうね」

「それは勿論さ」

「では、いいかね、昨日、君が僕に渡してから、僕が金庫の中へ蔵うまで、僕はちょっとでも手を離さなかったのだ。それも認めてくれるだろうね」

「ウム……」

「それから、この金庫が、昨日以来まだ誰の手にも触れなかったのだから、僕が今、ここで開くまでは、封書が確かにこの金庫の中にあったことも認めるだろう」

「ウン、そうだよ」

「すると……すると、君は、先刻《さっき》とり出してこの卓子の上に置いてから盗まれたというのかね」

「そうだよ」

「とんでもない、我々三人の前で擦り替えるなんて……」

「ただでは駄目さ、だから硝子を破《わ》ったんだよ」

「なるほど、面白い理由もつくね、けれども、いくら早い男だって、がちゃんと硝子を破る……ぱっと扉を開ける……卓子の上の封書を擦り替える……それをもってとび出て、ぱっと扉を閉す……それも我々三人に知れないようにさ……おまけに扉から卓子まで一間《けん》半以上ある、とても人間業とは云えないね、ハッハハハハハハ」

私はあまり馬鹿々々しい理由をつける徳田探偵を、冷かすように云ったのだった。しかし、徳田探偵は、益々真面目な顔付をした。

「君は、そんな風に考えるからいけないんだよ、犯人が、この室内に居るとしたら何でもないじゃないか」

余りに馬鹿々々しい理論、余りに突飛な断定ではないか。

「徳田君、そんな理論も立つかね、第一この室内に、人間一人隠れる場処がないじゃないか」

が、徳田探偵は、飽くまで主張した。

「いや、そうじゃないんだ、まア聴き給え、硝子を破ったのは明らかに内部からやった仕事だ。その位一眼で分るじゃないか。これを見給え、これは外で拾ったんだよ」

徳田探偵は文鎮を示しながら続けた。

「この文鎮は、先刻まで、その暖炉棚の上にあったんだ。これが外に落ちていた以上、硝子が内部から破られた事は、動かす事の出来ない事実じゃないか」

「しかし……しかしこの室内に犯人のかくれている場処があろうとは思われないね」

「いや人間一人位かくれるには、人間一人だけの空間があれば沢山さ」

彼は、卓子の傍に置いてあった自分の外套のポケットから拳銃《ピストル》をとり出しながら、

「僕は、今、その犯人をかくれ場処から追い出して見せるよ」

と云って、ニヤリと微笑を浮べると、つかつかと山本刑事の前に歩いて行った。

「山本君！　いやさ、山本君の役割を演ずるために骨折っている名の知れぬ方、どうですね、ここらで本性を現わしては……」

何ということであろうか、私は、山本刑事に向ってこんなことをいう徳田探偵は、気が狂ったのではないかと思った。山本君も、あまりの事に面喰《めんくら》って、眼をパチパチさせながら云った。

「徳田さん、何を仰言るんです、どうかなさいませんですか、私を……警視庁の山本刑事として、長らくお交際《つきあい》している私を捕えて……」

「まアいいさ、君の身体検査をやれば、すべてが分るでしょう、さア、両手をあげなさい」

「さアどうぞ」

山本刑事は、真赤な顔をして怒りながら、それでも温順《おと》なしく両手をあげた。徳田探偵は、右手に拳銃を握ったまま、左手をもって素早く山本刑事の服装検査を始めた。そして、検査を了《お》えた時、徳田探偵の顔には、ありありと失望の色が浮ぶのであった。

「不思議だ……どうも不思議だ……」

「どうです徳田さん……あなたほんとうにどうかなすったんではありませんか」

山本刑事は、ニヤリと皮肉な笑みを浮べて云った。傍で、あまりのことに呆然として見ていた私は、ホッとした。

「徳田君、どうしたんだ。芝居にしても手が入りすぎているじゃないか」

が、徳田探偵は、私の言葉には耳も藉《か》そうとはしなかった。彼は復《ふた》び身構えると、前よりも一層物凄い表情をして、その拳銃を山本刑事の胸につきつけた。

「さア、従順《すなお》に封書を出し給え、封書さえ出せば、今度丈けは許してやる」

山本刑事は、またかというように眉をひそめた。

「徳田さん、御冗談もいい加減にして下さい。持っていない封書が、出せる訳がないじゃありませんか。御自分で、身体検査までされて居りながら……」

「無いものを出せとはいわんさ、君が、隠した場処からとり出しさえすればいいのさ」

山本刑事は、グッとこみあげて来る怒りに気色ばんで云った。

「あなたは、あくまで私を……この山本刑事を疑うんですか」

「黙れッ！」

徳田探偵は、室内の空気がビリビリと震うほどの声で大喝して云った。

「僕は山本刑事を疑うんじゃない、きさまを疑うのだ、山本刑事に化けているきさまを疑うのだ。

さア、いい加減に化けの皮を脱いだらどうだ」

それから、徳田探偵は、注意深く山本刑事を見張りながら懐中時計をとり出した。

「さア、封書を出せ、一分間だけ待ってやる。一分間だぞ、それが嫌なら、仕方がないからこれだ」

拳銃が、脅かすように、二三度上下に動かされた。

「ハッハハハハ、大分封書に御執心ですね、しかし徳田さん、ないものは出せませんよ。封書の方は、まアお断り致しましょう。処で、もう一つの方のあなたの主張には服従しましょう。仰言る通り私は山本刑事ではありません、アッハッハッハハハハ」

徳田探偵は、それによって、少しも感動する様子はなかった。しかし、聞いた私の驚き！　今の今まで山本刑事として話していた男が、山本刑事ではないという、私は更めて顔を見直したが、やはり山本刑事に相違なかった。しかも、彼は自から山本刑事ではないと云っているではないか。私は、頭が混乱して、全く、何が何やら分らなくなってしまった。

四

「三十秒だぞッ、くだらない寝言は止して、さっさと封書の取出しにかかったらどうだ」

徳田探偵の声は次第に鋭くなり、その眼は段々険しくなって行った。が、男は飽くまでも平然と、小面憎いほど落ついていた。

「ハッハッハ……一分とは随分長いものですね、が、いつまで経っても封書はありませんぜ、それでお気に入らなければ、少しも待つことはありません、いい加減に何とかして下さいね」

——この男は果して何者だろう、何の目的で山本刑事に化けたのだろう。狼団——そうだ、狼団の奴かも知れない……いやしかし……やはり山本刑事なのかも知れない。本当の山本刑事でありながら、徳田探偵のあまりの言葉に頭《つむじ》を曲げているのかも知れない――

私の頭の中には、そうした疑問が渦巻いた。

「十五秒‼」

怒鳴る徳田探偵の眼には、益々憤怒の焰が燃え盛って行く。

「十五秒？ ではまだあくびをする時間はありますね」

男は、両手を高くさしあげて、大きなあくびをした。徳田探偵は、懐中時計をポケットに蔵いながら云った。

「さア、いよいよ時間は過ぎた。が最後にもう一度云っておく。いよいよ最後だぜ、よく考えて答えろッ。封書を出せッ！」

徳田探偵の声は、最後の宣告を下す裁判官のそれのようであった。が男は、両眼に人を馬鹿にするような微笑を漂わせるのみで一言も答えようとはしなかった。

「よしッ」

力の籠った一言と共に、徳田探偵の指は、拳銃の引金をグイと引いた。

カチ………。

何としたことであろうか、轟然たる爆音の代りに、そこには死のように静かな部屋の中には、ただ冷たい金属の音が人の胸を圧《お》しつけるように響くばかり。徳田探偵は狂気のようになって、続けさまに引金を引いた。

カチ……カチ……カチ……。

拳銃の弾丸《たま》は、いつの間にか抜きとられてしまっているのだ。

「糞ッ！」

徳田探偵は床の上に拳銃をたたきつけると、つかつかと男の前に近寄った。その男も応戦するように、肩を聳かしてすっくと立ち上った。

凝っと睨み合って数秒の沈黙！

突如として徳田探偵は身を躍らせて男にとびかかった。

一分――二分――

猛烈な格闘を前に、私は為《な》すすべも知らず眺めている外はなかった。

三分――四分――五分――

男は遂に徳田探偵を組伏せた。そして、有合わせた縄をとって、驚くべき速さをもって縛りあげてしまった。ここにおいて、今まではただ呆然とつったっていた私は、始めて夢からさめたような衝動を感じた。が、この恐ろしい腕力のある男を、左腕に負傷を持つ私がどうして抗し得よう。私は夢中になって、卓子の抽出《ひきだ》しをあけて拳銃をとり出し、男の胸に擬した。

「おい、その縄を解けッ！」

「ハッハッハハハハハいけませんね、そんなものをこっちへ向けちゃ……」

「縄を解けッ！　でなきゃぶっ放すぞっ！」

「ハッハッハハハハハハ、この男は少し危険性を帯びていますから、こうやっておいた方がいいですよ。処でと……私の云うことも少しは聴いて下さいよ。ね、たった三分間でいいんですから……三分経ったら、私は間違いなくあなたの自由になりますから……」

男は、私を見てニヤリと笑った。私は、床の上に横《よこた》わっている徳田探偵には気の毒だったけれども、三分間位なら、決して勝手な真似をしないように見張ることが出来ると思ったので、すぐ承諾してしまった。右手は下したが、しかしやはり拳銃を固く握りしめながら……。

「いや、それでやっと安心しました。拳銃ってやつは、かなり危険ですからね……先刻のように、うまく、カチ、カチで終れば何でもないですがね、ハッハッハハハハハハ」

男は愉快そうに笑って悠然と椅子に腰をおろした。

「早く話し給え、三分という時間は、そう長くはないんだから……」

「有難う……では一言話さしてもらいましょう……。一体、あの封書のことを知っているのは、誰々だと思います……。あなたと、徳田探偵と、総監と、山本刑事と、それから狼団の団長との五人でしょう……。で、何故私が知っているかということは、後にして、この封書を、最も恐れ、かつ最も欲しがるものは、云うまでもなく狼団の団長でしょう。それで、今、徳田探偵が死んだとする。するとその封書は総監の許へ送られる。団長は、その送られる前に、封書を手に入れなければならぬことになり、そこで、その保管者たる、あなたの処へとりに来る、いや来なければならない。何故かと云って、封書を手に入れなければ、身の破滅になりますからね。処でですね、封書をあなたから手に入れるために誰をよこす、いや、誰に化けて来るでしょう、総監？　山本刑事？　あるいは……」

男は言葉を切って、凝っと私の顔を見つめた。私は、その意味は、判然と分らなかったけれども、何か重大な暗示をでも受けるような気持ちがして、知らず識らず、男の話に魅せられて行くのであった。男はつづけた。

「先刻、徳田探偵の云った言葉の中で、一つ二つ間違った事がありました。徳田探偵は、グルグル巻きにして河へ投げ込まれたが、運良く縄がゆるんで助かったといいましたが、考えて御覧なさい、狼団の奴等は、そんな生やさしい縛り方をする訳がありませんよ」

男は、徳田探偵にジロリと鋭く一瞥を呉れて話しつづけた。

「処で、前の問題に帰りますが、私が思うに、団長が、封書をとり出す最良の方法は、総監に化けて来るでもなければ、山本刑事に変装するでもなく、事実、自分自身で河へ投げ込んで殺した、徳田探偵その人に化けて来ることではないでしょうか……」

「えッ、何と……」

私は思わず叫ばないでは居られなかった。何という恐ろしい結論であろうか。

「そ、そんな馬鹿な話があるものか……徳田君に化けて来るなんて、そこにいるその徳田君が、狼団の団長だなどと……」

「いや、お聴きなさい、徳田探偵は居ますよ……外《ほか》に……。此奴《こいつ》は、とりも直さず、団長の化けた奴なんです」

「馬《ば》、馬鹿な、そんなことが……」

私はもうものが云えなかった。

「いやお聴きなさいッ！」

男は私の上に押し被るように身を乗り出して言葉に力を入れたが、また、もとのように身を退いた。

「ああ、もう約束の三分が経ちました。私はあなたの自由にならなければならないんでしたっけ……」

「いや、いいから話し給え、次を話し給え」

「では話しましょうか……円の中心は一つあり、しかしてただ一つに限るという幾何学の定義を御承知でしょう。この地球上に徳田国男は一人あり、しかしてただ一人に限る……かね、その徳田国男なるものは、かく云う僕さ！」

「ええッ！」

私の驚きの声が終らぬうちに、男は忽ちそのかぶっていたものをかなぐりすてた。見よ！　そこにはあの最初は山本刑事であり、半ば頃では山本刑事でないと自白したその男が、また一人の紛う方ない徳田探偵その人となって立っているではないか。そして、その声、今までは、山本刑事の声であったものがその最後の声は、床の上に縛られている徳田探偵のように、嗄れたものではなくて、正真正銘の、懐かしい徳田探偵の声なのだ。

五

この大芝居の幕が下りてから二時間の後、私はかの男――ほんとうの徳田探偵と、とあるカフェーの一隅に向い合って腰をかけていた。

「今度という今度は、全く生命がけだったよ、一つ間違えば、まんまと、彼等の罠にかからなければならなかったのだからね……」

「そうだろう、もう二度とあんな危険の中へとび込まないようにしてもらいたいものだね」

「いや、君にも心配をかけて済まなかったね、しかし奴を捕えるには、ああするより外に方法がなかったんだ。全く罠の罠にかけたという訳さ。僕も、あいつの変装術には実際骨を折らされたよ、が、今度は実際うまくいったものだ。自分ながら感心してるよ」

「処で、僕にはまだ分らない処が三つほどあるんだがね。第一河の中へ、グルグル巻きにして投げ込まれた君が、どうして助かったかということ、次に、君に化けて来た団長がよくも何から何まで、一分《いちぶ》の隙もなく、君の云いそうなことを云い、君のやりそうな態度をとって、少しも僕に疑いを挿《さしは》さませなかったこと、最後に、君がいつの間に封書を擦り替えたかということだ」

「アッハッハッハハハハハハ。これは面白い、君までがまだそんなことを云うのか、いやそう云えば、無理もないが、なーに少しも不思議なことはないさ。僕は最初から、ちゃんと彼奴の罠を知っていたのだ。処で、あいつを君の処へ封書をとりにおびき出すには、どうしても僕が彼奴の前で死んだことになり、彼奴をして僕に化けて来させなければならないと思ったものだから、わざと彼奴の罠にかかって投げ込まれたさ。しかし、そこが、実は罠の罠だったんだよ。僕は予《あらかじ》め、腕利きの船頭を一人傭っておいたのだ。僕が投げ込まれたら、すぐ、彼奴等に知られぬように船に救いあげろといいつけてね。で、船頭は、最初から鉄橋の下に船をもやって、僕の投げ込まれるのを待っていたのだ。格闘が始まると、船頭は舟を、鉄橋の真下を橋に沿って、上からは分らないように、格闘している真下に漕いで行き、ドブンと音がすると共に、直ぐ救いあげて呉れたんだ。船頭も彼奴等に知られぬように救いあげるに仲々骨が折れたそうだが、僕も、万一船頭に手落ちがあったら、溺れなければならないと覚悟はしていたよハッハッハハハ。次に彼奴の云ったことや、やったことが、いかにも僕の云いそうな、またやりそうなことをやって一分の隙も見せなかったということも雑作はないさ。俺が縛られる時に云ったよ。何もかも白状するから助けてくれとね。彼奴は勿論、僕に何もかも出来る丈け云わせた上で、投げ込もうと思って、喜んで、何もかも云ってしまえば許してやると承諾したよ。僕は、何もかも話してしまっても助けてくれないことも百も承知していたが、これもまた同じく罠の罠だったんだ。彼に充分、僕に化けて、成功するという自信をつけてやらぬと、ひょっとすると来ないかも知れないと思ったからね。で、僕は、封書のことから、君との関係、君との約束、その他必要と認めたものは、悉く彼奴に云ってしまったんだ。彼奴は、それによって、全く僕の云いそうなこと、やりそうなことを、一分の隙もなくやった訳さ、ハッハッハハハハ」

「なるほど、いや、全く恐れ入ったよ。処で、最後の封書の擦り替えは……」

「なーに、僕は何も封書を擦り替えたりなどしないよ。硝子を破ったのも勿論僕だが、それは封書を擦り替えるためではなくて彼奴の拳銃から弾丸を抜きとるためだったのさ」

「では……では君が僕に預けたあの封書は、始めからあんな白紙だったのか」

「そうだよ」

「しかし、いよいよ必要な場合がもし突発したとすれば、あの封書では……何も書いてない白紙では、何の役にもたたないじゃないか」

「いや、そんなこともちゃんと承知しているよ。あれは決して白紙じゃないのだ。あれで立派な重要書類だよ。ある薬品——僕の発見した、そしてまだ誰にも話したことのない、ある液体を筆にしませて書いて、あとでもう一度その液体を塗れば、ちゃんと、文字が現われるんだ。僕と総監とが、一瓶ずつ持っていて、互に秘密通信をしていたのさ。敵にあの封書が渡っても——その敵が、たとえ君であっても——絶対に内容は分らないようにね……薬品の製法は、君にも教える訳には行かんが、実物なら、これこの通り、いつも持っているよ」

徳田探偵はそう云って、私の前に、透明な液体の半分ほどはいった小瓶——極く小さい小瓶を出して見せるのであった。

あかはぎの拇指紋

世間の人達は、私が狂人であると信じているでしょう。勿論、その世間の人達の中には、私の隣人も、私の親類も、私の親友も、否々、私の恋人までも含まれているのです。その人達は確信しているのです。私が狂人だと……

彼等は正直な人達です。いい人達です。そして馬鹿です。大馬鹿です!! 私のこの遺書を読んで下さる方は、多分、私のこの罵詈《ばり》を許して下さるでしょう。丁度、喧嘩に負けた子供が、泣きながら敵手《あいて》に浴せるそれのような、悲しい、淋しい暴言なんですもの……

この遺書を読んで下さる皆様……いいえ、現代の馬鹿な人々には読んでもらいたくない、頼んでも無駄だし、読んでもらっても何にもならない事は解り切っています。私の云う皆様とは、ずっと後世のより聡明な方々を指すのです。

皆様――。私は、以前には、気違いじみたところがあったかも知れません。多分、有ったでしょう。しかし、少くも今は、この遺書を書いている今丈は、正気です。まず、これだけは是非信じて戴かねばならないのです。

私ももう永いことは有りますまい。筆を持つのもこれが最後だという気がします。こんなにまでして、私が書残したものを読んで、皆様は何《なあ》んだ……と云われるかも知れません。その何んだを、現代の馬鹿者達が信じてくれないばかりに、私はまる六年を狂人《きちがい》として取扱われて来ました。そして、狂人として死んで逝かねばなりますまい。おお、狂人として死んでゆく……何んと怖ろしい事実でしょう。最重罪犯人を罰する全世界中での極刑と較べて、どちらがより怖ろしいだろう……ああ、その恐怖は貴方達には到底解らない……

皆様、聴いて下さい。それは、忘れもしない七年前の八月の出来事です。「畠中忠温氏殺害事件《はたなかちゅうおん》」として極めて有名な事件ですから、後々になっても、記録によって正確に知る事が出来るでしょう。その大事件は実に怪奇に富んでいるそうです。七年後の今に至っても、犯人の行方さえ知れないんだそうです。そうですとさ……貴方達は、私のこの遺書を読んでゆく内に、貴方達の先祖が揃って大馬鹿者であった事に気がつかれるでしょう。

御参考までに畠中氏の略歴を申上げておきます。

氏は栃木県の出身です。これは役場の戸籍簿を調べれば解ります。非常に親孝行で近郷の評判者だったそうです。小学校時代には神童の称があり、在営当時には模範兵として表彰されたそうです。二十五才の時、一家族を引連れて南米へ移住したが、不幸にも父母を失い、続いてたった一人の肉身である弟を失ってしまったのです。それからが、氏の放浪と奮闘の時代で、詳説すれば立派な立志伝が出来上るのでしょうが、売名の嫌いな氏は、問われても笑ってばかりいて、殆んど当時の事は口にした事がなかったそうです。

とにかく、氏は、五十八歳の時、飄然《ひょうぜん》として南米から戻って来たのです。五十八歳の氏は、数十万円の財産家であり、そして、比類のない慈善家でした。東京における氏の家は、ほんの雨露を凌ぐに足る丈のもの。食事も衣服も、これはと驚くほどのおそまつなものでした。しかも、その家には鍵というものがありません。貧乏な人は、昼でも夜でも、自由に出入が出来たのです。また、私は改めて氏の慈善事業をとやかく述べようとは思いません。それは、余りに広汎であると共に、余りに有名でありますから……

その、教育家として、慈善家として、人格者として、愛慕尊崇の的であった氏が、突然殺害されたというのですから、世論の沸騰するのも無理はありません。恩恵を受けた貧乏人の中には、余りの事に発狂した者もあった位です。私が気違い扱いをされるに至ったのも、一には、それらの例が有ったためだと思います。

畠中氏が寝室に寝巻のまま死んでいるのを、翌朝になって、労働者の一人に発見されました。鋭い短刀で、背後から、ただ一突きにやられたのです。金品のなくなっている所から、強盗の仕業とは直ぐ知れました。それから、第一に警察の手に挙った絶対的価値ある証拠は、遺棄されてあった短刀の柄《つか》に残った血染の指紋です。おお!! その拇指紋!! 幸か不幸か、それは余りに有名な指紋だったのです。

おお！ 「あかはぎの拇指紋！」それは、東京市民の恐怖の極印です。呪の影です。その指紋が見たければいつでも見られます。当時の新聞をひろげて御覧なさい。

あかはぎは、その事件が起る三年ほど前、帝都を恐怖で包んでいた有名な強盗の名前です。あかはぎとはどこからきた名か知りませんが、誰も本名を知らないで、そう呼んでいます。誰も、その名を知らないように顔も知りません。彼は犯罪の跡へ、必らず、それと一目で知れる特徴のある拇指紋を残して行きます。ある時は花瓶へ。ある時は卓子《テーブル》の上へ。ある時は金庫の扉《ドア》へ。ある時は縛り上げた若い女の額へ……彼の拇指紋を見ないこと三年。そして、その三年目に、再び、有名な「あかはぎの拇指紋」は、畠中氏の血によって、氏を刺した短刀の柄に現われて来たのです。

私の話の重要な部分はこれからなのです。皆さん、どうか心を落付けて読んで下さい。事実は極めて簡単なのですから、容易に、私が正気であることを認めて頂けると思うのです。

さて、殺されたのが敬慕してやまぬ畠中氏で、殺したのが兇悪なあかはぎであるために、世間の驚愕と恐怖は言うまでもなく非常なものでした。畠中氏の死体は、三日目に、市民哀惜の裡に、火葬にされ、骨は直ちに郷里へ移されました。

賢朋なる皆様、

皆様の祖先の中にはこんな慌て者があったのですよ。何という手落でしょう。この手落さえなかったら、噫《ああ》！ 私も、もう少し人間らしい死方が出来るのでしょうに……その手落は、読んでゆかれる内に解ります。実に、許すべからざる手落が……
警察の活動も素晴らしいものであったに違いありません。彼等は、今度こそはと奮起して出来るだけの探索をつくしました。そして、ああ、今度も……という落胆の嘆声を漏さねばなりませんでした。今までの数十回の経験からしてそれは当然のことであったでしょう。「あかはぎの拇指紋」が現われた事件で解決されたものはただの一つも無いのですから……

所が、「人のうわさも七十五日」の日数がそろそろ立とうという二ヶ月目に、警察へ飛込んで来た奇怪な男がありました。彼は、自分が畠中氏を殺した下手人であると主張して止まないのです。しかし、警察では、それを全然信じませんでした。何故ならば、彼の拇指紋が警察で求めているものではなかったからです……そこで、その男は、「あかはぎの拇指紋」に関する恐るべき秘密を話しました。驚嘆すべき、その男一人しか知らぬ大秘密を……しかし、余りに怪奇なその秘密は遂に誰にも信じられませんでした。

皆様――。その男とは私のことです。かく云う私のことです。私が下手人です。私が畠中氏を殺したのです。殺したのです。私自身が云うのですからこれ以上確かな事はありますまい。

皆様――。私は、当時、両親こそなけれ、親類もあり、友人もあり、恋人もあったかなり幸福な若者だったのです。その私が何故人殺しなどしたのでしょう。

私は病的なダダイストであった……と云うより外、犯罪の動機を説明することが出来ないのです。ただそれ丈で殺人を敢てするということは、あるいは狂人であったのかも知れません。この点で私を狂人扱いにするなら勿論文句はないのですが……

さて、私は容易に畠中氏を斃《たお》すことが出来ました。人を殺すということは実に易々《いい》たることですね。そして、殺人そのものには決して、不快は伴わないものです。ほんの僅かな不安と大きな満足とが私を充分冷静にしてくれました。私は、予定通り、死骸の手をとって、その指へ血をぬり、それで短刀の柄へ指紋を印し、指の血は綺麗に拭いとっておいたのです。幼稚な警官共をおちゃらかすために……
おお!!　おお!!　その指紋があの「あかはぎの拇指紋」であろうとはどうして気がつきましょう。ああ！　「あかはぎの拇指紋」!!　あの神のような人格者の指先に悪魔の極印が影をひそめていようとは……ああ！　驚くべき秘密！　恐るべき事実!!　あかはぎと畠中氏と同一人であろうとは!?　それは決して夢でも空想でもない。明白な事実です。がんとして動かすことの出来ない事実です。世にも恐ろしい秘密です。その秘密を翌朝の新聞で知ってから、私は日夜、堪え難い恐怖におそわれ続けました。実に堪え難い恐怖です。どこからともなく、止め度もなく湧いてくる恐怖です……堪え忍んだ二ケ月。どんなに苦しみもだえた事でしょう。警察でその秘密を話した時、馬鹿者共は冷かに嘲笑しました。てんで、信じようともしませんでした。それで、私は、盗んでおいた品々を突きつけてやりました。

　これには、さすがの警官共も驚いたようでした。やっと、頑迷な警官共の頭が傾きかけてきた時、ああ！　私は愚な親類親友恋人共に、裏切られてしまったのです。

　私の彼女は警官の前で何と云ったと思います。彼女は、それがどんなに私の意志に反しているかも知らないで、不幸に導くかも知らないで。私の境遇が極めて平和で幸福で、何等大罪を犯す動機のないことを執拗に述べ立てたのです。親戚は親戚で、私が近頃過度《かど》の神経衰弱にかかっていて、ふとした空想まで事実と思い込んで騒ぎ出すことが時々あるのだと大ぼらを吹いたのです。最後には、親友の奴までが、犯罪の当夜は、私と二人で夜明けまで飲みあかしたのだから、決して、そんなはずはない、提出した畠中氏の盗難品の数々は、多分どこかで拾い込んだものでしょう……とぬかしたのです。大ぼら大ぼら大うそです。二人で飲み明かしたなんて全然無根なんです。ああ、どこかで拾ったのだろうとは何と巧みな欺言《ぎげん》でしょう。警察の連中は一も二もなくそれを事実としてしまいました。この時、私の言葉に決定的価値を附与してくれる事実があったはずです。それはあの畠中氏の指紋を調べる事です。所が、どうでしょう、馬鹿共はその貴重な証拠を、とうに湮滅してしまっているのではありませんか……

皆様――。皆様は、私がこんなにまでして殺人者に成りおおせようとする心持を理解して下さると信じます。絶大な秘密を独りの胸に秘めておくことがどんなに苦痛だか……それを強いるのは、私を発狂せしめると同じです。

私は、一ケ月目に精神病院から出ることを許されました。その帰途、私が警察へ飛込んだとて何も不思議はないはずです。何とかして信じてもらおうと私はあらゆる努力をしました。彼等は、もうてんで耳を藉《か》そうとしません。冷たい嘲罵が報いられただけです。私は、ほんとに気でも狂ったように激怒しました。一人の警官の腰から剣を奪って、居合せた四五人に瀕死の重傷を負わせてしまったのです。

皆様――。私の御話ししたい事はこれだけなのです。世間の馬鹿者達が、事実を否定するために私を狂人に仕上げてしまった事が御解りになったと思います。丸六年の間、私は背負い切れない秘密と恐怖を担わされて、ほんものの狂人の間にもがいて来たのです。狂人扱いをされながらも恐怖の幻影からまぬがれるために、会う人毎にこの秘密を打開けて、信じてもらおうと思ったのです。

皆様――。私は、もう現代の馬鹿者達には、何も話す元気がなくなりました。彼等の耳は木製なんです、彼等の頭は原始人のそれと五十歩百歩です。幾ら話しても何にもならないのです。丁度、石を木綿糸でくびり切る事が無駄なように……それで私は遂に聡明な未来の人々、つまり貴方達に読んで頂きたい書物《かきもの》を残しておく次第です。

昨夜、ふと一人の未知の人が私を尋ねて来てくれました。その人は、私の話を全部信じないまでも、心から同情をよせてくれます。この書置はその人の手によって、遠い未来の皆様に読まれる機会が作られるはずです。

皆様――。貴方達の先祖の一人は、こうして狂人として死んで行かねばならなかったのです。この遺書を最後まで読んで、そして全部を信じて下さった皆様に感謝します。

以上でその男の遺書は終っている。彼は昨日死んで行ったのだから、今はもう、完全に遺書となった訳だ。

彼は、この遺書を私の手によって後世に残したい希望であったが、私はこの遺書の中に大きな誤謬のあるのを知ったので、これを、彼の希望通りにする考《かんがえ》はないのである。

彼は、自分の主張する如く確に正気であった。そして、ローマンチックで、臆病者だった。彼がローマンチックな男だった事は、その空想をいかにも事実らしく、不自然さを見せないで書き上げたこの文章によって解るはずだ。彼の話す所は殆んど全部事実ではあるが、最も重大な一箇所が救う可《べ》からざる錯誤に陥っている。読む人の十中八九まではそれを錯誤と気がつかない。ローマンチックな分子の全然ない、ある少数の人達丈が気附くに過ぎないのである。

考えてみ給え。どんなローマンチックな犯人でも、わざわざ自分の指紋を残して行く馬鹿はあるまい。例えば、短刀の柄に「あかはぎの拇指紋」が残っていたにした所で、畠中氏をあかはぎと同一人だと見るは、一大誤謬だと云わねばなるまい。なるほど、小説的価値から云ったら申分はあるまいが、また、それ丈事実にとぼしい事はまぬがれられない。故意に残してきた指紋は、まず、犯人自身の指紋とは全然違うと見ねばならないはずだ。しかり、畠中氏とあかはぎとは縁も由緒《ゆかり》もないのである。諸君、あかはぎとは私です。信じて下さっても、下されなくともかまわない。とにかく、私はそのあかはぎなのである。私は、警察の眼を瞞着するために故意に指紋を残して来ることにした。警官達は、それが故意に残された指紋であると思いながらも、つい、その方へ気をとられるのは当然であるから。その指紋の主に世間から最も信用を博している畠中氏を選んだとて不思議はないのである。正直一方の畠中氏の指から指紋の型をとる位朝飯前だ。「あかはぎの拇指紋」にはローマンチックな意味以外に、こんな意味も含まれていたのである。

諸君――。諸君は、彼が先に述べたほど、私は兇悪な男ではなくて、むしろ、世上の愛敬者であった事を御認めになろう。しかも、犯罪と手を切ってからもう十年になる。御安心なさい。今は、一ぱしの小説家になりおおせているのだから……。

さて、私は、彼の遺書の小説的価値を認めない訳にはゆかない。近く、「あかはぎの拇指紋」という題で、前掲の遺書を発表したいと思う。そして、その後へ、あかはぎとしての私の註釈と意見とを少し書き加えようと思うのである。

発狂

（一）過去

秋山敬作《けいさく》の父が工場をやめるようになったのは、彼がまだ三つか四つの頃のことだったので、彼としても、その間の事情の詳細については何等の記憶もなかった。後々になっても、彼の父は説明を避けていたが、彼の僅な記憶や他の方法で調べた所などを綜合して考えてみるに、直接の原因はやはり、父の負傷にあるらしかった。

彼の父――秋山五郎は、当時三十歳前後の働き盛りで、財産とてはなかったが、恋女房と可愛盛りの敬作と、それに、米田鉄工場の職工長という位置とを持って、かなり幸福に生活していたはずであった。

所が、ふと、その幸福な生活を破壊するようなことが持ちあがった。それは、五郎が工場をやめるようになる少し前からであったが、五郎と工場主の米田進との間に凄じい争いが巻起こされたのであった。秋山が有力な主義者であったために、前々から工場主との間が円滑には運ばれなかったのであるが、それにしても、これほど突発的な、物凄い争いの起こるほどの理由はわからなかった。

遂に、最後の日が来た。その日、規定の時間より少々遅れて米田が見廻りに来るや、待ち兼ていた秋山は、一言二言言葉をかわすが早いか、矢庭にハンマーを振るって打ってかかった。

が、その事ありと用意していたか、米田は巧にハンマーを避けて、二度目のハンマーが打ちおろされる前に相手を機械の間へ突き転がしてしまった。その時、職工が素早く機械をとめなかったら、恐らく、秋山の身体は滅茶々々に粉砕されていたであろうし、また、この話もこれ切りで終ったかも知れない。所が、幸か不幸か、両脚を失った秋山は三日目に正気に戻ったのであった。

父が血塗れになって戸板でかつぎ込まれた時のことは、さすがに敬作もよく知っていた。無意識のうちに発せられる呪いの言葉、この世のものとは思われない物凄い形相——それ等は、後々までも、折に触れては敬作の夢に現れるのであった。

両脚を失ってからの父は、まるで人間が変ってしまった。人間らしい血潮は、あの時、疵口から悉く流れ去ってしまったかの如く、蒼褪めた皮膚、角張った頬骨、落込んだ眼。そのどこにも温さは認め得なかった。不気味なほど無口になった。妻や子に対しても、あかの他人に対するより以上に冷淡になった。

もちろん、鉄工場はやめてしまったし、何をするでもなかった。訪ねてくるものが一人もなくなった。そして、貧困のどん底へ落ちて行った。

彼の妻——敬作の母は毎日のように涙で暮していた。敬作の眠りが、母の涙の冷たさに覚される事も再三ではなかった。彼女はひどく夫の眼を恐れて、いつもおどおどしていた。夫以上に無口になって、二十四五の若さはとうに失われてしまった。親子の骨にまで喰込んで来た貧困とたたかうために、ただでさえ病弱な身体が日毎に痩せ細って行った。それでも、貧困が自分の責任ででもあるように、懸命に働いた。半年余りそんな状態が続いた。

ある日、母は使いに出たまま到頭帰らなかった。敬作は、母恋しさの涙と、父の常以上に病的に鋭い眼光とにすっかり脅え切っていた。翌日の夕方、迎いの人が来て敬作だけが××慈善病院に収容されている母に会いに行った。母は臨終に近かった。母は敬作を抱いたまままさめざめと泣いた。敬作もただ訳もなく泣きじゃくった。

「坊やの妹が可哀そうなのよ……」

と母は何度も繰返した。

後になって敬作が考えてみた所によると、妊娠している身体に過激な労働がこたえて、病院にかつぎ込まれ、辛うじて身二つにはなったものの極めて難産であったらしい。その生れた子供の事についてもそれ以上の事は解らなかった。

母はその夜死んだ。

妻を失ってからの五郎の生活はまた一変した。彼は一層無口になった。一層冷たくなった。そして、次ぎから次ぎへと居を移した。東京の近郊へ移ってから一月も経たぬうちに、もうここを引払って、大阪に家を探した。しかし、また一月ほど過ぎた頃には鹿児島に姿を現して、やっと落ついたと思う頃には長崎に移っていた。長崎に三月、神戸に三月、青森に一月、そして、長野に半年……こうした転居の習慣は、敬作が十八歳の年東京に再び住むようになるまで休むことなく続けられた。それらの転居及び生活に要する費用がどこから出たものか、敬作にはどうしても解らなかった。父が死んで、遺産が彼の手に這入《はい》った時、それがかなりにまとまった金額であるのには、ますます驚かされた。この金の出所については、戸籍の変更と共に彼の生涯を通じての二大疑問であった。

戸籍の変更——敬作が十歳の折、和歌山から大阪へ移ったことがあったが、和歌山で秋山であった姓が、大阪へ移っていた時には、いつのまにか稲葉に変っていた。見も知らぬ、あかの他人の戸籍が自分らのものになっていた。それによれば、彼等は、さる名門の流れをくむ稲葉善造《ぜんぞう》とその子稲葉保であった。父は旧姓秋山を名乗る事を絶対に禁じた。

妻を失い母を失ってからの秋山——いや稲葉親子の生活はただに頻々たる転居のみに止まらず総てが実に異様なものであった。

敬作——後の保は友達を作ることを禁じられた。父と一緒以外には戸外に出ることも許されなかった。

父は、慈愛と、道徳を以て子供を養育する代りに、理智と復讐とを以てした。

五歳の子供に最初に与えられた玩具は刃のついた短刀であった。最初に与えられた絵本は戦争のそれであった。近所のどろぼう猫に食を与えることを叱った代りに、その猫を家根から突き落した時激賞した。五歳の時からすでに、床の出入、着物道具の始末まで自分でやることを教えられた。

八歳になっても、小学校へ通うことを許さなかった。そして、父自からいろはを教え込んだ。それは、中学程度に及んでも、大学程度に及んでも変りはなかった。十八歳の時、すでに、大学程度の課程を終えてしまった。

保が十八歳の時、親子は再び東京に住むことになった。そして同じような生活がまた五年続いた。父は段々自分の老衰を感じて来た。しかし、子供の人格が予想通りの完成に近づいていることに限りなく満足した。

保が二十三歳の年、シベリヤへ出兵が行われた。保もその内にまじっていた。それは稲葉親子にとって思いがけない好都合な事であった。

ある日、激戦の末、敵の敗走した跡へ陣地をひいた。保はただ一人で、偵察のために戦場を巡回した。ふと、河縁の露《ろ》兵の靴に踏みにじられた草原の中に美しい露西亜の少女が倒れているのを発見した。彼は、一目見て思わずはっとした。露兵共になぐさまれた上に銃殺されたものらしかった。死んでから幾らもたってはいないらしかった。あらわにはだけた衣類の間から、血の気の失せた蒼白い皮膚が彼の眼を射た。堪え難い誘惑であった。半ば無意識で、銃剣を取直すや、彼も気を失って倒れた。

父の危篤の報に接して、帰国した。

帰った時には、もう間に合《あわ》なかった。しかし、彼には少しも悲しい事実ではなかった。かえって、重荷をおろしたように気が軽くなった。これからは俺の世界だと思った。

小さい頃から植つけられた犯罪嗜好癖と復讐の暗示とは、殆ど無抵抗のうちに彼の運命を支配するかの如く見えた。

米田進は鉄工場はやめて、その頃は、かなり大きな銀行を私有していた。妻はずっと前になくしたらしく、父一人娘一人、それに多くの召使と共に、広大な邸宅に住まっていた。

稲葉というよい家柄と、軍隊の上長官から送られた最高級の賞状と、それに本人の奇妙な学歴とが、米田に取入る重大な助けであった事は否まれない。実際、古い実業家等というものは、大学の卒業生を余り喜ばない。学士という肩書よりは、無名の実力者を喜ぶものである。

保がどうして米田に取入ったか、その間の説明ははぶくことにして、とにかく、丸三年後には、稲葉保は米田銀行の重要な位置を占め、同業者連からも凄腕だという定評を貰うし、米田にとってはかけがえのない懐刀となり、また、米田には男の子がないので実子のように待遇される有様になった。なおその上当年二十一歳の花のような令嬢とは公の恋仲にまでなっていたのであった。

(二) 第一の復讐

「あ、い、い、あしたは私のお誕生日ですわ」

女はあでやかに頬笑みながら男の顔を覗き込んだ。

「そうですね……」

と男は感慨無量な面持で、

「僕が初めてあなたにお目にかかったのは去年のお誕生日の日でしたたっけねえ……早いもんだ……」

「そうよ。あの時……あの時初めてお目にかかった時から何だかこう……他人でないような感じがして……」

「僕だってそうでしたよ。考えてみれば人の運て変なものですねえ」

男は隣席の女をいたわりながら、夕方の雑沓の間を、巧に自動車を操縦して行った。幸福に浸り切った男女には実に美しい夕暮ではあった。

「稲葉さん、あしたは私のお誕生日ですわ」

暫くしてから、女はまたいった。

「あの事……ね、お忘れなく……」

「ええ……」

と稲葉は巧にカーブを曲りながら、

「あしたはぜひ共お父様にお話してみましょう。よい機会ですから……だが、お父様は何といわれるでしょうねえ……許して下さるかしら……敏子さん、あなたは大丈夫だと思われますか……」

「ええ」

敏子は柔しい眼差で男の横顔を仰ぎながら、

「そんなこと、御心配はないと思いますわ。だって、父は、それはあなたを誉めていらっしゃるんですもの……いつだったか、私に、お前は保さんのような方は嫌いかっておっしゃるんでしょう……」

「それで、あなたは何とお答えになったんですか……」

「だって、外にお答えのしようもないじゃアありませんか……ホホホ……」

敏子は晴やかに笑った。

「父はきっと、私が嫌いだといったら、御自分のお婿さんにでもする積りだったのでしょう……きっと……」

間もなく自動車は、宏壮な米田邸の前に、音もなくとまった。稲葉は敏子を玄関まで送って行って、意味深い視線を交して、また自動車の所へ戻って来た。

稲葉の住居は米田邸から五丁ほどの所にあった。その住居は、彼の筋書中の重要な舞台の一つになっていたので、総てに渡って非常に細かい注意が払われていた。場所は、人家が比較的建込んでいて、人通りも多くもなし、少くもなし、殊に自動車の往復出入の頻繁な——従って、自動車に対する人々の注意が極度に麻痺している所でなければならなかった。隣に撞球場を持つこともぜひ必要であった。また建物自身についても、相当に手広くて、外部からは絶対に覗われぬように塀をめぐらし、自動車車庫に一番近い所に彼の書斎を設けた。その平凡な極見栄のしない日本式の書斎を設計するだけで実に半年以上の日数を費したほどであった。こうした家に、彼は耳の遠いよぼよぼの婆さんとただ二人切りで生活していた。そのために、自分の使う部屋数間と、自動車車庫並《ならび》に自動車の始末は総て自分でやらねばならなかった。

稲葉は自動車を始末して、いつでも直に出発出来るだけの準備をととのえると、そのまま、書斎に這入った。先刻敏子と話をしていた時とは別人のように、その顔のどこにも人間らしさは毛ほども認められない冷たい表情であった。彼は注意深く室内を見廻した。気に入らない部分は幾度でも位置をかえたり動かしして見たりして、得心のゆくまで注意を払った。

この部屋は十畳敷の日本間で、総体的に平凡な黄色っぽい印象を与えた。部屋等を初めて見た時の第一印象は、かなりの力強さを以て、その人のその部屋にたいする将来の印象を左右するものであるという事が、稲葉の重要な着眼点であった。この事実と共に、人は見馴れれば見馴れるほどその物を忘れてしまうという事実も考えねばならない事であった。この意味において、彼は普断から自分の書斎へ、しばしば友人達を招じ入れる事に努めた。

それが済むと彼はどっかと机の前に坐って、抽斗《ひきだし》から新聞の切り抜きを取出した。手垢によごれた切り抜きは、大きいのや小さいのや、全部でかれこれ四五枚あった。

その内の一番小さいのにはこんな事が書いてあった。

◎怪漢少女を襲う

横浜市××町二丁目島田市太郎長女みよ（七つ）が昨日自宅附近で遊戯中職工風の男が人形をや

るからと甘言を以て同女を附近の空地へ誘い込み矢庭に押倒し、二の腕に「命」の字を入墨して逃走した。犯人厳探中。

稲葉は、読み終ると、マッチから火を移して丁寧に焼きすててしまった。そして、二枚目の切抜を取上げた。

◎復痴漢現わる
——長唄の師匠襲わる——

横浜市△△町安藤静江（二十八歳）が昨夕七時頃私用で×町先を通行中、物蔭から突如として一名の怪漢が跳り出し、同女を暗い露路内に引摺込み四十余円入の蟇口を強奪して肩先きに入墨して逃走した、これは先日少女を襲った犯人と同一人らしく一種の変態性慾者の仕業であろうと、因に同女は長唄の師匠で評判の美人であると。

稲葉はこれもまた注意深く焼き棄てて、次ぎの一枚に眼を移した。

◎新らしい恐怖。変態性慾者の横行
——目星はついたと当局の談——

近時頻々として変態性慾的事件が起り市民に大きな恐怖を抱かしめている事は既報の通りであるが昨夜またまた同種の犯罪が行われて当局の大活動を見るに至った。
昨夜十一頃横浜市〇〇町仲買商山本源一方の掃除口より三十歳前後灰色の鳥打をかぶり青の職工服を着た男が忍び入り折柄女中部屋で寝につこうとしていた同家女中志村はる（十八歳）を短刀ようの兇器で脅迫し金十円を奪い、隙を見て逃げ出さんとした同女を古手拭で猿轡し俯伏に押倒した上、背中へ馬乗になって、臀部へ入墨して悠々と逃走した。家人の訴えにより直ちに非常線を張り徹宵探査したが今暁に至るも就縛を見ず。

この事件について当局を訪えば「今までの事件は同一人の仕業らしい。変態性慾者の犯罪は珍らしくないがこの種のものは新らしい。それが強盗的色彩を帯びているので益々たちが悪い。しかし、今度は手拭その他の遺留品もあるし大体の目星はついた」と。

これを外の切抜きと共に完全に灰にしてしまってから彼は腕時計を見た。八時。

稲葉はちょっと服装を改めてから部屋を出て、車庫からまた自動車を引出して来た。調べるまでもなくガソリンも十分なので直車上の人になった。

品川から大森――川崎――鶴見――そして横浜――この道はよく彼と彼の自動車が通る径路だった。少くとも一週間に五遍、多ければ日に三回も往ったり来たりした。それというのも、沿道の人々の眼に彼の自動車をなじませておいて、いざという時に、彼の自動車の通過を極めて自然なものにして、従って特殊な印象を与えないためであった。

先刻も敏子と共に恋を語りながらこの道を通った。敏子もこの沿道並に横浜の別荘は大好きだったので、しばしば彼と相乗りするのであった。

自動車はその一本道をひた走りに走って、間もなく鶴見の町へ這入った。米田家の車庫は鶴見の町はずれに、鶴見川に臨んで立っていた。小ぢんまりした車庫とそれに続くモーターボートの艇庫と、ガソリン貯蔵庫と、番人小屋と、それだけがごたごたと建ち並んでいた。元来、附近のドライブに都合のよいように、また、近くの海上をボートで乗り廻すに都合のよいようにと建てられたものであった。

稲葉は鍵を持っているので、番人にも見咎められる憂いもなく、車庫へ自動車を仕舞い、艇庫から米田氏自慢の大型モーターボートを曳出すことが出来た。彼はこの船の操縦には彼の自動車に対すると同じように熟練していた。

月のよい静かな晩だった。風もなかった。しかし、稲葉はそれらには全然注意を向けなかった。彼は他の船に見咎められないように注意するだけで精々だった。

艇は鶴見川から海へ出て、子安の沖を通り、横浜港の防波堤の鼻を大迂回して、山手町も大分本牧よりのとある桟橋へ横着けになった。艇を繋ぐと、稲葉は案内知ったものの如く、桟橋に続く立派な庭園へ這入って行った。

この宏壮な一廓は米田の別荘であった。洋館と日本館とが並行に建っていて、その海に近い日本館は愛娘の敏子と稲葉とに与えられていた。彼等二人の自由にすることが出来た。留守番の召使達は表向の洋館の方に住んでいるので、日本館の方にどんな事が起ころうとも気のつくはずはなかった。

稲葉は用心深く日本館の扉を明けて二階の隅の化粧部屋——ここばかりは様式に出来ていた——へ這入り込んだ。彼は手探りで内側から厳重に窓の戸を閉じて光の洩れる心配がなくなってから電灯を点じた。彼は少しも躊躇はしなかった。隅の戸棚から一包の衣類を引張り出して来ると、鏡に向って直に変装にかかった。長い頭髪についている油を、石鹼を使って完全に洗い去ってから、灰や油煙や異様な香料等をごてごてと塗りつけ、殊更に指でもにゃもにゃに引掻き乱して、丁度「雀の巣」みたいにしてしまった。

次ぎに油煙やら重油かすやら顔料やらを使って手足や顔を塗り立てた上へ、鼻の下と顎とへ、膠で薄汚い附髭を貼りつけた。顔の始末がつくと着ていた洋服を膚着までぬいでしまって、包から出した油染みたぼろぼろの洋服に着かえ靴も相応の破れ靴に取りかえた。ちょっと考えてから鉉《つる》のくたくたになった安物の色眼鏡をかけて、こればかりは少し意気過ぎる荒い縞の鳥打をうんと傾斜させて頭にのせた。こうして出来上った姿はどこから見ても中分のない酒場荒しの兄貴、ちゃきちゃきの浜ゴロだった。先刻のあの端麗な青年紳士とはどうしても思えなかった。

電灯を消して表へ飛出した稲葉はなるべく人目に触れないようにと注意して歩いて行った、しかし、山手町を通り過ぎて、外人酒場のうようよ軒を並べた辺りへ来ると急に肩をそびやかして歩いた。行きすぎる人の顔へじろりと鋭い一瞥を投げるほど大胆になっていた。

彼は二三軒の酒場へ立寄った。しかし、彼の探しているものが見附からないらしく直ぐ出て来た。また二丁ほど歩いた。そして四軒目の酒場を見附けると躊躇せず這入って行った。

その酒場は、この辺によく見掛る船員相手の下級なあいまい酒場だった。安煙草の煙と強烈な醸造酒の匂いとの渦巻く中で、肉に飢え切った下級船員共が、二三人の商売女を中に囲んで猥な悪戯にはしゃぎ廻っていた。稲葉はその群から離れて部屋の隅に向うむきに笑っている男の上へちらりと眼をはせた。彼は満足したようにつかつかとその方へ近寄って行った。

「よう！　辰公《たつこう》じゃアねえか？」

と男の肩を叩きながら、

「相変らず盛んなもんだなア……ええ、おい俺だよ……」

辰公といわれた男はちょっと稲葉の顔を見ただけでまた視線を手中のコップに移した。皮膚の土色な、頬骨の立った、不気味な眼《まなこ》が年中何物かを凝視している、全体としてひどく病的な容貌だった。着ているものも、稲葉におとらないほど見すぼらしい洋服だった。ただ頭髪だけが不相応に手入が行き届いていていた。

「ええ？　忘れるたア情ねえじゃアねえか……」

稲葉は男の前に席を取りながら、

「この前会ったなアつい三日前――お前が、ほらそれ……山本……とか何とかいう野郎んとこの女《あま》っ子をよ、それ……」

「うん、お前は……」

と辰公はのろのろと引摺るような低声で、

「……お前は……荷揚場の……うん仙……仙……」

「そうよ、仙吉さ……」

「仙吉……仙……仙公だったな……」

「余り景気も良さそうじゃアねえな。どうだい？」

「うん、駄目よ。安西丸の豚野郎まで相手になりやがらねえんでね……」

「そうか……安西の源太は悪党だ。あの野郎位たちの悪い盗人はありやしねえ。……が、まアそりゃアいいって事よ。どうだね、俺が一杯おごろうじゃアねえか？」

「おごってくれるんか？　酒をか？」

「そうよ。浜で飛び切りのスキーをよ……。飲んでから相談だ。その相談がまとまりゃアお前が寝込むほど飲めるんだ……おい、老爺！」

稲葉達の服装はこの仲間でも下の方だったので、亭主は、稲葉がポケットから無造作に十円紙幣を摑み出すまでは、いい顔をして出て来ようとはしなかった。

「老爺！　十円で飛ッ切りのスキーを持って来てくれ！」

紙幣を見て亭主は忽ち笑顔になった。そして、直に「浜中鐘と太鼓で探したって、これほどの奴は手に這入りませんぜ」という折紙を添えて一瓶のウイスキーを持って来た。稲葉は自分のコップへついでから、残りを瓶ごと辰公に渡した。

「そうさ、安西丸の源太みてえな悪党はありゃあしねえ。なア、辰公……」

暫くして、バットへ火を移しながら稲葉がいった。

「お前だってそうだろうが、俺も野郎にゃア深え恨みがあるんだ……」

「うん……あいつは……ひでえ野郎さ……」

「なア、この間もちょっと話しといたんだが……」

稲葉は側へ摺りよって来た白粉《おしろい》女を一睨で追っ払っておいて、

「俺は奴にゃアとても深え恨があるんだ。なア……お前なんかのまだ知らねえ時分に野郎と俺とは一緒んなって密輪をやってたんだ。そりゃア面白えように金んなったんだ。所がだ、到頭野郎め……あの豚野郎め、自分だけいい子になりやアがって俺を売ったんだ。え、仲間の俺を売ったんだぜ。どうにもこうにも呆れた野郎じゃアねえか。そのために俺は八年も喰い込んじまった。八年だぜ……八年。八年もあの刑務所の腐り飯を喰わされたんだぜ。え、おい、八年という年月だぜ。え、おいおい、あ……酒がねえのか……」

稲葉は、空になったコップをぼんやり見詰ている辰公の鼻先へ顔を押しつけて

「まア聞きねえ。とっくり聞きねえ。相談がまとまりゃア鱈腹《たらふく》飲ましてやるんだ。ぐうぐういうほどなア……樽だぜ。こんな酒より十倍もぴーんと来る酒が樽であるんだぜ」

「樽か……樽……」

「そうさ。樽だ。がぶがぶやれるんだぜ。まア聞きねえ。相談がまとまらなくちゃア……。ええと……」

稲葉はバットの吸残りを床へ叩きつけて、

「あっさり行こう、野郎と俺との間はもう分ってるはずだからな……こうと……まあ、そういった訳で俺は野郎にゃア深え恨みがあるんだ。お前だってそうだろうがな……。そこでだ。今度は思い切ってこっぴどくこっちからやっつけてやろうと思うんだ。幾ら地太破太《じたばた》したってどうもならねえような目に会わしてやろうってんだ。なア、そこでだ。そこでよ。お前の持ってる源太お直筆の手紙が役に立とうてえのは……。あの手紙を持って恐れながらと乗り出してみねえ……奴の密輪は忽ち露れちまうじゃねえか。なア、話の筋は解ったろう。俺はその手紙をお前から譲ってもらいてえんだ……」

「い……いけねえ……」

「え⁉」

「い……いけねえよ。駄目だ……」

「なぜ!?」

「あの手紙……手紙ばかりア駄目だ……。なア、奴はあの手紙を持ってるなあこの俺だ……俺だってえ事をよく知ってるんだ。そいつを、お前……俺がおっ開いたってえ事が知れようもんならお前……俺の……俺の……あの入墨の一件を……お前……みんな喋られちまうじゃねえか……」

「ハハハ……、そいつか……。その心配ならするだけ無駄ってものよ……」

稲葉は相手の肩を陽気に叩いて、

「なア……俺がそいつに気がつかねえと思うんか？　なア……俺アちゃーんと考えてあるんだ。いいか……俺はここに二百円という金——大枚《たいまい》二百両だぜちょっとまとまった金じゃアねえか——その大枚な金と旅行許可証と上海《シャンハイ》までの切符を持ってるんだ。こいつ等を一紮にしてお前の古手紙一本と引換えようじゃアねえか……どうだい？　そしたら、お前はあすにも浜をずらかっちまうんだなア。船は三四日の内に出るんだから……。上海もいいぜ。第一気が置けねえんでいいや。そいつからさ。お前。お前はまるっきし知るめえが、思ったよりゃア手が廻ってるぜ。俺の思惑じゃア、このままでいたらお前の命も精々五日がとこだな。そこを一足お先に逃らかっちまうなア頭のある奴のすることだと思うなア。俺はお前が上海へとうに着いちまった頃——そうよ、まア一ケ月としとこうか……一ケ月三十日という日数が立ったら、恐れながらと乗出す事にしようじゃねえか。え？　大将。どうでえ？　まだ決心がつかねえんか？」

稲葉は相手の腕をつかんでぐいと引立てるようにして、

「まあいいや。とにかく表へ出ることにしようじゃねえか。そうして俺の樽を見に行こうじゃねえか。とても素晴らしいもんだぜ。俺のいってることが偽かほんとか……まあいいや。とにかく出ようじゃねえか」

表へ出て見るとあの顔色や声等にも似ず、あれだけの酒を飲んだにも関らず、辰公はかなりしっかりした足付で歩いて行った。しかし、いつも俯向き勝に何やら考え込んで歩いて行く彼には自分等がどこを通っているのかてんで気がつかないらしかった。それは稲葉にとって極めて好都合なことだった。

どこをどう歩いたものか、いつの間にか二人は真暗な町に這入っていた。その町の中ほどのとある古ぼけた洋館の裏手まで来ると、稲葉は急に立ち止って、あたりを見廻した。人っ子一人いない様子だった。また、誰か通行人があったとしても二人の姿は見えなかったであろう。

稲葉は合鍵で扉を開いて辰公を引張り込んだ。中はなおさら真暗だったので彼は直用意の蠟燭に灯をともした。蠟燭の光に描き出されたこの家は、ひどく荒れ果てていて人の住んでいる様子は更に見えなかった。

稲葉は案内知ったものの如く地下室へ辰公を誘《いざな》って行った。崩れかかった石段が急角度に廻りくねっていた。

「どうだい！　この匂い！」

地下室の扉を開けるや稲葉は背後を振向いていった。酒の香がむせかえるように鼻をついた。

「ほーれ」

稲葉は辰公を一隅の酒樽の前まで引張って行って得意気に、

「この酒がお前、飽きるほど飲めようてえ訳なんさ。まア一杯飲んでみねえよ」

稲葉は小さなコップに酒をくんで辰公に渡した。辰公はむさぼるように飲んだ。

「ウ……」

「どうでえ？」

「うめえなア実に！　こんな酒ア……何年にもこんな酒ア……」

「そうだろうて……」

稲葉もぐっと一杯飲んで、

「ああ……うめえ！　実にうめえなあ！　老爺の文句じゃねえが『鐘と太鼓で日本中探したって』ってえ代物なんだ。それをお前、腹一杯飲めようてえんだからなア……ああ！　待ちねえ待ちねえ……飲むなア相談がまとまってからでなくちゃア困るぜ。なア……この酒を鱈腹飲んでよ……腹が空きゃ戸棚にパンと肉があるから、あれを食って出帆の日まで待ってよ……そいから二百両という金を持って上海へ……」

「金は？」

「金か？　吝《けち》な事はいわねえさ。この場ですぐ渡さアね」

「じゃア……じゃア」

「手打ちにするか？」

「うむ……」

「きっとか？」

「うむ……」

「よし。さア、ここに金もあらア、切符もあらア、旅行許可証もあらア、しっかと受《と》りなよ」

稲葉はそれらを無造作にポケットから摑み出して相手に渡した。辰公は金額を調べてから丁寧に懐中して、それから徐に右足の靴をぬいで中からくしゃくしゃになった古手紙を取出した。

「ああそんな所へ入れといたんか……身体へつけといたんだな。しかし、お前はいい取引をしたよ。いつまでもその手紙を身体へつけててみろ。あの悪党はどんな事をしてふんだくったかも知れねえからなア」

稲葉は源太の手紙を受取って、

「じゃア、これで取引は済んだんだ。船の出るまでゆっくり飲みねえ。パンも肉もあるし」

しかし、夢中になって酒樽へ首を突込んだ相手は彼の言葉等には全然注意を払わなかった。稲葉はにたりと一瞥を相手の背へ投げ付《つけ》て音もなく部屋を辷り出た。ピンと鍵をかけた音——それにも辰公は気がつかないらしかった。

表へ出てから、彼は街灯の下で先刻の手紙を取出して一応調べてから、用意の封筒へ入れて厳重に封を施した。

第一の難関を易々と突破した彼は元気だった。わざわざ遠廻りして寿町へ寄り、警察署の郵便受へその封筒を投げ込んだ。

あしたになれば手紙が動かすことの出来ない証拠になって源太が捕えられるであろう。源太は、辰公の恐れた通り辰公の秘密を喋ってしまうに相異ない。変態性慾者の辰公が挙げられてその罪状が明白になれば、稲葉が最後において作らんとするアリバイ（現場不在証明）を絶対的に安定なものにするのである。

稲葉は別荘のもとの化粧室へ戻って来た。彼にはまだする仕事が残っていたので急がねばならなかった。

服を脱ぎ髭をとり、顔や頭を洗って、もとの服をまとった。変装道具は一まとめにして戸棚へ押込み、電灯を消し、その部屋を脱け出すと、今度は階下の自分の書斎へ入って行った。電灯をつける前に光の洩れないように雨戸に注意することはもちろん忘れなかった。

その部屋は、彼の書斎と定められてある部屋で、全体として、けばけばしい緑っぽい感じを受けた。それは東京にある彼の住居の書斎から受ける感じとは正に正反対のものだった。このことが彼には極めて必要だった。著しい感じの差は、どんな頭のいい男にも、両方の書斎の間にある相似点に気附かずに了わせるであろう。

彼は一応部屋中を見渡してから、夥しい額や懸軸を取り卸して、抱られるだけ抱て桟橋へ繋いでおいたモーターボートの所へ戻って来た。抱て来たものを艇の底へ順序よく積み込むと取ってかえして、また一抱運んで来た。こうして何回にも額類を運び終ると、次ぎに、机花瓶や障子等を必要だけ順次に運び出した。これらの品々についてはあらかじめ十分詮議して、いざという時取残しのないように、それかといって必要以上にはただの一品でも運び出さないように注意を行き届かしておいた事だから、今更、運び忘れたとか多過ぎて艇に積み切れない等という愚かな失策は起こらないで済んだ。

最後に戸締を厳重にしておいてモーターボートに乗り込んだ。

帰途は真に危険だった。荷物を積んでいるのを発見でもしられようものなら計画は滅茶々々になってしまうだろう。鶴見へ着くまでは往の十倍の注意を払わねばならなかった。

月が蔭っていたのは何より幸運だった。

ボートが鶴見の艇庫へ無事に這入ってからも、ボートから自動車へ荷を積みかえるのが一仕事だった。

それもどうやら無事に済んだ。

なぜ横浜の別荘まで自動車を飛ばさなかったか？　面倒にも途中でモーターボートに乗りかえたか？　もちろん自動車では発見される憂いがあったからである。別荘へ誰にも見られず自動車を乗りつける事は全然不可能だったからである。先年、米田がこの鶴見の中継所を廃止しようとした時、真先に反対したのは稲葉であった。

「第二の難関を突破したぞ」

彼はそう叫ばずにおられなかった。

東京まで一気に飛ばした。

自動車から書斎の隣へ作っておいた物置へ品物を移すのは大して困難な事ではなかった。稲葉は年中沸し放しの風呂へ飛込んで、それからぐっすりと眠りに這入った。

翌日は土曜日だったので、午食を済ますとすぐ米田邸へ廻った。

「稲葉さん、お出なさいまし。お待ちしていましたわ」

敏子は晴かに、小鳥のように身軽に駈て来て迎えた。

「遅くなりましたかしら？　昼食を済ませてすぐ伺ったのですが……」

「あら？　御食事もう御済みですの！　まア……私御一緒に戴こうかと思って御待ちしていたんですけれど……」

「おやおや、それはどうも申訳がありませんでしたね。僕としてもせっかくの御馳走を……」

「でも、いいんですわ。私、そう喰べたくもないんですから……」

敏子は丁度通りかかった小間使に向って、

「私ね、御食事しないから……」

「はい。あの……稲葉様も？」

「そう。二人共よ……」

二人は連れ立って庭園へ降りて行った。

「敏子さん、僕が戴かないからって……あなただけ召上って来たらどうです？　僕ここで御待ちしていますから……」

「いいんですのよ本当に……。私そんなに戴きたくはないんですから……」

敏子はふと面白い悪戯でも思いついたというように、

「私その代りいいわ……お腹をうんと減らしておいて、晩御飯の御馳走になりにあなたの御宅へ押掛て行きますから……よくって？」

「結構ですね。どうぞ。きっとですよ。精々御馳走をしますから……でも、あの婆さんの手料理では御口に合いますかね……」

「大丈夫きっとうまいでしょう。私、普断の倍は食べられると思うわ。笑っちゃいやよ……」

敏子は子供のように甘えた口調でいった。

恋する若い男女が誰でも経験するように、草花や樹木の生い茂った庭園は、彼等の恋にとっても懐かしい木蔭だった。そこでは、女は思い切り大胆に振舞った。娘らしい初々しい媚をさえ送ったりした。

敏子は幸福であった。しかし、女が快活になればなるほど、柔しい恋を囁けば囁くほど男は憂鬱になって行った。

大切な彼の計画の結末をつける期の迫ったこの頃になって、彼が憂鬱に襲われる事は益々繁くなった。それは実際有害無益な憂鬱ではあった。彼はその憂鬱のために自分の畢生の大計画即ち無限の怨みを呑んで死んだ父の復讐が蹉跌する事を折々恐れた。しかし、憂鬱が不可抗力を以て心を占領する以上彼にもどうする事も出来なかった。

彼は、自分が敏子を愛していることを、恐れながらも認めざるを得なかった。父があれほど冷酷に冷酷にと、冷酷に突き堅め踏み堅めた心臓、良心や人情等は最後の一滴までも搾り取られてしまったはずのその心臓に、どうして愛等の芽ぐむ余地があったのであろうか、思えば不思議な事であった。事実、彼の心には愛が芽生え、それがいつの間にか恐ろしい勢いで成長しているのであった。それが彼を憂鬱にした。計画を放棄しようかとも何度も思った。今までの事は全部水に流して、眼をつぶって現在の境遇に身をまかそうか。彼は社会的にも好遇されているし、敏子を得れば敏子自身も幸福になれるであろう。

けれども、彼は計画を着々と実行して行った。何か偉大な不可抗力にでも曳摺られるように身悶えしながらずるずると深間へはまり込んで行った。それは、父の呪詛であった。凝視であった。そして戦慄すべき習慣の生んだ性癖であった。父の半生の呪詛は彼の身体の隅々までも滲み込んでいた。彼の心に計画を断念せんとする考えの閃く毎に、第一に感ずるものは父の凝視であった。しかし、それだけの事であったら、芽生えて育つ愛の力は暫て打勝つべき時が来たであろう。彼はとうに愛の前に総てを投げ出していた事であろう。

が、父はその点にも周到な注意を払ったかの如く見えた。父は、習慣の力を借りて犯罪癖と変態性――血と肉と悪との讃美で彼の心臓を塗りつぶしてしまったのであった。習慣は往々にして先天性以上のものを植えつける。かくして完成した彼の人格は、極めて怖るべき畸形な、反社会的なものであった。先天的殺人者は人を殺すことを更に悪いとは意識しないのである。先天的変態性慾者にとっては、恋人をより愛するという事はより虐待することである。そして、彼は、直接何等の恨もない(結果からいえば、当の米田をより苦しめることではあるが)美しい且《かつ》愛する女の裸身を彼の俎上に上すことは、無限の快楽であり、強力な誘惑であった。

「まア、どうなさったの?」

と敏子は細い眉を寄せて稲葉の顔を覗き込みながら、

「御顔色が悪いわ……御気分が悪いんですの?」

「いいえ」

と稲葉は慌てて、

「ちょっと……何、ちょっとね……お母様のことを思い出したんですよ……」

「そお……」

と敏子は得心がいったらしく、そして同情するように……

「御互様ですわねえ、あなたも私もお母様がないなんて……」

「あなたのお母様はいつ頃なくなられたのですか?」

「私が十五の時……」

「お柔しいお母様だったでしょうねえ?」

「いいえ」

とちょっと顔を曇らせて、

「私お母様のことを思うと悲しくなりますの。どうしてあんなに邪慳《じゃけん》な方だったかと思うと……そう申しては済みませんけれどもねえ……」

「僕のお母様は不幸な人でした……」

「じゃア、あなたに比べれば私なんぞは仕合せな方ですわねえ……父がありますから……」

「父!?」

稲葉は米田の事を思うとどうも不快にならずにはおられなかった。敏子に愛を感じれば感じるほど、反対に、米田は憎んで飽き足らない存在であった。

「お父さまはあなたを随分とお可愛がりになるでしょう?」

「ええ、それは柔しくして下さいますの」

今に見ろ。と稲葉は心であざ笑った。貴様の大切な一人っ子をだいなしにしてやるから……

稲葉が敏子との婚約を願い出た時、米田は待ち受けていたように一つ返事で承諾した。また、いつでも二人の好きな時に式を挙げてよいという事や、もう婿も同様な君の事だから君の方からも存分我儘に振舞ってもらいたいという事や、望みがあったら何でも申出てくれという事等、一人で上機嫌に喋った。稲葉は、機嫌のいい米田の多弁を聞いている内に、普断感じる以上の、不快な反感を抱かせられた。

そろそろ暗くなりかけた頃に、稲葉は敏子を伴って自分の家へ戻った。

稲葉はすぐ食事にしようかといったけれども、敏子が先に家の内を見たいといったので、米田邸とは比較にならないほど小さな家ではあったけれども躊躇せず案内して見せた。

「これは僕の書斎でしてね、横浜の別荘のと同じに十畳なんですよ。でも、変な感じのする部屋でしょう……」

彼はそんな風に説明をつけたりした。

食堂といっても、純日本式の八畳間で所々に墨絵の横額や竹製の一輪差等があっさりと飾ってあった。

敏子は女の身嗜みに、この部屋へ這入ると、鏡に向ってちょっと髪形を直してから、食卓を間にして稲葉と向いあって座についた。

「失礼します」

稲葉は洋服だったので膝を崩した。

「ええ、どうぞ。御主人らしくね……ホホホホ……」

敏子の頬はいつもより赤味がさしてそしてはしゃいでいた。少し派手過ぎる位の、それでいてからだにしっくり合った和服が、殊更彼女を子供らしく無邪気にした。稲葉はこの時ほど、彼女を美しいとも可愛いとも思った事はなかった。憂鬱にならずにはおられなかった。努めて快活に振まった。

「どうしましょう?」

稲葉は、給仕をしに這入って来た老婆の方をちらりと見ながら相談するように小声でいった。

「ええ……」

敏子には直その意味が解ったので顔を赤らめながら、

「……二人だけの方が……」

「お婆さん、給仕はいいよ、用があったら呼ぶから……」

それで老婆は撃退されてしまった。後には二人が、四尺ほどの食卓を挟んで向いあった。こんな事は、二人の恋人同志にとっては初めての経験であった。一つ皿の鳥肉をつつき合ったり、つつましく運ぶ箸の下からそっと盗み見た眼と眼とがかち合って微笑になったり恐縮する男の手から茶碗を奪って甲斐々々しく給仕したり、そんな事が二人を、おばさんごっこに耽っている子供達のように、幸福に無邪気にした。

「私、幾つ戴いたかしら?」

敏子は楽い夕飯が済んだあとで茶を飲みながらそんな事をいった。

「そうですねえ……五ツ位召し上ったでしょう……」

「あら？　そんなに？……まさかねえ……ホホ……」

「じゃア四つかな……御馳走がなくて済みませんでしたね」

「いいえ、おいしかったの。ほんとうにおいしかったの。私、こんなにおいしく戴けた事ありませんわ」

「そうかしら。そんなら結構ですけれど」

「私ね」

「え？」

「私、私……あなたと御一緒に……」

敏子は真赤になった。稲葉も思わず頬笑まずにはおられなかった。

「あのね……御一緒になったらば……」

とやっとの事で、

「私、小さなお家に、女中も何も使わずに暮らしてみたいと……」

「結構ですね。でも、あなたに御炊事などが出来ますかね？」

「まア……ひどいこと！　私にだって御飯をたいたり御魚を煮たり位は出来ます事よ……」

「そうでしょうかね。でも、物騒だな……何を喰べさせられる事だか……」

「御口の悪いこと！　お父様にその事をお話したらやっぱりそんな事をおっしゃっててよ。稲葉さんが気の毒だって。だから、今度会ったら稲葉さんに胃腸薬の準備をしておくように忠告してあげましょうって……何ぼなんでもねえ……」

「否々、そうでないでしょう。僕はやっぱり、御父様の御忠告に従って星胃腸薬か何んか買溜ておくことにしましょうよ」

稲葉は殆ど堪えられないほどの心の動揺を感じていた。何という美しい可憐な女だろう。自分がこの女を手にかけなければならない理由があるのだろうかそうまでしなくては復讐の目的が果せないのだろうか。なるほど、米田にはいかなる苦痛を与えても更々悔る所はない。我計画のもたらす結果を想像してみても、むしろ飽き足らなくさえ思われるのだ。しかし、この女の、美しさを、清らかさを、恋を、幸福を、そして総てを犠牲にまでせねばならない理由はあるのだろうか。彼女は何等憎悪を受くべきいわれはない。彼女に責任はないのだ。もし、復讐という事が、避けられるべき事でないとしても、彼女丈をその範囲外に除くことは出来ないものであろうか。少くとも、最も激しい矢面に立たせる事丈でもやめられないものだろうか。

　さりながら、復讐の筋書から彼女を除いて、新らしく計画を立て直す等という事は、彼にとって思いもよらない事であった。その位なら、いっその事、復讐全部を放擲する方がましだと思われた。彼女とは今夜はこのまま黙って別れる。そして、ゆうべ運んで来た荷物道具は今夜の内にも別荘へかえしてしまう。それで復讐とはおさらばになる。総ては済んでしまう。自分自身も幸福になり得るかも知れない。

　しかし、しかし、しかし、復讐を無条件で放擲するだけの勇気が果してあるか。父の恨みは？　母の恨みは？　自分の半生の苦しい生活は？　その上、力強い変態的性癖は飽までも彼の情慾をかり立てるのであった。

　苦しい混沌煩悶のうちにあって、彼は救いを求め、運命を信じた。運命はやがて彼に進むべき道を教えてくれるであろう。

　もしも、恐らく、彼女が次ぎの一言、たった一言を口にする事がなかったならば、彼等は永久に幸福な一対であったかも知れない。実に、それはたったの一言であった。その一言で、稲葉は明瞭に進むべき路を認めた。

「ねえ、稲葉さん。今夜横浜へ行かない？」

「横浜へ？　横浜へですか？　別荘へですか？」

「ええ私達の大好きな別荘へ……ね、これから直ぐにね……」

「ええ、行きましょう。行きましょう」

稲葉は決心したものの如くきっぱりといった。

「大好きな別荘へ……結構ですね。直ぐに行きましょう……けれどもね、その前にちょっと珍しい物を御目にかけましょう」

「なーに?」

「磚茶《たんちゃ》ってもんですよ。貴女御飲みになった事ありますか?」

「いいえ。何でしょう?　磚茶って?」

「支那のお茶ですよ。支那にいる友人が送ってくれたのがきょう着いたばかりなのでね。貴女と一緒に飲もうかと思って味を見ずにおいたんですが……あなた、召上ってみますか?　どうせおいしくはないでしょうが……」

「ええ、頂戴しますわ」

稲葉は老婆にいいつけて磚茶を二杯持って来させた。

「磚茶っていうのは茶の葉っぱを圧搾して固い板のようなものにしたものですよ。その板みたいなやつを薄く削り取って湯を注いで飲むんだそうです」

稲葉はそういいながら、振向いて老婆から盆を受取った時に、一方の茶碗へ一摘ほどの白い粉末を落し入れたのに敏子は少しも気がつかなかった。

「蒙古みたいな沙漠地方では野菜等が容易に手に這入らないんで、この磚茶が大変珍重されるんだそうですよ。どうです一杯?」

敏子は受取った茶碗を口へ運んで、一口飲んで眉をよせた。

「変な味だな」

稲葉も眉をよせた。

それでも敏子は半分ほど我慢して飲んだ。稲葉も半分ほど飲んだ。顰めた顔と顔とを見合せて、果ては笑い出してしまった。

「まずいなア。驚いたなアどうも。何てものを送ってくれたんだろう。コーヒーか何んか取りましょうか……敏子さん?」

「いいえ、何もいりませんわ」

「じゃア、そろそろ出発しましょうか?」

「ええそうしましょう」

「お家の方へは別に御断りする事もないでしょうね」

「ないと思いますわ。別荘へついてから電話でもかければ……」

品川——大森——川崎——鶴見——と道筋はいつもと変りはなかったけれども、二人は愉快で、少しも退屈等しなかった。すっかり暗くなった街々を稲葉の巧な操縦で、自動車は矢のように走った。

敏子は稲葉と並んで運転手台に腰を卸していた。話が止め度もなく続いた。多くの恋人同志の話がそうであるように、たあいもないものであった。ゆうべと同じように、月が奇麗だった。こんな話がかわされたりした。

「私、時々月の世界に住んでみたいと思う事があるんですよ。子供らしい空想ですけれども……」

敏子は、男の肩から明るい月を眺めていった。

「そりゃア、僕だってそうですよ。時々は、地球以外の世界に住んでみたいと思ったりするのですがね……ただ、あなたより少し深刻な意味があるだけなんです」

「深刻な意味って?」

「沢山な星の中のある世界には、吾々地球人の到底想像も及ばないような毒々しい色をした、強烈な香を放つ畸形な悪の花が咲き乱れているかも知れませんからね。それに第一、地球上では行われているような偏頗な残酷な道徳等というものが全然認められていない事でしょうからね」

「……」

「ハハハ……ここで考えていると美しいと思われる星の世界も、行って見ると案外地球と同じことかも知れませんね……」

それから、こんな話もあった。

「僕達の式はいつ頃挙げましょうかね？」

「私、いつでも……」

「じゃア、三ケ月後の今日——

あなたの誕生日にしたらどうでしょう別に三月後と定める特別な理由があるわけでもないんです。が、御父様もそうおっしゃいましたし……」

「いいでしょう……そしたら、私それまでにうんと御炊事をならっておきましょう……」

「じゃア、本当に女中も何も使わないでやる御積りなんですか？」

「ええ、本当よ。そりゃあ、女中の一人や二人使うかも知れないけれど、私だって遊んでなんかいない覚悟ですわ……それとも、御迷惑？」

「いいえ、そんな事ありませんとも。僕には有難過ぎる位なんですよ」

それから、稲葉はふとこんな事を尋ねたりした。

「ねえ敏子さん。あなたのお父様は以前は鉄工場をやっていらしたそうではありませんか」

「ええ、そうですわ」

「いつ頃、その方はお止めになられたんでしょうね」

「何でも、私が生れると間もない頃だったそうですがよく知りませんわ」

「その頃の事お父様がお話になった事がありますかしら」

「いいえ、お尋ねしてもなぜだかいやな顔をなすって……でも、あなた、なぜそんな事御聞きになるの……」

「だって、僕にだってもうお父様じゃアありませんか……ハハハハ……」

いつの間にか、自動車は大井町を通り、大森を過ぎていた。大森の街に這入る頃から段々口数の少くなって来た敏子が、到頭我慢し切れなくなったようにいった。

「あの…………私、少し眩暈がして来ましたの……」

「え！　眩暈が？」

「ええ、ちょっと……それに、少し胸も悪くて……」

「そりゃアいけませんね……」

稲葉は自動車の速度をずっと緩めて、

「そりゃアいけませんね。直ぐ医者が見附かるでしょうから……」

「いいえ、それほどでもありませんわ。ちょっとですのよ」

「さっきの磚茶がいけなかったんですね」

「そうかも知れませんわ……私、暫く横になってみましょうかしら……」

「ああ、それがいいでしょう」

稲葉は自動車をとめて、

「仁丹かなんか御持ですか？」

「持っています」

稲葉は幌の内へ、労りながら敏子を寝かせて、

「ほんの少々の我慢です。もうじき川崎ですから」

そういって運転手台へ帰ると、今度は出来るだけのろく静かに運転を初めた。

彼は時々腕時計を眺めては背後を振向いた。そして、川崎のちょっと手前まで行き着くと急に自

動車をとめて幌内へ這入っていった。

「敏子さん」

稲葉がよんでも敏子は返事をしなかった。

「敏子さん！」

と、今度は叫ぶようにいって肩をゆすったけれども、女は更に覚める様子もなかった。

「麻酔薬がきいたな」

稲葉は呟いた。

月の光に描き出された女の顔は、大理石像のように蒼白く冷くて、京人形のように無邪気で美しかった。そして、それを見詰めている男の顔は更に蒼白い冷さだった。

稲葉は心の内に起こっている動揺を感じた。しかし、それは、ほんの力弱い微かなものであった。月が蔭ったので女の顔が暗くなった。稲葉は立上って、また運転手台へかえった。

自動車は一回転して東京へ向った。東京へ東京へと疾風のように走った。

東京の、さっき出たばかりの我家へ帰りつくと、敏子をそのまま自動車をひとまず車庫へ仕舞って、自分丈例の書斎へ入って行った。耳遠い老婆はもう寝入ってしまって、ちょっと位の物音にも覚めそうにもなかった。

稲葉は細心の注意を払って部屋の取り片づけにかかった。品物を取りはずしたり動かしたりする順序は、前以て幾十回となく研究し実習してあったので、少しもまごつくようなことはなかった。その道で飯を食っている専門家が複雑な構造の機械を易々と分解したり組立てたりする整然さと確実さがあった。

二三の懸物をはずし終ると机を、机を運び出すと花瓶を、花瓶を片づけ終ると柱時計を……といった具合に雑多な道具がどんどんと片づいて行った。最後の茶箪笥を外のものと一緒に隣の物置きへ運び終ると、十畳の部屋は見違えるほどがらんとしてしまった。稲葉は二三分息を休めてからまた活動にかかった。

部屋の隅々まで隙間なく敷詰られた渋色の縁をとった薄縁をはがすと、下から黒縁の畳が現れた。別荘の書斎に用いてあるものと同質の畳で、しかも、普断から時々薄縁をはがしては日光にあててあったので、適当な古さになっていた。次ぎに、平凡な格子目の荒い障子を取りはずした窓へ、別荘から運んで来て物置へ仕舞ってあった格子目の極く細い障子をはめた。黄色っぽく燻んだ唐紙が派手な緑色の唐紙に変った。色彩の強い沢山の額が順々にかけられた。書棚は緑色のカーテンでかくされ、それから、やはり、別荘から運んで来てあった品々——米国の洋行みやげだという眼覚時計や、机や、カレンダーや、花瓶等が適当に配置された。最後にはこの部屋の出入口に当たる廊下の向う側の壁へ、別荘の書斎で見る通りにマドンナの額まで掲げられた。それで全部が終りをつげた。


何と素晴らしい思いつきではあるまいか。

この部屋に立った人は誰だって別荘のあの書斎に居るものと信ずるに違いない。まして、廊下の外のマドンナの額を見ては……。

実に見事な仮装である。偉大な設計ではある。この仮装——この錯覚は、稲葉の全計画中最大の重要点であり、またそれだけの難事であった。思考の大半はこの仮装のために費され準備の殆ど全部はこの完成に向って注がれたのであった。それが、どうだ、かくも見事に完成されたではないか。

これでもなお一つの不満が、稲葉にはあった。それは天井に対してであった。人間が寝ている時に最も眼につくのは、周囲四隅ではなくて天井である——という事に彼が気づかずにいる訳ではないが、なまじ天井に手を出す事は非常な危険が伴うのである。それで、建築の際、注意を払って、別荘の書斎の天井と成るべく似通った板を使うようにするだけで満足しなければならなかった。

しかし、とにかく、思ったより巧に出来上ったのだ。稲葉は繰返し、隅々までも眼を配って、いよいよこれでよしとうなずいた。

それから、車庫の自動車から、こんこんと眠り続けている敏子を運んで来て、書斎の真ん中へ寝かせた。猿轡を施し、手足を縛り上げると、戸締りをして寝室へ戻って、ぐっすりと寝《しん》についた。

翌朝、敏子がすっかり覚醒し切ったのは七時半頃であった。稲葉は朝食を済ませてから、時計が八時を報ずるのを待って静かに敏子の寝ている書斎へ這入って行った。もちろん、その心配はなかったけれども、数間隔てた所にある母屋との界の扉の錠を卸してくることを忘れなかった。

敏子は身体を動かしながら詰るように稲葉の顔を見詰めた。

「お早う。敏子さん……」

といいながら、敏子の枕元へむんずと坐って、

「さぞ、御窮屈だったでしょうねえ。だが、もう少しの御辛抱だから……」

稲葉の調子は極めて冷たかった。

敏子は信じられないように、なおも彼の顔を見詰めた。朝の日光がなごやかに窓の障子に輝り栄えていた。その南向きの窓と、部屋の調度とが、あの別荘の書斎が持つ独特の陰影を描き出して殊更に部屋の印象を特長づけていた。

「いいお天気だ……海も凪いだろうて……」

と、稲葉は独言のようにいって、

「ねえ、敏子さん。別荘の朝は特別じゃアありませんか……」

敏子は身体を動かしながら、眼で何かいいかけようとした。しかし、稲葉は、その眼を邪見に見返して、勝手に喋り続けた。

「あなたは不審で堪まらないのでしょうね。なぜ自分が縛られて猿轡までかまされているのだろう？　なぜ稲葉はさっさと解いてくれないのだろう？　なぜ優しい言葉をかけてくれないのだろう？　なぜ？………？　とね。まア、そうでしょう。けれども、今に解りますよ。もう直きです。

順を追って御説明しますからね。もう、ほんのちょっとの御辛抱です」

こんな風に喋っていても、稲葉は少しも心に動揺を覚えなかった。むしろ、近頃になく愉快にさえ喋れるのであった。

「それもこれも皆運命というやつでしょう。そりゃア、貴女には直接の罪はないんです。けれども、かえって一番激しい苦痛を受けなければならないんです。貴女が一番激しい苦痛を受けるという事は即ちお父様が一番適切な苦痛をお受けになるという事なんです。つまり犠牲になるのですね。美しい、美しい犠牲です。僕は貴女を熱愛していました。今でもそうです。一時は、その愛のために総てを放棄しようとさえしたのです。しかしやっぱり運命ですね。運という者が、行くべき方へ導いてくれたんです。僕のいっている事が御解りになりますかしら……

今、あなたは、御自分がどんな苦痛を受けなければならないか少しも御存知ありますまい。だから、案外平気で居られるのでしょう。だが、僕の説明を聞いて行く内に段々怖ろしくなって来ますよ。あなたの苦痛はその時から初まるのだ……

いいですか。僕の筋書にはあなたの役がどんな風に書いてあるでしょう？　一体、あなたはどんな苦痛を受けねばならないのか？

あなたは美しい肉体を持っていらっしゃる。希望を持っていらっしゃる。幸福を持っていらっしゃる。僕は、その希望も幸福も奪い取ってしまおうとしているのです。総てを切苛んでしまおうとしているのです。僕は悪魔だと罵られるかも知れない。そうだ、僕は悪魔かも知れない。恐るべき吸血鬼かも知れない。だが、僕をこういう男にしたのは一体誰の罪なんだ！」

敏子は夢中を彷徨しているとしか思えなかった。相手のいうている事など少しも理解され得なかった。夢が、悪夢が覚めやらぬ心地であった。

「あなたは僕の言葉が、まだてんで分らないでしょうね。恐らく、僕が実行にかかるまでは信じられない事でしょう。しかしこれは夢ではありませんよ。夢でも悪夢でもない代りに、戦慄すべきこの世の事実なんですよ」

稲葉は更に言葉をついだ。

「あなたは恐るべき苦痛を受ける前に過去におけるあなたのお父様の犯した罪悪を知る必要があります。それを聞いたら、も早、夢だ等と安心はしていられなくなるはずです。あなたも薄々御承知の事ですが、お父様はずっと以前には鉄工場を経営しておられました。現在のお父様はいざ知らず、その頃のお父様がどんな冷酷ないわゆる『資本家型』であったかは想像するに難くありません。僕の父は、その頃丁度同じ工場の職工長をしていましたが、いつの頃からか、どうした訳か、あなたのお父様との間に激しい争闘が初まったのです。そして、到頭僕の父はあなたのお父様のために、両足を折られて生まれもつかない片輪者《かたわ》になってしまったのです。間もなく母は泣き死にするし、父は生れ変ったように恐ろしい性の人になってしまったのです。あなたのお父様との間に起こった争いの原因が何であったか、僕にも今に分りません。しかし、自分の半生はいわずもがな、たった一人の子供であった僕の一生を犠牲にしてまで復讐せんと企てた、父のあの呪いの執念から考えてみても容易に想像がつくではありませんか。確に、あなたのお父様はそれだけの恨みを受けるだけの事をやったに違いありますまい。

父がどんな風にこの僕を教育したかここでその事について詳しい説明をしようとは思いませんが、とにかく、僕というこんな畸形な人間が出来上ってしまったのです。お芝居上手な、人情等は少しも解さない、奇怪な残忍な夢にばかり耽る、それでいて極めて利己主義な自分の性格を考えると、自分ながら空恐ろしくなるようなことが時々あるのです。

僕は父の与えた暗示のままに素晴らしく完備した復讐劇の筋書をあみ上げました。そして着々実行にかかりました。良心を失ったが如き僕の心は、笑止極まる道徳等というものに動かされよう訳もありませんし、もちろん、反省等という殊勝気な人間らしさなんか全然感じた事さえありません。少くとも、あなたの愛にためらった外は……。しかし、その位の力がどうして僕の大計画を動かすに足りましょう。僕は運命に従って、ここまで落ちて来たのです。
大分長く喋りましたね。それっていうのも、原因と結果との関係を明瞭に知って戴きたいために外ならない次第です。つまりです。あなたが幸福になる事は即ちお父様が幸福になる事であり、あなたが苦痛に悶える事は即ちお父様が苦痛に悶える事になるのです。お父様は、自分が殺されたりまたは全財産を奪われるよりも、あなたがこの世から姿を消す方がどれだけ悲しいでしょう。だから、あなたを選んだのです。あなたを、即ちお父様を幸福の絶頂までひきあげました。これから、あなた、即ちお父様を不幸のどん底まで突落そうというのです。命をとる等という愚な真似はしませんよ。その代り、女性にとって、殊に勝れて美しかった女性にとって、この上なしの苦痛を与えようというのです」

稲葉はまるで世間話でもしているように悠々と話した。

敏子は信じられないように身をもがいた。恐らく、稲葉がいったように、彼がいよいよ実行にかかるまでは信じる事は出来ないであろう。

稲葉はもう口を開かなかった。女の頭部の方へ坐り直して、上向きになっている女の顔を坐ったまま自分の両膝で抑えつけた。そして、残忍な薄笑を浮かべながら、冷い眼で相手の眼を見詰た。

「これが何だか分りますか?」

稲葉はそういって、懐から取出したものを女の鼻先へ差出した。

「これは入墨――ほらあのほりものですよ――あの入墨に使う針なんですがね……僕はこいつであなたの美しいお顔へ創作をやろうと思うんですよ」

敏子の顔色がさっと変った。

「どうせロクなものは出来ますまいが……」

敏子には明かにその意味が解った。本能的に身をもがいた。

敏子は気絶した。

稲葉は用意の葡萄酒を女の口へ注ぎ入れて、暫く様子を見ていたが、やがて立上った。膝頭がふらふらした。ほっと息をついた。

丁度九時が鳴った。

女は意識を戻し始めた。それで、彼は女の猿轡と縄の具合とを調べてから書斎を出た。

隣家は、米田銀行の撞球嗜好家によって作られた倶楽部であった。この倶楽部は、稲葉の筋書によれば相当重要な舞台に使われるはずであった。きょうは日曜のこととてここで撞球選手権大会が開かれる予定になっていた。

稲葉はちょっと着物の襟を直しただけで着流しのまま倶楽部の門をくぐった。

「お早う御座います。稲葉さん」

彼の姿を見ると、もう大分集まっていた下っ端の連中が一様に声をかけた。

「お早う。はじまるのは九時半だったね？」

稲葉はいつもの通り落ついた親みのある調子でいった。彼はすっかり平静に帰っていた。ただ、少々の興奮と甘い快感とが微に尾をひいて震えてはいたけれども……

「ええ、開始は九時半です……」

「米田さんは？」

「まだお見えになりませんが……」

「稲葉さん、今度はお目出とう御座います」

彼の周囲に集まって来た中の一人がいった。

「いよいよ御嬢さんとの御婚約がおきまりになられたそうで……」

「有難う」

と、稲葉は陽気に笑って、

「それにしても君等は馬鹿に耳敏いなあ！」

「そりゃアね」

と前の男がいった。

「何しろ御目出たいですなア。私達も心からお喜びしているんですよ……ほんとに……何ですな、今度は一つ、一日も早く親玉の株を奪うんですなア……いやこれは……ハハハハ……」

その言葉もまんざら世辞や戯談ばかりではないらしかった。米田よりも稲葉の方が遥に人気があったのだ。

「じゃア、一つ、きょうの昼飯は僕がおごるとしようかね……婚約披露とか何とかいう名義でね……」

「しめたッ！」

誰かが頓狂に叫んだので一同はどっと吹き出してしまった。

「そうして、晩は米田さんにおごらせるんだね」

「結構々々！　原案可決！　満場異議なし！」

部屋中一杯に立籠《たちこ》めた煙草の煙の中で、見物に来た人達まで合せてかれこれ三四十人という人達が、がやがやざわめいていた。稲葉はにこにこ微笑を投げながら玉台に近寄ってキューを取りあげた。

九時半少し前までには米田も乗り込んで来て全部人員が揃ったので、盛んな拍手の裡に勝負がはじまった。稲葉の六百点が最高で、米田は三百ばかり撞いた。

米田は、きょうはまた馬鹿に当たりがよかった上に、稲葉がお父さんと呼びかけたのがひどく気に入って、素晴らしく上機嫌だった。

「稲葉君、ゆうべあんたは敏と一緒ではなかったのかな……わしは二人で横浜へ出掛けたんだと思うとったが……」

「いいえ、別荘へは参りませんでした。私の所で御一緒に食事をして、それから自動車で半時間ほどドライブして、××公園の所で御別れした切りなんですが……」

「そうかそうか……、何、敏がゆうべは帰らんもんだったからちょっとな……きっと友達の家へでも行ったんじゃろ……あれも、まだからっきし子供で困るわい……」

「そうでしょう。きっとお友達にでもひょっこりあって……」

「君々！　どうだい！　これは……仲々よい当たりじゃろう……」

むずかしい球を暫く考えた揚句一突きしたのが理想的に寄ったので米田は満足そうにそういった。

「やア！　こりゃア面白い球ですねえ。実に巧く寄ったもんだ。玄人にだってこう注文通りには寄りっこありませんからねえ。きょうはまた馬鹿によく当たるじゃありませんか」

「うむ、胸が愉快で張り切っている時には、どんな投機事業でも面白いようにうまく行くもんじゃでのう……だが、あんたは式はいつ頃挙げる積りなんじゃ……」

「敏子さんとも御相談したんですが、やっぱり三ケ月位たってからがよかろうと思うんですが……」

「三ケ月？　結構々々。丁度よかろうて……。で何かね……今住んどる家にやっぱり……」

「ええ、当分それで我慢しようと思っています」

「よかろよかろ……じゃがな、あんた、敏はあのようにいうとるが女中の二人や三人はどうしてもいるじゃろう……もし何んじゃったら当座わしの所のを二三人連《つれ》とってもいいが……」

塀一重の隣には、最愛の敏子が浅ましい姿で転げ廻っているとも知らず、米田は調子にのって喋るのであった。

稲葉は勝負に気をとられている人達の隙をねらってそっとその席をはずして倶楽部を抜け出した。そして、裏口から自分の書斎へ這入り込むと、部屋中をもがき廻っている女の片頰を冷たく見詰て、一、二分するといつの間にか倶楽部へ戻っていた。正午までに、彼はこんな事を四回も繰かえした。

正午近くなると、稲葉は、食事の用意をいいつけて来るからといって公然と倶楽部を出た。彼は老婆を料理店へ走らせておいて、その足で書斎へ這入って行った。

稲葉は書斎へ這入ると、無駄口一つきかずに敏子の頭の側へ坐った、女の憎悪に燃える眼を、彼は冷かに見おろした。生ぬるい沈黙の裡に、女の右頰には怪しげな入墨が完成に近付きつつあった。やがて稲葉はほっと息をついて立上った。

彼は書斎を出ようとして、ふと振り向いた。とたん、激しい衝動に襲われて危く倒れそうによろめいた。彼はまじまじと女の顔を――眼を見詰めた。その眼――恐れも怒りも消えて、ただささびし気な悲哀の影にうるんでいる眼――その眼が彼の心を激しく打ったのだ。なぜだか知らない。なぜだか解らない。なぜとも知れず、その眼は彼の心を掻きむしるように鋭く光った。古い古い痛手を突き刺されるような疼きだった。その眼――寂し気な悲哀にうるんだ――

稲葉は重い心を抱いて倶楽部へ戻った。

午後はまた賑に競技が続けられた。

元気にはしゃぎ切った人々の中にあって、稲葉だけはどうしても快活になれなかった。なぜだか解らない。解らないけれども段々と憂鬱に沈んで行くのであった。午後も二三回席を抜け出して、女の様子を見に行ったが、そのたびに追い立てられるようにあわただしく戻って来た。彼は、幾ら考えてみても自分でも解らなかった。彼はあの眼を怖れたのでは決してないし、非人道的行為にたいする良心の苛責を感じた訳でも更々なかった。ただただそれは訳もなく彼の神経を掻き乱すのであった。

三度目に敏子の様子を見に行った時稲葉はもうその眼を見る事に堪えられなくなって、眼をつむったまま女の鼻孔をクロロホルムを浸したハンケチで抑えた。敏子は二息三息深く息をひいて眠りに落ちて行った。稲葉は救われたようにほっとした。

競技が済むと、一同は、米田のふるまいで近所の料理店で一杯やった。

少し早めに料理店を辞した稲葉は、酒の力でどうやら普断の彼に帰っていた。普断の彼に帰ってから考えてみると、あんな理由もない事にくよくよした自分の馬鹿さ加減が可笑しくてたまらなかった。

家のしきいをまたいだ頃は、もう、とっぷり日が暮れていた。

稲葉は書斎に這入ると、直ちに部屋の取り片づけにかかった。別荘から持って来た道具は片っ端から自動車に積み込んで、最後に眠り続けている敏子を運んだ。それが済むと、今度は、隣の物置に仕舞っておいた道具を取り出して来て、順序よく配置した。一時間とたたない内に、以前の黄色っぽい部屋が出来上ってしまった。稲葉は得心の行くまで眼を通して、それから、自動車を引出して来て飛び乗った。

鶴見まで一走り——

鶴見からモーターボートで別荘まで一走り——

非常な危険が伴っていることを彼はよく承知していた。奇怪な道具を沢山積みあげた上に、縛り上げた若い女まで連れているのを発見されては、とても弁解等立つ訳のものではなかった。

幸《さいわい》にも、霧がおりていた。

無事について、艇から積みおろした道具を書斎のもとの位置に間違いなく帰し終ると、その部屋の真中へ敏子の身体を横たえた。

敏子は、間もなく——恐らくあけ方近くなって麻酔から覚める。そうして、別荘の書斎にきのうから横たわっている事とのみ思い込む。少くともきのうの部屋がこの別荘の書斎ではないと気がつかない以上は……

稲葉は書斎の道具を動かした形跡をかくすために、ざっと掃除して乱れた塵を奇麗にふきとった。この書斎だけを掃除してある事が人に不審を抱かせるかも知れないという事はあり得べき事なので、階下の数間を一様に掃除しておく事を忘れなかった。

掃除が済むとほっと一息入れた。

それから、二階の化粧室に這入って行って、この前の晩のと同じ変装に取りかかった。

変装が出来上ると、厳重に戸締りをして、薄暗い夜の町へ出て行った。彼の計画は略完成に近づいていたので、割合に落つくことが出来た。あるきながら、時々、あの眼のことを思い出した。涙ぐんだ淋しいあの眼の色がなぜあのように心をうったのか、解るような気がして、それでいてはっきりしなかった。

たどり着いた洋館の辰公を封じ込めておいた暗い地下室へ這入って行くと幾本めかのであろう蠟燭が殆ど消えかかっていて、その光に、片隅の空になった酒樽の傍に正体もなく寝込んでいる辰公の姿が薄ぼんやりと描き出されていた。強い酒をしたたか飲んで、さすがに深酔いに陥った辰公は叩かれても眼覚めそうにもなかった。

稲葉は、辰公の懐を探って切符と旅行許可証とを取り上げたが、その代りに、二百円の金にはならお数枚の紙幣を添えて、もとのポケットへ無造作に押込んだ。それから、ちょっと思案した揚句、自分の使った入墨の針を同じポケットへ捩込んで、蠟燭を吹き消すと、だらりとなった辰公を肩に担いで表へ出た。通りかかった人が見ても、酔払った友達を介抱して行くのだろう位に別に不審にも思わなかったであろうがそれでも稲葉はかなり見咎められないように注意して歩いた。

別荘へ着くと庭の隅へ辰公を抛り出して、その足から靴を脱がせて自分の靴とはきかえ、そのまま書斎へあがって行った。天気続きで道が乾いていた事とて、目に立つほどの足跡は残らなかったが、専門家が見たらどうやら発見出来る程度の薄い跡が残った。書斎や近所の数間を歩き廻ってやたらに抽斗等をひき掻き廻した揚句、また書斎へ戻って茶簞笥から用意のウイスキーの大きな空壜を三四箇取出して部屋の中へ投げ出しておいた。辰公のもとへ靴を返しに行く時、その空壜へ彼の指紋を不自然でない程度に取って来ることを忘れなかった。

全部が思う通りに終ると、穢い変装を脱いで、もちろん雨戸を開け放したままボートへ帰った。来る時に較べて帰りは非常に楽なものであった。変装道具やクロロホルムを浸したハンケチ等は一包にして錘を結びつけ、藻の生茂った深そうな所へ投げ棄ててしまった。

とにかく、彼のなすべき事は全部完全に終了したはずで、あとはただ結果を待つばかりであった。

その結果も殆ど察せられるし、彼は手落は絶対になかったと信じる事が出来た。

敏子は麻酔からさめる。その内に、家人が発見するだろう。部屋は取ちらされていて、空の酒壜には指紋もあるし、乱雑な足跡も残っている。一方、辰公がつかまる。指紋も足跡も一致するし、ポケットからは入墨の針や不相応な紙幣――稲葉は、その金は書斎の抽斗へ仕舞っておいたものだと証言する――が出て来る。まして、例の手紙の一件から捕縛されたであろう源太が、辰公は頻々たる変態性慾的事件の犯人である事を証言する。多少の不自然さはあっても、辰公が敏子を襲って、泥酔したために庭に打倒れていたものと、一も二もなく信じられるであろう。敏子が稲葉の仕業である事を主張しても、稲葉には犯行の理由らしいものもないし（少くとも世間の人には解らないし）信用も人望もあるし、第一、当日は遥距《はるか》った東京の倶楽部で過したという歴としたアリバイ（現場不在証明）があるではないか――

その夜、稲葉は、何十年にもなく寛いだ気持で、安らかに寝についた。


翌朝、稲葉すっかり身仕度して、米田から電話のかかって来るのを今か今かと待っていた。もう、そろそろ銀行へ出かけずばなるまいと考えた十時頃になって、やっと電話がかかって来た。

「稲葉君⁉　あんたかね⁉」

と米田は恐ろしく急《せ》き込んだ調子で、

「一大事出来じゃ！　敏がな、敏がな……ええッ！　話はあとじゃ！　直横浜へ行かなくちゃならん、もちろん、あんたもじゃ！　直自動車で来てくれんか！　邸じゃ！　直……よいか、直じゃ！」

米田は自分で喋りたい事だけ喋ってしまうと、さっさと電話を切ってしまった。しかし、稲葉は総てが分り過ぎるほど分っていた。で、直ぐ様、自動車を米田邸へ飛ばした。

米田はじりじりしながら玄関で待ち兼ねていて、自動車が来るや直飛び乗った。

赤い顔が殊更赤味を帯びて、普断の落着きにも似ず、はアはア息をはずませていた。

「何て事じゃ！　どいつもこいつも！」

米田は眼を血走らせながら、相手が聞いていようがいまいが、勝手に怒鳴ったり喚き散らしたりした。

「ふん、どいつもこいつも何て事じゃ！　態アない！　のう稲葉君！」

「一体、何が起こったんですか？　敏子さんが……」

「何が⁉　何がって……そうさ、あんた聞き給え。敏を、悪者が敏を……」

「えッ！　悪者が⁉」

「悪者が敏に危害を加えたんじゃ！　敏を台なしにしおったんじゃ！」

「ええッ！　敏子さんを⁉」

「何てこっちゃ！　あの奴等！　大勢居おったくせに！」

「敏子さんを台なしにって‼　一体……」

「知らん！　わしもようは知らんのじゃ。別荘の浜口から電話でな……あの落着いた浜口があんなに慌てくさってた位なんじゃから……君、おそいぞ！」

米田の握った拳がぶるぶる震えた。

自動車は全速力で矢のように驀進した。

けいさは、自動車を堂々と別荘の入口へ横着けにした。米田は気違いのように飛込んで行った。

「やれやれ、あの男は発狂するぞ」

と、米田の後姿を見送りながら、心の中でいった。

「あの剛情な男が苦しみもがきながら発狂するんだ。適当な報いというもんさ……」

敏子は取敢ず本館の方へ運び込まれて、駈つけた医者の診察をうけていた。稲葉がその部屋へ入って行った時には、丁度××警察の署長も来合せて、米田は真青な顔に眼許り物狂わしくぎょろつかせて、石のように黙り込んでいた。

「もうじき意識を恢復します」

と、手当てを済ませた医師が、

「何しろ、大変衰弱しておられるので、安心して気が緩んだためにちょっと失心なさったのです」

「何か毒物等を使った形跡はありませんか?」

と署長が尋ねた。

「いいえ、そんな事はありません」

麻酔剤を使った事が解ると少し面倒だと心配していたが、敏子が麻酔から覚めて救けられるまでに大分時間が経ったものと見えて、医師も気がつかないらしかった。

「どうも実に残酷な事をしたものです」

と医師は声をひそめて、

「こりゃア、毒を盛ったよりひどいでしょうな。女として、また御美しかった御令嬢として、殺される以上の苦痛でしょう……恐らく」

「何とかならんでしょうかな、あんた」

と、突然米田が嗄れ声で、

「手術で何とかならんもんでしょうかな?」

「どうもちょっと……」

医師は気の毒そうに眼をふせた。

とたん、敏子が大きく息をした。

米田はおずおずとその枕辺へあゆみ寄った。

「敏……」

米田の唇がぴりぴり震えた。

敏子は大きく眼を見開いて父の顔を仰いだ。その眼に忽ち嫌悪と恐怖の色が浮んだ。

「お父様！　あちらへ行って下さい！　あちらへ行って下さい！　お顔を見るのもいやだッ！」

米田は絶望に力なくよろめいた。

敏子の眼は素早く部屋中を探って、じっと自分を見詰ている稲葉と視線があうや、忽ち寝床から跳上ろうとして、危く看護婦に抱きとめられた。

「稲葉！　卑怯者！　卑怯者！　卑怯者！　卑怯者！　人でなし！　あんたは……」

敏子は身体をもがきながら絶叫した。

「聞いて下さい！　皆様！　悪者はこの人です！　この人です！　この人です！　私を苦しめた犯人はこの人です！　犯人はこの人です！　卑怯者！　卑怯者！」

「神経に打撃を受けたらしいですな」

と医者は低い声で、

「神経が錯乱して居られるようだ」

「敏はわし――このわしをまで忘れてしもうたようだ……」

米田は絶望的に呟いた。

「神経をいら立たせてはよくありませんから、とにかくこの部屋へは人を近づけないようにして下さい」

医者の忠告に従って病人だけを残して皆部屋を去ることにした。医者は部屋を出る時に、病人に鏡類を持たせてはならないと、呉々も看護婦に注意を与えた。

「御令嬢があのようにいっておられますが、稲葉さんはきのう中どこにお居ででしたでしょうか？」

米田と稲葉と、それに署長の三人切りになった時、署長は待ち兼ねたように尋ねた。

「私が？」

と稲葉はびっくりしたように、

「じゃア、私をお疑いになるんですか？」

「疑う……という訳ではありませんが何しろ被害者御本人のいわれる事ですから……」

「何んじゃ！」

今まで抑え抑えていた激怒が爆発して、米田は破《わ》れ鐘のような声で怒鳴った。

「稲葉君わしの相続人じゃぞ！　わしの義子じゃぞ！　敏の夫じゃぞ！　それで、あんたはどこを疑うんじゃ！」

「職務上どうも……」

「黙りなさいッ！　職務が何じゃ！　職務を云々する口があったら犯人をさっさと捕えたらよかろう！」

「もう犯人は挙がっておりますので……」

「何ッ！　今頃犯人が挙がったとてどうなるんじゃ！　敏の顔はもと通り直らんぞ！」

米田の声は邸内一杯に響き渡るほど激しかった。

「第一、犯人が挙ったらもうとやかくいう必要はないはずじゃ！」

「しかしやっぱり、一応は……」

「ああうるさい！　あんたのような人は出て行って頂こう！　まだ不審ならいうて聞かすわ！　稲葉君はきのうわしと一緒に暮したんじゃ！　わしと一緒に朝から晩まで球を撞いていたんじゃ！　わしだけではない、外にも証言するものは幾らもいる！　不服なら飽まで法廷で争ってあげますぞッ！」

署長はこそこそと出て行った。

総ては順調に進んで行った、悉く思う壺だった。

稲葉は、門を鎖して面会を謝絶し、塀を登り越えてまで面会に来た新聞記者にはその無礼を咎めず、悲しみに満ちたしめやかな調子で、自分の感想、今後の方針、殊に不幸な敏子は今まで以上の愛を以ていたわってやろう等という事を、ぽつりぽつりと話してやればよかった。満足した新聞記者は、翌朝の新聞で、彼を偉大な人格者に書き上げていた。悲劇の中心人物になった彼は四方八方から厚い同情をよせられたりした。

米田は発狂しなかったけれども、それ以上に苦しんでいるらしかった。

辰公はもう駄目だと観念したためか犯行の全部を自白した上、敏子の犯人も自分であると申し立てた。犯罪件数を誇張したがるのは先天性犯罪者の通有性である――


三日目の夜、米田が一人で、悄然として稲葉を尋ねて来た。

「稲葉君、本当に悲しい出来事を知らせに来たんじゃよ」

と、米田は唇を噛みながらいった。

「敏子が到頭発狂したんでね」

といい切って、さすがに強情な米田もはらはらと涙を落した。

――態アみろ――

稲葉は心の内で毒づいた。

――当然の結果さ、今に貴様も同じ運命に陥れてやるからな――

「よく注意していたんじゃが、看護婦の隙をねらって窓硝子に自分の顔を写しての……可哀そうな奴じゃが、あれのためには却てよかろ……気が違っては何事も意識せんじゃろからの……神様の御慈悲じゃわ……」

――神様!?――

米田が神様を引張り出したのを聞いて、稲葉は溜らなく可笑しくなった。

「神様？　ハハハハ……」

稲葉は到頭笑い出してしまった。

「神様には違いないが、それは私という神様ですよハハハハハ……」

米田は茫然として相手の顔を眺めた。

「私という神様の御慈悲でさアね。米田さん。もう、こうなっちゃア仕方がない、皆ぶちまけちまいますがね……」

稲葉の態度はがらりと変った。重々しいほどの調子で低声に談り初めた。

「今度の事件の真犯人はかくいう僕なんです。敏子さんの主張される通り僕だったんです。僕はその説明をくだくだしくしようとは思いませんよ。あなたを得心させるのは容易な事ではありませんからねえ。それよりも、なぜこんな残酷な事を仕出かしたかという原因の説明を聞いて戴けば、自ら総てを信じて戴けるようになると思うんです。

復讐ですよ米田さん。復讐なんです。思いあたる事はありませんか」

稲葉は憎悪に燃えた眼で相手の顔を睨みつけた。米田の顔は興奮のために段々赤くなって来た。

「ずっーと前、あなたが鉄工場をやっておられた頃、秋山五郎という男を使っていた事を覚えていますか?」

「うむ……」

米田は真赤になってうめいた。

「それ、胸にこたえるでしょう、あなたはその男の両脚を折った。秋山の妻は泣き死にした。秋山は一人の男の子をつれていずことも知れず立ち去った。これまではあなたがよく知っている事実だ。それからの事をあなたは少しも知らないでしょう。秋山があらゆる呪いをあなたになげかけていた事を……秋山の子供の一生をまで犠牲にして復讐を画策していた事を……秋山の戸籍がいつしか変って稲葉になった事を……秋山の一子が復讐のためにあなたに近づいた事を……そして遂に復讐した事を……」

「知らんぞ！　あんたは知らんぞ！」

米田は稲葉に食いつきそうに体を乗り出して狂気したように叫んだ。

「知らんぞ！　あんたは……あんたは秋山がわしを呪った原因を知らんぞ！」

「…………」

「ああ！　あんたは知らん。あんたは知らん。何にも知らんのだ。秋山はあんたがその事実を知ったがために復讐を避ける事を怖れて話さなんだのじゃ。そうだ！　話さなんだのじゃ！　ああ！　何という事をしてくれた。何という……もう取りかえしがつかん……あんたは何も知らんで飛んでもない事を仕出かしてしまったんじゃ！　ああ、何という事をしてくれたんじゃ……。

わしもあの頃は放蕩者じゃった。色気違いじゃった。わしは悪かった。わしはどんな復讐を受けても不服はいえなかろう。

わしは当時の多くの金満家《かねもち》のように女工を玩弄する事等平気でやってのけたのじゃ。ああ、わしは悪者だった。わしはいい訳なんどせん。どんな復讐にも甘んじる。おお、わしは秋山の妻――あんたの母さんを辱しめたんじゃ!!　暴力を以て一週間も監禁して……ああわしは実に悪人じゃった！　それが父さんとの争いの原因なんじゃ……

しかし！　しかし！　よいか……あんたの母さんは女の子供を一人生んで死んだのじゃ。その子が……ああ！　その子がわしのわしの……わしの敏子なんじゃ!!　あんたは知らん、あんたは知らんかったのだ!!」

血を吐くような米田の言葉は、稲葉に、千尺の天空から大地へ叩きつけるほどの打撃を与えた。

一瞬、稲葉の頭には鋭い火花が散った。

「解った、解った！　父がなぜあんな深い恨みを抱いていたか……おお!!　そして敏子は俺の妹だったのだ！　俺のたった一人の妹だったのだ！　血のつながるたった一人だったのだ!!

解ったぞ!!　皆解ったぞ!!

敏子のあの眼……涙にぬれたさびしいあの眼は俺の母の眼だったのだ！　俺を膝に抱いてじっと見つめたあの眼だったのだ！　病院で俺をじっと見つめながら死んで行ったあの母の眼だったのだ！　あの眼だったのだ！　あの眼だ！　あの眼だ！　眼だ！　眼だ！　眼だ！　眼だ！」

稲葉は発狂した。

(三)　第二の復讐？

それから三日ほどたったある朝のこと、泥だらけの最新流行服をだらしなく着込んで立派な顔立の青年が、左手に山ほどバナナを抱えてむしゃむしゃやりながら、銀座の大通りを散歩していた。水を打たれて鏡のように滑かになっている敷石の上に、バナナの皮が点々と植えつけられて行った。

朝とはいえ銀座大路のこと、珍事を探し歩いている連中が十五六人も周囲を囲んでわいわい囃し立てる中を、彼はナポレオンのように悠々たる態度で、ただ時々、キリストのように泣き面になったり、プラトンのように考え深くなったり、岩見重太郎のように笑い出したり、巧に表情を変えながら歩を進めた。

「可哀そうに。気違いだね」

そんな事をいって通り過ぎる人もあった。

この男は稲葉であった。

稲葉が十五六人のお伴を引連て丁度ある角まで来た時に、その角からひょっこり出て来た老紳士が青褪めた顔を驚愕に引歪めながら、彼の前に立った。そこで、稲葉は、騎士の態度を以て最敬礼をなした。老紳士は何かいおうとして一歩近寄ったが、稲葉はまた一歩退いて最敬礼を繰返した。お伴の連中が笑った。

「巡査は居ませんかね？」

と老紳士がお伴の連中に尋ねた。誰も答えなかった。老紳士はちょっと考えてから探して来ようと呟いて歩き出しかけた。

その時、丁度その時であった。最敬礼の頭を徐に上げんとした稲葉の手から、故意か偶然かバナナの皮が飛んで行って歩き出そうとした老紳士の足元へ落ちた。

老紳士はそれを踏んだ。

踏んだ足に体重が懸った。

ただささえ滑らかな敷石の上。はずみを喰って仰向けに倒れた。

尻よりも先に頭を打った。

打ったのは敷石である。

その老紳士は米田であった。

先に敏子の収容されていたある精神病院へ、米田と稲葉とが一緒に入院することになった。

その後のこと、その精神病院の庭で一人の女と二人の男とが、仲よく天気の事などを談り合っているのを、読者の中には見かけられた方があるかも知れない。

さて、筆者は最後の章に対して、「第二の復讐」なる見出をつけたが、狂人という境遇が第三者の考える如く果して悲惨なものであろうか、少く共、偏頗な道徳人情義理等にからまれて二進も三進も行かない不公平極まる残酷なわれわれの社会と較べた時どうであろうかという事を考えると、「第二の復讐」なる語が正当であるや否や当惑せざるを得ないのである。

現場不在証明《アリバイ》

情話と桜と絹行灯《あんどん》とで彩られた色街——所謂廓を囲んだおはぐろ溝《どぶ》は、水門をくぐって捌口《さばきぐち》を山《さん》谷堀《やぼり》に見出している。この堀は、流れるともなく、それでも次第にその幅を拡げて、遂には竹屋から大川へ注ぎ入る。水門から吉野橋の辺までは幅もやっと五六間《けん》の、ほんの溝をちょっと大きくした程度のものではあるが、水続きは便利なもので、中伝馬位は盛に上り下りする。堀の西側は一皮人家が並んで、それから賑かな吉原土手の往還が並走する。東側はずっと離れた電車道までぎっしり人家が建ち並んでいる。そして、堀のすぐ両岸には、極く細い道が通っているが、人家は悉く堀に尻を向けていて、それに滅多に人通もなく、堀を上り下りする船頭の鼻唄以外には殆んど人声を聞かないといった静さである。

　勝見の家はその両側にかなり手広く建っている。それと斜に堀を挟んで秋山の宏大な住居《すまい》があるのだが、皮肉なことに、その隣り、即ち勝見の住居の正面にあたる辺に勝見所有の空地か幾らかあって、そこへぽつんと建っている壊れかかった物置小屋が、煉瓦塀を間に隣家と奇妙な対照をなしているのだ。これは、まだ景気のよかった頃、勝見が秋山の向を張る積《つもり》で工事を起しかけたのがそのままになっているものらしい。

　何故勝見が殺意を起したか、それは却々《なかなか》説明のいる事だが、とにかく、二人は相場師同志の商売敵《がたき》の間で、それに、最近勝見はどうもならないほど叩きつけられていた事は事実だ。なお、感情上のより深刻な原因があったかも知れない。

　それは、よくよく事情の切迫してきたある日の事だった。勝見は、いつも事務をとる部屋と定め

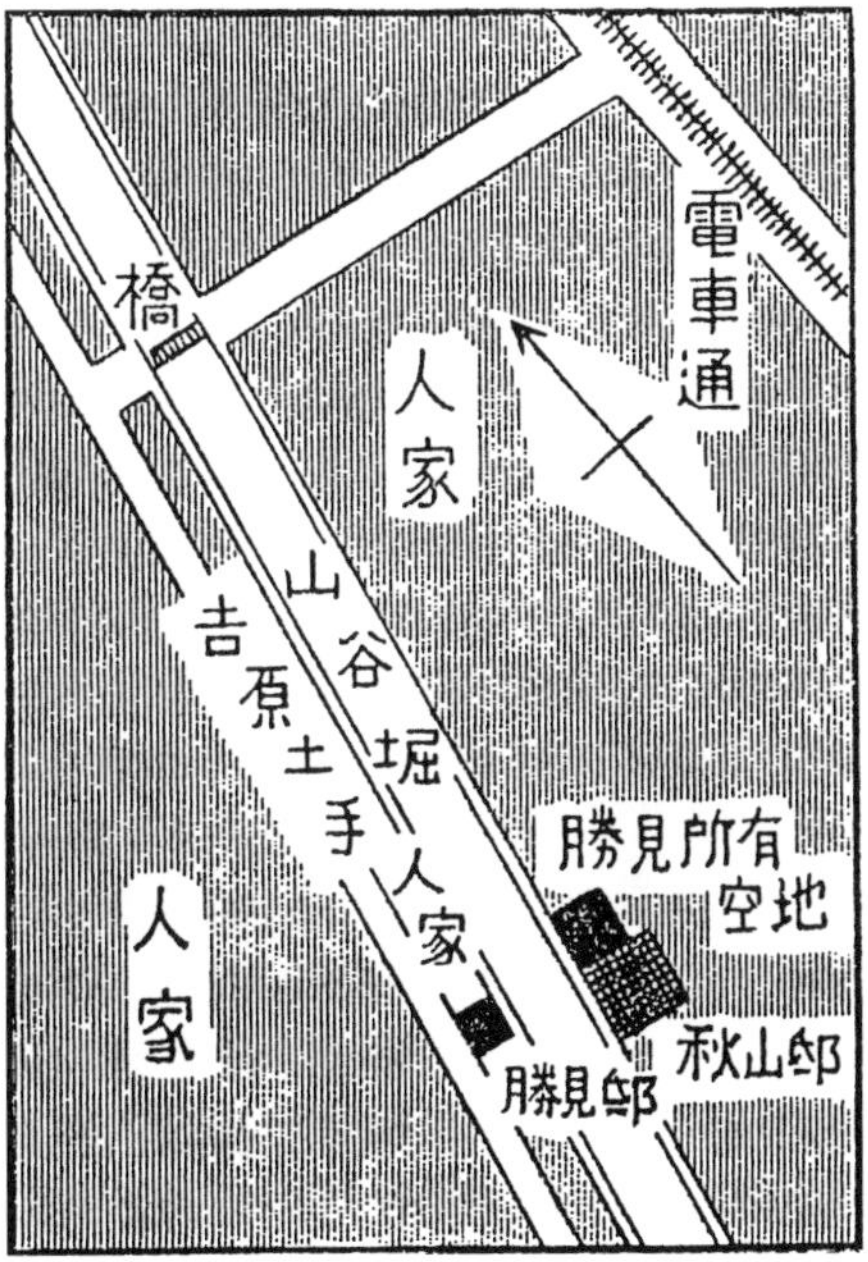

てある堀に面した西洋間の窓から、広壮な秋山の邸宅や、自分所有の空地にぽつんと取残されている物置小屋や、薄黒い不透明な堀の水や、それから真青な空等をぼんやり眺めていた。その内に、偶然というやつであろう、ふと彼の眼に映じたものがあった。眼に映じたと云うと語弊があるかも知れない。何故ならば、それは先刻《さっき》から彼の眼に映っていたはずだから。空は先刻から少しの変りもなく真青であるし、伝馬の途絶えた堀は先刻の儘静まり返っているし、彼自身すら先刻から微動だにせず、原《もと》のままの姿勢を保っているし、その時殊更に彼の神経を刺戟したと思われる節——小さな音響とか物影とかそんなものさえなかったはずだった。その堀の水に映った真青な空を横切っている細い二条の黒影にした所で先刻から彼の眼に映っていたはずではあるが、その時彼の興味は全くその黒影に吸込まれてしまったのだ。黒影の主は、東京放送局《ゼーオーエーケー》開設以来例の物置から堀を越えて事務室の窓際まで引張られている二本のアンテナである。ラヂオは多くの人に電気に関する初歩の知識を与えたが、勝見にもまたそれと、そして殺人の暗示とを与えたのであった。

　勝見の如き立場にいる者が秋山を殺す等という事は思いもよらない事だった。その危険さは両人の間の事情が切迫していればいるほど益々大きくなるので、殊に勝見の場合について云えば、彼の秋山との仲は世間に広く知られているのだ。秋山を殺しかねない男は勝見に限った事はない。敵の多い秋山は勝見の知っている許りでも四人以上のそんな敵を持っている。しかし関係の最も切迫しているのは彼であるし、極く都合の悪い事には、最近酒の上で、「秋山は殺しても飽足らない奴だ」と遂口を辷らせてしまった事である。殺人を計画する人にとって何と大きなハンディキャップではないか。

しかし考えてみれば全然不可能である訳ではない。つまり計画の立てように依ってはこの場合でも殺人は充分行い得るのである。例えば現場不在証明《アリバイ》である。鋼鉄《スチール》のように素晴らしい完全な現場不在証明である。完全な現場不在証明さえ出来れば、もう何の工夫もいらないではないか。現場不在証明はあらゆるものを超越する。全能《オールマイチイ》である。――所が、所がこの現場不在証明が難物ではないか。

勝見がアンテナ線の影から不可能と思っていた殺人を想起するに至ったのは結局この現場不在証明についての暗示を得たからであった。

勝見は直ちに実行にかかった。

注意深く窓を閉じてから、備付の卓上電話器をとって、受話器と送話器とに結んである二本の紐《コード》をといて、その先端を夫々《それぞれ》、ラヂオのアンテナの引込線――二本の引込線は途中で一本に縒合《よりあわ》されているが、その縒を解《ほぐ》して二本にしたものの尖端へ別々に連結した。つまり、電話線とアンテナとを直接に連結した訳である。それが済むと、勝見は電話器を風呂敷に包んで、帽子も冠らず毎日やる散歩と同じ姿でぶらりと家を出て、誰にも見咎られる事なく対岸の空地にある例の物置小屋へ忍び込んだ。彼の仕事は、アンテナの一端を引卸して、用意してきた細い二本の針金を別々に結びつけ、それを小屋の内へ引込んで、その針金の先端を夫々電話器の送話器と受話器とに連結する事だった。その結果、電話局からひかれて来た導線は彼の事務室内でアンテナ線に連《つらな》り、アンテナ線の他端に電話器が備えられる事になった、結局、電話器の所在地が事務室から物置小屋へ移り、アンテナの長さ丈電流抵抗が増したに過ぎないのである。

勝見は緊張した気持で交換手を呼出した。やや声が低い――それも気のつかぬ程度に――という丈だった。馴染の株仲買店を呼出して○○株の買入れを頼んだ。

実に見事な成績だった。

「アンテナも色々な使い道があるて……」

彼は二条の線を仰いでそんな事を呟いた。

翌朝になると、勝見は色々の準備をした。最も肝要な兇器については、一も二もなく拳銃《ピストル》という事にきめた。しかも、凄じい爆音を立てる極く旧式な五連発を使うことにした、というのは、第一にその拳銃ならば絶対に出所《でどころ》が知れっこないので、例え現場に遺棄してきても安全だし、またそうする事によって兇行後の大切な時間を兇器の隠匿に費す事も避けられるし、第二には、彼の計画ではその爆音それ自身がかなり大切な役目をひきうける事になっていたからだ。それから着物は勿論平常着《ふだんぎ》の儘――これは途中で他人に見咎られない用心に――次に、兇行の際使用するありふれた形のゴム裏草履と手袋と厚手のハンケチと鍵束とを用意した。

午後三時半になると、いよいよ活動を開始した。昨日やった通り、まず電話器を取りはずして、電話線とアンテナ線とを結んでから、密《ひそか》に家を立出た。何と運のいい事であろう。堀には、二艘の船が事務室の窓下にもやっているのだ。三四人の船頭が世間話をやっている。彼等は二時間や三時間はその話を続けているであろう。女中は使《つかい》にでも出たか姿が見えなかった。妻は熱海へ行っているから心配はないのだ。

彼は人通のまるでない堀岸の細道を散歩姿でぶらぶら歩いて行った。向岸へ渡るには、一番の近道でも、四丁ほど離れた橋を渡らねばならなかった。小屋へつくと、彼は躊躇する所なく、昨日用意しておいた細い引込線に持って来た電話器を接続して、下駄をゴム裏草履にはきかえ、手袋をはめて準備が完《ととの》うと、二三分じっと表の様子を窺ってから、電話器をとり上げて落附いた調子で仲買店を呼び出した。

「番頭さんだね？」

「はいはい、勝見様でいらっしゃいますね」

「そう……で、どうだろう〇〇株は？」

「どうも余り面白くありませんな」

「ふむ、景気がよくないって云うんだね」

「はア……」

「うむ、――今……幾時だろう？」

「ええと、左様四時十二分前ですが……」

「よし!!　次に僕の命令の行くまで買い続けて呉れ給え……」

一分後には、ハンケチで覆面した勝見は塀を乗越えて、既に秋山の事務室の隣へまで潜入していた。家族の殆んど全部が出払ったあとなので、彼にとっては極めて好都合だった。

勝見は堺の扉をそっと開いて内部を窺った。秋山は少しも気がつかないで、一心に電話をかけている。勝見は跫音《あしおと》を忍ばせて一間《けん》の背後まで迫った。それでも気がつかない。勝見は耳を澄ませて、四囲《あたり》の気配に気を配ってから、確な落着きを似て拳銃を挙げた。

「何だって!?　もう四時十分前だって!?」

秋山は電話器を抱込むようにして叫んだ。相手は仲買店らしかった。

突然、勝見は曳金をひいた。

爆音――爆音――爆音――

三発目に秋川は床上へのめった。勝見は血を避けるために飛退《とびの》きながら曳金をひいた。

爆音――爆音――

秋山の後頭部が滅茶々々に砕けてしまった。誰か駈けつける気配がする。

勝見は拳銃を投捨ててから、飛鳥《ひちょう》の如く塀を跳越えて小屋へ帰って来た。直ぐ電話の鈴《ベル》を鳴らした。交換手は出て来た事は出て来たが、忽ち怖ろしい混線が起った。彼はいらいらした。鈴を無闇に鳴らした。がやがや叫び合う人声の中に「火事火事」という言葉や「聖天町《しょうてんちょう》」という個有名詞が二三度聞えた。一分許りしてやっと仲買店が出て来た。

「番頭さんだね」

「はいはい」

「ええと、今、三時半だね……」

「否々《いやいや》、もう四時に八分しかありません」

「そうか……じゃア買方は打切りにしといてもらおう。今日は……」

引込線を強く引張った。アンテナは軽く二三度動いた丈で細い針金はすっぽり抜けて落ちた。ゴム裏草履や手袋やハンケチ等と一緒に電話器を包んで、非常な注意を払いながら表へ出た。

途中誰も見咎められる事なく無事に事務室まで戻って来た時には、勝見もさすがにほっとした。手早く品物の点検をして、直ちに夫々適当な場所へ始末をつけた。アンテナや電話器を本通《もと》りにした事は勿論である。

「何と鮮な出来栄だろう！」と呟かずにはいられなかった。

「窓の下では船頭等の話は油の乗り盛りじゃないか。実に予期以上の成績だて……」

考えてみても何一つ失敗したと思われる点はない。また、当然受けるはずの訊問に対する答弁も夫々熟考しかつ練習されてある。

ただ一つ残った問題は、彼の留守中に起った事柄を知っておかねばならない事だった。現場不在証明によって、三時四十八分から三時五十二分まではこの事務室内にいた事になっているのだから、その四分間前後に起った事柄を是非知っておく必要があるのだ。

第一にその四分間に外から電話が掛かったとしたらどうだろう？　幾ら呼出しても返事がないの

だから交換手はきっと不審に思っているに違いない。その問に対する答である。しかし、その答弁については予め研究してあるのだから大して心配はない。第二には訪問客の有無である。が、彼が晩餐の時にそれとなく女中の注意を惹いてみた結果、訪問客のなかった事を確定し得た。

さて、第三には、三時五十二分に電話をかけた時混線して来た「火事」とか「聖天町」とかいう言葉だった。どうも、留守中に聖天町に火事があったらしいのである。眼と鼻の聖天町に火事があれば日本堤の消防隊はいやでも駈付けたに違いない。そうすれば、事務室にいたと主張する以上是非共その自動車ポンプの騒音を知っていたに違いない。そうすれば、物凄い砂煙を立てて吉原土手を通っておらねばならないのである。実に怖ろしい偶然であった、混線からこの事実に気が附くことが無かったならば致命的の失敗を招く所であった。

夕方彼が散歩に出掛けようとした時、折よくも、裏の空地で女中が隣家の女中とお喋りしながら乾物《ほしもの》を取込んでいるのに出会った。それで、勝見は何気ない風で話しかけた。

「先刻の火事は大きくならなかったようだね」

「ええ、ほんのボヤだったそうで御座いますよ……人騒がせな……」

「実際人騒がせだね。あの自動車ポンプったら実に凄い勢で走ってったじゃないか」

「まア旦那様もポンプを御覧になったのですか?」

「うむ……何ね、ちょっと……」

勝見は妙な所で狼狽した。しかし、女中は別に気にも止めない風で、

「ほんとに偉い勢で御座いましたわ。ねえ、貴女……」と隣家の女中に話しかけた。

「ひどい砂ほこりを立てて……」

「随分酷いほこりでしたわねえ、ほんとに……」

勝見にはそれで充分だった。全部用意は出来上ったのである。その夜、彼は熟睡した。

翌朝、八時床を出た所で警察から召喚をうけた。勿論覚悟の前だった。

*

事件は発生と同時に発見され、五分後には係官の出張を見、七分後には完全な非常線が張られた。それにも関らず、犯人は一瞬の内に消えてしまって、足跡さえも残さないのである。

勝見が召喚された日の午後、船岡刑事は署長とこんな話をしていた。

「で、船岡君。盗難品は皆無なんだね？」

「そうです、塵っ葉一つ……」

「拳銃から手懸は見附からんかったかね？」

「駄目です。指紋の方も絶望ですね」

「勝見という男は拘引してあるだろうね」

「今朝から引張ってあります」

「勝見は、秋山を殺し兼ねないような事を公言した事があるそうじゃないか？」

「あの男は一番秋山を憎む立場にあるんです。それに、聞けば寸刻を争うほどの切迫した事情もあったらしいんですから……」

「勝見には何か反証があるのかね？」

「現場不在証明です。電話交換手と××仲買店の番頭とは、当日の午後三時四十八分と三時五十二分とに彼から電話がかかった事を証言しているのです。しかも、正しく彼の事務室の電話から掛ったもので、確に勝見自身の声であったと主張しているのですよ。つまり、四十八分と五十二分との二瞬間には、彼は彼の事務室に居た事になるんです。所が、秋山家の女中の証言によれば、殺人は三時五十分頃に起った事になりますし、また秋山は恰度仲買店へ電話をかけていた所なので、その仲買店を調べた所が、秋山の話中《はなしなかば》突然爆音が聞えて電話が切れてしまった、それが恰度三時五十分だったと云うのです」

「しかし、船岡君、考えて見給え。四十八分と五十二分との二瞬間に勝見がその事務室にいた事は確かかも知れないが、五十分にもその部屋にいたという証明にはならんよ。いいかね。四十八分に事務室で電話をかけ、直ちに堀を直線的に（例えば船で）渡って行って、五十分に秋山を殺し、電光的に引返して来て、また五十二分に電話をかけた……とすればどうだね。決して不可能な事じゃアないよ」

「それは、私も考えてみましたが、今度許りはその想像では説明がつかないのです。何しろ、当時勝見の家のすぐ窓下には伝馬船が二艘もやっていて、その上では四五人の船頭が世間話をしていた事ですからね。彼等は皆堀を横切った船も人もない事を証言していますからね。すると、是非共橋を渡らなければならないんですが、橋までは往復四丁もあるのですから、勝見の家から秋山の所まで道程《みちのり》丈でも八丁から歩かなけりゃアならない事になって、現場不在証明は完全に成立する事になるのです」

「すると君は誰に目星をつけているのだね？　大体読めたというような事を云っていたが……」

「私ですか……やはり勝見とはにらんでいます」

「それ見給え。君だってそうじゃアないか」

「ですが……私の目星をつけた理由は全然違うんです。私は、彼が一番殺人を犯し易い動機を持っていたから疑ったのではなくて、彼の外に秋山を殺し得るものがないからそれで疑ったのです。云いかえれば、今ここに、秋山を殺しかねない男が五六人いるとします。その内で、勝見が一番殺人をなし得る機会を持っていたという訳なのです。もう一度云い換えれば、彼の現場不在証明が一番薄弱だから疑ったのです。彼の現場不在証明にした所で確実なものでもありますが、しかし、確実という事が絶対的でない限り、他人の現場不在証明に考え及ばなかったのは彼の第一の失敗でしたね。例えば、秋山を殺しかねない四五人――の内で、ある一人は、昨日中法廷の証人席にいた事が証明されましたし、ある一人は、酔った揚句警察の留置場で寝ていましたし、ある一人は友人四五人と築地のマチネーに行っていましたし、とにかく、他の者は皆勝見よりは確かな現場不在証明を持っているのです。そこへ行くと彼のは単に、耳と声と丈のことですからね……」

「すると、勝見の現場不在証明はどうなるんだろう?」

「一体、電話という奴は線で連続されているんですから、線さえ継ぎ足せばどこまででも延長し得るんでしょう。ただ、あの場合、人の注意を惹かないように延長線を設ければよかったのです。その点で彼は幾分成功したと云われましょう。貴方は、勝見の事務室の前から堀越しに物置小屋の所まで張られてあるアンテナには気がつかれませんでしたか?」

「いや、二三度臨検に行ったが、ついぞ見なかったよ」

「見なかったのではなくて気がつかれなかったのでしょう。何しろ、東京市民はアンテナに食傷していますからね。勝見は、アンテナを延長線に使って、電話器の位置を小屋へ移せばよかったのです」

「解った! 解った! それ丈の種が挙っていたら、君もう遠慮する事はないじゃアないか。少し厳重に調べてやれば」

「いや、お待ちなさい。ああいう男は、ただの方法で調べたんではどうもなりませんよ。もし彼が真犯人だとすれば実に見事に組立てたものではありませんか。実に緻密な天才的な頭ではありませんか。ああいう男は、幾ら厳重に調べた所で裏から裏へ抜けてしまいます。それに、私がこう説明してみた所で、何ら具体的な証拠がある訳ではなし、彼の現場不在証明を破る力とはならないのですから……あれを破るには、それよりも以上の有力な尻尾を摑むより外はないのです」

「で、君に成算はあるのかね?」

「ない事もありません。彼は実に緻密なデリケートな頭脳を持っていますね。むしろ、神経過敏かと思われる位鋭いものです。ああいう脳髄はちょっとした事にも乱れ勝ちなもんです。そして、一度、混乱したら愚者もやらないようなへまを仕出かすものですよ」

＊

朝召喚されてから、勝見はたった一人で留置場へ投込まれたままだった。それが多少彼を不安にしないでもなかった。

夜の九時過ぎになってから、やっと呼び出された。

署長と船岡刑事、それに二人の速記者と、四名の巡査とが彼を囲んだ。

普通こういった場合には訊問者は真向から呶鳴りつけるか、まず頬の二つ三つは殴りつけるものだが、船岡刑事は談話的に、極めて軽く口を切った。

「勝見さん……と仰しゃいましたね？」

「はア、勝見です」

「で……ちょっとした殺人事件で御呼びした訳ですが……」

「……」

「貴方がどうも不利な立場に居られるのでね……」

「……」

「昨日の午後三時半から四時頃まで貴方はどこに居られましたか？」

「三時半から四時まで？　……！　たしか家に居たはずですが……自宅で、事務室で事務をとっていたはずですが……」

「それを証明する確実な証拠はありませんか？」

「女中に聞いて下されば解りますよ」

「それじゃア余り確実な証拠とはなりませんね」

「ええと……おお！　それそれ……聖天町に火事のあった時分二度許り電話をかけた事があります。そうだった……三時四十八分と三時五十……二分と二度かけた事を覚えています」

「結構です。兇行時間は三時五十分だから立派な現場不在証明となる訳です。××仲買店の番頭もそれを証言していました。ぴったり符合します。何んですか……その電話をかけた時間の間は勿論その部屋に居られたのでしょうね」

「勿論そうです。ああ、ちょっと、表を覗いた事はありますが……」

「何のために覗かれたのですか？」

「自動車ポンプが偉い勢で通ったからです。物凄い砂ほこりを立てて走って行ったのを覚えています」

「表へ出たのではないでしょうね？」

「一歩だって表へは出ませんでした」

「すると、ここにちょっと困る事があるんですがねえ……おい、交換手を呼んでこい……」

船岡は巡査にそう命じて交換手だという若い女を呼んで来させた。

「済みませんが、先刻の事をもう一度証言して下さいませんか……」

船岡はやさしく云った。女はうつ向いた儘頷いた。

「妾《わたし》はA局の電話交換手で御座います。昨日午後三時五十分前後に××××番（勝見の電話番号）から二度深川の〇〇〇〇番（××仲買店番号）へかかった事を記憶して居ります。それから、その二度の間に一度他から××××番へかかったので、接続はしましたけれ共、いくら呼出しをかけても出て来ないで到頭切れてしまった事をたしかに覚えております……これでよろしいので御座いましょうか？」

「結構です」女が部屋を出て行ってしまうと船岡はまた勝見に向って、

「勝見さん、どうも困るではありませんか？　貴方はあの間にどこかへ出掛けられたんではないですか？」

「いや確かに部屋にいました」

「じゃア、電話は鳴ったんでしょう?」

「確かに鳴りました」

そんな事は少しも怖れる必要がなかった。勝見のプログラムには明瞭に記載されているではないか。ただ、彼は、前以て考えておいた通り落附いて答えればいいのである。

「別に不思議とも思われませんがね。電話のベルが鳴るのは確かに聞きました。しかし、恰度重要な書類を調べている所だったので、少しでも気をそらされるのを怖れて受話器をとらなかった丈のことです。こんな事は、私共の仲間ではよくある事です……」

「フン!!……」刑事は嘲けるように鼻で笑った。

「勝見君、君ともあろう者がうまうまと罠にかかったものだねえ。え? どうだい。もう正体を現わしちゃア……」

「…………」

勝見は訳が解らないであきれたという様な表情をした。その間に彼の頭脳は、彼の失敗した点を探そうとした。しかし、どうしてもそんな点は有りそうにもなかった。彼の頭はまだ冷静を失わなかった。

「しらばっくれたって駄目さ。気がつかんのなら教えてやろう」

船岡はまた巡査に命じて一人の女を連れて来させた。それが自分の女中であるのに気がつくと勝見は多少不安にならずにはいられなかった。

「先刻尋ねた事をもう一度云って下さい」

船岡はやさしく云った。女中は暫らく主人の顔色をうかがっていたが、軈《やが》て思い切ったように口を開いた。

「昨日の午後五時頃、妾が裏の空地で乾物を取込んでいる所へ旦那様がおいでになられまして、『先刻のポンプは偉い勢だった』というような事を云われましたので『旦那様も御覧になられたのですか？』と不審に存じたのです。妾は三時半頃お隣のお女中さんと一緒に吉野町の方へ買物に参りまして、恰度電車通を歩いている時ポンプが走って行くのを見たので、お部屋にお在《い》でのはずの旦那様がどうして電車道までポンプを見に来られたか不思議に存じたような次第で御座います」

女中が出て行くと、刑事は皮肉な調子で云った。

「どうだい。まだ解らんかね。ポンプはいつも土手を通るさ。但し、昨日丈は生憎と別だったのさ。土手の途中に道路工事をしている所があるんでわざわざ電車通を廻ったんだ。おい、どうだね……」

勝見はまざまざと失敗を知った。頭が破れるように鳴った。畜生！　畜生！　畜生！

「おい、何とか云え。云わなきゃア此方《こちら》で云うぞ。おい！　おい！　貴様は確かに部屋にいたと云ったな。電話のベルの鳴るのを聞いたと吐《ぬ》かしたな。おい馬鹿！　ベルなんぞ鳴りはしなかったんだぞ。電話なんぞどこからもかかりはしなかったんだぞ!!」

勝見の頭脳は脆くも壊れてしまった。掻廻された泥沼のようにとろけた脳味噌が渦をまいて急速度に波動した。何という事だ!!

「真直ぐに白状しちまえ！　貴様の外に殺すような奴は居ないんだぞ！　大馬鹿！　慌てて逃げやアがってアンテナを忘れやがった!!」

「アンテナが……アンテナ……」

「馬鹿！　何をほざくんだ!!　貴様の射った五発の弾丸《たま》でも相手は死ななかったんだぞ!!　死に切れないで犯人は貴様だと云ったんだぞ!!　勝見だと!!」

「違う！　違う！　生き返えるはずはないんだ！　頭が砕けてしまったんだ！　そう云って俺を釣ろうたって……秋山を殺したのは俺じゃアない！　秋山を……秋山……」

勝見は倒れかかって危く刑事の腕に抱きとめられた。

――――

「秋山という名前を引出すために大いに苦心したのさ……」

船岡はずっと後になって、当時の事を物語った時こう説明した。

「実に巧な犯罪だったよ。それ丈此方じゃア骨が折れたというものさ。第一、総てが想像し得ても、それが真実であると知っても、尻尾の摑みようがないんだからねえ。それで、俺が考えた挙句最初に気がついた事は、犯人が非常に頭のいい男である事だ。犯罪の筋書としては申分がなかったのだ。所で、その点に気がついた俺は、却ってその点を利用してやろうと思いついたのだ。成功率は甚だ低いもんだったがね……

緻密なものはこわれ易いよ。ああいう男は神経系統へちょっとした刺戟を与えれば、それ丈であとは巧に操る事によって容易に混乱させ得ると考えたのだ。結局の目的は秋山という名前を引出すことだったが……

自動車ポンプの一件だって、云い抜ければ幾らでも云い抜けられる。普通の頭のない図々しい犯人はあんな時は鼻であしらってどうとも云い抜けしてしまう。またそうされても此方ではどうもならないほど薄弱なことだからね。所が勝見のような男は白々しく云い抜ける事が出来ないとみえるんだねえ。

また、電話の一件だが、あの位の男だから、ああいう訊問を受ける際の答弁も充分考えておいたろうと思った。だから裏を行ったのさ。普通の犯人は、あんな際、ベルの音等少しも鳴らなかったようにうそぶくものだが、勝見は用意周到に最も自然な答弁を考えておいたのだ、それがいけなかったのさ。考え過ぎの失敗かね。しかし、あの交換手は正直な女だぜ。あの女は何も勝見をだまして、かからなんだ電話がかかったように証言した訳ではないんだ。電話は実際にかかったのさ、俺のトリックさね。あの若い女の就職口乃至嫁入口に差支えるようなことがあっちゃア気の毒だから断っておくんだが……

しかし、ポンプと云い、電話と云い、要するに彼の脳味噌をくちゃくちゃにするための道具に外ならないのさ。考えてみりゃア、ポンプだって電話だって句駄《くだ》らない証拠にも何にもならない事なんだ。

所で、当時の記録を見てくれれば解る事なんだが、俺は最後まで秋山という名前は口にしなかったのだぜ。その代り、秋山という暗示を与えるために、殺人とかアンテナとか三時五十分とか拳銃の五発の弾丸とか勝見が犯人だと死人が云ったとか——それとなく使ったんだ。勿論、事件は、秋山の家からも警察からも一言でも漏れないように注意したのさ。勝見が犯人でなければ白紙であるべきはずの頭をもって訊問に答えさせるようにしたのだ。

勝見かね？　白状するも仕ないも有りゃアしないよ。その晩から気が変になっちまってさ……何でも間もなく死んだそうだが……自殺かって？　さあ……」

梅雨時の冒険

一

浅野には梅雨が大の禁物だった。しょぼしょぼと、陰気な雨が続くその頃になると、きまって、一二回は癲癇《てんかん》の発作を起さない事はなかった。彼は、それを宿命的な遺伝だと云っていたが、とにかく、あの不健康なかび臭い匂《い》いを嗅ぐと、もう、それ丈で、彼は参ってしまうのだった。

昨日も今日も、霧のような小雨が降っている。湿っぽい空気が重苦しく淀んでいる。

ただでさえ閉口なのに、正月以来の神経衰弱が嵩じて、彼は、まるで倦怠そのもののような恰好で、下宿の二階に横になっていた。

「郵便！」と、かすかな声がした。とんとんとんと梯子段を上る音。

「お手紙」

女中は障子の隙間から、封筒を落し込んで、その儘下へおりて行った。

受取ったのは私である。私はどきりとしてそれを手に取った。真紅《まっか》な――と云うよりも血のような赤い色の封筒。

その上へ、まずい手蹟《て》で、殴り書きにした、

「浅野正司《まさじ》様」

「おい、正公、手紙だよ」

浅野は振向こうともしないのである。

「正公ったら。おい、凄いラブレターだよ。おいったら……」

それで、私は立って行って、彼の顔の上へ乗っけてやった。彼はやっと眼を開いた。そして、大儀そうに手に取ると、暫くはぼんやり見詰めていたが、軈《やが》て、のろのろと封を切って、中から、封

筒と同じ色の赤い用箋を引張り出したのである。

「一体、何だってんだい？　その手紙は？」

太々と何か書かれているのを斜《ななめ》に見ながら、私が訊ねた。

「ふん」と、彼は低く鼻を鳴らした。細く開いている眼が、一層細く、細く、糸のようになった。何事も無かったように、のろのろと用箋を封におさめて、

「燐寸《マッチ》は？」

「おい、来た」

私が投げてやると、眠むそうに一本すって、それは手紙を読み終った時の彼のくせなのだが、手に持った儘の、赤い手紙に火をつけた。めらめらと、蒼白く手紙が燃える。一体、彼は覚めているのだろうか。眠っているのだろうか。

窓の、貼り立ての障子の向うでは、音もなく降り続くぬか雨が、それとなく感じられる、眠《ね》むたい気配である。

二

翌日も、午後は、また雨になった。

浅野は相変らず元気がない。横になって眠っていた。私は、仕様事なしに、燐寸の棒を二本立てて、立てては燃して「恋の独占《うらな》い」である。

「郵便……」と、階下《した》でかすかな声がした。私は、妙にどきりとしたのである。

耳を澄していると、とんとんとんと梯子段を登る跫音《あしおと》。

「お手紙……」と、女中の声がして、障子の隙間から落し込まれたのが、気味の悪い事に、あの

赤い手紙なのだ。

「おい、また手紙だぞ」と、浅野の耳元で怒鳴りながら、彼の懐へ捻込《ねじこ》んだ。

「うるせえな」

浅野は、ぶつぶつ云いながら、封を切って、文面にちょっと目を通すと、

「おい、燐寸！」

「ほい、来た」

云いながら、燐寸を投げてやった。

「話して聞かせろよ、どうしたって云うんだい？　え？」

黙りこくって、億劫そうに片手で燐寸をすると、火を手紙へ移して、その燃えている奴は灰皿の上へ投げ出した儘、ぐるりと寝返りを打ったものである。不気味なその顔の蒼白さに、思わず、私はぞっとなった。


翌日も、また雨。

浅野はミイラのように横になった儘動かない。私は、「独占い」をするでもなし、何とも云えない一種の予感で、階下のもの音に、耳を澄せていた。と、果して、

「郵便……」

とんとんとんと梯子段を登る跫音。

すわ！　と跳起きた鼻先へ、

「お手紙……」と、女中が置いて行ったのは、何んと、三回目の赤い手紙なのだ。

「浅野！」と、私は真面目に云った。

「起きて、少しは考えろい！　三回目が……おいっ！　たら……」

「うるせえな……」

それでも、浅野は上半身を起した。

「二回目だろうが、三回目……だろうが……」

「ちぇッ！　寝ぼけるない！」

私は、彼の前へ手紙を投出した。

だるそうに、封を切って、文面に眼を通して、元へ仕舞って、

「何んて、智慧のねえ野郎だろう。いつも同じ文面じゃア、いい加減飽きが来らア……あ――あア……」

蟇口《がまぐち》を裏返したような欠伸《あくび》をして、また、ごろりと横になってしまった。

「ちぇッ！」と、私は、思わず舌打ちをした。

「雨はどうだろう？」

聰て、眠そうな声で彼が云った。

「お生憎様と、あがったアね」

それっ切り、うんともすんとも口を利かない、浅野の横顔を見ている内に、私は、堪らなく、いらいらして来て、息苦しいように燃え上った好奇心に押されて、浅野の枕元にある赤い手紙へ、つと、手を伸したのである。が、途端、がばと跳起きた浅野は、矢庭《やにわ》に、私の手から手紙をひったくって、疾風のように梯子段を駈けおりて行った。何しろ、それが、あっ！　という間の出来事なので、私は、まるで気が抜けてしまった。

続いて、がらっ！　と開く格子戸の音が、ぽかんとしている私の耳へ聞えて来た。

三

翌日は、久方振りで陽がさした。何となく、健康そうなざわめきである。何よりも、嬉しい事に、浅野が元気がよかった。

「上条」と、朝飯の膳へ向った時、浅野が、私に云った。「東京夕刊新聞に、君の友達がいると、いつだか云ったねえ?」

「ああ、居るよ。記者をしている」

「一つ、紹介してくれないか」

「ああ、いいとも、だが、昨日はどこへ行ったんだい?」

「図書館めぐりだ」

朝飯が済むと、着流しの儘、足駄《あしだ》履きで、早速、東京夕刊新聞社へ飛込んだ。

「失礼ですが、お宅の新聞の少し古いのを見せて戴きたいと思うのですが……」

社会部長をしている友人に紹介が済むと、こう浅野が切り出した。

「御安い御用ですとも。で、いつ頃の?」

「昨年の今頃……六月中旬の奴を拝見したいのですが……」

「宜しゅう御座います。ちょっと御待ち下さい」

そして、給仕に云いつけて取寄せてくれた新聞紙の綴込みを、浅野は卓子《テーブル》の上へ置いて、ぱらぱら頁《ページ》を繰った。

「どうだい? 収穫はあったかね?」

「…………」

私が横から口を出しても、彼は返事もせずにじっと頁へ眼を据えている。怪しく輝いているその眼。

「ああ、六月十三日月曜日……ですね。御役に立ちましたかしら？　一体、この……」

と云いかけた友人は、浅野の顔を見て急に口をつぐんだ。

「おい！」

私の腕を鷲掴みにしながら、彼は鋭い低声《こごえ》で云ったのである。

「見ろ！」

緊張の余りかすかに震えている指が頁の一隅を指した。

「見ろ！　破り取られている！」

が、気がついたように、つと私の腕を離した彼は、新聞の綴込みを、礼と一緒に友人の方へ押やりながら、

「妙な事をお聞きするようですが、前に、と云っても最近の事ですが、誰かこれを見た方、または見に来た方はありませんでしたでしょうかしら？」

「さア……」と友人は首をひねった。「私の知ってる範囲では、ない、と思いますがねえ」

「ありますよ」二つ三つ離れた卓子で何か書いていた記者の一人が、にやにや笑いながら云った。

「横合から失礼ですが……ありましたよ。一人……」

「そうですか、一体いつ頃でしょうか？」

「さア、一週間、十日も前でしたろうかねえ」記者はこっちへ歩み寄りながら云った。「うむ……やっぱり、この、去年の六月中旬の綴込みでしたよ」

「その人は、失礼ですが、貴方の御友人ですか？」

「いいや……まるで一面識もない人だったんですがね。実は、あの日、近所の料理店で昼飯をやっていた時、同じ卓子に向い会った人なんですよ。気持のいい、話し上手な男だもんだから、直ぐ打解けてしまいましてね。話の末、古い新聞を見せてもらえまいか、お安い御用ですって訳で、まア、そんな訳でしてね。森何とかいう名でしたっけ……」

「はア、森……森って云うんですね？」

「そうです。名刺を貰ったんですが、さア、名前は何と云ったたっけな……」暫く考えていたが、

「ええと……おお！　そうそう。武二でしたね。そうだった、森武二……」

「若い人でしたか？」

「若い人です。背の高い、瘦形の、ダブルボタンに、オックスホードパンツ、それに、赤い縞の入ったネクタイと、それが馬鹿に上品にうつる人でしてね」

「仲々くわしいね。よほど羨しい男っぷりだったと見えて……」と部長の友人が口を挟んで笑った。

「エヘヘ……」と、頭を掻きながら大声で笑った記者は、ふと気がついたように、急に浅野の方を向いて、妙な眼付をしながら、「しかし、御存知ない人なんですかねえ？」

「心当りがありません。森武二……」

「変だな。向うでは貴方を知っているようでしたが……」

「知っている!?」

「そうですよ。帰りぎわにこんな事を云って行きましたっけ。近い内に、もう一度これを見にくる人がありますから、そしたら、その人にカフェ・メロデエへ来るように、伝えて下さい、というような事を……」

「カフェ・メロデエ？」

浅野は呟きながら、ふらふらと立上った。

「そうです。メロデエ……否《いや》、そうじゃアない、確か……ええと、確か、南側だっけかな、カフェ・メロデエの南側——表へ面した側へ行って見ろ……と、こうでしたっけ……」

「メロデエ、メロデエ、メロデエ……」

ぱっと、浅野は後へ駈け出した。

「行こう！　上条！」

「どこへ」

「カフェ。メロデエ」

四

カフェ通《つう》の浅野にも心当りがないのだから探すに骨が折れた。銀座の裏の、裏の、裏の、その裏の、細い通りに面した小さな、しかし、正しくカフェ・メロデエで、表面《おもて》に鏡があって、丸卓子が七ツ八ツ、萎びた盛花《もりばな》に、××劇場マチネエのポスター。

南側の、往来に面した一隅へ椅子をがたがた除《ど》けながら席をとると、やっと「入らっしゃい」と声がして、奥から女の顔が窺《のぞ》いた。だから、時間も時間だが、店はがらんどうだったのである。

「コーヒー」

「は――い」と首が引込むと、

「八重ちゃん、貴女の御席よ」

私等は、少くも、私は、妙に興奮していた。埃臭い往来をのぞいて、安っぽいシャンデリヤを仰いで、ポスターに眼をやって、口笛を吹いて、足で拍子を取って、何となく落着かない気分なのである。

「ホホホ……」と、奥の方で笑い声がしたかと思うと、ぱたぱた草履を引摺って、女給がコーヒーを運んで来た。美しいが、眼の切れ過ぎた、頬の蒼白いその女給を、私は、八重ちゃんだなと思った。

「お待遠様《まちどおさま》」

コーヒーを置いて、二三歩行きかけたが、浅野が巻煙草を取出すのを見て、ちッと燐寸を擢って差出した。白い細い指に、しっくり嵌《はま》った指輪の、水色の宝石に、燐寸の火がちらちらと映ったのである。が、途端、ぽろりと燐寸が取落されたのと、それと、手を引込められたのが、殆んど同時であったから、私は冷水をあびたようにぞっとなった。

立ちすくんで、まじまじと浅野を見据えて、暫くは固く結ばれていた口唇《くちびる》が、細かく、大きく、震え出したと思うと、がつがつがつと歯が鳴って、

「あ——アあ……」とそんな呻きが漏れた。それから、

「生きてたんだね!!」

怯《おび》えた眼附で、しかし、一生懸命に浅野の顔を睨みつけながら、嗄声《しわがれごえ》で呟いたのである。

「生きてた!? 生きてた!?」

頬の筋肉を動かそうとする懸命の努力が、その蒼白い顔面に、奇怪な笑いを引歪《ひきゆが》めた。と思うと、絞り出すような調子でぺらぺら喋り出したのである。

「変だと思ったよ。ああ、変だったよ。生きてるなんて!?」

浅野は右手に巻煙草を持った儘、じっと相手の顔を見詰めていた。女は、捨鉢に呟きながら、じりじり後へすさって行った。

「到頭、見附けられたよ。変だったよ、この四五日。だが、何てぐぢなんだい。三日も四日も廻りっくどいよ。ああ、三日も四日もさ。来るなら来るで、まともにやるもんさ。男らしくよ。だからさ、だからさ、薄野呂野郎《うすのろやろう》!」

「…………」

「一体、一体、お前さんは私をどうしようてんだい? 三日も四日も……」

「…………」

「そもそもさ。一文にもならない玉をつかませたア何奴《どいつ》なんだ!? え!? 誰なのさ! 妾《わたし》アね

…………」

「何んの、何んの、人殺め！」

表から、鋭い声が聞えたかと思うと、窓の外を何やら黒い影が、げらげらと笑って過ぎた。

よろよろ蹣跚《よろめ》いた身体を、危く卓子の角で支えた女は、次の瞬間、疾風のように表へ駈け出した。

「それッ！」と、同時に立上って、往来へ駈け出した我々の眼に、確乎《たしか》に気味の悪い事ではあるが、そこは、銀座の裏の、裏の、裏の、その裏の、人っ子一人も見えない埃っぽい往来なのであった。

五

「妙な女だな、誰一人住所を知ってる奴も居ないんだから」

カフェを出ながら、浅野が呟いた。

「こう、ぽっきりぽっきり手蔓が切れちまうんじゃアどうもならない」

「あの女を君は、まるっきり知らないのか？　向うじゃア……」

「知るもんか！」と、彼は不気嫌に怒鳴った。

カフェから七八間《けん》。曲り角を曲ろうとした途端、

「おい浅野、何か落ちてるぜ」

浅野が危く踏みそうになった何やらの新聞包を、私は素早く拾い上げた。

「何んだろう？」

それから二三歩。

「えへへへへへへ……」

鈍い、不快な笑い声が、さっき窓の外を通り過ぎた黒い影と一緒になって、私をぎくりとさせたのである。

「えへへへへ、どうも御世話様で」

振向くと、見すぼらしい風体《なり》の、醜悪な容貌の髯男が、

「何んの、何んの、人殺め……えへへへへ……」

ぞっとして、一歩すさった鼻先へ、にゅうと手を突出して、

「何んの、何んの、御安い御用で……えへへへ……御入用なら、その新聞包、御譲り致しやしょうか、旦那」

私は、新聞包をその男の手の中へ投げ渡した。

「おやおやおやおや！　御不用様で。いやはや、恐れ入谷《いりや》の鬼子母神様《きしもじん》で、何んの、御不用等とは何かの御間違えで御座んしょう。あったら、手蔓を……えへへへ、旦那、いかが様で……」

「幾円《いくら》よ？」何思ったか、浅野が云った。

「これは御顧客様《おとくいさま》で。結構で……だが、御無理は申しやせん。総て取り引きは……」

「幾円なんだい？」

「これは、これは御待遠様で、決して掛値《かけね》は申しやせんよ。決して御引きは致しやせんよ。まー ず十両、こいつが公定相場で、はい……」

「買うよ」

浅野が出した十円紙幣を新聞包と取換えに受取ると、すッと身を引いたその男が、

「気前がいいや。旦那はね。だから、御注意しやすがね。旦那、旦那、今朝の「東京夕刊」は御覧済かね？」

くるり身をかえすと、すたすたと歩み去った。

「何だろう？　彼奴《あいつ》……」

「さア、何だろう?」

「益々こんがらかって解らなくなって来やがった」

「なあに、解るよ」

叮嚀《ていねい》に包んであるその新聞紙を、浅野は手早く解いた。出て来たのは一葉の写真である。若い男の半身が綺麗に撮れているカビネ型。

「で、その写真から何か得る所があるのかい? 俺には一向見覚えのない人間だねえ」と私は云った。

「君は見覚えがあるのかい? この人……」

「そんな事は問題じゃアないさ。事件は裏から裏へ進行してるんだから」

浅野は考え考え云った。

「この写真は素人が撮ったものだよ。巧く出来上ってはいるが。つまり、何となくという奴だ。らしい味が仕上げに見えてる。台紙が出来合《できあい》で、それから……否《いや》、それ丈かな。撮った日も解らぬし、勿論、これが誰だかは俺の知った事じゃアないのさ」

「十円だぜ。この写真は……それ丈の価値があるのかねえ?」

「有るんだろう。俺は知らないが……」

浅野は、写真を新聞紙で包み始めたが、何思ったか、つとその手を止めて、忙《せわ》しく新聞紙の皺を伸した。

「どうしたと云うんだい? 何か……」

「勿論」と、彼は眼を輝かせながら、「俺は、結局、この写真を九円九拾七銭で買った事になる、と云おうとしてるのさ。三銭也はこの包紙の代価だ。で、つまり俺の取り引きが当を得ていたかどうかという事に対しては、まず、この広告欄を――例の「夕刊案内」欄という奴を見るべしだね。しかし、俺に云わせれば、この新聞紙に三銭という価格は不当だと、いーや、それは、つまりこういう事を意味しているんだ。見給え、この一本の赤インクの線だがね。この一本の赤い線丈で、どうしても、君、十円の価値はあろうじゃないか。え」

「なるほど、この赤インクの線が……」

「そうだよ。これがないと、見落したかも知れない三行広告だからね。ええと、『古新聞を求む。昨年の六月十三日月曜日の東京夕刊最初に御持参の方には金二十円を呈す。××区××町二十一森武二』森武二、森武二、これさ。要はね。つまりはね。そうして、六月十三日の東京夕刊だ。これだよ、これだよ。森、森、森……」

「森って、あの新聞社で聞いたあの男かね」

「勿論」

「その男も問題の新聞を探してるんだね。しかし、奴は、それを見たんじゃないかしら。新聞社でさ。すると新聞を破いた奴は外にあるのかな？　ねえ君……」

「そりゃア、解らないよ。解らんさ。だから調べに出掛けるんだ。行こうよ、××町二十一番地」

六

××町二十一番地は直ぐ知れた。「森武二」という標札も直ぐ見付かった。格子戸のついた小さな二階家である。近所一帯がそうだが、その家も静かなしもたやで、二階の半開《はんあき》の窓からは、濃い草色のカーテンが覗いて見えた。

浅野は、その直ぐ前にある小さな路次へ私を引張り込んで、煙草をすいながら、きちんと閉っている格子戸の方へ注意を向けていた。彼は、一体、何を待っているのか。

暫くたって、私が三回目の欠伸を吐き出した時、浅野が、私の背を突いて叱《し》ッと注意した。

若い女、子供々々した、十七か、八であろう。断髪洋装、短いスカアトの下からは素敵に長い足がにゅうと出ていて、それが申分なく板についた、例のモダンガールという奴であろう。左手に新聞を持って、すっすっとやって来たが、行き過ぎて引返し、また通り渦ぎて戻って来て、行ったり、来たり、それを二三回。が、思い切ったように、格子戸の方へつかつかと歩み寄った。それで、浅野は、煙草を投捨てると、すかさずその側へ走り寄ったものである。

「失礼ですが、お嬢さん」と、浅野。「新聞広告を見ていらっしゃいましたので?」

「ええ」と、女は、吃驚《びっくり》したように眼を丸くしていたが、ちょっと首をかしげて云った。

「東京夕刊の広告を見まして……」

「それで、新聞は御持ちになりましたか?」

「持って来ました」

左手の新聞を示しながら、恥かしそうににっと頰笑んだ。

「結構です。では、二十円で譲って戴きましょうか」

「あら、本当に、こんな古新聞が……」

「そうですよ、お嬢さん。必要はどんな価格でも払わせるものでしてね。では、御受取下さい、二十円」

女は、ちょっと、困ったように手を出しかねていたが、軈て、紙幣を受取って、軽く会釈をしてから、踵《きびす》をかえした。

「行こう」

歩きながら、浅野は、敏捷に新聞へ眼を走らせた。

一体、どんな事件が、どんな方向に展開しつつあるのだろうか。私は、暗夜《やみよ》を引廻される気持で、いらいらしていた。

「電話……」と、軈て、浅野が呟いた。

「うむ電話をかけよう」

そうして、公衆電話へ飛込んだのである。外でぼんやり立っている私の耳へ、警視庁につとめている彼の友人と何やら喋っている彼の声が途切れ途切れに聞えて来た。

七

「説明しようか」

浅野が云ったので、すかさず、私は、

「勿論するのさ。シャロック・ホームズの真似はいけないよ。少くも、君と俺との間にはさ。俺も、いい加減いらいらしてしまったぜ。この君子の俺もさ」

「安心したまえ。俺も心細い程度にしか知らないんだから、こいつ、どうも珍糞漢糞《ちんぷんかんぷん》な事件だよ」

二人共、同じ姿勢で、足を組んで、仰向に寝転んで、天井へ煙草の煙を吹きつけていた。締切った部屋は、忽ち、煙が立籠《たちこ》めた。勿論、それは、私達の下宿の二階なのである。

「振出しは勿論、あの赤い手紙だね？」

「そうだ、あれさ。あれには、こんな文句が書いてあった。『手前《てめえ》は去年の六月十三日の「東京夕刊」に関係がねえと思うのか、思い出してみろ、破れた先を』とね。たったこれ丈の物凄い文句なのさ。そして、東京夕刊の切抜きが同封してあった。これが、その所謂、破れた先を、だ。だから、俺は、破れた先を、尋ねて歩いたんだが、図書館て奴、古新聞は閲覧させないんだねえ。で、今日の新聞社行となった始末なんだが……」

「その手紙には、まるっきり心当りがないのかい？」

「あるもんか。それから、新聞の切抜きだが、君は覚えているかい？　去年の六月十二日東京ホテルに起った盗難事件だ」

「さア、そんな事件もあったように記憶するが、まアその程度だね」

「こんな風に書いてある。
▽東京ホテルの盗難事件
東京ホテル八十六号室に滞在中であった大阪の富豪未亡人山川てる子氏は十二日夜価格十二万円の宝石類が盗難にかかった旨所轄警察署へ届出たので掛官《かかりかん》出張厳重調査中であるが既に有力な嫌疑者として当日隣室である八十五号室へ投宿せる小原誠なる男が挙げられている。小原は当日午前八時頃同室へ投宿せるもので事件発覚の約一時間前にどこへか姿をくらました儘未だに行方不明である。ボーイの語る所によれば小原は鋭い眼附の三十年配の男で霜降の洋服を着しており姿をくらます三十分ほど前に廊下で若い女と立話をしているのを見掛けたと。なお、彼はその時右手に著しく眼立つ……眼立つで後は破り取られているんだ。新聞社で見せてもらったねえ。あの時も眼立つまでで破られていたんだぜ。こいつがどうも妙じゃアないか。いやさ、妙と云えばぴんからきりまで妙づくめだ。これの上条、あとは君と一緒に歩いた通りだ。所で、君の答案は？」

「一向に。森という奴が新聞社であれを破いたのかと思ったが、今日の新聞広告を見るとねえ。もしその森があれを破いたんだとすると今日の広告は何の意味だろう？　それに第一さ、何故あれを破いたのかな。その手紙へ同封してあった切抜きの方だってさ。が、君、一体その手紙——赤い手紙はどこから来たんだい？」

「解るもんか。一向に……俺の云い得るのは三通共同一人が書いたものだと云う事丈さ」

「それから、カフェ・メロデエの、その南側の、ええと、南側の隅へ御出《おいで》なさいと、こうだね。で、出掛けたのさ。のこのこと、裏の裏の裏の、メロデエ、八重ちゃん、貴女の御席よ。は——いと来たね。それから御待遠様。ちッと燐寸を擦って、ポロリと落して、生きていたんだね？　と来やがった。生きてた生きてた、薄野呂野郎め！　とこうだ。何んだろうあの女。浅野を知っているような口振だったよ。うん、非常によく御存知のようだった。で、何んの、何んの、人殺め！　うわア……あの怪物は一体全体何だろう。これはこれは御待遠様で、これはこれはお顧客《きゃく》様で、ぺらぺらぺらぺらよくも喋ったなア。それから得体の知れない写真だ。新聞だ。いやさ、森武二だ。広告さ。森武二。森武二、此奴《こいつ》がどうも喰わせ物だて。で、のこのこ出掛けたよ。××町二十一番地へ格子戸の二階家だ。がらがらッと音がして、否、そうじゃアない、ことことことこれは靴の音だ。シャンだったな。子供々々した御嬢さん。で、で、で、おい浅野！　二十円で買ったあの新聞はどうしたんだ。破れた先を読んだろう……」

「ああ読んだよ、何でもなかった、つまらない。二十円は読むまでの価値さアね。しかしさ、つまり、こうだ。彼はその時右手に著しく眼立つ……楕円形のカレンダーを持っていたと。その若い女もあるいは共犯者ではあるまいかというので併せて行方厳探中である。云々。ねえ、解ったろう」

「解らねえ」

「俺も満更この事件に関係が無い訳では無かったと、こう云うのさ。楕円形のカレンダーとどうもこいつ、橋本氏のカレンダーじゃないだろうかと、そんな気がするんでね。橋本氏のカレンダーさ。橋本氏が毎年、年玉代りに親しい連中二十名を限って贈るという例の相当有名なカレンダーさ。俺も毎年貰っているよ。勿論去年もさ。そいつがね、そのカレンダーが去年の今頃、そうだ六月頃だったね、やはり、盗られたのか、落したのか、落すなんて妙な話だがねえ、とにかく、無くなってしまったと、その時も君に話したろう。あの、つまり、カレンダーだと、いやさ、思う丈の話なんだがね」

「よし来た。解った。で、二十円の古新聞と。それから、もしもし警視庁へ、公衆電話だったね。一体何を話したんだい？」

「まア、待て。おっと、そら来た」

郵便……と階下で声がして、とんとんとんと女中の跫音、

「速達で御座います」

「おいよッ」

浅野が腰を浮かすなんて、真に珍しい事ではあるが、

「そらそら、警視庁刑事部……」

ぴりッと封を切ると、早速読み始めたものである。

「前略、御訊ねの件至急御返事申上げます。昨年の六月十二日東京ホテルに起った盗難事件の犯人は既に判明しています。何らかの事情で自殺したものらしく、十六日両国橋附近で水死体になって上ったのです。服装《なり》や大体の容貌等ホテルのボーイの証言で確乎《たしか》にそれと判明したのです。それに何より確定的な事実は、盗難品である宝石の中《うち》の三個が同人の懐中から出て来た事で、外の宝石はどうなったものか、それ以上解りませんが、多分水底に埋もれてしまったのだろうという観測です。売却された形跡はまるでないのですから。それから廊下で立話をしていたという女の事ですが、ボーイによく訊《ただ》してみてもどうもあやふやな点が多くて、それも見掛けたというのがたった一人しか居ないのですから、人違いだか何だか解ったものではありません。その後、署の方の調査ではその女に関しては、何ら得る所がなかったようです。犯人の名前は御尋ねの通り小原誠。御希望に従って宿帳から写した小原誠の筆跡を同封します。

昨今、兄《けい》の御健康はいかがですか？　多忙なのでつい御無沙汰していますが。

まずは取敢えず御返事まで。

草々
と、云った訳か。どうもこいつは困ったな。犯人は既に死んでいると、小原誠は死んでしまったと。すると、一体どうなるんだい？　え？　一体……」

「これが小原誠の筆蹟だね。なあるほど。達筆だね」

「上条、君の字に似てるぜ」

「うヘッ！」

「あああ……何が何だか解らねえや。今度の事件は一体何んだってんだい？　ちぇッ！　馬鹿に気をもませやがらあ……」

「なーに、元気を出せよ。浅野。今ん所、俺達の周りにゃア秘密が渦を巻いてる有様だ」

「その渦さアね。問題は……」

八

将棋を十六番指して、碁を八局囲んで、はなを二十三年めくって、それから、九人目の恋を占っている内に夜になった。

「やっと暗くなったな」と、いい加減へこたれて、私が云った。

「飯でも喰いに行こうか」

「腹がくちいよ」と浅野。

「喰ってる内には、段々腹が空いてくるもんさ」

で、二人は帽子を取って欠伸交りで立上った。暗い宵である。風が強かった。

「暗いな」

「星月夜か」

「星が流れた」

「うむ、流れた」

「当分雨はないな」

「無かろう。当分……」

「で、前を見ろ」

浅野が声を低めた。

「え？　どっちを？」

「前を見ろよ。夜眼にもしるき……だ」

「ああ、あれか……」

「あれだ」

「や!?　あれだ」

「あれだよ。違《ちげ》えねえ」

「ああ！　昼間のシャンだね」

「昼間の娘だ。二十円の……」

「うむ、新聞を売りつけた娘だね。断髪だね。洋装だね。こつこつこつこつとあの歩きっぷりだね。が、奇遇だね。呼んでみようか」

「馬鹿！」浅野は眼を輝かせて鋭く云った。

「奇遇じゃないさ、あの女の意志が働いている。いいか、あの女は俺達を、下宿の前で待ちかまえていたんだ。うむ、俺達が、戸口を出ると、出るとだ。電柱の蔭からすッと出たんだぜ。だから……ストップ！」

浅野におさえられて立止った。見ると女も立止っている。一、二秒。そして、女は左手の店へ入った。私がその前をよく通る、下品なカフェーである。あんな下品なカフェーへ、何故？

「あの女、俺達をまこうとしてるんじゃアないか？」

「そんな事があるもんか。あの女は俺達を待ってたんだからね。待っていたのさ。俺達を案内するためにね。行こうよ、どんどん。案内に従ってね。それが礼儀というもんさ」

風に帽子を飛ばされぬように注意しながら、悠々と、二人肩を並べて歩いて行った。カフェーの前を通り過ぎて二三間。それから、くるりと、堂々と「廻れ右」。引返してカフェーの戸口の前まで。すると、がらりと障子が開いて、隙間から半分白い顔が。

「あら、お待ちしてるのよ。お這入《はい》りなさいな」

ぶるぶるッと、怪しい戦慄が全身を流れた、思わず、ごくんと唾を飲んだものである。

果して、あの女、私等をここまで釣って来たのだ。が、どうする！

「気をつけろ！」

そう小声で云って、まるで待ちかまえていたように、浅野が、つかつかと這入り込んだので、私も勿論、が、内部《なか》は安油の匂いと、不愉快な煙の渦。

「こっちよ」

ひらりひらりと身軽く卓子をかわして行くその女性が、こんなカフェーにいかにも不似合であるという証拠には、薄暗い電灯の光に輝《て》らされた、その襟足が、まるで死人の膚《はだ》のように、気味悪い蒼白さにかさついているのである。

酔漢の視線を避けて奥まった片隅へ。

「ああああッ！」と、私はたじろいだ。

「ああいつだ！　写真の、写真の！」

前を行く浅野の背を突いて、私はどもってしまった。写真の、確乎《たしか》に、何と奇怪な、が、確乎に、確かに、写真の、浅野が十円で買込んだ写真の主が、その卓子に居たのである。森！　森！　正しく、確乎に！　その男の、赤いネクタイ、ダブルボタン、オックスホードパンツ、そいつらが、渦を巻いて、こんがらがって、私の感覚を錯乱させた。

「やア……」と、しかし、浅野は何気なく云ってのけたのである。「これは、森さん。始めて……」

「ええ、浅野さん。これは妾の兄の武二です。妾はあさみと申します。どうぞ……」と、少女は陽気にはしゃいで、「ねえ、兄さん、この方……」

「うるせえ！」森は、じろりと上眼使いに私達を見ながら、低い声で鋭く云った。「あさみ、お前は帰るんだ。もう用はねえ」

「あら⁉ 兄さん……」

少女は、ちょっとふくれたが、直ぐ笑顔になって、「さよなら」と、私達に微笑んで見せてから、急に外へ駈け出して行った。

そこで、私達は、鋭いじろりじろりの上眼使いを不気味に思いながら、その前へ席をとった。

何やら喰ったり飲んだり、それから暫らく、正直の所、喰ったか飲んだか判然《はっき》りしないのである。

軀て、

「つまり、小原誠は死んだんだ」と、外方《そっぽ》を向きながら浅野が口を開いた。「宝石は、さア、水へ沈んだかかな。解らないのは廊下で会ったという女の行方さ。うん、それから、あのカレンダーだ」

上眼で、じろりと浅野を睨んでから、森は何思ったかにやりとした。

「赤い手紙、赤い手紙、うん、こいつは悪い悪戯《いたずら》というもんだ。さア、それから……」

「それからよ」

のろのろと引摺るような調子で太い声で、森は云うのである。

「赤い手紙が、何んの、悪戯なもんか、が、聞くがよ、小原誠だ」

その時、ぞッとするほど鋭い上眼使いが、浅野を正面《まとも》に見ながら、「小原誠が、どうしたと、え？ どうしたと手前は云うんだ？」

「勿論、死んだと、こう云うんだ。水死だ、水死だ、うん、自殺かも知れないと……」

「くッくッくッくッ……」

森は歯の間で嘲笑《あざわら》って、今まで手玉にとっていたメヌーを指でぴんとはじくと、ひょいと卓子の上へ投出して置いて、立上った。

「ふん、水死か、なるほど、水死だと、自殺だと……」

呟くような捨台詞《せりふ》で、大股にゆらりと歩き出したものである。が、その時、彼が通り過ぎようとした傍《かたわら》の卓子から、酔いしれた無頼漢らしい風体《なり》の男が、すっくりと立上って、「野郎、足を踏みやアがったな！」

森は、例の上眼使いで、じろりと一睨みしたまま行き過ぎようとした。

「野郎ッ！」

と、叫び声と一緒に、酔漢の手にいつの間にか握られた蒼光りするナイフが、電光的な速さで森の背中へ、が、森がひょいと身体をかわしたと思うと、酔漢は仰向き態《ざま》に打倒《ぶったお》れた。凄いほど、綺麗なメリケン。

で、森は、両手を上着のポケットへ突込むと、ぶらりと外へ出てしまった。一瞬の出来事である。

酔漢は、よろめきながら立上った。右の眼の下が酷くはれ上っている。右手のナイフ。血走った眼。視線が定まらないで、泳ぐように卓子を廻った。と、その傍へ足早に近寄った男があった。今しがた入口から這入りかけて棒立ちになった男である。

「おい！」と殺気立っている酔漢の耳へ口をよせて、「手前、あいつを知らねえのか？」

「うん！」

「あいつを知らねえのかっていう事さ。あいつは手前、森だぞ、森、森……」

「え!?」

醜く歪められた顔色がさっと変った。

「あ、あ、森、森か!?」

「つまらねえ。何んだって喧嘩なんぞ売ったんだ？」

「そいつあね——」

それから、一言二言。二人は肩をすぼめると、そそくさと姿を消してしまった。

「森って、益々解らない男だな」と、私は唾をごくりと飲込んで云った。

「顔が売れてるらしいんだが……」

「それだ、それだ……」

浅野は独言《ひとりごと》のように外方《そっぽ》を眺めながら云った。

「ふん、水死か、なるほど、水死だと、自殺だと……ええ畜生何んだって云うんだ。あいつ、が森か、森武二か。赤い手紙、勿論奴の仕業に違いない。それだよ、それだよ。うん、赤い手紙。が、写真だ。あの老爺《おやじ》。何者だろう。ちぇッ！　解るもんかい。森、森、森……奴が新聞社へ廻ってあれを破いたんだ、勿論さ。で、メロデエへ誘い出したのも奴なんだ。新聞広告も、知れた事、奴なんだ。解らねえ。いやはや、どうも。妹を使って、御人好しの俺達に新聞を売りつけやアがった。それも奴だ。それから今夜さ。妹を使って、こんな所へ引張り出しやアがって、それでふいと、消えちまやがった。解らねえぞ。解らねえ。こいつアどうも……あっ!!」

と、叫ぶと、椅子から飛び上った。手を伸して、投出されてあったメヌーを取りあげると、

「あ、あ、あ、あ、あ……」

呆然とそれに見入ってしまった。が、聽て、それを、ぽいと私の前へ投げてよこしたのである。で、私は手に取って見た。安っぽい厚紙に、下手な印刷をした下等な、やはり、それはメヌーで、手垢によごれた。が……

「あッ！」

と、私も思わず叫び声を挙げてしまった。メヌーの欄外へ、明瞭に、しかし、走り書きで、鉛筆の、確乎《たしか》に、その三文字を見たのである。「小原誠」

正しく、何んと、先刻《さっき》見た許りの、ホテルの宿帳から写したという、例の、死人の、正しく筆蹟なのではないか。

「行こう……」と、浅野がうながした。

九

酷い風である。立止ると、さらさらと砂の雨が降って来た。むせっぽい夜の空気だ。しかも、何がなし、冷たい予感にうれたる、怪気染みた夜の空気だ。冷たい、ある、予感が……

「どこへ行こう……」

「森武二即ち小原誠……小原誠即ち森武二……こいつだ。こいつがどうも……では、どうなると云うんだ……」

「生きているんだね。小原誠は……」

「それだ。正しく。が、待てよ。その小原が、選《え》りに選らんで俺達を、一体全体どうしようと云うんだ！　うん。結局はそれだ。外には無《ね》え。が、さア、解らねえ」

カフェーを出た。外は風である。

「どこへ行こうか？」

途端、鋭い爆音が起った。間近である。と、つ、つ、つ、つ……と浅野の身体が前に泳いだと思うと、枯木倒しにどうとのめった。反射的に、私は、恐るべき事実に当面した事を感じた。馳せ寄って、

「おい浅野！」

「女だな。たしかに……が、靴じゃアないぞ。フェルトだ。はてな……」

倒れた口唇が呟いた。

「浅野！　しっかりしろ！　しっかりしてくれ！　浅野！　浅野！」

私の叫声を、すっと一息に吸い込んで、ひゅうと鳴った烈風が、向うの暗い電柱の蔭に消えたと思うと、あとは、瞬間的の静寂で、と、その静寂の底を、ひたひたひたと足早に遠退く草履の跫音が聞えた。

「しっかりして呉れ！」

私が抱き起そうとすると、倒れていた彼は、独りでしゃんと立上った。

「女だぞ。女だ。が、靴ではないと。森……いやさ。小原の妹の、あのあさみとかいう小娘は、、、、そうだ、靴だったな……すると、結論は？　結論は？」

「浅野、怪我はなかったのか？」

「大丈夫だよ。何んぼ、何んでも、あんな玩具みたいな拳銃《ピストル》で棒に振るほど安っぽい生命《いのち》じゃアないさ。弾丸《たま》は耳をかすったが……」彼は帽子を冠り直しながら不愉快そうに頰を歪めた。

人通りはなし、あの酷い風で、拳銃の爆音を聞きつけた人はなかったのであろう。

足許から起った風が、跫音の消えた方角へ、砂を巻きながら、蒼白い煙《けむ》のように飛び去った。

「追うなら早くしないと、犯人は逃げちまうぜ、風は酷いし、もう跫音は聞えない……」

「うん」

彼は、じっと耳を澄ませながら、雲足の早い空へ眼を向けていた。

「二兎《にと》は追えない昔からの諺だ。今の俺達には、どっちだって一向差支えはないじゃないか。つまりさ……」こう云いながら、握り合っていた手にぐいと力を入れた。「見給え、注意して……。背後《うしろ》だよ。カフェーの、窓の、ね、窓の下だ」

で、私は振向いた。

カフェーの、窓の下の、流れ出る黄色い光が描き出した、男の半面。

私は見た！　男の、森の、小原の、顔。それが、生首のように、鮮かに宙に浮んで、しかも、私達の方をぐっと睨みつけているではないか。一瞬、私の心臓は停止した。

が、そこに、森の生首が浮いていたとしても、それが何んで不思議であろうか。

ふいと、生首が消えた。と思ったのは、ぐるりと背後を向いて、反対の方角へ歩み出したからである。歩き出すと、頭と、背と、ズボンと、靴と、明らかに、森の姿の全体が認められた。

私と浅野は、勿論、その跡をつけて行った。

「跡をつけてるんじゃアないぜ。奴が、俺達を案内してるんだ」

そう。浅野が小声で云った。

「ねえ、あれやア、銀座を散歩するに相応《ふさわ》しい歩きっぷりじゃアないか。奴は、俺達をどこかへ連れて行こうとしている。が、どこへ？ 何のために？ いかなる理由で？ それさ。ね、結局、総ては俺達に未知数なんだ。それとも、上条、今までの経験を綜合して何等かの答案を得たとでも云うのかい？」

森は、同じ調子で、しかし、かなり足早に、煙草に火をつけたり、ポケットへ手を突込んだり、帽子を冠り直したり、そして、振返る気配も見せずに歩を運んだ。

「奴は一体、俺達——あるいは俺から、何を得ようとしているのだろう？ それは解らない。どうも……。ただ、解るのは、奴が何か得ようと、策をめぐらして、様々に芝居を打って、努力しているという事だ」永い沈黙の後に、浅野は吐き出すようにそう云った。

通《とおり》から路次へ、路次から通へ、私達は段々場末の方へ近寄って行った。最初から十丁も来たであろうか。森が立止ったのはその時である。と、彼は直ぐまた歩き出した。そして、古道具屋が沢山軒を並べている路次へ、つと折れた。

私達は、鈍い光の続いた中に、前を行く森の姿をはっきりと認めた。今度は、殆んど走るように歩いている。大股に、前屈みに、大きく手を振って、が、二十間と進まぬ内に、ふいと、その姿が消えてしまった。消えたのは、遠眼にも明らかにそれと知られる店附きで、ゆっくりとスピードを落してその前を行き過ぎながら、素早く見て取った家の中は、この辺としては、まア相当な、店前《みせさき》に積んだ古道具類の間から、電灯の真下で、たった一人頭を光らせているのは、店の主人であろう。

「ここだな」と浅野が念を押した。「間違いない」で、行き過ぎた足を引戻すと、何気なくその店前に立ったのである。

「その鉄瓶はいかほどですか？」

「へえ、入らっしゃい」

と、主人は腰を浮かせて、

「鉄瓶で御座んすか。御安く致しておきましょう。一杯の所、懸値なしに、二両ちょっきりと。いかが様で……」

「はア……その、小さな火鉢は？」

浅野は、買いそうもないものを指した。

「これで？　こちらですと、ちょっと木口が宜しゅう御座んすから、御値も張りますが、そちらでお宜しければ十両一杯に御願い出来ますが……」

「高いな」

「高いはずは御座んせんが、どれほど御奮発下さる御思召《おぼしめし》なんで……」

「急に入る訳ではないんだが……まア……だね」と云いかけた彼は、突然、何か異様なものを見附けたように、ぴりぴりと眉を震わせた。何であろうか？　生々と輝いてきた眼。

「御宅には……」と、何気なく口を切った彼も、幾分の急《せ》き込んだ調子をかくす事は出来なかった。

「……ええ……カレンダー……ですね。こう……楕円形の奴ですが、例の、橋本氏のカレンダーという奴なんですが。それですがね。御宅にはありませんかね。カレンダー、暦です。楕円形のやつなんです」

「ハハハハ……」

浮かせた腰をどしんと落すと、主人は煙管《キセル》を取上げながら高らかに笑った。

「それですか。そんならそうと早く仰有《おっしゃ》ればいいのに。御座んすよ。御預りしてね。変なカレンダーです。去年のです、しかも、半分計り破いてしまってあるんですが。大切に御預りして御座んすから。さアさアどうぞ御遠慮無く御這入り下さい。掛けて有ります、そうれ、あの柱に……」

見ると、正しく橋本氏のカレンダーである。しかも、去年の、それも浅野の顔色から、どうやら、去年の今頃彼がなくしたという奴らしいと、そんな事を感じたのである。

土間へ這入って、二三歩暦に気をとられていると、何かに蹴躓《つまず》いた。

「あッ！　靴……」

「それです」と、待っていたように主人が受取って、「靴の御方が御待ち兼ねです。御二方が御出になったら通して呉れと。ええ、申されたので、今し方、さアさア、ずっと御上り下さい。そこからで結構です。直ぐそこに階段がありますから。暗う御座んすよ。御注意なすって……。ええ、ずっと御二階へ……」

ふらふらふらと夢中であった。ぎいと階段が鳴った音に、突然云い知れぬ恐怖を感じたが、何かの力に惹かれるようで、ええ！　ここまで来たんだ、どうなるもんか！

階段を登り詰めると障子があった。開けようか。耳を澄しても、まるで人の気配を感じぬほどの静寂である。薄暗い電光は、障子に何者の影も映じていない。が、開けた。

棒立ちに、向い合って立っている男と女。男は、勿論、森で、女は、見覚えのある、八重という例の女給。

開けた途端に沈黙が破れた。女の金切声が突走ったのである。

「ホホホホ……来たのね。到頭。どうも御待遠様。ええ畜生ッ！　どうするってんだい！　大の男が二人も三人も寄ってたかりやアがって、売れ残りの源水じゃアあるまいし、じわりじわりと蟇《がま》の油は沢山だよ。やる事アてきぱきと一六勝負でやるもんだ！」

凄い形相で浅野と森の顔を睨み据えた。

「ホホホホホ……どうも妾ア言葉が下品でいけないわね。だからどうしたって云うの？　そりゃア、あの豚婆さんから宝石をふんだくったな妾よ。ええこの妾よ。そうして、嫌疑をお前さんに向けといて逃《ず》らかったのも確乎に妾よ。お前さんみたいな人間が、妾の身代りになったと云やア、こりゃア一代の名誉じゃないか。だが、お前さんも仲々喰えないねえ、身代り人形をどぶんてさせてさ。御本尊はどこをどうやら随徳寺さ。宝石《たま》だって、本物アお前の懐に納ってるのか知れるもんかね。喰わせた積りの妾ア一文にもならない贋物を掴まされてさ。が、まアいいさ。妾ア地道に稼ごうと心を入れ代えてるんだから。そこへお前さん達さ。一体、どうしようと、こう妾をじわりじわりと遠巻きに苦めてるんだか解りゃアしない。ね、てきぱきと、どうでもいいから定《き》めてお呉れよ。妾ア何事も早いが好きだよ。さア代物を返してよこしよ」

「云いてえのはそれ丈か？」

例の、のろのろと引摺るような調子で森は云って、「乱暴しなきゃアいつでも返すが……」と、女持の小型な拳銃《ピストル》を手玉にとった。

「それ丈か、それ丈か、巧く嫌疑を小原に向けて、十二万円の宝石を盗んだんだ。そいつが偽物だったなア勿論だが、じゃア……本物は？……」

「こっちから御聞きしたい位なのさ」

「小原が死んだなんて……ふん、道理で皆さん御揃いだ。あの小細工は何奴《どいつ》の仕事なんだ？」

「糞ッ！　知るもんかい！」

「と、それ丈か。ふん」

ぽっくり、吐き捨てるように云いながら、拳銃を女の足許へ投げやった。

「こいつは返えすぜ。が、それ丈か……」

鋭い上眼使いで睨みつけて、「その道具が、今し方、人一人を殺しそこねたとね。ああ、カフェーの前で……」

女は、電気に撃たれたように、壁際まで飛び退った。顔色は蒼白で、眼は戦《おのの》いている。

「もう一人、無頼漢の短刀《ドス》が血を飲み損ねたとね。おい！　あの小細工は何奴の仕事なんだ！

生きた小原様の御出張だぜ。ふん！　あの女は、さ。一体。この家へ、一二度来たというあの金持の婆さんの事だ。彼奴《きゃっ》は誰だ？　どうした女？　どうした女だか聞いてるんだ！」

森は女の方へ詰寄って行った。が、ふと足を止めて、言葉を切った。三秒、四秒。

「アッハハハハ……」

突然笑い出したものである。

「解ったぞ。ふん……が、まアいいや。それだ、それだ。解ったぞ。じゃア、あばよ。もう御前とも会うまいよ。とにかく、お前はこの事件から手を引くこった。安心して寝《やす》みねえ、俺にゃア警官《でか》の親類は無えって事よ」

まるで、約束でもしてあったかのように、私達は、直ぐ森のあとに従った。みしみしと階段をおりる。

「やア、もう御済みで……」主人が顔をあげた。

「カレンダーを御持ち下さい。森の旦那、御用でしたら、またいつでも御預り致しますが……」

森はカレンダーを受取った。三人戸外《そと》へ出る。風は大分凪《な》いだ。だが、暗い夜である。

十

三人、肩を並べて、黙々として歩を運んだ。

「このカレンダーはそっちへ返そう。手前のだから……」

そう、森が口を切ったのは、よほど歩いてからの事である。

「橋本氏のカレンダーだ」

「うん、確平に俺のもんだ」

浅野はカレンダーを薄明りにかざして見た。六月十日までは破り取られている。

「はてな？　六月十一日……土曜日。事件の前の日だ」

一枚めくると、六月十二日日曜日である。

「日曜日と。事件の日だな。それはいいが。おやおや。こいつア……」と、不審そうに見詰めていたが、「上条、見てくれ。この模様だ」

私が見ると、一面に、乱暴に書き殴られた円《まる》や、直線や、三角や、それは、得体の知れない幾何模様なのである。

「や……こりゃア……」と、思わず、私は声あげた。

「ね」と浅野。

「うん」

「違いないね？」

「確乎に……」

「さア、事だ。こいつアどうも妙な事になったぞ」

「ここに三つの疑問があるんだ」と、森が云った。

「第一は、その模様だ。それが何を語っているか？　第二は、小原が何故そのカレンダーをホテルへ持込んだか？　第三は、小原が何の目的でホテルへ乗込んだか？　小原は宝石をねらったのでは決してない。だから、何故？　何の目的で？」

「うん、そいつだ」

浅野は上の空で云った。

「うん、うん。だが、妙だ。ありうるかな？　そんな事実が。そうだ。うん、そう？」

三人、肩を並べて歩を運んだ。浅野丈が、ぶつぶつと何やら呟き続けた。

聽て、森と別れる所へ来た時、浅野は晴れやかな調子で云ったのである。

「そいつだよ。森。俺に聞くよりゃ上条に聞く事だ。上条に聞くよりゃ、井上博士に聞く事だ。博士はね、博士はさ、医者だろう。そうして、俺の主治医なんだ。ハッハッハハハハハ……」

森と別れてから、浅野は、はしゃいで、口笛で足拍子をとって歩いた。

「有りうるかな？　うん、有り得るさ。ちぇッ！　有り得るも、へったくれも有るもんか。有るもんかよ。が、まてよ、どうもちょっと変だな。有り得るかな？　ええ、やかましいやい！　あの幾何模様だなア、上条。それよりゃ説明のしようが無いじゃアないか」

が、ふと、立止った。何か考え込んだ。そして、再び歩き出した時に、不機嫌な含み声で呟いたのである。

「はてね？　小原はちゃんと生きてるんだ。では、あの死んだ小原は一体誰だろう？　しかも、奴のポケットには、山川未亡人の宝石が三個も這入っていたと云うじゃアないか。その宝石は一体、どうして？……」

十一

翌朝は、早々に叩き起こされた。

「さア、出掛けよう。上条」

「何を云ってやがんでえ。睡《ねむ》くて仕様がねえ。ああ、睡い……」

「そんなら、待ってろ。俺一人で行ってくる」

「何アに、いいさ。俺も行くよ」

「それ見ろ。そんなら、早くしろ」

朝の街を、久方振りに、二人が歩いた。

「朝は実際気分がいいな」

浅野は愉快そうに大きく息をした。

「気分がいいな。が、一体、俺達はどこへ行くんだ?」

「要するに、小原は生きてるんだ。で、死んだ小原は? と、これが第一の問題だ。第二問は何故、死人のポケットから宝石が出て来たか? という事だ。ねえ、それだ」

「それでどっちへ行こうと云うのさ?」

「勿論、足の向いた方へよ」

気分がいいから駄洒落が出た。駄洒落が出たから道がはかどった。

軈て、浅野が止まれと云ったから立止った。彼は、傍の板塀をめぐらした邸を指して云うのである。

「ここだよ、行こうと云うのはね。うん、十二万円宝石盗難事件の被害者の御住居《おすまい》だよ。山川てる子未亡人の新しい御屋敷でね」

塀について正門へ廻った。門をくぐろうとすると、何と驚くべき事ではないか。ひょっこり森に出会ったものである。

「やア、来たね」

そう云って浅野はにやりとした。森は黙った儘、例の気味悪い上眼使いをじろりと呉れて、さて、勢い三人は肩を並べて玄関へ立った。

「上条一丸外二名、例の十二万円宝石事件について参上しましたとこう御伝え下さい」

軈て、三人は華美な応接間へ通された。待つ間も、浅野は、日頃に似気《にげ》ない能弁なのである。

「さて、奥様」

三十代だろうが、派手造りの、三歳四歳《つつ》は若く見える未亡人が、何心なく、現われるや、浅野は真向《まっこう》から切り込んで行った。

「顔は勿論御忘れで御座いましょうが、これ丈はね、え、名前丈はよも御忘れにはなりますまい。小《お》は小さい小、原は野原の原、誠は誠実の誠で、その小原誠が生きていようとは、否々、決して不審ではない、勿論ようく御存知の事とは信じますが……」

「何の御用で御出ですか？　貴方方は……」

「妾、色々用もありますから、余り……」

意外な切込みに、たじたじの態《てい》で未亡人が云った。

「と御逃げになる前に、直ぐ前に、ええ、貴女の直ぐ前に立っている小原誠の顔を御覧なさい」

三人を順次に見廻す未亡人の顔からは、明らかに恐怖が読みとられた。

「生きてる小原で。なアに、話はざっくばらんに致しましょう。とにかく、奥様、第一の問題は、何故小原その人に似た男が水死したか？　第二問は、何故ポケットに宝石があったか？　第三問は、何故に水死したか？　そして、その結果誰が利益を得たか？」

「妾、そんな自分に関係のない話は承りたくはありません」と、弱い声である。

「事実は何と明白ではありませんか。証拠？　何アに証拠なんて却って邪魔で御座いましょう。では一つ、八重という女、あの女泥棒で、ええ、古道具屋の二階を借りています、あの女の所を一二度訪問した婦人が、奥様、失礼ですが、貴女だと申上げて、これが何か御了解の助けにでも成りは致しませんでしょうか」

未亡人は気を失いかけた。どうと、椅子へ倒れ込んだ。

「だが、奥様、御心配は御無用です。私共は、決して無理な御註文にあがったのではないのですから」

「まだるっこいなア、ねちねちと。何とか、早くかたをつけろい！」森が口を入れた。

「この男は、こんな風に気が短かいんですよ、奥様。では、こう致しましょう。宝石ですねえ。問題の……。あいつを納まる所へ納めて欲しいものですね。そうすれば、総ての秘密が保たれるでしょう」

「六時間以内に！」と、森が叫んだ。

「六時間……では、奥様」浅野は、恭々《うやうや》しく頭を下げながら、「本日の夕刊の記事になりますように……」

用が済めば、用のない家である。三人は、さっさと表へ飛び出した。

門の所で森と別れた。浅野はにやりと相手の顔を眺めた。森は、にこりともせず、スマアトな身ごなしで、すたすた立ち去って了った。

「一番解らねえ」と、その後姿を見送りながら、浅野が呟いたのである。

「森武二、どうも此奴が解らねえ。一体、手前はどこの馬の骨なんだい？　何の目的でこの事件へ首を突込みやアがったんだい？　一体、何を得ようとしたんだい？」

夕刊に、こんな記事があった。

△問題の十二万円の宝石帰る
　送り主は不明
　　山川未亡人の狂喜

昨年六月、東京ホテル事件として騒がれた盗難事件の価格十二万円と称せられる問題の宝石は犯人自殺後全く行衛《ゆくえ》不明であったのが本日午前突然書留小包を以て東京××養育院へ送附されて来た。これは故山川氏の遺言により同氏死後未亡人の手より同養育院へ寄附されるはずのものであったからこの報を得た未亡人並《ならび》に地下の山川氏の歓喜のほども察せられる。ここに、実に不思議極まるのはその宝石の発送者が全然不明である事で一般の好奇心は全くその点に集中されている。云々……

十二

二三日たった。

ある友人の出版記念会の帰りに、私は久方振りで銀座を歩いた。そよ風の吹く、本当にすがすがしい初夏らしい宵であった。

尾張町の角で、ふと自分の名を呼ばれたような気がして立止ったが、四隣《あたり》に声の主らしい人も見えないので、また歩きだした。それから二三間も行かない内に、今度は判然とその声を聞いたのである。

「上条さん、妾よ」

声のする方を見ると、美しい、見覚えのない女性が、いやいや、見覚えがない所ではない、森の妹の、確乎にあさみとかいう少女である、不思議なことに、今宵は二人の服装が正反対なのである。私は、義理合いで無理に着せられた大嫌いな背広であるし、彼女は、何だか知らぬが派手な和服をすらりと着こなして、帯をきりッと胸高に、断髪に軽く波打たせながら近寄って来るのである。一つか半分は、洋装よりはふけて見えようが、凄いような美しさで。

「御久し振り。どちらへ？」

「え、帰る所です」と、聊かどぎまぎして、「兄さんは？」

「寝てるでしょう。少し歩きましょうか」

「結構ですわ」

この少女とでは、余り不釣合で、並んで歩くのは気がひけたが。

「解らないのよ。妾にも。ええ、兄にも。解らない、解らない、解らないって云ってましたわ」と、彼女は急にこんな事を云い出した。浅野さんが、何故小原と名乗って、何故カレンダーを持って、何故ホテルへ乗込んだんだろう？　って。妾にも、解らないのよ。不思議だわ」

「それですか」

私は、何となく、妙な圧迫を感じて硬くなっていた。

「それは、私にも解らないし、勿論浅野にだって解らない事なんですよ」

「まア!」

「が、まア、こうだろうと、こんな風に想像してるんですがね。というのは、昨年の六月十一日、浅野の日記を調べて解った事実ですが、十一日と云えば事件の前日、土曜ですね、あの頃は、僕と浅野とまだ同居していなかったんですが、浅野はある仕事のために大分疲労しましてね、土曜日の晩はカルモチンを飲んでぐっすり寝《ねむり》についたと云うのです。そうして眼を覚ました時には、太陽が高く昇っていたという始末、が、それがですね、勿論日曜日だろうと、ええ浅野自身もそう思ったんですが、どうして、それが月曜の、十三日の事だったと云うんです。つまり、彼は足掛け三日眠った始末なんです。しかし、疲れた時には、二十時間や三十時間ぶっ通しに眠る事は、誰にだって珍しい事ではない。浅野も声を立てて笑って済ませてしまった訳です。問題はそこですよ。眠っていたその間に、が、ここで御注意しなくちゃならないのは、梅雨が浅野には大禁物だという事で、浅野はその頃になると、きっと癲癇の発作を起こす癖があるんでしてね。だから、彼が眠っている間に、その発作に襲われたとも限らないでしょう。そうして、浅野としての意識を失って、夢遊的にホテルへ乗込んで、ふらりふらりとまたもとの寝床へ戻って来たのかも知れないでしょう。それは、実際上有りうる事ですからね。が、一層その考えを強固にするのは、例のカレンダーの得態の知れない模様です。あれが何だか解りますか。あれは、浅野が、発作に襲われた時、きまって無意識に書き綴る、特色のある模様なんですよ。が、あり得るでしょうかねえ。そんな事が。浅野は、とにかくまるで日曜日の事は記憶していないんですから、そんな妙な……が、どうも、そう想像するより外仕方がないではありませんか」

「素敵だわ! 実に素敵だわ! なんて素晴らしさでしょう!」少女は眼を輝かせた。「素敵だわねえ。妾、すっかり嬉しくなっちゃった」

「が、浅野も解らない解らない、てな事を云ってましたよ」

「まア！　そおぅ……」

「森は……兄さんは、一体、何故こんな古い事件を引掻き廻したんだろうって。解りませんねえ。どんな目的があったんですか？」

「ええ、それはね。兄はね。何んでも無いのよ。兄の性質なの。兄はね、ただ、刺戟を求めてるのよ。外に目的はないの。だから、やる事が、廻りくどいわ。大掛りよ。芝居じみてるわ。それ丈……」

「はア、なるほど。そうですか。が、兄さんは、失礼ですが一体どうした人なんですか？　有名なんですか？」

「ホホ……有名よ。悪者《わる》の間にね。腕力があるからよ。兄のお友達はね、皆不良少年だわ。不良少年の親玉よ。兄は……でもね。不良少年て皆いい人よ。呑気で、陽気で、出鱈目で、おっちょこちょいで、とても生真面目なのよ」

で、私はぺちゃんこになってしまった。

「そんな事どうでもいいわ。貴方、御茶でも御飲みにならない？」

「僕、沢山ですが、貴女は飲みますか？」

「面倒臭い。妾も飲みたくなくなっちまったわ。も少し歩きましょうよ」

私は、やっと、多少の余裕を意識するほどになって来た。

「それからねえ。僕には一つ解らない事があるんですよ」

「まア!?　貴方にも……」

「今度の事件は、どう始まって、どう終ったかと……」

「あら、それでは全部でなくって？」

「ええ、ぴんからきりへ、どうも、その続き具合が曖昧なんです」

「ホホホホ――頭が悪いのねえ。じゃあ、妾が話してあげましょうか?」

「どうぞ」

「おごる」

「おごりますよ。何でも……」

「じゃアね」彼女は悪戯そうに眼を輝かせて、「お話しするわ。ぴんはね。どこをどうしたか、兄があのカレンダーを手に入れて、従ってあの事件を嗅ぎつけた所から始まるのよ。兄は、あんな性質でしょう。威嚇的な手紙を書いたの。赤い、ね。そうして、どこまでも、浅野さんが小原の変名だと思っていた訳で、だから、わざわざ、新聞の切抜きを入れたり、その隅を破いておいたり、新聞社まで出掛けて行ったり、ねえ、どうだどうだと嚇《おど》したのよ。で、総てが註文通りに行って、カフェへ御出になったでしょう。そうして、八重ちゃんと御顔合せね。陰でね、兄は見ていたの。浅野さんが小原と同一人であるかどうか確かめるためと、外に何らかの秘密を知ろうという目的で。八重ちゃんの様子では確かに小原と同一人らしいが、浅野さんの様子が、どうも変なんでしょう。だってね、浅野さんは、まるで八重ちゃんを御存知ないんですものねえ。八重ちゃんが、宝石の本当の泥棒なの。勿論。八重ちゃんが二階を借りてるあの古道具屋を買収して、色んな事が調べてあったのよ。でね、浅野さんに一向反響がない様子なので、第二段の策にうつったの。あの髯もじゃは兄の友達よ。新聞と写真を売りつけたでしょう。写真にしろ、後のカレンダーにしろ皆、兄の御芝居気分と、相手を威嚇したり翻弄したりして喜ぶ性質からなのよ。これでもか、これでもか、と、浅野さんが小原ならば、当然恐怖を感じるようにうった芝居なのよ。それから妾が新聞をお売りしたわね。あの時、貴方達はきっと妾の家へ這入ってくるだろうと、そういう予算だったのよ。所が、その予算が外れたでしょう。だもんだから、妾はまた貴方達を待受けて、兄の待っているカフェまでお連れした訳よ」

「兄さんは、仲々偽筆が巧いですね。あのメヌーへ書いた『小原誠』には実際一杯喰わされましたよ」

「でも、一杯喰わす積りではなかったんでしょう。だって、兄は、浅野さんを小原だと思っているし、浅野さんが小原ならば一杯喰う訳はないじゃアありませんか。兄はね、やっぱり威嚇の意味で、どうだ、こっちでは、もうここまで手が這入ってるんだぞ、と、そんな凄文句《すごもんく》を浴せた積りなのよ」

「そうですか。だが、兄さんのメリケンは見事でしたよ。ナイフが光った時には、私はぞっとしましたが……」

「兄は兄でね。拳銃が鳴って浅野さんが倒れた時には、思わずはっとしたと云ってましたわ。八重ちゃんは、兄や浅野さん達がぐるだと思っていたんでしょう。それに、山川未亡人を脅迫してお金をとっていたらしい関係から、兄や浅野さんを邪魔に思ったのに違いないわ。で、ねえ。あとはもう解るでしょう。八重ちゃんの隠れ家を襲って、八重ちゃんと浅野さんとを突き合せて、それで最後の解決がつかないでは、もうお終いですものね」

「山川未亡人は？」

「ええ、それよ。死んだ小原は一体誰の仕業か？　ポケットの宝石は一体どうしたのか？　誰が一番利益を得たのか？　ってね。それで、兄は気がついて弁護士を尋ねて、山川氏の遺言書の内容を見せてもらったのよ。そしたら、宝石類は東京××養育院へ寄贈するはずだったという事が知れたので、もうあとはきりよ。ええ、終りよ。何故だって、未亡人も、まだお若い方ですもの、見事な宝石類を見ては、ちょっと手離し難い気持になったのでしょう。所へ、盗難よ。一時は驚いたけれども、盗られたのは、注意深い宝石蒐集家がよくやるように、山川氏が作っておいた非常な巧みな模造品だったので、ね、だから、ふと妙なことを考えてしまったのよ。殺した？　いいえ、きっと、本当の自殺者か何かでしょう。小原という嫌疑者に似ているその男のポケットへ真物《ほんもの》の宝石を二ツ三ツ入れて置く。で、あとは世間に知られている通りの出来栄えなのよ。でも、妾、考えるの。山川さんも、きっと、ふとした出来心からやった事だろうと。何故って、だって、そうした贓品《ぞうひん》の宝石なんか、身体へ着ける事なんか出来ないじゃアありませんか。よく考えてみると……貴方、そう御思いにならなくて?」

「なアるほど。そう思わざるを得ませんねえ」

「ホホホホ……どう? お解りになって?」

「解りました。有難う」

「本当に?」

「本当に解りましたよ。すっかり……」

「じゃア、もう一度、解ったと仰有い」

「解った……」

「ホホホホ……」

前へ廻ると、白い細い指先で、私のネクタイの結び目を、とんとんとんと軽く叩いて、

「貴方クラシックねえ。可愛いいクラシックさん。ホホホホ……」

するりと身をひねると、清々《すがすが》しい笑声を残して、足早に行き去ってしまった。

私は呆然とその後姿を見詰めていた。

やっと、重荷を卸したというような感じの中に、かすかな物足りない淋しさが混っていた。

死体昇天

一

「大変ですッ！」

と云う時子の叫びに、幸次《こうじ》は愕然として思わず腰をうかせた。

時子はスキーを脱ぎもせず雪だらけになって小舎の中へ転げ込んで来た。

「浅川さんが……浅川さんが……」

彼女は苦しそうに喘ぎながら、うわずった声で叫んだ。その冷切った蒼白い頰に、雪の結晶《かたまり》が銀のようにきらめきながら震えていた。

「ど、どうしたんだ！　浅川が？」

幸次も時子の興奮に捲き込まれたように声を弾ませた。

「谷へ……谷へ落ちたんです！」

「谷へ⁉」

「頂上から東谷へ……貴方！　風に巻かれて……」

時子はがつがつ歯を噛み鳴らしながら、哀願するように幸次の顔を見た。

幸次は唇を引締めた。その顔面には、登山家に特有の興奮と冷静さとの相反する表情が錯綜して表われていた。

彼は空になっているリュックサックを引寄せると手早く必要品を拾い込んで、咄嗟に背へしょい上げた。

「水筒を！」

と、彼は土間に降りてスキーを足につけながら呶鳴った。そして、時子が取って寄越した愛用の

水筒を腰につるすと、スキー帽を眼深に冠り直して、

「囲炉裏《いろり》の火を消さないように……」

と云い残して、七分通も雪に埋もれている戸口から這い出すようにして表へ出た。

風が彼を雪の中へ叩き倒すように吹き寄せてきた。彼はひょろひょろしながら、危く踏み止まった。

真白な粉雪が気狂のように渦を巻いた。

物凄い裂帛《れっぱく》の叫喚が山谷に木霊《こだま》して断続した。

それは恐るべき寒気だった。

時々雪の壁にとざされて一寸先も見えなくなった。

空気は比重を増し、呼吸が切迫した。

彼は雪の切れ間を見ては、その見事な堅実なテクニックを以て、一歩々々頂上へ向って進んで行った。しかし、彼自身の心の中は、憤怒と自己嫌悪で沸騰していた。

彼は、時子の事を考え、それから浅川の顔を胸に描いた。

「馬鹿野郎!」

彼は右手のスキー杖を滅茶々々に振り廻しながら、喉の裂けそうな声で叫んだ。

「馬鹿野郎! 馬鹿野郎!」

時子も浅川も不快な存在には違い無かったが、一層自分自身の不甲斐無さがいまいましかった。

彼は、時子の身辺に影のようにつきまとっている浅川の蒼白い顔を聯想せずには居られなかった。

それ丈で、もうむかむかしてくるのだった。

浅川は俺の親友なんだろうか?

それは、時子が間に挟まらない場合には確乎《たしか》にその通りだった。彼は、よくこの北信州の山間でおくった少年期の思い出を浅川と話しあったりした。その話には、さらさら煙《けむ》のように降り注ぐ粉

雪の白さや、兎狩の事や、竹を切って手製した横笛の音の面白さや、色々の遊戯の事等が何度も何度も繰返しては語られた。成長しては、彼は文学に志し、自分は法科に席を置く学生になって、夫々《それぞれ》生活は変ってきたものの、二人の友情には少しの変りもなかった。幸次が学校を終えて今の会社へ這入ってからは、ぶらぶらと相変らず貧乏暮しをしている浅川に出来る丈の、あるいはそれ以上の補助をしてやる事さえ、二人の間ではむしろ当然の事だと思って、彼はそれを進んでさえやっていた。

幸次はよく浅川の下宿を訪れた。彼はそこで下宿の娘だという時子と相識るようになった。彼女はととのった容姿を、明るく怜悧な面差《おもざし》を持っていた。彼は段々時子に恋を感じ始め、その恋は軈《やが》て赤熱《しゃくねつ》して、結局行きつく所まで行きついてしまった。

猪突的《ちょとつてき》だったその結婚が果して彼に幸福をもたらしたであろうか?

熱狂からさめて、やっと自分を取戻した頃初めて彼は自分の不自然な地位に気附いたのだった。彼よりも前から、浅川は時子に愛情を感じていたらしく、時子もそれに答えていたらしい事だった。その関係は、彼の狂暴とさえ思われる愛情の前に一時全く光を消されてしまったが、しかしながら、冷静にかえった幸次がやっと自分の地位に気附いた頃、彼等もやはり自分達の愛情の深さに気附き始めたらしかった。幸次は驚きに蒼褪めた。

今更いかなる事情が判明したにしろ、彼にとって時子はどこまでも時子だった。彼の生活の殆んど全部が彼女にかかっているようにさえ思われた。

彼は妻と親友との間に消す事の出来ないある疑惑を感じ始めた。そして、ある場合にはそれが動かし難い証拠をさえ伴っているように思われたりした。彼の気持は暗澹たる闇の底へ次第に沈み込んで行った。

今年もいつの間にか暮れて冬が訪れた。

北国では日毎に吹雪が荒れて新聞は積雪の量を事細かに書き立てた。

雪！

幸次はこの懐しい昔馴染から、荒《すさ》びた心を和げる何物かを得ようとして、年末の休暇を利用して、時子を伴ってこのS温泉へやって来た。彼は東京を——と云うよりも浅川の側を遠ざかる事が出来て、久し振りで気が軽くなったように思われたが、それもほんの束の間で、執拗な浅川は半日おくれて彼等のあとを追って来た。

幸次は苛々《いらいら》した。彼は、今までに感じた事もないような憎悪と嫉妬とにぶるぶる身体を痙攣させた。

翌日、彼等は時子の発案で裏のA山へスキー遠征を試みる事になった。A山は相当な高度を持った取りつきにくい山で頂上近くに営林小舎が一軒ある丈で外には避難小舎一つさえ無いのだった。彼等は昨夜はこの営林小舎に辿りついて一泊し、今朝、往復一時間計りを要する頂上を廻って前来た道をS温泉へ引返す予定になっていたが、幸次一人は妙に気が進まなかったので、結局、浅川と時子二人丈が頂上してくる事になった。

二人が楽しそうに連立って出掛けて行ったあとで、幸次は猟銃を肩にして小舎の附近で兎の足跡を探したりしていたが一向に気が浮いて来なかった。雪に埋もれた小舎の、囲炉裏の側に寝転んで水筒のウイスキーをあおりながら、連立ってステップを刻んで行く二人の姿を、殊更不快そうに目前に描いてみた。彼は、何故同行をこばんだのか、自分で自分の気持が解らなかった。彼等を二人きりでおく——そこには彼の気持を真暗にする危険さがあった。あとから追駈けて行こうか——とさえ思って、腰をあげかけたりした。

この地方の、この頃の天候は極めて不順で山越をする人達はよく天候の陥穽に落込む事があった。昨日から今朝にかけて微風さえ無いような好天気だったのが時子と浅川がやっと頂上へ着いたか着かないという頃、俄然一変して北信州特有の大吹雪が襲来した。

幸次は酷く狼狽している彼等の姿を想像して憎々し気に嘲笑した。

吹雪は刻々に激しくなって、天地は濁流のように動揺した。

そこへ時子が蒼褪めて飛込んで来たのだった。

時子の声に愕然とした彼は、我を忘れて表へ飛出した。飛出して、彼は自分を罵った。

「馬鹿野郎！　何故、浅川を救いに行こうとなんかするんだ！」

しかし、彼の足は、頂上へ頂上へと正確に一歩一歩の踏附けを誤らなかった。彼は唇を嚙締めて寒気と風に対抗しながらじっと両眼を進路に据えていた。

尾根へ取附く頃には吹雪は片息になって、尾根伝いに頂上へつく頃には、風は一時的の休息に沈んだ。まるで嘘のようにあの叫喚が一時に鎮まって、森閑とした灰色の山谷にさらさらと粉雪が降り注いだ。

彼は静寂の空間に立像のように佇んでいた。

その時、東谷の底の方から「おーい」という人声が聞えてきた。雪にさえぎられてよくは解らぬが、どうやら浅川の姿らしかった。彼は幸次の方を目差して気狂のように駈け登って来た。幸次は石のように黙り込んで、その方にじっと眼を注いでいた。

何分たったろう？　何十分たったろう？

浅川は到頭登りつめた。彼は歓喜にむせび泣きながら幸次に抱きついた。

一時鎮まった吹雪は、直ぐまた狂乱の銅鑼《どら》を打鳴らし始めた。

幸次は白々しい気持で、浅川を押除けながらウイスキーの這入っている水筒を渡した。浅川はむさぼるようにそれを飲んで段々元気を恢復してくるようだった。

「僕ア時子さんとここに立っていたんだ。すると突風がやって来て、僕丈谷へ吹落されてしまったんだが、いい塩梅に怪我もなくてね。けれどもあの吹雪で方向が解らないで危く死ぬ所だった。吹雪の合間に君の姿が見えた時の嬉しかったこと……」

そう云いかけて、ふと、幸次の顔を見た浅川はぎょッとして、本能的に二三歩飛びすさった。その動作は却って相手の感情を高ぶらせたようだった。幸次は、咄嗟、彼を叩き殺してしまいたいような畸形的な興奮にかられた。

吹雪は益々強くなり出した。

突然、幸次は踵《きびす》を廻らして尾根を下り始めた。浅川は慌ててそのあとを追おうとしたが、不安気に立止って、

「君、それじゃア道が違やしないか?」

と、無気味な危険を予感しているように嗄れ声で云った。

この辺の冬山に経験のない彼は明かに錯覚に陥っているらしかった。頂上から小舎へ下る道は上から見るとかなりに急で反対側の北谷に面した傾斜は一見緩かで無難そうだった。この北谷は、夏になると峻嶮な骨相を現わし、深いその谷間には亭々《ていてい》たる数丈の巨木が密生して殆んど近寄る人さえもないほどの所だったが、冬には、摺鉢型のその谷間は吹溜りになって深く雪に埋もれ、風当の強いその斜面はいつも一面に氷に覆われていた。スキーヤーに最も恐しいのはこの氷結した斜面で、アイゼンを履いた登山家にとってさえ生易しい相手ではないのである。

幸次は浅川の顔を見詰めた。彼の頭を、鋭い冷いものがさっ! と流れた。

「こっちだよ」

彼はじっと相手の顔を睨みながら云った。

浅川は恐怖と疑惑に眼を戦《おのの》かせた。

「いや……」

と反抗的に呟きながら、彼は、北谷へ、その恐しい北谷へ向けて躊躇しながら辷り始めた。

五間《けん》……六間……十間……

途端、氷に乗って「あッ!」と叫びながら仰反《そりかえ》った。転がった。辷った。片足のスキーがちぎれて飛んだ。何か叫んだ。転がって、辷って……矢のように、毬のように……段々小さくなって、吹

雪の厚い白壁が、到頭それを押包んでしまった。

幸次は蒼褪めて立ちすくんでいた。彼の眼先は明るくなったり暗くなったりした。

スキーの締金具《ビンディング》が凍りついた。

風が、となかいの胴着を透して膚《はだ》を無感覚にした。

突然、彼は、「わアッ！」と泣きそうな声をあげて一散に小舎の方へ辷り出した。

小舎で苛々と待ちあぐんでいた時子は、蒼褪めて独りで戻って来た夫の姿を見ると絶望的によろめいた。しかし、次の瞬間、何やら疑わしそうに、じろじろと夫の姿を眺め廻した。

そして、

「水筒は？」

と、震え声で訊ねた。

幸次は頭脳に錯乱を感じた。救うべからざる不幸――水筒をしっかと摑みながら谷底へ落ち込んで行った浅川の姿を、今はっきりと思い出したのである。

「そうだ、そうだ。あれはね。この吹雪だろう。僕は何度も転んで……だから、さ、どこかへ落したのかも知れない」

彼はどもりながらやっとそれ丈云った。

二

不思議と云えば不思議に違いない。

浅川の死骸は出て来なかった。

S温泉へ戻った幸次夫妻の知らせによって直ちに捜索隊が編成された。彼等は時子の話を唯一の手懸りに東谷を中心として、段々北谷の方へも手を廻した。

「東谷ならきっと助かってどこかへ避難さっしゃって居なさるだろうがな。北谷へ迷い込むと命はまず危かろうな」

と、山の地理に明るい男が云った。

幸次は、飽くまで浅川の姿を全然見かけなかったと主張した。時子との、ひょんな交渉《いきさつ》から、それを固執せざるを得なくなった彼は、この上はどこまでもしらを切るより仕方がないと思った。今更、本当の事を打明けても容易には周囲で合点して呉れそうもないし、一つ間違うと事情は極めて悪化して行きそうな形勢に見えた。

自分には少しも後暗い所はない。奴は自分勝手に好きな道を選んだんじゃないか。何も俺はびくびくする事は無いんだと考えてみても、その蔭に何かしら裏切られる不安があるようだった。殺意とまでは行かなくとも、あの瞬間自分の心に激しい憎悪が浮び上っていた事は事実なのだ、と肯定せざるを得なかった。

恐しいのは、浅川がしっかり摑んで死に場所へ運んで行ったと思われる例の水筒で、それは、学校の卒業記念に山岳部の連中から贈られたもので、独逸《ドイツ》渡りのアルミ製に、御叮嚀にも「菅沼幸次兄に贈る――山岳部一同」とうるし書きがしてある代物だった。その著しい特徴のある水筒が死骸と一緒に現われたとしたら⁉　他の点をまずく隠し立てしてしまった丈に極めて不利な立場に陥るにきまり切っている……

彼は捜索隊の先頭に立って懸命に奔走した。人々は彼の友情の厚さを口々に称讃したけれども、彼は、真先に死骸を見附けて人眼に触れない内に水筒を所分してしまい度いとそれ計り考えていた。

捜索隊は何回となく派遣されたがいつも失敗に終ってしまった。この上は、雪融けを待って死骸を探し出すより外はないだろうという事に人々の意見は一致した。

幸次は一方で失望したが、結局死骸の見附らない事は最も安全には違いなかった。しかし彼には、浅川が生きているとはどうしても信じられないのだった。生きていたらば何とか知らせがあるだろう。しかも、あの避難場所もない北谷に吹雪にさいなまれながら二日も三日も生きのびていたとは到底信じられなかった。死んだに違いない――と誰もが考えた。

三

山嶽の折重なった都遠い北の国にもいつの間にか春が訪れた。

山野の雪は一斉に融け出して川にあふれ、雪原の中から樹木が青黒い先端を現わし始めた。A山の蔭、その北谷でも俄に雪脚がゆるみ出し、ひょんな所に巨巌《きょがん》が顔を現わしたと思うと、思わぬ所に杉の木の梢が腕を突出したりして、刻々にその険相《けんそう》を露骨に示し始めた。そして、軈て、最後の雪の一塊が融け去ると、一緒に、深い深い谷の底、巨樹の密生した薄暗い山蔭をさらさらと音を立てて水が流れた。

川下の村でスキーの折れ端と、浅川の記名のある千切れたスキー帽とを拾ったという報告があった時、村人は一斉に緊張した。しかし、それ切りで、何日待っても死骸のあがったという報告はどこからも来なかった。改めて、北谷に向けて捜索隊が派遣されたが遂に全部が徒労に終ってしまった。

実際、妙だなア、と村長も署長も誰も彼も首をかしげた。あれ丈捜索して骨一本見附らないというのはいかにも変な次第だった。

幸次は東京へ帰ってからも落附く事が出来ないで毎日苛々していた。死骸が出て来ないなんてそんな馬鹿な事があるものかと思った。しかし、出て来ないのが事実であるとすると、あの時、激しい吹雪が彼を天空へさらって行ってしまったものとでも考える外はなかった。

幸次の何よりも堪えられない事は、妻の時子との感情の疎隔だった。あの時浅川に会った事はどこまでも隠しおおせた積りではあったが、時子は何かしらその間に疑惑を抱いているらしく、日増に二人の気持は冷く歪んで遠ざかって行くのだった。奴さえ居なければ俺は幸福になれるんだ、と一途に考えていた事も全く裏切られた形で、親友を失った淋しさと、それに多少自分も責任があったのだという自責とが、日毎に彼をさいなんだ。

一月たち、二月たった。が、まだ死骸は発見されなかった。

春が過ぎて夏になった。が、まだ死骸は発見されなかった。

四

十月の初旬、高い嶺々にはそろそろ初雪の来かかる時分になって、S温泉の警察から「浅川氏の件に付御訊ねしたい事あり、御夫婦にて至急出頭されたし」という電報が舞い込んで彼をぎょッとさせた。

合憎《あいにく》、時子は鎌倉の親戚へ出かけて留守だったので、電報はその方へ廻送しておいて、彼は取るものも取りあえず上野駅へ駈け附けた。

彼は何となく不安でたまらなかった。死骸が発見されたかそれとも何か重要な証拠品が見附ったに違いはなかった。しかし、あの警察の署長さんは彼を子供の時分から知っていて可愛がって呉れたし、それに、あの好人物の田舎漢《いなかもの》に何がどうなるものか、という気休めもあった。

幸次は真直ぐにS温泉へ這入らないで、路を迂廻してA山越しに行くため、わざわざ駅を二つも乗り越した。そして、人に見られないように注意しながら、そっと北谷へ廻ってみた。そうでもしなければ、とても不安で警察へ出頭する元気が出なかったからだが、北谷には薄ら寒い山風が蕭々《しょうしょう》と吹き過ぎている計り、谷底の密林が蒼黒く鎮り返って、新しい事件が突発した様子も更に見えなかった。

彼は幾分元気づいてS温泉へ乗込んだが、翌朝時子がおくれ馳せに到着したので、二人は揃って

警察へ出頭した。

署長は久し振りで我が子にでも会うように、人の好い皺だらけの顔をにこつかせて彼等を迎えた。

「浅川の死骸が見附かったんでしょうか?」

彼は気になってならない事を思い切って訊ねてみた。署長は慌てて、

「いやいや……」と手を振ったが、気がついたことでも有るように、

「あんたは昨日北谷を廻って来なさったそうですな?」

と、何気なく云った。

幸次ははッ! とした。誰知るまいと思っていたのに、もうそれが署長の耳に這入っているのだ。

「ええ、ちょっと……」

「一体、何しに行きなさったね?」

「…………」

「時々、北谷へ這入られるのかね?」

「…………」

「あんたは、四五日前から北谷へ這入って居なすったんだろうな?」

「いいえ!」

と、幸次は慌てて打消した。

「四五日前にはまだ東京に居たんです。貴方からの電報を見てやって来た位なんですから……」

「ほほう。それは妙だな」

署長は首をかしげながら、卓子《テーブル》の抽斗《ひきだし》から古ぼけた水筒を取出した。菅沼幸次兄へ贈る、とうる

しで書いてある、間違いない問題の彼の水筒だった。

「これは、あんたのものだろうな?」

「え、え、そうです」

幸次はすっかり観念していた。

「すると可怪《おか》しいぞ……」

署長はじろじろ彼の顔を見遣りながら、

「四五日前あんたは東京に居た。あんたは昨日以前に北谷へは入《はい》った事はない。と、云うのだね。所が、この水筒は五日前に北谷の森の中から猟師が拾ってきたものだて……わしはてっきりあんたが落したものと計り思っていたが……」

「僕が浅川を救いに頂上へ登った時落したのが、今になって見附かったんではないんですか……」

「いや、それがさ。あんた、もしこの水筒が浅川の死骸の附近から拾われてきたとしたら一体どういう事になるのかね? どうもあんたの云う事計り信じてはおられんがな……」

幸次は、そこに致命的な錯誤の生じた事を直感した。彼は冷静を失ってどぎまぎした。

「だから、わしは後になって君があの谷を歩いた時落したものかと思っていたんだ」

彼はもう署長の言葉がはっきり理解出来ないほど取りのぼせていた。

「どうだね。君は何か隠しているのだろう?」

「…………」

「さて、またここに妙な事がある……」

署長はずるそうににやりと笑った。そして今までひねくり廻していた水筒を彼の方へ突出して見せた。その横腹に、こっちから向う側へ通して小さな孔があいていた。

「この孔は鉄砲玉の通ったあとらしいて……」

好人物らしく見える田舎の署長は、案外にも、ねちねちと巧妙に綱をたぐっているらしかった。

幸次は足許に投出されている不気味な罠の避け方を知らなかった。

「菅沼君、あんた達がA山へ行った時には鉄砲を持って行きなすったそうだな？」

「ええ、一挺持って行きました」

「浅川を探しに頂上へ登った時にも、持って居なすったか？　奥さんどうです？」

「…………」

幸次も時子も黙っていた。持って行ったようでもあるし、持って行かなかったようにも思われて、いずれともはっきり思い出せなかった。

「まア、それはよい」

と、署長は手を振って、

「ただ、浅川の死骸に弾痕があると事面倒だて……何せ、この水筒の孔の周囲にははっきり血痕が残っているのだからね」

途端、署長の言葉の意味を了解した幸次はふらふらと立上った。全く自制を失っていた。そして、

「そんな、そんな……僕が浅川を銃殺するなんて！　浅川は勝手に北谷へ辷り込んで……」

と、無意識に云い放ってどかりと椅子へ腰を落した。興奮がさめると、署長の術中に陥って云うべからざる事を遂に口に出してしまった事に気が附いた。署長は同情のある眼差で彼に自白をうながした。幸次はこの上隠しいつわっている事の不利をさとった。

彼は涙と一緒に一伍一什《いちぶしじゅう》を自白した。

「わしはあんたの話を好意を持って解釈することにしましょうよ」

と、幸次の話を聞き終った署長は、

「しかし、何と云っても、浅川の死体が発見されるまではどうもなりはしないて……」

「えッ!?」

幸次は愕然とした。

「浅川の死骸はまだ見附からないんですか」
「どうして、どうして、やっと水筒が見附かった計りなんでな」
と、署長はすまして云った。

五

夕方から大風が吹き始めた。村人は、その風を雪の知らせだと云い伝えて、山や谷の木々が鳴り渡るのを聞くと、そろそろ冬の仕度にかかるのを忘れない。

署長は、その風の荒れ方をぼんやり感じながら、幸次の自白を解剖していた。

幸次の言う事には少しの疑点を挟む余地もないように思われた。それなら、一体どうしたというのだろう?

水筒は丁度五日前に一人の猟師が北谷から拾って来たもので、それがまだ余り泥にまみれてはいない事や、落ちていた状態等からして比較的新しく落されたものらしく思われた。殊に、その水筒の落ちていたという地点は浅川の死骸捜索隊が以前何度も通った所であるから、古くも一二ケ月より以前に落したものではない事は確実で、問題は誰が落したかという事だった。浅川がまだ生きのびていたものだろうか? しかし、それはかなり有り得べからざる突飛な考え方であった。誰か第三者が拾って着服していたものだろうか? だが、あの有名になった行衛不明事件に関係ある水筒を平気で着服する等という事はちょっと常人には出来そうもない事に思われた。

水筒の胴中を貫通している孔は間違いなく弾丸の通った跡で、その入口に血痕らしい痕跡の見える事から考えると、肉体を貫いた弾丸が更に水筒に孔をあけたものらしく、この事実は極めて犯罪的の色彩を持っていた。

誰が射ったか？

誰が射たれたか？

いずれにしても、そこには容易ならぬ事件が潜んでいるらしく思われる事だった。

翌日の夕方になって、根気よく派遣された北谷の捜索隊が素敵な吉報をもたらした。それは、北谷の、先日猟師が水筒を拾ったと同じ附近で浅川のらしい死骸を発見したという報知だった。署長は勇み立って二三名の刑事と警察医、それに鑑定人として幸次を伴って夜道をかけて、山へ登って行った。夜の白々明けに、一行は営林小舎で待っていた五六人の猟師からなる捜索隊と一緒になって北谷へ降り始めた。

死骸の発見されたのは、先日水筒を拾った附近、即ち谷底の密林をちょっと這入った辺で落葉が軟《やわらか》く数尺も積っていた。

死骸と云っても、もう全く白骨に化してしまっていて、その骨の上にぼろぼろの服の切れが僅にからみついている計りだった。

幸次はその服装から確乎に浅川だと断言したが、医者が身長や手足の大さを測ってみた結果も、全く彼の証言と一致した。

「おや！　ここに鉄砲疵がある！」

と頭蓋骨を調べていた医者が突然呶鳴った。一同は、はッとした。

頭蓋骨には正しく鉛の弾丸が深く喰い込んでいて、署長が水筒の孔と合せて見ると、弾丸の通った角度も、その大さもぴったりと一致した。

「これが致命傷です」

と医者は解ったような顔をした。

「ふざけちゃ困るよ」

と、署長はぷりぷりしながら、

「そう物事は簡単にきまりません」

「でも、署長、この疵が……」

「すると、あんたは水筒を打抜いた弾丸がこの頭蓋骨にめり込んで浅川を殺したと云うんだね？」

「そうです、そうです……」

「馬鹿臭い！」

署長は吐き出すように云った。

「水筒の弾丸の抜け出した方の側に血痕があるならば返り血が附いたとも考えられるが、合憎と血痕は弾丸が飛込んだ方の側、入口についているのだ。あんたの言う通りに考えると返り血が水筒を一めぐりして入口の方へ飛んだことになるわい」

なるほど、その通りだった。弾丸が頭蓋骨を貫通しているならば、あとから水筒へ弾丸が這入った事になって、即ち、入口の方へ血が附着するだろうから問題ではないのだが、弾丸が骨の中に埋まっている丈に、先に水筒を通ったものと考えるより外はない。すると、血痕の位置が丁度反対になって解釈がつかないのだった。

「これを説明する方法はたった一つしかないようだて……」

署長は考え考え独り言のように云った。

「つまり、人間が二人立っていたのだ。その二人の間に水筒が挟っていた。最始《さいしょ》の人間の身体を貫通した弾丸が更に水筒を貫いて浅川の頭蓋骨へめり込んだのだ。そうとより考える外は無いのだがなア……」

人々は、突飛な署長の言葉に唖然とした。

しからば、そのもう一人の男とは誰であろうか？

その男はどうしたのだろう？

加害者は誰？

誰にも解釈がつかない。皆石のように押し黙っていた。署長は突然医者の方を向いて、

「あんた、不審とは思わんかね。死骸は白骨になっている。水筒には血痕が残っている…………」

「と云いますと?」

「白骨になるにはかなりの月日がかかるに違いない。所が、水筒には血痕が歴然と残っている。水筒に血が附着したのはここ一二ケ月の出来事だろうがな。少くも、あの頭蓋骨の弾痕《たま》は死後よほどたってから受けたものだわい。何のために死骸を射ったか……」

人々は顔を見合せた。署長の言葉は不審に違ないが一々立派な根拠をもっていた。

「それに、どうも、わしには解らんよ。五六日前に猟師がこの辺で水筒を拾った時にはこの死骸はまだここには無かったのだからな。誰かが、ここ三四日の間にこの死骸を棄てに来たのは事実らしいて……とにかく、この三四日中に北谷を歩いた者はよく調べなくちゃなるまい」

一同は冷く幸次の方を振向いた。

署長は猟師達に死骸を運ばせて、北谷の絶壁をA山の方へ登って行った。昨日の颪に引代えて、今日はぽかぽかとした小春日和、署長はまるで居眠りでもするように首をこっくりこっくりさせながら歩いて行ったが、頂上近くまで来た時、ふと立止って、

「北谷と云えば昔は鷹の名所だったがな。この二三年とんと鷹の噂は聞かんねえ」

と、刑事の一人に話しかけた。刑事は大きく頷きながら合槌を打って、

「左様、とんと聞きませんな」

「馬鹿野郎!」

と、署長は大声で叱り附けてから、瓶を抱えて笑い始めた。相手は面喰って眼をきょとつかせた。

「わしは、一月ほど前に誰かこの谷で鷹を射ったという事を聞いたぞ」

「は、なるほど……そうです、そうです、私も聞きました。そのつい……」

刑事は赤くなって頭を搔いた。

「一本参ったろう……」

と、署長は笑いながら、

「その猟師は誰だったかな？」

その時、死骸を運んでいた猟師の一人が、おずおずと進み出た。

「鷹を射ったのは私で御座います」

「はア、お前か。では、その時の模様をざっと聞かせてもらいたいな」

「へえ、丁度一月も前の事で御座いました。A山の崖縁を通っておりますと、北谷の森の中へ鷹が舞い下りましたので、一発喰らわしたんで御座います。丁度、森のあの辺でございました」

と猟師は谷の底を指して示した。

「よしよし」

署長はさも嬉しそうに顔を皺だらけにしながら、

「皆の衆、帰りにわしの所へ寄って下され。な、一杯振舞うぞ」

と、元気な声を張りあげた。

署長は子供のようにはしゃいで、

「あんた、水筒についていた血痕を調べてもらう訳には行かんかな？」

と医者に話しかけた。

「と云いますと？」

「わしは、あの血は、人間のではなくて、確かに鷹の血だと思うのさ」

医者は眼を丸くして口をもごつかせた。

「どうも、こうも有りやせん。それそれ……」

署長は独りで頷いて、

「水筒と骸骨とが同じ辺に棄ててあった訳の解らない事実から、わしは、はてな？　と思ったわい」

「それは一体何の事なんで御座いますか？」

と、側から医者が訊ねた。

「あんた達、頭が悪いて……」

署長は、くつくつ喉を鳴らした。

「浅川さんはな。北谷へ落ちて雪に埋ってしまいなすったんだいいかな。すると、春が来て、雪が融け始まる。森の頭が出始まる。浅川さんの死骸はその森の頭に引懸ってしまったのだ何の事はない、あんたが化学実験の時濾紙を使って沈澱を濾し分けるようなものだ。濾液を掻き廻したって何も出て来んよわし等は雪の融ける先計りを探していたからな。代物は高い木の上にあったのさ」

一同はぽかんと口を開けて顔を見合せ、一様に署長の面を見あげた。

「死骸は風雨にさらされ、鳥に啄まれて骨に変って行った事だろう。一月ほど前の事、餌《え》を探していた鷹がそこへ舞い降りて来たとする。Ａ山の崖縁からどかん！　と鉄砲を射つ。鷹の胴中を貫いた弾丸が更に側にぶら吊《さが》っていた水筒をぶち抜いて骸骨の頭へめり込んでしまった……と都合よく、まア解釈させてもらおうかい。その時、機勢《はずみ》で水筒が地面へ落ちてきたのだ。それを先日になって拾い上げた。何しろ、昨夜はあの風だったから、木の奴め、得たりかしこと、気味の悪い荷物を振り落してしまったのだ。地面には軟く落葉が積っていた事だし、茂った枝の間を、ずるずる落ちて来たので、骸骨がくだけずに済んだのだろう。何せ、雪という奴は悪戯坊主だよ」

署長は大きな口をあいてはっはっは……と笑った。誰も彼も、互の気持が暖く和いでくるのを感じて微笑まずには居られなかった。

「菅沼君、あんたも精々奥さんと仲よくするのだな。そして今度の事があったからって、このＳ温泉を嫌って呉れちゃア困るよ。おおそうそう……来年辺りわしも一つ東京見物に出掛けようと思ってる……その節は一つ頼みますぞ。ははははは……」

署長は幸次の肩を軽く叩きながら云った。

彼はその一語々々に山人の持つ暖さを染々《しみじみ》と感じて、あふれ出る涙を抑え抑え幾度も頷いて見せるのだった。

蒼魂

一

（はてな？）

私は目を見張って、広場をへだてて向う側にある飛行場の入口の方へ顔を向けた。

まき立てた砂塵のかげになかばかくれながら、非常な速力《スピード》で辷りこんで来た自動車が一台、その入口の柵のそばへのめるように急停車すると同時に、殆んど転げそうに飛び下りた二人の男が、真一文字にこの休憩所の方へ駈けつけてくるのが見えた。

一人は飛ばされかけた帽子を片手でおさえ、もう一人はオーバーの裾を風を胎んだ帆のようにふくらませている。

（ああ、遠矢と、写真班の最上じゃアないか……）

私は煙草を捨てて休憩所から出て行った。

「特種だ！」

遠矢は私の顔を見るとぶッ切ら棒にそう呶鳴った。

「機の準備はいいか？」

「すぐにも飛べるさ。今丁度手入れをおわったばかりの所だよ」

「有難い。実ア、一秒を争うんだ。ちょっと東洋空輪の事務所まで行ってくるから、出発の準備、たのむぜ」

と、気ぜわしく云って、

「それから、忘れずに、落下傘《パラシュート》と縄梯子を積みこんでくれたまえ」

「何だ？　落下傘に縄梯子だって？」

遠矢は黙ってうなずくと、そのまま、空輸会社の事務所の方へ飛んで行ってしまった。

「どうしたんだ、最上君?」

機の準備をととのえるために格納庫の方へ廻って行きながら、私は最上の顔をふりむいた。

「さア? 知らんね、くわしいことは。ただ、遠矢君が突然特種だって社へ吸鳴りこんで来たのさ。ともかくも、社の飛行許可は得て来たがね」

「一体どこへ飛ぼうってんだ? まさか、上海へ、なんてんじゃアあるまいな。奴、云いかねないからさ」

「知らない。奴、何にも云わないんだ」

最上は写真機を持ちかえながら解らんというように眉をよせて見せた。

中背な痩せ型で、面長な顔に高い鼻と落窪んだ目とが日本人ばなれのした印象を与える。何か思索にふける時など、その目が、鋭いと云うよりもむしろ妙に暗く沈んで見えてくる――遠矢とはそんな外貌を持った男なのだ。私とは、飛行機がとりもつ縁で十年来の親友、というよりも、あるいはそれ以上の、親交を続けて来た。遠矢は操縦士としても一流の腕を持ちながら、私のために機関士としてよき女房ぶりを示してくれているので、今の新聞社へ入社してからの、私の幾多の空の記録についても、その蔭には必らず遠矢の功績がかくれているといわねばならないのだった。

一度格納庫へしまった愛機――快速をほこる低翼単葉ロックヒード機を引き出して来て、最上が後部の座席へ上るのを手伝ってから、操縦席へ乗込んで、すぐにも出発出来るまでにして待っていた。

「落下傘は?」

飛行服のバンドをしめなおしながら、息せき切って戻って来た遠矢は、私の隣席《となり》へ飛びのるなり、そう訊ねた。

「万事、御註文通りさ」

私は、じッと遠矢の顔を見つめながら、

「なぜ、落下傘がいるんだね？」

「解るさ、今に……」

「第一、一体どこへ飛ぼうってんだ？」

遠矢がじろりと私の顔を睨んだ。その目の底に異様な光が漂っている。

「東海道……」

と、低いがきッとした調子で、

「東洋空輸の定期旅客機に追いつくんだ！」

「ほう！　旅客機？」

私は思わず反問した。

「二十分前に、ここをたったあの旅客機をか？」

「いや、正確に云うと十九分前だぜ。延原君……全速力《フルスピード》で行けば、静岡辺で追いつけるだろう？」

二

三月の空気は、千米の高度において相当冷いものだった。山岳地帯は濃い雲にとざされていたが、太平洋はずッと彼方の青空へまではてしなく拡がって、濃い藍色に澄んでいた。

「まず、いい飛行日和だ」

と、私は発動機《エンジン》の爆音に消されがちな声を高くして、隣席の遠矢に、

「旅客機に追いついてどうするのだね？」

「さア……解らん。それは僕にも解らない。ただ解っているのは……」

と、ちょっとあいまいな表情に語尾を濁らせたが、

「とにかく、あの旅客機に、何かが起ろうとしていること丈は解っているのだ」

「起るって、何が？」

「…………」

遠矢は気むずかしく黙りこんでしまったが、やがて、ふと話題をかえて、

「君、緑川伝右衛門という人物を知っているかね？」

「君の伯父さんだろう？」

「僕の母の兄だから、伯父に当ることは確さ。しかし、訊いているのは伯父の人間に関してだよ。性格に関してだよ」

「…………」

「高利貸《アイス》で一代に百万円の富を築き上げた人間の冷さ、暗さというものについて、恐らく君は想像も及ばないと思う。高利貸という奴は、多かれ小なかれ加虐性倒錯《サヂズム》の傾向を帯びていないものはないんだ」

「君が、その伯父さんを好いていないことは僕も知っているよ」

「好いているとか、いないとか云う問題じゃアないんだ」

遠矢は吐き出すようにそう云った。

「結構な一族だよ。伯父に身寄りが四人あるのさ。一人は、この僕……その他に、甥にあたる緑川正夫……僕の従兄だ。君、よく知ってるね、その男を？」

「東洋空輸の一等飛行士だろう、その人は？」

「その通りさ。次が伯父の末弟にあたる緑川四雄。その次が、姪にあたる風間八重子だ」

「八重子という女《ひと》には一二度会った事がある。××キネマの松田早百合によく似ている女だろう？」

「似ている？　君は顔のことばかり云うんだなア。それもいいさ。しかし……」

「一体、君は？」

「まア、待ち給え。君の云おうとしていることはよく解っているよ。僕が何故緑川一家の戸籍調べなんかを始めたか……その理由がききたいのだろう？」

「まア、そうだね。少くとも、それが今日の飛行にどういう関係があるのか？」

「君！」

と、激しく云って、遠矢の硬い指先が私の肩先をむッと摑んだ。

「このロックヒードが追っている旅客機には、その伯父と、三人の身寄りの者とが乗りこんでいるのだぜ」

私は妙にはッとさせられた。遠矢の言葉が異様な暗示めいたものを含んでいたからだった。

「僕は今、東洋空輸の事務所でそれを確かめて来た。伯父は、自分と四雄と八重子の三人が乗るために、その八人乗の旅客機を買い切ったのだぜ。操縦士はしかも甥の正夫だ。機関士丈はたった一人他人だが、あとの四人はことごとく緑川一家の、血のつながっている人間なのだ」

「今日、君はどうかしてやアしないかな。君の身寄りの人達が一塊りになって空を飛んだとて、別にそう珍しい話だとも思えんがね」

「君はよく緑川一家の人達を知らないから、そう思うのだ。この僕の性格をさえ、よく知ってはいない証拠だと思う。緑川一家……君はこの呪われた血族のことを、どんなに悪く想像したところで、とてもその真相には達し得られまいと思う。僕ですら、君はどう思っていてくれるか知らぬが、その血管の底を流れている悪い血と、その血がはぐくんだ怖るべき性格とを、恐らく君は気づかずにいるんじゃないだろうか？」

彼の言葉には勿論誇張があるとは思ったが、しかし、永年のこの親しい友の胸の奥に、何かしら解き得ない暗いものがひそんでいることを、常々私は全然気づかずにいた訳ではなかったのだ。

「ねえ、延原君……」

遠矢は、私の顔を真正面からじッとみつめながら、

「伯父のことは今も話したろう。金銭《かね》のためには殺人をさえ敢て辞さない男だと想っていてくれ給え。それ丈に敵があるのだ。伯父はよくその事を知っているはずだ。その敵は必らずしも外にばかりは居はしないのだ。血族の中に、それが居ないと、誰が断言出来よう。伯父はそれを知っている。知っていながら、百万円という餌をぶらさげては、血縁の者の激情を煽って、意識的に挑戦しているのだ。怖るべき伯父だよ。百万円の餌がある。伯父の遺産さ。それがなくてさえ、性格的に反目しあっている緑川一家なのだ。四雄叔父……この人は、伯父が死ねばその遺産相続の第一の権利者だ。八重子……この女は一番伯父に接近しているね。伯父は近い内にこの女を相続者に指定しようとしているらしい。と云った所で、この女が緑川一家の悪血をひいていないというのではない。むしろ、僕はこの女こそ怖しいと思っているのだ。それから、操縦士の正夫……伯父に憎悪を抱いている事ではこの男が第一だ。それに、今財政的に非常に行きづまっている。百万円の餌だ、延原君……」

遠矢は喋りつかれたように吐息をもらした。興奮に蒼ざめた友の顔を、私はそっと見やりながら、

「しかし、君は何故そんなに狼狽して、あの旅客機を追いかける気持になったのだね?」

「八重子から僕の所へ電話がかかって来たんだよ。——これから伯父達と空の旅へのぼるが、何かが起りそうな予感があるから至急来てくれ——とね。何かが起りそう……と八重子が云ったんだぜ」

「そうか……」

私は思わず身体を硬くして前方へ目をやった。

「今、僕は、ふと気がついたんだが……」

「何を?」

「何故、八重子が僕をよぶ必要があったか、ということだ。考えて見給え。旅客機に乗り組んでいない唯一の緑川一家の血縁者——その僕が、今こうして、刻一刻とその旅客機に惹きつけられて行くということを……」

「しかし、君はジャーナリストとして追いかけているのだろう」

「そうだ。そうして、僕は、やっぱり、緑川一家の血縁者なのだ」

「見え出したぜ。旅客機が……」

と、その時、最上の声が、通話管をとおしてけたたましく聞えた。振りむくと、最上はのび上るようにして目に双眼鏡をあてている。

「しかし、可怪しいぞ。進路が段々右へそれて行く。あれじゃァ、アルプスの中へ首をつっこんじまうじゃァないか」

「延原君、これが全速力《マキシマム》か？　急いでくれ！　もっと急いでくれ！」

遠矢がもどかしそうに叫んだ。

三

東洋空輸の最優秀機八人乗フォッカー旅客機は銀翼をのびのびと左右へ張って、あたかも空の王者の如く、悠々と天空を辷って行った。

「遠矢君。この日和に、あの美しい機体を悠々と青空に浮かべている有様を見ては、とても何かが突発しているなどとは思えないね。但し……」

「但し……さ。但し、何故進路をこんな右寄りに傾けたか。大分、規定の航空路を外れているぜ。風はなし、天気はよし、正夫の奴、監督庁から詰問をうけたら何と弁明する積りだろう」

「このまま真直に行ったら、あの密雲の中へ突込んでしまう。あの密雲の向うは日本アルプスの峻嶺だ。どうしようと云うのだろう？」

「何か起ったんだよ、延原君」

遠矢の声には、氷のように冷いものを含んでいた。

「見給え、あの昇降口の扉が開いて、風に煽られているじゃアないか」

「そうだ。扉が動いているんだ。僕ア、はさまった布《きれ》か何かが風に動いているのかと思っていた」

「それに、あの機体の動きっ振り、君、どう思う？」

「そうだよ。僕もそれを気にしていたんだ」

私は云い渋りながら遠矢の顔を見た。

「まるで、舵のない船のようだ」

「君は、操縦士の居ない飛行機のようだ、と云おうとしたんじゃないかね？」

私は頷きながらも、その言葉のもつ意味からぞッとするようなものを感じた。

わがロックヒード機は快心の速力をもって忽にフオッカー機に追い迫って行った。

近づくに連れて、その巨大な機体の不規則な動揺がいよいよはっきり見えてきた。そして、前後左右に四ケ所ある昇降扉の内、二ケまでが開け放たれて、風に煽られては激しく弾んでいるのが唯事ならず私の神経を刺戟した。

旅客機に追いつくと、私は機首をひねってその右側にぴったり並行した。

「おや？　誰も此方に気がつかないのかな！」

通話管を通して、最上の驚愕の声が聞えて来た。

「気がついたら、窓際へ顔位もって来そうなもんだに……」

「気がつかんのじゃない。誰も乗っては居ないのだ！」

遠矢がうなるように云った。

「もっと、機の位置をあげて見給え。そら、客席にも、操縦席にも、人っ子一人見えんじゃないか！」

「どうしたんだろう？　一体……」

「何かが起ったのだ。延原君。僕の眼に誤りがなければ、三人の旅客と、一人の操縦士と、一人の機関士と、五人の人間が消えてしまったのだ。それとも、僕の眼が狂っているのかな？」

「いいや！」

私はかぶりを振った。

座席の下にでも寝ていない限り、私達の位置から見れば窓越しに当然人の姿が認められなければならないはずなのだ。

「確に、誰も居ない」

五人の人間が、どうして消えてしまったのか？　何が起ったのか？

しかも、操縦者を失った旅客機は、悠々と、多少の動揺は見せながらも、黙々と天空を辷っているのだ。

私は心臓の凍りつくような恐怖に襲われた。

「機の位置をあげてくれ給え」

遠矢が命令するように、

「フォッカーの真上、二十米の位置に並行してくれ給え」

私はその言葉の通り、上げ舵をとりながら、横眼で遠矢のやり始めた事を見ていた。

「君は、落下傘を身体へつけたりしてどうする積りなんだ」

私はたまらなくなって訊ねた。

「空中曲芸《サーカス》さ。君と、満洲の空でやった事を思い出すじゃアないか」

「やめ給え。無謀だよ。その時とは条件がまるで違うじゃないか。相手のフォッカーは無操縦者なんだぜ」

「五十歩百歩さ。僕は、君の熟練に絶対の信用を置くよ」

一度云い出したら決して妥協することを知らない遠矢の性格を、私はよく知り抜いていた。

「距離二十米。気圧平穏。準備いいよ」

私は事務的に云ったが、

「遠矢君。何故、そんな危いことまでしなければならないんだ。一体……」

「しなければならないん、じゃない。したいんだ。僕は、あの旅客機に乗り込んだはずの四人に血縁の者だからね。そして僕は新聞記者《ジャーナリスト》なんだ」

遠矢は、落下傘の帯革《バンド》をもう一度検査してから、一端を機の支柱へ縛りつけた縄梯子を下へ投げ卸した。

「最上君、頼むぜ」

遠矢は手を振ってから、縄梯子を伝って機外へ下り始めた。

四

最上は呆然として遠矢の挙動に眼を見張っていたが、遠矢が手を振って合図したのを見ると俄に我にかえって、写真機《カメラ》を取直すと、矢継早にシャッターを切った。

遠矢は飛行服の身体をぎこちなさそうに、しかし自信ありげに、ゆれ動く縄梯子を降りて行くのだ。

「驚いた！」

シャッターを切りながら、最上か独言のように唸った。

「旅客機へ乗り移ろうってんだよ。物凄い空中曲芸《サーカス》だ。特種だ。素晴しい特種だよ」

私は身体中が痛くなるほど緊張していた。

軈《やが》て、遠矢が縄梯子を降り切ったのを見ると、そろそろと機の位置を下げて行った。

遠矢の足が旅客機の胴体を蹴った。

その手が風に煽られている扉に触れた。そして昇降口から中へ身体がかくれたのを認めると、私は思わず、ほっと吐息をついた。

しかし、まだ私は安心出来ないのだ。いつでも彼が引返してくることが出来るように、彼が扉の把手《とって》へその一端を縛りつけた命の縄梯子を切らないように、旅客機に絶対並行して舵を取って行かなければならないからだ。

所が、遠矢の姿が旅客機の中へ消えてから十秒ほども間をおいて、突然、私の機体に軽いショックを感じた。

「しまった!」

私は思わず声をあげた。

縄梯子が切れたのだ。どうした事か、旅客機が突然巨体を傾斜させたと思うと、激しく右へ急旋回し始めた。

その新しい進路には濃霧が渦を巻いていた。

フオッカーの銀色に輝く翼は、見る見るその濃霧に近附いて行って、私のロックヒードの急追も間に合わず、あッと云う間に霧の真只中へ飲まれてしまった。

私の機も、余勢にのって一度霧の中へ機首を突込んだが、危険を察して、私は咄嗟に一杯に上舵をとり、厚い濃霧の上層へ浮かび出た。

「最上君。旅客機を探してくれ給え。雲の切れ目からでも、ちらッとでも見えたら直ぐに知らせてくれ給え」

しかし、その濃霧は、その辺から北アルプスの山岳地方まで一杯に拡がっている広範囲のものだった。

私は絶望に似たあせりを感じながら、旅客機が姿を現わしそうな方角をうろうろと尋ね廻っていた。

私には非常に長く感じられたが、四五分の短時間に過ぎなかったかも知れない。

突然、

「あそこに!」

と、最上の叫び声が通話管から飛び出して来た。

「どこ?」

私は激しく眼を動かした。

見える――濃霧を脱した旅客機が銀色の玩具の飛行機ほどの大きさに、とんでもない方角へ姿を現わしたのだ。

ロックヒードは急旋回して、全能力を発揮しつつその方角へ突進し始めた。

旅客機は見る見る大きさを増してきた。

と、その昇降口の扉が開いて、一人の男が半身を乗り出した。

「遠矢君だ!」

最上が嗄れ声で云った。

どうしようと云うのだ?

遠矢はじっとこっちの機を見詰めたが、一瞬、決心したように、立上ったと見るや、昇降口から矢庭に空中へ身をおどらせた。

「あ!」

私は思わず眼をつむった。しかし、二度目に旅客機の方を見た時、幸にもそこから百米ほど下った所に見事に落下傘がひらいていた。

旅客機は遠目にもそれと解ったほど、ぐらッと大きく一揺れすると、激しく傾斜したまま、著しい下降姿勢になって、真一文字に、脱出した許りの濃霧の中へ姿を没して行った。

しかし、私には旅客機の行衛を見極めている暇などは無かった。落下傘の落下方向を確めながら、近傍に適当な着陸場を探し出すことに血眼になっていたのだ。

五

何故、旅客機上へから五人の人間が忽然と消えてしまったか？

東京××新聞の夕刊紙面を殆んど独占してしまったその特種がどれほど世人の好奇心をそそったことか。そして、多くの臆説は次から次へと生れたか、一つとしてその真相に近いと思われるものすら現われては来ないのだった。

落下傘の英雄——新聞は遠矢をそう呼んでいるのだが、その遠矢は、落下傘を追って着陸した私のロックヒードへ助け上げた時、多少興奮はしていたが、しかししっかりした口調でこんな風に話した。

「延原君。僕はあの旅客機内は隅から隅まで調べたぜ。しかし、人っ子一人居ないのだ。だが、数分、あるいは十数分前までは確に人が居たという形跡があったよ。魔法瓶《テルモス》が転がっていて、それから流れ出したお茶がまだ相当暖かったからね。魔法瓶からお茶を飲もうとした時、何かが起ったのだ。血が少々滴《したた》っていた。しかし、それ以上大して取り乱した様子が見えないんだ。伯父や八重子の荷物はちゃんと手つかずに有ったし、それに、伯父の帽子とステッキ、四雄叔父の——今話した魔法瓶、八重子の靴片方等が落ちていた。だが、どうしてその五人は消えてしまったのだ？　操縦士の正夫や、機関士まで一体？　犯罪があったのだろうか？　それならば加害者はどこへ消えたんだ？　あの天空から、どうして脱出したのだ？　ねえ、延原君。僕は、その点に思い至るとぞッとして身の毛がよだつようだった。まるで、五人の人間が一度に発狂でもしてしまったようじゃないか。そうだ。あの発動機までが狂い出していたんだ。僕は君の機が近づいてくるのを認めたが、それを待ってはいられなかったのだ。今にも発動機が爆発しそうな状態にあったんだからね」

飛行場へ戻って来ると新しい事実が待っていた。

あの旅客機から空輪事務所へ無線通信があったという――八人乗フォッカー機は東洋空輪の自慢のもので、無線通信装置を装備していた。

初信のあったのが出発後二十一分過だというから、私のロックヒードが出発してから間もなくの事であったらしい。

私はその発受信の控文《ひかえ》を見せてもらった。

定期旅客機二五号発――本機内に密航者の潜伏し居るを発見せり。いかが所置すべきや？

東洋空輪事務所発――監視し、第一寄航地において官憲に引渡すべし。詳報せよ。

定期旅客機二五号発――発見せる密航者は身長五尺三寸位、色黒面長にして黒詰襟服を着し一見労働者風なり。口を開かず。

定期旅客機二五号発――密航者今……

第三信はそれ丈で切れているのだ。しかし、それ丈でも、その奇怪な密航者を中心として何事かが起りかけたという事は推察出来る。

「それで無電は切れたままなんですか？」

と私が訊ねた。

「そうです。あとを続けさせようとして、幾ら呼び出しをかけても何とも返事がないんで、何事が起ったかと、実は今大騒ぎをやっていた所なんですが……」

事務所の若い係員は困惑したように顔を顰めた。

六

第一番に、機関士の死体が、静岡県藤枝町から二里ほどの雑木林の中から発見された。

続いて、緑川伝右衛門と緑川四雄兄弟の死体が、それからほど遠からぬ畑の中に身体の半ば以上も土中に埋もれた悲惨な姿で発見された。

しかし、操縦士であった緑川正夫と姪の風間八重子の死体、それに旅客機の姿は仲々に発見されないのだった。

「正夫と八重子、死んでるのか生きてるのか……」

遠矢は暗い顔をしては下宿に寝転んでいる時間が多かった。彼としてみれば、今度の事件は色々の意味において激しいショックであったに違いない。

「一体、無電で知らせてきたという黒詰襟服の密航者というのはどうなったんだ？　警察は眼をつぶっているんだろうか？」

「いや聞く所によると、その筋でも懸命に調べているらしい。伝右衛門氏は君も云う通り相当に敵があったらしいから、その方面から随分と突込んで調べているということだ」

私はともすれば沈み勝になる遠矢をなぐさめることに努めた。

「どうも僕は、その密航者というのは影法師らしいような気がしてならないんだ」

ふと、遠矢が呟くように低い声で云った。

「どうしてだ？　まさか、あの無電が間違いだったと云うんじゃあるまいね？」

私は吃驚して遠矢の顔を見た。

「間違い？　いや、間違いじゃないだろうさ。しかし密航者なんてものの存在は、どうも怪しいと思えてならないんだ」

「なんだって？　君の云うことはどうもよく解らんね」

「そうかね。では、こう云ったら解るだろう。あの無電は、間違いではなくて嘘だったんだと……」

「嘘？　じゃア、何故嘘の無電なんかうったんだ？」

「そういう第三の、架空の人物の出現が必要だったからなんだ」

私は、事件の全貌を知ろうとして瞑想にふけった。彼の考えている事がようやく私に解りかけてきたからだった。

それから三日ほどして、まだ出社もせず下宿にくすぶっている遠矢の所へ、新しい報告を持って尋ねて行った。

「遠矢君。君の云った事が真相に近かったようだよ」

私の言葉に遠矢はちょっと眼を見張ったが、

「何か発見があったのだね？」

とうなずいた。

「君の云った通り、黒詰襟の密航者なんてものの存在が極めて怪しくなってきたんだ」

「確証があがったのか？」

「あの旅客機を出発直前に見廻った乗客係の男が二人まで、極力それを否定しているんだ。それに、第一今日までそれらしい男の消息が、まして死体や遺留品等、これん許りも発見されていないんだぜ」

「死体の発見されないことについては、正夫や八重子も同じじゃないか」

「所が操縦士の——正夫君の死体がやっと昨夜発見されたんだよ」

「え、死体？」

遠矢が眼をぎろりとさせて私の顔を真正面から見据えた。

「死体でか？」

「死体だよ。君は大分不審そうな顔をしているけれど……」

「い、い、い、い、い、い、い、い、い」

「僕は従兄が生きているものと許り思っていた」

「発見された地点はやはり藤枝町の近くだって話だ。頭部を岩角に叩きつけたと見えて……それが致命傷なんだな。それに一二丁も引摺られたらしい。風があったからね」

「何だって？　風に引摺られた？」

「遠矢君。正夫君は落下傘を背負って死んでいたんだ」

「それで解った！」

遠矢がほッと深い息を吐いた。

「い、い、い、い、い、い、い、い、い、い」

「従兄はやはり生きている積りだったんだ」

彼は苦しそうに顔を伏せたまま、低い声でぽつりぽつり話し出した。

七

「延原君。あの架空の密航者に関する虚報の語っている意味が解るかね。謀殺を企てている男があの旅客機の五人の中にあったと仮定して見給え。彼は飛行中にその四人の中の誰かを、あるいは四人全部を殺害しようとしているのだ。しかし、殺害犯人としての嫌疑を彼は背負いたくないのだ。

だから彼には、その仮空な密航者を作り出しておく必要があったのだ。そして、彼は兇行のあとでどうしたか？　当然、現場を脱出しなければなるまい。ねえ君。君なら、最も安全な逃亡法としてどういう方法をとるかね？」

「機をそのまま着陸させるさ」

「その方法は一番安易さ。しかし安全じゃアないよ。君は君一人生きて地を踏んだが、天空で消えてしまった四つの人間の事を警官にどう説明するね？　法律という奴はそう甘くはないからね」

「と云って、外にはもう一つしか方法がないぜ。落下傘で飛ぶんだ」

「落下傘だよ。君……」

遠矢がうなずいた。

「従兄が死体となって発見されたと聞いた時、僕には仲々信じられなかった。しかし、従兄は落下傘を背負っていたんだ。不幸にも、着陸を失敗して死んだかも知れぬが、地に触れる瞬間までは生き残る積りだった事がそれで知れる。僕が従兄のことを、こんな風に云うのを、君は不快に思うかね？」

「いや、遠矢君。警察当局の意見もそれに一致しているようだよ。旅客機に必要のない落下傘を、あの時に限って積み込んだ点を、当局者は悉く買っているらしい。落下傘を自由に出来るのは、あの五人の内、正夫君と機関士だけだからね。最近、正夫君が伯父さんと感情上に救いがたい悶着を起こしたことと、伯父さんの遺産継承の点が、当局者の考えを確定的にしてしまったのだ」

「その遺産の話はやめてくれ給え」

遠矢はいらいらと手をふって、

「今はもう従兄は遺産継承の圏外に去っているじゃアないか。残っているのは伯父の身寄りは、もう八重子と僕の二人丈なんだ。もし八重子が死体となって発見されたら！　やめてくれ給え。それとも君は僕を謀殺者として絞首台へ送る積りか？」

「ははは……冗談じゃアない。君の現場不在証明《アリバイ》は僕と最上とで太鼓判をおしてやるぜ。あの旅客機から五人の姿が消えた頃、君はロックヒード機にのって少くとも何百米かの距離にいたんだ。そら、旅客機に並行した時には、もう旅客機の中には何者の影も見えなかったじゃアないか」

警察当局の取調べは全く確定した。緑川正夫には緑川一家謀殺の動機が十分にあったのである。伯父達に空の旅を極力勧誘したのは彼だった。犯罪の経路についてはこのように考えられた。

旅客機が飛行場を出発すると、彼はまず東洋空輸事務所へ向けて、例のもっともらしい虚電を重ねて打った。そして、藤枝町の上空を過ぎる頃、突如計画の実行に移ったのだ。まず最初、隣席にある機関士を襲ったのだろうと考えられた。色々の事情から推断して、機関士は全く有難迷惑な巻き添えを喰ったものに違いなかった。続いて、疾風的に客席にある三人が襲撃された。それから、四人の死体を空中へ投げ出した彼は、落下傘をまとって最後に自分も機を棄てたのだ。もし、突発事故《アクシデント》がなくて、巧く着陸し、彼が生きていたとしたら、彼はあの黒詰襟服の怪しい密航者に襲われたことを極力主張したに違いない。

八重子は？

三月の末に至っても、まだ行方不明が伝えられて、八方に捜査の手が拡げられていたが、その死んだであろうという事は殆んど誰にも確信せられていた。

八

「八重子が死んだんだって？　君はその死体を見て来たのかね？」

遠矢がおとろえの見える頬を震わせて、むきになって叫んだ。

「いや、まだ死体は発見されないよ。しかし、事件からもう二十日以上の日がたっているんだぜ。

警察当局でも死んだものと確信している模様だ」

「人は人さ。しかし、僕は死体をこの眼で見るまでは信じられない。延原君。先日、僕は従兄の正夫に関して、彼が謀殺犯人であるかの如き意見を話したかも知れない。しかし、今では僕はその説を修正したいと思い出したんだ。僕は八重子がまだ一人残っている事を忘れていたんだよ」

「君は何かにおびやかされているようだ。もっと気を晴々とさせなくちゃアいけないぜ、神経衰弱というやつはあなどり難い病気だからな。緑川家の弁護士に今日会って来たが、君にそろそろ遺産相続の手続きを開始したらどうか、とそんな話だった」

「八重子が居るんだよ。延原君……」

遠矢が憂鬱そうな視線を私の顔から外らしながら、

「僕達は重大な錯覚に陥っていたようだ。昨夜その事に気がついた僕は、ぞッとして一晩中まんじりとも出来なかった」

「何だね、それは?」

「八重子が生き残っている可能性があるということだ」

「やはり、落下傘で飛降りたというのかね?」

「いいや。落下傘なんてものがそう簡単に手に入るはずはない。旅客機でどこかへ着陸したんだと僕は考えうると思う」

私は暫らく遠矢の顔を見詰めていた。ふと、彼が発狂したのではないか、と思ったからだ。

「ははは……何を云うんだ、遠矢君。僕達がロッキードの上からも見て解っているし、第一君が旅客機の内へ這入って誰一人居ないことを確めて来たんじゃないか」

「え?」

「そうだよ。確に居なかった。内部にはね……」

「延原君」

遠矢は私の顔を睨みつけるように真正面から凝視しながら、

「僕等のロックヒードは旅客機の右側と真上丈を見ていたが、下側と左側とはまるで見なかったのだぜ」

「ふむ」

「その、我々が見なかった側に誰かが身を忍ばせていなかったと、君は断言出来るかね？」

「そりゃア、有りそうにもないことだ」

「しかし、不可能事じゃアない。機体の外側にも身体を支える位の手懸りはあるのだからね。そして、僕が落下傘で飛び降りてしまってから、機体の内へ這入り込み、発動機さえ爆発をまぬがれたとすれば、空中滑走でどこかへ着陸出来たはずだ。八重子はグライダーを操った経験があるからね」

「僕にはどうも信じられんな。まアとにかく、旅客機の残骸がどこかで発見されれば万事は判明するだろう」

「そうだよ。旅客機も八重子も、今日まで発見されずに居ればこそ僕はふとそんなことを考えたんだ」

「近い内に日本アルプスの深い谷の辺から旅客機の残骸が出てくるし、一方八重子さんの死体がそれから十里も離れた地点で発見されて、忽ち君の神経衰弱が快癒するだろうよ。君はもっと朗かになって、以前のように大口開いて笑って見せて呉れなくちゃア困るぜ」

「たのむよ。笑わせてくれ。僕も苦しいんだ」

「何故、君はそう苦しみ悶えているんだ。悶える理由はないと思うがね」

遠矢は私の心の中を探りでもするように、じっと目の中をのぞきこんでいたが、突然、ひからびたような声で笑い出した。

「僕ア、神経衰弱なんだろう。笑うと癒るんだ。笑わせてくれよ、君……」

「じゃア一つ、笑わせてやろうかな。……」

私は友人の元気をとり戻すために、何か一つ愉快なことでも仕出かしてやろうかと、ふと考えたのだった。

九

三月も押し詰まったある日のことだった。

私は遠矢の憂鬱な顔色を一掃してやろうという考えで、殆んど腕ずくで彼を下宿から銀座へ引張り出した。カフェでも押し廻って、少しアルコールがきいてくれば、忽ち憂鬱なんぞ吹っ飛んでしまうであろうと考えていたのだが、銀座二丁目で自動車をおりて、さてどこへ行こうかと、ちょっと私が思案して立止まった時だった。

「むむ……」

と、突然、遠矢がうめき声をあげて私の肩へよろけかかって来たのだ。

「どうしたんだ?」

私は吃驚して、彼を抱え込みながら、

「気持でも悪くなったのか?」

遠矢は激しく痙攣する身体を私の手の中であがかせながら、恐怖に大きく見開いた両眼をじっと一点に集中していた。

夕闇の中を押流して行く群集が路上にあふれていた。

私が遠矢の視線を追って行くと、三四間離れた車道側の電柱の蔭に、黒っぽい洋服をまとった、すらりと背の高い女の姿が眼にとまった。その女は、じっと此方を見詰めていたが、私の視線に合うと、急に眼を外らして向う側へ小急ぎに車道を横切って行った。

見覚えのある女だ。

「八重子だ！」

と、私の胸の中で遠矢が喘ぐように声を立てた。

×

その翌夜のこと。

「直ぐ来てくれないか」

と、遠矢から電話がかかって来た。さりげない声だったが、その音調から、私は異様なものを受けてはっとした。それで、取るものも取りあえず慌てて彼の下宿へ駈けつけて行った。

彼は部屋を閉じて椅子にもたれていたが、私の声を聞くとものうげに顔を向けた。

「何だい？　用かね？」

「まア、かけ給え」

酒に酔ったような、どろんとした眼付で、立っている私の顔を見た。

「話があるんだ。聞いてくれるだろうね。君には牧師と裁判官の役をやってもらうんだ」

「改って、話なんて……」

「君と研究しつくしたなア。飛行機上の犯罪については……殺害犯人の逃走経路についても十二分に考えつくしたはずだ。しかし、僕は君にある一つの方法に関しては故意に話さずにおいたのだよ」

「今日の話というのはそのことに関してなのかね？」

「そうだ。君。これは重要なことだよ。君は飛行機から殺人犯が逃走する方法として、その飛行機をそのまま着陸せしめる方法と、落下傘による方法をあげたね。第三に、僕が、第一の方法を修正した類似方法を説明したつもりだ。所が君、ここに全く趣を新にした第四の方法があったのだ。それを、僕は君にかくしていたのだが……それは、他の、即ち第二の飛行機によって逃走する方法だよ」

「え？」

「例えば、あの時、犯人が僕等のロックヒードに乗っていたとして見給え。彼は空中で一度旅客機に乗りうつり、兇行後またロックヒードへ引返してくる……」

「何を云うんだ、君は！　飛んでもないことを云い給うな！　僕等のロックヒードが旅客機に追付いた時には既に旅客機には一人も居なかったじゃないか」

「いいや、居ないように見えた丈だ。少くも一人は居たんだよ。座席の下に寝ていたんだ」

「え！　じゃア……」

「かくしていたんだ、その事を……」

遠矢は椅子にもたせかけていた身体を、さもだるそうに僅か動かした。

「解ったろう。犯人は僕なんだ」

「な、何を云う、君！」

「まア、待ち給え。まず、僕に全部を話させてしまってくれ給え。ただ、はっきり断っておきたい事は、僕は伯父の財産にばかり目がくれたんではないことだ。むしろ、僕がその財産継承に関係のあるということは、今度の計画に大きな障害とさえなったと思う。復讐だよ」

遠矢は、唇の辺にかすかに微笑をうかべた。

「復讐したんだ。僕は、僕の伯父、僕の血族、いや、緑川一族の体内を流れている血に復讐したんだ。伯父は、その弟達とぐるになって、僕の父を法律的陥穽に陥れて財産と生命とを掠奪したんだ。緑川の一族にとっては、そんなことは朝飯前の出来事さ。ただ、その事件の真相を、極く最近僕は耳にしたんだ。解ってくれるだろうな、僕の気持……僕は、正夫の、伯父に対する殺意を利用しようと考えついた。正夫をそそのかしたのは僕だよ。正夫は僕等のロックヒードが近附く頃、他の四人を殺害してしまって、機の座席の下へ転がって、約束通り僕の行くのを待っていたのさ。つまり、黒詰襟服の密航者に襲撃されて倒れていたことにしなければ嫌疑をまぬがれ難いからね。そして、それは僕にとって大切な要点だから、彼に強要した事は勿論だ。予定通り、僕が旅客機へ乗りうつる。僕は従兄を救い出す代りに殴殺して落下傘をまとわせて空中へ投出せばよかったんだ。それには、是非とも濃霧の助けが必要だったんだよ。あの濃霧が……君達の目をさけるためにね。従兄は万一僕からの援助がうまく行かぬ時には落下傘を使うつもりで持込んで来たんだ。それが自分の死体を運ぶ道具になろうとは……」

「ははは……」

私は、遠矢の真面目くさった顔へ笑いを浴びせかけながら、

「かつごうたって駄目だよ。何を云うんだ。今日は何日だったかね？　え？　四月一日……四月馬鹿《エイプリルフール》というね。嘘のつき放題なんて、妙な日を作ったもんだね毛唐は……そうだろう、君？　四月馬鹿の嘘なんだろう？」

「嘘じゃアないんだ」

遠矢は苦笑しながら力なくかぶりを振った。

「四月馬鹿？　飛んでもない。僕は真面目だよ、君。しかし、僕は大失敗をしでかしたんだ。前にも話したことがあるように、機体の外側へ注意を払うことを失念したことだ。ああ！　何という大失敗だ。そこには果して見張っていた目があったんだよ。勿論、八重子のことを云っているのさ。それを、本当にしないなら、この手紙を読んでくれ給え」

私は彼が指差した机の上の書簡紙を手にとり上げた。

遠矢様。貴方は昨日とうとう私を御覧になりましたね。私が生きていることをお知りになりましたね。そうです。あの、怖しい経験!! 私はあの時、機の左側に扉の把手につかまって身を支えておりました。正夫様が突然気が狂ったように乱暴を始めた時、逸早く私は逃れたのです。私はそこで次々に空中へ投げ出される人の悲鳴を耳にしました。それから、貴方が姿を現わしてまた去って行かれた事も。何もかも。私がどうして生命を全うすることが出来たか、また、私が今日までどうして姿をかくしていたか、一度お目にかかって、是非その理由を申上げたいと思うので御座います。

八重子

「昨日、銀座で会ったのはやっぱり八重子だったんだ」

遠矢の声は力なく嗄《しわが》れた。

「彼女《あいつ》に皆見られてしまったんだ。彼女はもうこうして強迫的に僕の面前へ迫って来ている。延原君……何もかもおしまいさ」

「遠矢君」

私は軽く彼の肩をたたいて云った。

「君は、悪夢にうなされた時、眼がさめて、ああ夢でよかった、と思う時ほど心の軽くなることはないと云ったことがあるね。何もかもおしまいだ、と思った時、それがおしまいでなかったとしたら、君はどんなに愉快がってくれるだろう。君の秘密は、今ここでそれを耳にした僕以外に誰も知らないんだよ。ねえ、遠矢君。実は、君の怖れている八重子さんの死骸がやっと発見されたと、先刻静岡から社へ入電があったそうだ」

「え!?」

「八重子さんは死んだのさ。本当に……昨日銀座であった女は××キネマの松田早百合だよ。それは僕が確かめて来たから大丈夫だ」

「すると、この手紙は？」

「怒ってくれるなよ。僕の企てた四月馬鹿さ。君が昨日八重子さんに会ったと思って恐怖している心理を利用した僕の悪戯《わるさ》だ。いや、悪意でやったんじゃアない。約束したろう、この間。是非君を吃驚させ、かついでやって、大笑いに笑わせようって……」

「四月馬鹿……」

彼は呟きながら、笑おうとして、力なく頬を歪めた。

「延原君……」

彼の差出した怪しく震える手先を握って、私は思わずぎょッとした。

「左様ならだよ。飲んだんだ、毒薬を……もう、万事おしまいさ」

彼は歪めたままの顔を、かすかに痙攣させながら、がっくりと机の上へうつ伏せてしまった。私が愕然として手をやろうとするのへ、

「いいんだ。皆、僕のやった四月馬鹿さ。ははは……馬鹿なのは、僕なんだ。いいんだ、延原君……」

遠矢の声は、耳をよせなければ聞きとれぬほど、段々ものうくかすれて来た。

随筆篇

『発狂』について

私は、探偵小説とその創作には随分以前から興味を持ってはいましたが創作といっても五六度雑誌に出た事がある――程度の駈け出しで、今度の作等にも大したいわくが有るわけではありません。この冬神経衰弱で苦しんでいた頃、あの材料をふとした事から見附けたので、もともと短篇にする積りだったのですが、興味に押されて、まアあれ位の長さになったのです、紙数に制限がなかったならばもう少し書きたかった、少くとももう二十枚ほど書きたかったのです。そうすれば後半にもう少しゆとりが出来たでしょう。

主眼点はやっぱりアリバイの探偵的興味にあるのですが、紙数の足りなかった事と、筆の到らない事とのために、余り鮮かには出なかったようです。締切間際になってから書き出したため、書き直す暇もなくて、構想の上にも文章の上にもかなり不満な点もあります。

また、私は、初め筆をとる時に、大衆文芸であるが故に、道徳上からの非難を受けるかも知れないと考えましたが、しかし、結局書く事にしました。非難はもちろん甘受しますが、作に盛られてある、私の社会批判乃至諷刺的観察（それはまた相当論議する余地がありましょうが）を認めて下さる方が、一人でもあれば仕合せだと思って居ります。

「盲蛇におじず」という奴が思わぬ拾い物をしたという所でしょう。（一五、五）

書けざるの弁

牧逸馬の真似をして時代物に転向するなんて、だらしのない奴だ——なんて喧嘩面で手紙をよこす人もあるし、

痛快々々！　探偵小説なんてけちなものは蹴飛ばしちまってどんどん時代物を開拓して下さい——なんて拍手を送ってくる者もある。が、結局、僕には、時代物を書いたのが何でけしからんのか、また、探偵小説を蹴飛ばしたのが何で痛快なのか、僕には一向解らない。

時代物を書いた事について弁明めいたことを云うならば、正直の所、僕には記者諸氏の申さるるが如き「原稿紙三十枚位で新鮮な素晴しい本格的探偵小説」なんてものをそうちょいちょい書き出す気力も意志もなくなってしまったのだ。

実際の話、探偵小説位誰にも書ける小説はないのである。同じ大衆物でも時代物になると少々の歴史的知識と面倒臭い考証とを必要とするし、純文芸となれば、こいつはどうしても多少の素質を必要とする。所が探偵小説となると、ちょッとしたはずみに素敵な思付——トリックという物を手に入れれば、もうしめたものだ。文章なんて、中学生程度のそれで沢山だし、忽ちに探偵小説らしいものが出来上るのである。所で、探偵小説に関心を持とうと云うほどの人間だったら、一生涯に一つや二つ、そのトリックなるものを拾う機会が無いはずはないのである。

で、また更に云うならば、探偵小説書きほど、それで飯を喰う事のむずかしい商売はない。生涯に一つか二つめぐり会うであろう所の素晴しい「種」を三十枚ほどのものにまとめて活字にする。するると、その翌月からその人はもう「種」探しにフーフーし出す。仕舞には「種」のお化けを夢に

まで見る。そうして、五つも短篇を書けば大抵、苦しみの底まで味わされる。十も好もしい「種」を拾えたら大したものだ。十五も書き続けると大抵疲労を感じ出す。二十も書けばそろそろ影が淡くなってきて消えてしまう。かく云う僕もそうだし、利三郎、緒生、秀子、準、禾太郎もその口だ。続いて、乱歩も三郎も宇陀児もその口へ這入ってしまう。

　ただ乱歩や三郎や宇陀児は、幸い機会と群を抜いた才能を持っていた。だから、頃合を見て方向転換をしてしまった。ウルサ型が多くて金にならない新青年から、大人しい常に新陳代謝する夥しい読者群を持った大衆雑誌へ。実際の所、そういう大衆雑誌にはそれらしい作家的苦しみはあるが、新青年へ短篇をのせている場合の探偵小説苦からは開放されるのである。乱歩、三郎、宇陀児の才を以てしても、新青年一点張では今日までの命脈が保てたかどうか、と僕は失礼ながら疑う次第である。

　一体、どうも日本の探偵小説界（そんなものがあるとすれば）はうるさ過ぎるようだ。だものだから、小々いじけ過ぎるきらいがある。最近、ガボリオやルブランのものを読返してみて熟々そう感じた。本格物勿論結構だが、第一頁目の三行目に出ていた「彼はその時電灯を消した」という一句を記憶していないと、第百十四頁目の「故に彼が真犯人であったのである」という文句の解釈がつかないような小説《もの》許りでなしに、もっと気楽に読みすてて行ける冒険的、怪奇的、神秘的、恋愛的、社会的、変態的、的々々探偵小説が、しかし素晴しい新鮮味を盛られて、市場に躍り出ないものか。

　などと呶鳴り散らしてみたものの、要するに「探偵小説書けざるの弁」なのである。

急がば廻れ

錆びた歯車のような僕にも、何か書かせようとして、或は何か喋らせようとして熱心に尋ねて来てくれる若い人達に会って、その熱のある話に耳を傾けていると、何とはなしに十年も以前の文学青年の頃を思い出して、その錆び切った歯車へもう一度油をさしてみようかな、等とちょっとした興奮を覚えたりすることがある。僕など今更興奮した所で始まるまいが、それでも探偵小説の鬼はまだ退散していないと見えて、聞かれると人並に何か云ってみたくなったりする。

そうした若い人達は、話の間で、きまって探偵小説の進むべき進路について繰返し質問される。

正直に云うと、どうも水谷君辺から文句を喰うかも知れぬが、ここ一二年、殆ど新青年を手にしていない。しかし、贈ってくれるから読む、と云っては語弊があるが、プロフィルや探偵文学は熟読している。それから得た知識と、ぽつぽつ読む単行本とで、どうやら日本の探偵小説界の状態も一通り解ってはいる積だ。

日本の探偵小説の隆盛は驚くべきものはあるが、しかし若い人達が考えているほど実質的に隆盛に至っているとは考えられない。ここ一二年間に出版されたものの内で眼ぼしいものと云ったら殆ど翻訳物に七割をしめられているであろう。一時乱歩氏が蹂躙しかけた娯楽雑誌界も昨今の淋しいこと。

若い人達は、すると、日本の大衆はまだ幼稚で探偵物の味を解さないのだ、と云う。しかし、普通教育の行き届いている点から云っても、日本が欧米にそうおとっているとは思えないし、日本人にそういう趣味がとぼしいとも考えられない。要は、大衆に対する探偵小説的教育が足りないのだと思う。何しろ欧米では、ガボリオー、ドイル、ルブラン以来、自動車もなければ、蓄音器すら珍しかった時代からずっと長い探偵小説的教育を受けて来ているのだ。バンダインやクウィーンやビガースが五万売れようが十万売れようが、そしてその翻訳が日本ではやっと二三千しか売れなかろうが少しも不審ではないのである。だから、僕は、その意味において、ここ一二年は、或は五六年は、全探偵文壇挙って、作家も作家志願者も、全精力を大衆の教育に傾けられたいと希望する。大衆の教育には、結局その喰いついてくる程度にまで調子を下げる——と云っては叱られるかも知れぬが、要するに、もっと砕けて、恋愛小説的、冒険小説的、探偵小説的、的々探偵小説であって、しかも飽くまで新鮮な、鋭角的なものをどしどし書くことである。実際の話、日の出キング級の雑誌ではそういうものを熱心に求めている。例えばルブランの初期の物に昭和の息をふきかけたとしたら、いかに素晴らしい大衆的の探偵物が出来上る事か。そういう作家がどしどし出て来て、凡ゆる大衆連載小説を駆逐しその位置にとって代った時の有様を想像してみたら、どんなに素晴らしいか。結局そういう探偵小説汎濫時代が来れば、読者の眼もこえてくるし、良い探偵小説が広く要求されて来るだろう。書き卸し探偵小説を四百枚以上で一等五百円の賞金をかけて募集する、などという有様では情ない。あの骨の折れること他に類のない探偵小説が、一枚当り一円ほどの稿料でつぶされるのでは、ずぶの素人相手だからいいようなものの、余り安過ぎると考えざるを得ない。しかし、その程度でなければ算盤がとれないと云うのが日本の現状らしい。少くも、書卸し長篇が一万は楽に出るような世の中にしてみたい。一円の本が一万出れば二割の印税で四千円になるから、これなら、僕なんかでも大いに努力してみたくなる。良い作家も、従って良い作品も、そうすればどしどし出てくるようになるだろう。

とにかく、いい探偵小説を日本へ充満させるには、一度ガボリオーの昔へかえって、本格だ変格だなんていう十年一日の如き愚論を全廃して、大衆文壇乗取りの目的で、どしどしそういった作品を汎濫させるのが結局近道ではないかと思う。

大衆文芸と探偵小説

サンデー毎日の「大衆文芸を語る座談会」で、吉川英治が「探偵小説は機械人間と機械人間の動きに過ぎない、もう少し人間の味が欲しいね」と云っている。一体この座談会の題名と出席者の顔振れとを比較して見ると、僕など随分不満に感じるのだ。大衆文芸を語ると云う以上、探偵作家の一人位加えるのが至当ではあるまいか。第一会の価値としても、またサンデー毎日で主催する点から云っても江戸川乱歩辺りを呼ばないという法はないと思うのだ。乱歩が支障があるなら甲賀三郎でも大下宇陀児でも人はかかないはずである。それとも探偵作家の方で出席を断ったのか、その辺の事情は知らないが、もし一人でも出席していたら、その一言に対して相当の応酬があっていいはずであろう。何しろ、その座談会で探偵小説に関して喋られた文句は、その英治の一言と、それに対して答えた川口松太郎の「ロマンチシズムがない」という一言根っきり葉っきりたったその二言で片づけられてしまっている。現在の日本の探偵文壇は量でも質でも相当のものだと思っている僕には、所謂大衆文壇の大家連の探偵小説に対する関心の余りに少な過ぎる事に全く呆然とさせられてしまったのだ。一体注意して見ていると、探偵小説は所謂大衆文芸からちょっと除け者の形になっている。文芸春秋社の直木賞にしてからが、元来直木が時代物と現代物とで売った作家だからそれを紀念する意味でその畑の作者の中から受賞者を探すというのなら話は別だが、提供者の声明を見るとそんな制限はなくて純文芸を除いたそれと対立的な所謂大衆文壇から選出すると云っているので、それだのに、あの受賞候補者の中に探偵作家が一人も居らぬ、誰一人噂にのぼった者がないというのはどうした事か。小栗虫太郎辺りは、川口が受賞者となるなら、話題位にはのぼりそうなものだと思うのは、僕丈だろうか。そんな点から考えてみて、どうも探偵小説はままっ児扱いをうけているように思えてならない。

尤も、探偵作家の側から云って、それが当然だという意見もあるらしい。つまり、探偵小説は作風から云っても読者層から云っても必然的に大衆文芸所謂時代物や現代物と違った立場にある。かと云って純文芸物とは勿論違っている新しい一つの文学だと。だが僕をして云わしむれば、これは正にどうかと思う意見なのである。ヴァンダインのものや虫太郎のものが時代物の読者層とそれを異にする事は勿論だが、いかなる指導理論を以てしても探偵小説がヴァンダインや虫太郎に固定されなければならないという法はない。むしろ、本格がどうの変格がどうのと云うような些々たるくだらない問題を超越して、ルパンへ帰りガボリオーへ戻り、あたかも時代物が大仏次郎、林不忘、邦枝完二を併せのんでいる如く、どしどし冒険的、恋愛的、伝奇的、的々探偵小説へ伸びて行くべきだと思う。よく、乱歩のキング連載物やルパン物を低級だと嘲笑してヴァンダインの背中許り睨んでいる若い人がいるが、その眼界の狭さは笑わずには居られない。時代物や現代物の所謂大衆文芸壇をどしどし喰い荒して行くような多彩な作家が輩出して、英治をして再びそんな事は云わせぬような時代が来ねば意味ないと、これは僕の日頃の意見である。そういう作家がどしどし出てくれば本格も変格も、そんなくだらない蒼白い意見はふっ飛んでしまうのだと思っている。そんなこんなと書いてきてみると、どうも日本の探偵文壇には野放図もない線の太い作家というものはとぼしいらしい。皆細くて蒼白過ぎる。それではお前は？　と聞かれると面目ないがそんな憎まれ口は将来ある若い人達への苦言だと思って御勘弁願いたい。一体僕は議論が下手で、こういった文章はにが手中のにが手なんで、もし、甲賀三郎のあの驚嘆すべき理論的筆力を持っているとすれば、まだまだ云い度い気持は山ほどあるのだが、結局愚痴とも寝言ともまとまりのないものになってしまったようである。

処女作の思ひ出

　私にとって、何が困ると云って、右のような課題について直答を求められた時ほど閉口することはないと思う。何故といって、私には自分でも自分の処女作なるものが一向にはっきりしていないからだ。まさか、小学生時分の作文や、中学生時代の校友会誌への投書を処女作として数えはしないけれど、それなら一体、処女作というのはどういう作品について云うのだろうか、という問題である。懸賞に応募して当選したものでよいのなら、曾て博物館で出ていた新趣味という雑誌に、多分甲賀氏（？）とならんで当選の栄に浴したことがあるように思う。しかし、単に当選して雑誌に出た許りではなく、多少なりとも世評をうけて、その一作によって一部の人になりとも名前を記憶せられた作品という事になると、それはサンデー毎日の懸賞大衆文芸の第一回に当選した発狂という作品をあげなければならないことになる。また、懸賞でなしに、ある雑誌に掲載されて相当の報酬を得たものとしては、新青年へ拾ってもらったあかはぎの拇指紋をあげねばならない。これ等は何れも大正十五年時分のものだったと記憶するが、所が、実際にはそれより前、大震災の翌年発行されたキングの創刊号に匿名で一作書いていることである。従って、年代から云うと、これが本当の処女作となるのかも知れないが、これはまた、白状するのも恥かしいような一作で、しかし、当時のキング編輯部員からは、いと叮嚀なる書状を以て、貴作は偉大なる傑作ではあるが、到底このままでは本誌へ掲載出来かねる。なお編輯者で大加筆の上、創刊号をかざりたいと思うが、ついては、金十二円也でお譲り願えまいか、とそんな意味の申込があった。その頃は、自分の作品がただ活字になるという丈で無精に嬉しい頃だったから二つ返事で承諾してしまったが、とにかく四十枚を越えるものを十二円也（そのハンパの二円がどうも目ざわりなのだが）で買いつぶしたキングの人も傑い度胸だったように思う。出たものを見ると、なるほど大加筆が施されてあった――最後の頁へ行って、僅に二三行が、どうでもいいように書き直されていた、という、まア嬉しい話なのだ。しかし、そのキング部員も、大冒険をおして出した創刊号があの売れ行きをしめしたので、さすがに私への金十二円也へも気がひけたのではないかと思う。翌年募集した懸賞小説には、私の百枚ばかりのものがおめでたくも当選の栄に浴して、二三百円頂戴したのであるが、その当選作は、遂に今日まで日の目を見ずにいる。で、その十二円への追加稿料に違いないと私は信じているのだ。今度、キングの人に会ったら訊ねてみようと思っている。

と云った、甚だ渾沌たる事情の所へ、最近時代物を書き出したので、会う大衆雑誌の記者諸氏は、一度は大抵、妖棋伝が処女作ですかと聞くのだ。しかし、時代物も、昭和四年頃匿名で週刊朝日へ倭絵銀山図といったものを五回ほど連載した事があるので、正直な私は一々これを釈明しなければならないので、この場は処女作という言葉を聞いた丈で、もううんざりしてしまう。

その上、筆に淫し始めてから、何と年月のたった事。そして、一向に進展していない自分の事を考えて、またまたうんざりしてしまうのだ。

ルブランと髷物《まげもの》

生れて始めて読んだ探偵小説が、ルブランの奇巌城であった。それが探偵小説であるということなども一向に知らず、アラビアンナイトか何かのものであろうと思って読んだのだから、相当迂闊なものであった。それが病みつきですっかりルブランの、そして探偵小説の熱愛者になってしまったので、その後、ドイル、ガボリオー、ポー、チェスタートンと、総ての探偵小説病患者がそうであるように、凡ゆる作家の凡ゆる作品をあさって読みふけったものであるが、ルパンの第一印象というものはどこへ行ってもつきまとっていた。その後ビーストンとルヴエルが新青年へ紹介され始まると、その頃の若い連中の御多分に漏れず、一通りそれに溺れ切って、ビーストン張りのトリック探しに浮身をやつす時代が来た。私が筆をいじり始めたのは、大体その頃であったろうと思う。その頃私の書いたものを読みかえしてみると、ビーストンの悪いところ許りを実によく真似してあると感心する位のもので、これは私が常々考えていることだが、ビーストンとルヴエルの影響時代を以て日本の探偵文壇の第一期と概括してもいいのではないだろうか。

出発期に強くうけた影響は仲々に抜けるものではない。今日の若い人達が、クロフツやバンダインの影響を感じているようにルブランとビーストンとルヴエルの色合は今日でも私の筆の中に濃く残っているようだ。

君の書く時代物は、ルブランの構想の悪いところに、吉川英治氏の文章からいい所を抜き去ってしまったかすをくっつけたようなものだ。

ある友人が私につけつけと云ったけれども、なるほどそんなものかも知れないと思っている。

時代小説の新分野

蛙の子はやっぱり蛙だと云うが、お多分に漏れず、私が物を書こうとする時には、探偵小説的感興や探偵小説的思いつきが必らず指へ筆をもたせる動機となっているのである。この事は、ある場合には私にとって大いなる利益となっているし、また反対にある場合には大いに腐らせる原因ともなっている。例えば、探偵小説で苦労してきた者にとっては、単に構想の組立のみについて云えば、時代小説などの容易なる事探偵小説と同日に論じ得可くもない。が、また、多少とも探偵小説的感興の湧かない場合、全く筆をとる気持になれない事等は大いに不自由な点であろう。探偵畑からは転向者視されるし、時代畑からは異端者視される。大体、近代的社会生活の所産とも見るべき探偵小説を、古い時代に移そうとする事が既に正規な意味において不可能な事なのであって、勢いおそまつな岡ッ引とやら云う男やその相棒のへらへら男が活躍して読者の興味をつないだりする事になる。従って、探偵畑の読者はそういう種類の作品は探偵小説とは考えないだろうし、また、自分のことばかり書いて申し訳ないが、妖棋伝あたりまではついて来てくれたその方面の読者も、相当意識して探偵味を盛った変化如来となると、もう仲々ついて来てはくれないのである。「あれはむずかし過ぎてよく判らない」そういう手紙を読者から幾度か受けとって、私は相当落胆してしまった。まして、真向から（広い意味での）探偵小説的雰囲気をねらって、時代畑へ一つの新生面を開こう位のつもりで書いたものもあるにはあるが――例えば、淫雨の如き作品は、仲間の人達からは大いに賛同をうけて意を強うしたのであるが、大衆雑誌の編輯の方々からは、ああいう作品丈はどうか御勘弁願いたい、と念を押されて、すっかり閉口してしまった。そうして、その人達は、書くには書いたが自分で願いさげにしてしまったような作品を、書棚の隅から引っぱり出して来て、これは結構です、などと無理にさえ持って行ってしまう。そういう二つの作品を並べて読んでもらえたら、きっとその間の事情をよく呑みこんでもらえることだと考えている。

しかし、私は落胆してはいない。現在変格探偵小説として通っているものの持っているような味やねらいは、そのまま或はもっと突込んで時代物に生かせるし、またそこに一つの新しい分野をひらきうるものと信じて疑わない。

一年に一つ位ずつでも気ままなものを書く。十年たって一冊の本になる場合は、今の妖棋伝の読者もこれでなくてはならないと云ってくれるようになるだろうと思っている。

抱負

抱負を書けということだが、人並に希望はもっていても、抱負などという大したものは、何一つない。

本格的だの文学的だのと、ごたごたいう時代はもう過ぎさった。黙って書くことしか残ってはいない。その点、終始黙々として力作を連続書きつづけて疲れない横溝正史氏は至上の存在だと思う。議論の下手糞な、かつきらいな私如きまで、探偵小説というと、むきになって、何か云わずにいられなかったのが、不思議な気がする。それが探偵小説なるものの魅力だとも云えるが、今になってふりかえって見ると気はずかしい気持もする。

希望をいえば、二三年来考えているスリラーを書き出したいと思う。普通の意味でいうスリラーよりももっと探偵小説的ではないかも知れないが、しかし探偵小説のアジクトにも必らずしも不満を買うようなものにはならないつもりである。

まだ構成が完成していないが、書き出すと少くも二三年の仕事になるだろう。

×

だが、それは希望だけのことで、私のような気まぐれな分には、早急にとりかかる可能性はまずゼロといった方がいいかも知れない。そうなると、多分行きあたりばったりに、スリラー二三本もかくのが、探偵小説方面での私の仕事のせいぜいという事になるかも知れない。

そして、終戦直後から書く書くといって、五年間まだ書かずにいる、江戸川乱歩氏を引合いに出して、三年や四年は遊んだ方がいいなどと、ずるをきめるだろう。

×

本格探偵小説を全然あきらめたという訳ではない。三年ほど前から、トリックも構成もすっかり出来上って書くばかりになっているのが一つある。実は、それをかいて終戦後の、その方面の私の仕事のしめくくりにするつもりだったのだが、とたんに書く意慾を失ってそのままにしてしまってある。本格をかく以上、これはトリックのトーナメントだという考えから、その方はかなりの自信をもっているつもりだが、何としても、書く意慾が湧かないのだから仕方がない。

或は、書かずに素材のまま墓場へもって行くかも知れないし、また誰方かに遺産として贈呈するかも知れない。御希望の向きは、前もって意志表示をしておいて頂きたい。

×

本当の希望をいえば、ここ一年ばかり、田舎へでもいって、何もせずにぼんやりしていたいのである。しかし、私のような性格の弱い男は、義理にせめられて、否応なしに、何かずるずると仕事をつづけるのが落ちだろう。

希望——などと書いてみたが、読みかえして見ると、一つも出来そうもないことばかりだ。恐縮の至り。

解題

横井司

角田喜久雄は一九〇六（明治三九）年、神奈川県横須賀に生れた。父親が、横須賀の海軍工廠に印刷部を作る創立要員として、派遣されていた時期のことで、生後一年ほどで浅草の方に移り住んでいる。それから太平洋戦争が始まる頃まで浅草に住んでいたので、「だから横須賀が出身地というわけではない」（「60年の道」『角田喜久雄華甲記念文集』同編集委員会発行、一九六六・五）「生まれただけで、あとはずーっと東京ですから、実際は東京生れということにしてもらいたい」（青柳尚之「作家生活四十数年の巨匠」『宝石』六三・一一）と本人自身が後年になって何度も話している。

早くから文学に親しみ、小学生の時に滝沢馬琴や山東京伝などを、中学生になってからはドストエフスキーやトルストイなどを読んだそうだが、探偵小説に限っていえば、「涙香氏の『幽霊塔』を読んだのが九才。中学一年の時朝鳥氏訳（？）の『シヤーロック・ホルムス』を読んで驚嘆し、次に手にした『奇巌城』が病みつきで、一週間に二冊づゝ、五冊づゝ、読破する事にしたのが、それから」だとのこと（「クローズ・アップ」『探偵趣味』二七・五）。「中学校に入った時、英語の先生で推理小説の好きな人がいて、ときどき授業の時間にシャーロック・ホームズ物を語ってくれた」（前掲「60年の道」）というから、加藤朝鳥（一八八六〜一九三八）訳のホームズ・シリーズ（全三冊。天弦堂書房、一六）を読んだのも、その英語の先生の影響だったのだろう。

小学生のころから投書マニアで、「俳句、和歌、新体詩と、何でもござれで投書しては、随分賞品をもらった」という（前掲「60年の道」）。それが次第に小説に熱中し出して、東京府立第三中学校（現・両国高校）在学中の一九二一（大正一〇）年に、雑誌『現代』の懸賞スポーツ小説に応募したのが最初の小説で、この時は二等当選を果したという。この作品は活字にはならなかったそうだが、翌年に雑誌『新趣味』が八月号で告知した懸賞募集では、探偵小説懸賞に「毛皮の外套を着た男」を投じて入選、二等当選作として、同じ年の一一月号に掲載された。ただし探偵小説の投稿は、これに先立ち、雑誌『新青年』主催のものに何度も応募していた。最初にその名が見えるのは、二一年六月号誌上の「懸賞探偵小説選評」欄で、この時は「宝石の壺（東京角田喜久雄）」と題名をあげられたのみだったが、翌年二月号では「角田君の『疑問の死』や西田君の『仏陀の行方』はもう少し何んとかしたいものだ。活劇的な空想に走りすぎると、何うしても低級な作に陥てしまふ」と評されるようになっている（「西田君」とあるのは西田政治であろうか）。以後の投稿作品の選評は以下の通り。

角田君の「夜光珠」、君は非常に熱心な応募家だ。そしてこの作は近来見るべき優秀なるものであつた。選者は最後にこれと当選作とをとつていづれを推すべきか甚だ迷つたが、結局比較的無難な後者をとることにした。（無署名「探偵小説選評」『新青年』二二・四。この時の一等当選は藤田操「仏蘭西製の鏡」）

角田君の精力絶倫には驚く他はない。而もその作はどれも相当にまとまつた佳作で、「白髪の男」は少し安価に片づけすぎたが「彼と山本の対話」等は巧いものだ。少し位ゐは長くなつても全力を一篇に集注して近来稀に見る傑作を物して貰ひたい。（無署名「探偵小説選評」『新青年』二二・六。この時は、最後まで残った六編中に、右の二編の他「怪しい男」という作もあげられている）

角田君の二篇（「隠された夜光珠」「復讐」―横井註）は流石に手に入つたものだが、何んだか物足りない。一寸書き換へたならば立派な作になると思ふ。（神部生「探偵小説選評」『新青年』二二・一二。このときの当選作は水谷準「好敵手」）

角田君の作（「罠の罠」―横井註）は純然たるウヰツトの作で、ルブランの短篇を聯想させるやうな気の利いたものであるが、どうも読んで面白いと云ふだけで、一つの纏つた作品として見る時には、少々物足りないところがある。それに文章を今一層洗練する必要がある。（森下雨村「特別募集探偵小説を読んで」『新青年』二三・四。この時、雨村が絶賛したのが山下利三郎「頭の悪い男」で

あり、同月号に江戸川乱歩「二銭銅貨」と共に掲載された）

「運命」と「指環」（前者が角田作―横井註）は応募作品中の双璧とも云ふべき作で、前者の深刻味と後者の軽妙なるウイツトとは称讃に値する。が、当選には今一歩といふ所である。（一記者「応募探偵小説選評」『新青年』二四・六）

角田君は以前から熱心な探偵小説の研究家で、本誌に寄せられる暗号の研究にも、実に驚くべきものがある。この二篇（「出獄者」「大晦の夜」―横井註）も立派な作品には違ひないが、取材と筋の運び方にもう少し新しいところがあつて欲しかつた。（神部生「応募探偵小説を読んで」『新青年』二五・四。この時の推奨作は久山秀子「浮れてゐる『隼』」で、同号に掲載された）

この内「罠の罠」は、後に改稿して『キング』創刊号の懸賞募集に投じ、同誌の二五年一月号に掲載されている。この伝でいえば、現在読みうる「毛皮の外套を着た男」は、右の「夜光珠」か「隠された夜光珠」ではないかと思われる。こうした過程を経て、「あかはぎの拇指紋」が『新青年』二六年一月号に掲載され、同誌のデビューを飾ったのだった（同作品が右の投稿作の改稿作の可能性もあるのだが）。さらに同年七月には、雑誌『サンデー毎日』の第一回懸賞大衆文芸に「発狂」で甲種当選（甲種は規定枚数が百枚で賞金五百円）しており、一二月には同作品を表題作とする短編集を刊行するに至っている。この「発狂」を書いたのはまだ中学生の頃だそうだから（前掲「作家生活四十数年の巨匠」）、あるいは『新青年』に投稿した作品を改稿したものかもしれない（「復讐」あたりではないかと睨んでいるのだが）。その際の賞金五百円で友人たちと房州旅行に興じ、母親を関西旅行にやってもまだ残ったというのは、よほど印象に残ったのだろう、角田自身が「十年前の幸運児」（『サンデー毎日』三七・四／一）他のエッセイで何度もふれているエピソードである。

三中を卒業したのは二四年のことだが、前年の関東大震災の影響を受け、家計の都合で進学を断念したものの、一年おいて二五年四月に東京高等工芸学校印刷科（現・千葉大学工学部）に入学。

学業のかたわら『新青年』や『探偵趣味』に創作を発表したが、「その頃になっても、まだ作家になろうという気持ちはなかった」し「ほんと趣味的に」やっていたという（前掲「60年の道」）。一九二八（昭和三）年、東京高等工芸学校印刷科を卒業し、同科研究助手嘱託となるが、翌年四月、海軍水路部に奉職した。水路部というのは、「航海に使われる世界全域の海図をつくる官庁」で、「現在は海上保安庁に属し」ているという（佐藤富士達「水路部時代」前掲『角田喜久雄華甲記念文集』）。角田はここに製版印刷関係の技術者として入部し、製版技術改良によって何度か表彰を受け、後々まで実用化されている技術もいくつか残っているそうである。

水路部に奉職した二九年に、初めての時代小説「倭絵《やまとえ》銀山図」（後に「白銀《しろがね》秘帖」と改題）を、徳田國夫名義で『週刊朝日』に連載しているが、角田が本格的に時代小説へと創作の軸足を移すきっかけになったのは、三五年に雑誌『日の出』に連載された伝奇時代小説「妖棋伝」の成功からだった。「妖棋伝」は最初、『報知新聞』の懸賞小説に応募するために書いたものだったが、「その内容に絶対に書いてはいけないある階級のことを堂々と書いてしまつた」ために没になったのだという（「妖棋伝の頃」『探偵作家クラブ会報』四九・一一）。それを当時新潮社に勤めていた友人（工芸学校の同級生で、新潮社初代社長の三男・佐藤道夫）に預けておいたところ、急逝した牧逸馬の連載の穴埋めのようなかたちで掲載されることになったということだが、戦前の回想では微妙に事情が異なっており、「もと〳〵、つてがあるのでこれは日の出へ持ちこむ考へで書いてゐたのであるが、そこへたま〳〵報知新聞で文芸物の募集があつた。それで、直ぐその方へ投じて見る気になつた」ということになっている（「唯手段として」『懸賞界』三七・三）。「60年の道」（前掲）では「昭和八年に、報知新聞で、新聞に載せてあとで映画にするという目的で、映画小説という連載ものを募集した」のに投じたのだと答えている。「映画になる小説ということが興味をひいたんだし、『妖棋伝』の文体にも映画的な動きをとり入れた」と言っているから、執筆動機としては説得力があるといえようか。ちなみに『日の出』掲載の際も「そのまゝでは到底発表は出来ないといふ事を聞かされて」

「大いに落胆しながら、その難点とされた個所を書きあらためた」そうである（前掲「唯手段として」）。

いずれにせよ「妖棋伝」はたちまち読者の支持を得て、第四回直木賞の候補にも挙げられた（受賞したのは木々高太郎の『人生の阿呆』だった）。この好評を受けて、引き続き時代小説を執筆することとなり、三七年から翌年にかけて「髑髏銭」を、三八年から翌年にかけて「風雲将棋谷」を連載。これらの作品の成功で、角田は一躍、流行作家の仲間入りをしたのである。収入も一気に増え、もはや趣味とはいえないと水路部で問題になり、仕事か執筆かの選択を迫られたため、かねてからいつでも仕事を辞めるつもりでいた角田は、迷わず執筆を選び、筆一本の生活に入ったという。三九年四月に海軍水路部を依願免本官した角田は、即日の内に、読売新聞社客員、東宝映画株式会社嘱託となる。四一年一二月には太平洋戦争が勃発。その翌年二月、海軍報道班員として徴用され、帰国後は銃後の講演旅行で全国を回った。徴用先のラバウルでは偶然、海野十三と遭遇したという。その交流の様子は「報道班員時代の海野さん」（『JU通信』五号、六二・五／二九）などに書かれている。戦後になって海野と共同ペンネーム青鷺幽鬼を作って執筆し合ったのも、この時のつきあいが縁なのであろうか。

戦後になって江戸川乱歩や横溝正史、森下雨村らとの交流・文通を通して、再び探偵小説の執筆意欲が沸いてきた角田は、どこに発表する宛もなく三百枚の長編探偵小説を書き上げた。それが後に「高木家の惨劇」という題名で知られるようになる「蜘蛛を飼ふ男」だった。執筆中、次女が大病で死にかけていたにもかかわらず、何度か様子を見るだけですぐに執筆に戻ったりしたため、薄情な人だと妻から言われたというのは有名なエピソードである。同作品は「銃口に笑ふ男」と改題の上、雑誌『小説』四七年五月号に一挙掲載されることになる。それに先立つ四六年には、「高木家の惨劇」にも登場した名探偵・加賀美敬介捜査一課長が登場する短編「怪奇を抱く壁」が発表され、以後陸続と推理短編が発表されていく一方、四七年から翌年にかけて、雑誌『ロック』に加賀美ものの長編「奇蹟のボレロ」を連載。さらに、もう一人の名探偵キャラクターである新聞記者・明石良輔の活躍する二大長編「歪んだ顔」（別題「影の顔」）、「虹男」を新聞連載するなど、まさに堰を切ったようにというに相応しい活躍ぶりであった。

時代小説の方も四八年の「妖美館」から長編の執筆を再開。当初はGHQの指示でチャンバラを描くことが、特に映画などで規制されていたため、小説誌の方でも自粛ムードだったものの、夕刊新聞が復活し出した頃から次第に掲載されるようになったという。それに従って、時代小説ジャンルの注文が増えていった。ミステリ・ジャンルの方は、四九年の「黄昏の悪魔」連載を経て、五〇年に新聞連載された「霧に棲む鬼」終了後は、執筆が激減し、何回か連作へ参加するくらいだったが、五四年に短編「沼垂の女」を発表してからは、年に一、二編の短編を発表するようになった。その時期に発表された「笛吹けば人が死ぬ」で、第十一回日本探偵作家クラブ賞（現・日本推理作家協会賞）を受賞。以後も散発的にミステリ短編を発表したが、それも『宝石』六三年一一月号に発表された「年輪」を最後に、まったく途絶えてしまう。

とはいえミステリへの関心が薄れたわけではなく、時代伝奇小説の衣裳にミステリのプロットを絡ませる試みは何度か行なわれており、その成果が最もよく現われた長編として、六三年から六五年にかけて新聞連載された「影丸極道帖」がよく知られている。単行本化の際のあとがきで角田は以下のように述べている。

これまで、所謂時代小説で「本格推理小説」の骨格をもったものはなかったと思う。捕物小説の類は勿論別種のものである。

大体、徳川期の時代背景の中には、「本格推理小説」の骨子となる知能的完全犯罪を生む素因など殆んどなかったし、よしんばそういう犯罪を創案してみても、小説に書こうとすると色々の困難にぶつかる。

例えば、警察機構一つをとってみても、一般の読者の観念の中にあるものは、白洲で刺青を肌脱いで見えを切る町奉行や、捕物帖に出てくる万能的な岡ッ引だったりして、リアルに語ろうとすれば、それだけで随分と考証にふれなければならないし、時間の観念にしても交通機関にしても、今日に較べればゼロに均しい。

それを承知の上で、この作品の中に「本格推理小説」的骨格を取入れる試みをしてみた。（東都書房、六五・一二）

出世作の『妖棋伝』以来、ミステリ的な趣向を時代小説に盛り込んできた角田だけに、「『本格推理小説』的骨格」を取り入れたのは、本人として集大成の意味あいもあったものだろうか。

その時代小説の執筆も、六八年の『盗っ人奉行』を最後に筆を断ってしまう。その後は、悠々自適の生活に入り、そのまま、一九九四（平成六）年三月二六日、急性肺炎のため歿したのであった。享年八十七歳。

角田が創作から身を引いた理由について、縄田一男は「思うに、歴史小説へと傾斜し、物語のための物語を謳歌することに照れを感じはじめた斯界の風潮を潔しとしなかったためではないのか」と推測し（「人と作品　角田喜久雄」『怪異雛人形』講談社、九五・八）、新保博久は「ロングセラーをいくつも抱えて経済的必要性がなくなったせいもあり、高齢のため筆力が衰える前に現役を去るという潔さもあっただろう」と推察している（「谷間の名探偵・加賀美敬介」『奇蹟のボレロ』国書刊行会、九四・六）。新保の推察については、実際、春陽文庫で何度も装を改めて時代伝奇小説が再刊されていたから、根強い人気を誇っていたといえるかもしれない。ただ、それにひきかえ探偵小説の方は、しばらく代表作が読めない時期が続いたような印象がある。

一九七〇年から翌年にかけて刊行された『角田喜久雄全集』全十三巻（講談社）は、その十三巻目が探偵小説集に当てられているが、決定版と謳いながらミステリに相当する巻が一巻だけにとどまっており、あまりに寂しい。ただし、同じ七〇年に『高木家の惨劇』が春陽文庫で刊行されたのを皮切りに、七六年までに『歪んだ顔』を除く全長編が再刊されている（『歪んだ顔』のみ、なぜか春陽文庫版が刊行されなかった）。現在、四十代から五十代にかけてのミステリ・ファンの多くは、この春陽文庫版で角田ミステリの魅力を知った者が多いに違いない。その一方、短編ミステリとなると、長編ほど恵まれていたとはいえない。七三年に加賀美ものの二長編を一冊にまとめて刊行した廣済堂出版が、戦後の業績を中心とした『笛吹けば人が死ぬ』を同年に出したくらいで、これは八〇年になって春陽文庫としてそのまま再刊されている。八五年になって『日本探偵小説全集』第三巻が創元推理文庫から刊行されたが（大下宇陀児との合集）、『高木家の惨劇』を中心に短編三編を収録したくらいでは、その業績を鳥瞰するには、やや不充分という印象は拭えない。当時、アンソロジーに時たま収録される短編を慈しむようにして読んだミステリ・ファンは多いのではないだろうか。加賀美ものの短編を集大成した『奇蹟のボレロ』が国書刊行会から〈探偵クラブ〉の一冊としてようやく上梓されたのは、九四年になってからのこと。続けて九六年に、戦前の日本小説文庫を復刻するかたちで春陽文庫から『下水道』が出た。同書の刊行で戦前期の作風の振幅を、現代の新しいファンも知るところとなったのである。さらに四年後の二〇〇〇年には、短編傑作集として『底無沼』が出版芸術社からまとめられ、これで角田のミステリ分野における戦前戦後の変遷を、おおまかながらも、たどる環境が整ったといっていいだろう。

本書『角田喜久雄探偵小説選』は、右に述べてきた九〇年代以降のミステリ分野での刊行を見据え、加賀美捜査一課長と並ぶ角田ミステリの名探偵キャラクターでありながら、不完全な形でしか事件簿が集成されてこなかった明石良輔に焦点が当てられている。これまで刊行された角田の著書の中で、明石良輔の事件簿と見なせるのは、『角田喜久雄探偵小説選集6／二月の悲劇』（桃源社、五五）くらいであろう。しかし同書は、時期的にしょうがないとはいえ、代表作でもある「笛吹けば人が死ぬ」を欠いている。そこで本書では、『二月の悲劇』から漏れた作品とそれ以降に発表された作品をまとめて、〈明石良輔の事件簿〉として提供することとした。

明石良輔が初めて登場するのは、一九四七年の一月二七日から五月一四日まで『京都日日新聞』に連載された長編「歪んだ顔」においてであり、同年二月の『新青年』に発表された「印度林檎」が短編でのデビュー第一作となる。ただし、「歪んだ顔」の初出誌が京都の日刊紙ということもあり、一般的には「印度林檎」での活躍が初登場という印象を与えたかもしれない。以後、加賀美のと並行して、散発的に明石良輔が起用されるのだが、この時期、短編での活躍はむしろ傍流といえるのであって、それは短編での良輔の造形が統一感を欠いているように感じられる点からも明らかである。四七年の八月から翌年の一月二一日まで『第一新聞』に連載された（初回掲載紙未見。ただし連載回数から逆算すると、八月一日が初回にあたると思われる）長編「虹男」を以て、いったんは退場した明石良輔だったが、それが復活するのは、角田がミステリ短編を再び書き始めるようになる五〇年代後半からであった。この時期の良輔のキャラクターは、戦後すぐの風貌とはがらりと変わってはいるものの、ほぼ統一のとれたものになっている。加賀美捜査一課長が戦後すぐに発表された本格系作品を除いて、ついに一度も書かれなかったのと好対照をなしており、ミステリ分野における角田の、戦後の作風の変遷を鳥瞰させてくれるという意味でも、明石良輔シリーズは重要である。

なお本書の後半では、戦前に書かれた代表作の内、日本のミステリの黎明期をうかがうのに好個の資料ともいえる投稿家時代の作品を中心に、いわゆる本格ものに分類される代表作をまとめてみた。角田の戦前の作風は多彩で、本格ものだけでなく、怪奇幻想系の作品やユーモアものなども重要な位置を占めている。それらについては、幸いに本書が好評を得られれば、数あるミステリ的趣向の強い時代ものの短編とあわせて、次の機会に紹介できればと考えている。

以下、本書収録の各編について、簡単に改題を付しておく。作品によっては内容に踏み込んでいる場合もあるので、未読の方は注意されたい。

本書では、現在までに確認できた明石良輔ものの短編を全て収録し、最初に〈明石良輔の事件簿〉としてまとめた。

〈創作篇〉

「印度林檎」は、『新青年』一九四七年二月号（二八巻二号）に掲載された後、『怪奇を抱く壁』（かもめ書房、四七）に収められた。さらに、『飛妖』（地平社・手帖文庫、四八）、『角田喜久雄探偵小説選集6／二月の悲劇』（桃源社、五五）に再録されている。また、中島河太郎編『新青年傑作選集I／犯人よ、お前の名は』（角川文庫、七七）、同書改版『君らの魂を悪魔に売りつけよ』（二〇〇〇）に採録された。

スリラー風に仕立ながら、その背景にアリバイ・トリックのアイデアを盛り込んでいるのがミソ。こうした「準本格」スタイル（中島河太郎「角田喜久雄論」『別冊宝石』五八・四）は、短編では本作品と、後出の「暗闇の女狼」くらいである。

なお本作品は、初出誌版と単行本版とで登場人物の名前に変更があり、良輔の協力者・高岡警部は岡田警部に、良輔を事件に誘い込む美女・百合は美々に変えられている。ここでは初出誌版を底本とした。岡田警部も鳥飼美々も、明石ものの二長編におけるレギュラー陣で、その後、美々のみ姿を消している（高岡警部は「暗闇の女狼」にも顔を見せている）。改稿版は、話の内容的には、美々との出会いを描いたエピソードになるわけだが、短編で美々が登場するのは本編のみに終わった。

「蔦のある家」は、『トップ』一九四七年五月号（二巻二号）に掲載された後、『霊魂の足』（自由出版社、四八）に収められた。さらに、前掲『二月の悲劇』に再録されている。また、ミステリー文学資料館編『甦る推理雑誌2／「黒猫」傑作選』（光文社文庫、二〇〇二）に採録された。

短編第二作目にして、いきなり良輔の出自が明らかになるエピソードが描かれるが、後に続くシリーズにこの設定が活かされていないのが、シャーロキアン的な視点からは物足りないところ。一方、江戸川乱歩の「赤い部屋」（二五）に描かれたような、法律では裁けない犯罪を扱っている点には、注目される。法では裁けない犯罪者というモチーフは、角田の戦後の短編にしばしば見られるものである。

「暗闇の女狼」は、『探偵よみもの』一九四七年七月二〇日発行号（『新日本』三二号）に掲載された後、前掲『霊魂の足』に収められた。さらに、前掲『二月の悲劇』に再録されている。冒頭の一文から、異様なムードとサスペンスに満ちており、おそらく有名なジャック・ザ・リッパー事件をふまえながら、ひとひねりして意外な犯人像を呈示している秀作である。良輔のお株を奪う女性探偵のロジカルな推理も読みどころのひとつ。

「鳥は見ていた」は、『月刊読売』一九四七年一一月号（五巻一一号）に掲載された。単行本に収められるのは今回が初めてである。

先の「蔦のある家」に似て、良輔がプライベートに関わった女性の生とその顚末を描いた作品。本作品ではまだ良輔に推理の機会が与えられているが、陰惨な復讐譚は救いが感じられず、「準本格」スタイルの作品とのあまりの違いに驚かされよう。

「小指のない女」は、『小説と読物』一九四八年二月号（三巻二号）に掲載された後、前掲『二月の悲劇』に収められた。

本作品もまた、不幸な女性を点綴しているという点で、「蔦のある家」「鳥は見ていた」の系譜にある一編。女性の追っ手の正体に、ちょっとした意外性が仕掛けられているのがミソ。

「二月の悲劇」は、『オール讀物』一九五五年二月号（一〇巻二号）に掲載された後、前掲『二月の悲劇』に収められた。また、日本探偵作家クラブ編『探偵小説年鑑　1956年版』下巻（宝石社、五六）に採録されている。

久しぶりに書かれた良輔もので、長編ではレギュラーだった岡田警部が、短編に初登場した作品でもある。中島河太郎は本作品について「『虹男』に活躍する新聞記者明石良輔が謎解き役になっているが、明快な推理で読者をうならせようとポーズを作る名探偵を演じているわけではない。迷宮入りとなつた大学教授の失踪事件を解決するように装つて、実は売笑に身を堕した女性の愛情に目覚めて行く姿を写している」と評している（前掲「角田喜久雄論」）。

「笛吹けば人が死ぬ」は、『オール讀物』一九五七年九月号（一一巻九号）に掲載された後、『悪魔のような女』（桃源社、五九）に収められた。さらに、『角田喜久雄全集13』（講談社、七一）、『笛吹けば人が死ぬ』（広済堂ブルー・ブックス、七三／春陽文庫、八〇）、『くらしっくミステリーワールド14／角田喜久雄集』（リブリオ出版、九七）、『底無沼』（出版芸術社、二〇〇〇）に再録された。また、日本探偵作家クラブ編『探偵小説年鑑　1958年版』（宝石社、五八）、『日本推理小説大系3』（東都書房、六一）、松本清張・平野謙・中島河太郎編『現代の推理小説2』（立風書房、七〇）、『現代推理小説大系6』（講談社、七二）、中島河太郎編『死人実験』（KKベストセラーズ、七六）、『日本探偵小説全集3』（創元推理文庫、八五）、『メルヘン・ミステリー傑作選』（河出文庫、八九）、『日本推理作家協会賞全集8』（双葉文庫、九五）に採録されている。

　日本探偵作家クラブ賞受賞作ということもあり、多くのアンソロジーに採録されている、戦後・後期の角田を代表する短編である。角田自身は、作品に関するインタビュー中「悪魔のような女」について述べた自註において、「この頃の一連の作品（「四つの殺人」「笛吹けば人が死ぬ」「崖上の家」「青い雌蕊」）は、いろいろな女の持っている変わった性格をうきぼりにした作品です。モデルはありません」（青柳尚之「作家生活四十年の巨匠」『宝石』六三・一一）と述べている。本作品についていえば、探偵役に目撃されながらの完全犯罪というミステリとしての秀逸なアイデアも見逃せない。殊に、被害者の指紋を照合することで矛盾が生じ、謎が立ち現れるあたりの展開は、それまでの、事件に対する興味をプロットの中心とした作品群と比べても、出色のできばえといえよう。なお、作品中で良輔が抱懐している完全犯罪論は、角田自身がエッセイ「完全犯罪」（『小説春秋』五五・

一二）の冒頭で述べている考えでもあった。

「冷たい唇」は、『オール讀物』一九五九年一二月号（一四巻一二号）に掲載された後、前掲『角田喜久雄全集13』に収められた。さらに、前掲『笛吹けば人が死ぬ』（広済堂版・春陽堂版とも）に再録された。さらに、日本探偵作家クラブ編『推理小説ベスト15』（宝石社、六〇）に採録されている。

先のインタビューではあげられていないが、本作品もまた女性の持つ「変わった性格を浮き彫りにした作品」（前掲「作家生活四十年の巨匠」）といえる一編。

「青い雌蕊」は、『オール讀物』一九六二年三月号（一七巻三号）に掲載された後、前掲『角田喜久雄全集13』に収められた。また、日本推理作家協会編『1963　推理小説ベスト24』第二巻（東都書房、六三）、中島河太郎編『名探偵傑作選』（サンポウノベルズ、七三）に採録されている。

本作品もまた、女性の持つ「変わった性格を浮き彫りにした作品」（前掲「作家生活四十年の巨匠」）であり、中島河太郎は「熟さない青さと、熟しきった女とを合わせもつ翳のある女性の行動と性格が、次第に浮彫りにされる老巧さは、読者を惹きつけて離さない」（前掲『名探偵傑作選』）と述べているが、連続保険金詐取というアイデアと異常心理とを組み合わせたプロット上の技巧もミソといえようか。良輔が完全に狂言回しとなり、岡田警部の比重が大きくなっていることがよくうかがえる作品でもあるが、本作品で良輔は退場。翌年発表の「喪服の女」（『推理ストーリー』六三・六）ではついに岡田警部が単独で登場することになった。戦後すぐの名探偵小説から、次第にリアリズムへと作風の軸足を移していく流れが、明石良輔シリーズを読んでいくとよく分かる。それはまた日本のミステリの「趣味」の変遷と相似形をなしているようでもあるし、都筑道夫が示した、「ごくわかりやすい論理から、わかりにくい論理をわかろうとする方向へ」「すすんできた」というミステリ史観（「蜘蛛の巣をたどる」『都筑道夫の読ホリデイ』上巻　フリースタイル、二〇〇九。初出は九〇年一一月）とも重なるようなところがあるのも、興味深い。

以下は、全て戦前に発表された作品である。

「毛皮の外套を着た男」は、『新趣味』一九二三年一一月号（一七巻一〇号）に掲載された。後に、ミステリー文学資料館編『幻の探偵雑誌7／「新趣味」傑作選』（光文社文庫、二〇〇一）に採録されている。

黎明期の探偵小説の「趣味」がよくうかがえる作品といえる。なお、「夜光珠」とはダイヤモンドの和名のひとつ。

この作品に関しては、本解題の最初の方で述べておいたように、『新青年』投稿作品の改稿版とも考えられる。角田は後年になって次のような回想を残している。

　中学三年の三学期の試験が終ったばかりの頃だったと記憶するから、大正十一年の三月はじめであろう。一寸編集部まで来て貰いたいと、森下さん（雨村―横井註）から電話がかかってきた。編集長直々の呼出しをうけ、何事ならんとわくわくしながら早速出向いていったが、初対面の森下さんは、さも意外だという目付でしばらく私を見つめていた揚句「ほう、中学三年なの。若いんだねえ」と言った。余り子供っぽくてたよりなく、森下さんが思ったように私には受取れた。

　用件は私が最近送ったばかりの「罠の罠」という原稿の件で「これ、面白く読んだ。しかし二十枚というのは長すぎる。十枚に詰めて持って来なさい。そうしたら雑誌にのせてあげるから……」そう言ってから「中学三年か。ふうむ、若いんだなア」と、また繰返した。

　森下さんの好意はよく分っていたのだが、生意気盛りだった私は、なんぼ何でも二十枚を十枚に詰められるもんかと腹を立てた。それに、若い若いと、小僧ッ子あつかいをされたような気がして余計むしゃくしゃした。

　そんな次第で、それっきり「新青年」の投稿をやめてしまったが、その年の夏頃同じ博文館から出ていた「新趣味」という雑誌が推理小説の懸賞募集をはじめたので、その方へ鞍替すること

にした。理由は制限枚数が二十枚だったからである。（「思い出すままに(2)」『角田喜久雄全集』月報2、講談社、七〇・九）

本解題で先に掲げた「罠の罠」に対する選評の雑誌掲載年月から判断するなら、右の回想で「大正十一年」とあるのは「大正十二年」の勘違いではないかと思われる。年代が正しいのだとしたら、『新青年』から『新趣味』へ「鞍替」したという記述から判断して、十枚に詰めるようにいわれたのは「罠の罠」ではなく「夜光珠」ではないか。だとすれば右の回想は「毛皮の外套を着た男」の成立事情を述べたものとも考えられよう。

ちなみに、さらに後年になっての回想では、このとき森下雨村は横溝正史の名前をあげ、「君と彼とは物になりそうな何かを持っていると思うので敢えて言うのだが、二人の大きな違いは小説を書く態度だと思う。君は少年雑誌に投書する川柳や狂歌等をかく時、ひょいと思いつき、ぱっと書きなぐって我が事成れりとペンを投げてしまう――それと同じような気持でこの原稿を書いたんじゃないのかね。しかし、十枚でも小説は小説、それだけの腹をきめて書かないとだめなんだ。よく考えて御覧」と言われて、「図星を突かれたというか、恥かしくていたたまれない思いをした」ことになっている（『横溝正史追悼集』私家版、八二・一二）。いずれのやりとり、気持ちが事実に近いのか。あるいは両方ともあったことなのかもしれない。

右のような事情で書き直しを勧められたが、しばらく机の引き出しに突っ込んでおいたところ、二三年の夏の初め頃、新聞に新雑誌『キング』創刊の広告が載り、一緒に原稿募集が告知されたのを見て、十枚の原稿を四十枚に膨らませて送ったのが、次に収録した「罠の罠」であった。

「罠の罠」は、『キング』一九二五年一月号（一巻一号）に、奥田野月名義で掲載された。後に、志村有弘編『罠の怪』（勉誠出版・べんせいライブラリー ミステリーセレクション、二〇〇二）に、奥田名義のままで採録されている。

先に引いた森下雨村の選評にもあったように、これもまたアルセーヌ・ルパン風あるいはビーストン L. J. Beeston（一八七四～一九六三、英）流のスタイルだが、「毛皮の外套を着た男」と同じく徳田探偵が登場している点が目を引く。角田作品における初期のシリーズ・キャラクターということになるわけだ。

〈奥田野月《おくだのつき》〉というのは、角田喜久雄のアナグラムで、この時ペンネームを使ったのは「森下さんの好意を無にしたのが心苦しくて、なるべく森下さんにしられないようにと思ったから」（前掲「思い出すままに(2)」）なのと、「活字になった時横溝さんの作品に較べて何か言われるのが嫌で、つまり逃げたわけだった」（前掲『横溝正史追悼文集』）とのことである。

「罠の罠」にはもうひとつ因縁があるのだが、それについては本書収録のエッセイ「処女作の思ひ出」に書かれているので、そちらを参照いただければ幸いである。

「あかはぎの拇指紋」は、『新青年』一九二六年一月号（七巻一号）に掲載された後、『探偵名作叢書8／発狂』（聚英閣、二六）に収められた。さらに、『日本探偵小説全集12／角田喜久雄集』（改造社、三〇）、前掲『角田喜久雄全集13』、前掲『底無沼』に再録された。また、探偵趣味の会編『創作探偵小説選集』第二輯（春陽堂、二七／九四）に採録されている。

世間から篤志家と思われている人物を殺害した犯人が、その篤志家が実は強盗あかはぎだということに気づいて狂気に陥りそうになると書き残された遺書を、さらに最後でひっくり返すという展開があざやかだが、そこで（おそらく偶然だろうが）メタフィクション的な仕掛けが施されている点が目を引く。

「発狂」は、『サンデー毎日』一九二六年七月一八日号（五年三二号）に掲載された後、前掲『発狂』に収められた。さらに、前掲『日本探偵小説全集12』、『下水道』（春陽堂書店・日本小説文庫、三六／春陽文庫、九六）、『緑亭の首吊男』（鷺ノ宮書房、四七）、『蛇男』（春陽文庫、五二）、前掲『角田喜久雄全集13』に再録された。さらに、前掲『日本探偵小説全集3』に採録されている。

アリバイ・トリックものだが、殺人が起きて、容疑者の一人にアリバイがあった、というオーソドックスな展開を採らず、より復讐の効果をあげるために仕掛けたトリック、という点が振るっている。江戸川乱歩は、そのエッセイ「日本の探偵小説」（『日本探偵小説傑作集』春秋社、三五・九の序文。以下の引用は『江戸川乱歩全集25／鬼の言葉』光文社文庫、二〇〇五から）において、角田について「必ずしも論理派ではないけれども、その主要作品の傾向は理智探偵小説である」と述べているが、そこに感じられる評価の揺らぎのようなものをよく象徴する、奇妙にねじれた魅力を持つ作品だといえるのではないだろうか。

「現場不在証明《アリバイ》」は、『新青年』一九二六年九月号（七巻一一号）に掲載された後、前掲『発狂』に収められた。また、前掲『日本探偵小説全集12』に再録された。さらに、森下岩太郎（雨村）編『現代大衆文学全集35／新進作家集』（平凡社、二八）、川本三郎編『モダン都市文学Ⅶ／犯罪都市』（平凡社、九〇）、ミステリー文学資料館編『江戸川乱歩と13人の新青年〈論理派〉編』（光文社文庫、二〇〇八）に採録されている。

こちらもアリバイ・トリックもので、やはり偽アリバイを作る犯人の視点から描かれている。電話線を利用した理化学的トリックが印象的である一方、自白を引き出す刑事の捜査法も読みどころのひとつ。

なお、本作品については、発表当時、角田が次のように書いている。

拙作「アリバイ」。発表されてから熟々《つくづく》後悔した事です。コンマ以下の代物。おまけに、僕の書き違へか、校正の手落か（多分前者でせう）重要な時間の数字が違つてゐて、散々の為体《ていたらく》です。お詫びして置きます。（「浅草から」『新青年』二六・一〇）

時間の数字が違っているのは、犯人が電話で時間を確認している箇所だと思われる（本書の三一一ページ)。単行本では訂正されているので、本書収録の際にもそれに準じた。

「梅雨時の冒険」は初出不詳作品である。前掲『現代大衆文学全集35』に採録された後、さらに前掲『日本探偵小説全集12』に再録された。ここでは後者のテキストを底本に採用している。

投稿時代に戻ったかのような、スピーディーな展開と、どんでん返しの興味を中心にまとめた作品である。あるいは投稿作品を改稿したものかもしれないが、こうした筋の面白さで読ませる作品が『現代大衆文学全集』に収録されたのは、当該巻の編者である森下雨村の好みに合っていたからではないかと思われる。

「死体昇天」は、『新青年』一九二九年八月号(一〇巻九号)に掲載された後、前掲『日本探偵小説全集12』に収められた。さらに、前掲『下水道』、『死体昇天』(岩谷書店・岩谷文庫、四六)、前掲『二月の悲劇』に再録された。また、中島河太郎編『新青年傑作選集2/モダン殺人倶楽部』(角川文庫、七七)、同書改版『君らの狂気で死を孕ませよ』(二〇〇〇)、前掲『日本探偵小説全集3』に採録されている。

多芸多才な角田の趣味のひとつがスキーであり、『角田喜久雄華甲記念文集』(同編集委員会、六五)掲載の「角田喜久雄氏年譜」を瞥見すると、東京高等工芸学校在学中の二七年から、毎年のようにスキー旅行に出かけていることが分かる。そうした趣味を活かしたトリッキーな一編として、戦前の代表作と目されている作品である。

「蒼魂」は、『日本評論』一九三七年四月号(一二巻四号)に掲載された後、「飛妖」と改題の上、江戸川乱歩編『黄金の書①/日本探偵小説傑作集　第一輯』(まひる書房、四七)に採録された。さらに、前掲『飛妖』に収められ、前掲『二月の悲劇』に再録されている。

戦前には珍しい、飛行中の航空機内からの人間消失を扱った作品で、戦後の改題名から察せられるとおり、海の怪談として有名なマリー・セレスト号事件をふまえている(同事件を描いた牧逸馬のノンフィクションの題名が「海妖」〔三〇〕であったことから、そのように推測される)。海の怪談を空の怪談に置き換えるという趣向が秀逸で、同じ事件を題材にして久生十蘭が書いた「遠島船」（四〇）などと比較して見るのも一興だろう。

〈随筆篇〉

以下のエッセイは全て、単行本に収められるのは今回が初めてである。

「『発狂』について」は、『サンデー毎日』一九二六年七月一八日号（五年三二号）に掲載された。いわゆる受賞の言葉だが、最初期の探偵小説観を示すと同時に、探偵小説を取り巻く時代の空気がうかがえるという意味でも貴重な文章である。

「書けざるの弁」は、『探偵文学』一九三五年六月号（一巻三号）に、**「急がば廻れ」**は、『月刊探偵』一九三六年一月号（二巻一号）に、**「大衆文芸と探偵小説」**は、『探偵文学』一九三六年一月号（一巻一〇号）に、それぞれ掲載された。「大衆文芸と探偵小説」の冒頭で言及されている「大衆文芸を語る座談会」は、『サンデー毎日』一九三五年一一月一日号に掲載されたもので、出席者は大仏次郎・菊池寛・川口松太郎・木村毅・吉川英治・阿部真之助・久米正雄・辻平一の八名だった。

以上三編は、探偵小説芸術論かまびすしい頃の角田のスタンスをうかがうのに好個なエッセイであろう。いずれも、「妖棋伝」の成功で洛陽の紙価を高からしめた作者だからこその意見ともいえるだろうが、かといっていわゆる大衆文芸作家たちの探偵小説に対する無理解に対しては、断固難詰するあたりに、角田の気概がうかがえる。

「処女作の思ひ出」は、『探偵文学』一九三六年一〇月号（二巻一〇号）に掲載された。

賞金を値切られたことはよほど腹に据えかねたと見えて、「筆名芸名由来記」（『平凡』四七・六）、「想ひ出」（『宝石』五〇・四増刊）、「キング創刊の頃」（『図書新聞』五七・一一／一三）と、再三、エッセイで言及しているのが可笑しい。最初はひたすら腹を立てていたようだが、最後になると「その後になって『キング』創刊の血のにじむような苦心談を聞かされるようになって立った腹もどうやらおさまった」（「キング創刊の頃」）のだという。

「ルブランと髷物」は、『新青年』一九三七年六月増刊号（一八巻八号）に掲載された。「私の最も影響を受けた外国作家と作品」という特集に寄せたエッセイ。角田といえばシムノンGeorges Simenon（一九〇三〜八九、ベルギー）というくらい、その影響関係はよく知られているが、シムノンを知る前の影響関係をうかがわせて興味深い。「ルヴエル」はモーリス・ルヴェルMaurice Level（一八七六〜一九二六、仏）である。

「時代小説の新分野」は、『シュピオ』一九三八年一月号（四巻一号）に掲載された。「変化如来」は、「妖棋伝」に続いて『日の出』三六年八月号から翌年一一月号まで連載された長編。「淫雨」は、『サンデー毎日』三六年六月一〇日号に掲載された。当時の読者の嗜好をうかがうことのできる貴重なエッセイ。

「抱負」は、『宝石』一九五〇年一月号（五巻一号）に掲載された。ここではいわばスリラー小説宣言をぶち上げているわけだが、その実践の成果が、この年の一月から各社新聞に連載された「霧に棲む鬼」ということになるのだろうか。ちなみに、ここでいわれている「トリツクも構成もすつかり出来上つて書くばかりになつてゐる」本格探偵小説は、結局「書かずに素材のまゝ墓場へもつて行く」ことになったのかどうか、気になるところ。もはや考えてもせんかたないことではあるけれど。

なお、角田のエッセイとしては他に、「探偵作家と将棋」（『別冊講談倶楽部』五五・一一）などの交友録や、「論理性と記述性」（『探偵作家クラブ会報』四八・七）といったミステリ論などがあるが、紙幅の都合で収めきれなかったのが残念であった。次回を期したいと思う。

[解題] **横井 司**（よこい つかさ）
1962年、石川県金沢市に生まれる。大東文化大学文学部日本文学科卒業。専修大学大学院文学研究科博士後期課程修了。95年、戦前の探偵小説に関する論考で、博士（文学）学位取得。『小説宝石』で書評を担当。共著に『本格ミステリ・ベスト100』（東京創元社、1997年）、『日本ミステリー事典』（新潮社、2000年）など。現在、専修大学人文科学研究所特別研究員。日本推理作家協会・日本近代文学会会員。

角田喜久雄探偵小説選 〔論創ミステリ叢書41〕

2009年9月20日　初版第1刷印刷
2009年9月30日　初版第1刷発行

著　者　角田喜久雄
叢書監修　横井　司
装　訂　栗原裕孝
発行人　森下紀夫
発行所　論 創 社
〒101-0051 東京都千代田区神田神保町2-23 北井ビル
電話 03-3264-5254　振替口座 00160-1-155266
http://www.ronso.co.jp/

印刷・製本　中央精版印刷

Printed in Japan　ISBN978-4-8460-0905-2